CARLA CASSIDY

Traque mortelle

Traduction française de
FABRICE CANEPA

BLACK ROSE

HARLEQUIN

Collection : BLACK ROSE

Titre original :
MONSTER IN THE MARSH

HARPERCOLLINS FRANCE
83-85, boulevard Vincent-Auriol, 75646 PARIS CEDEX 13
Service Clients — www.harlequin.fr
ISBN 978-2-2805-1297-8 — ISSN 1950-2753

Édité par HarperCollins France.
Composition et mise en pages Nord Compo.
Imprimé en février 2025 par CPI Black Print (Barcelone)
en utilisant 100% d'électricité renouvelable.
Dépôt légal : mars 2025.

FSC www.fsc.org MIXTE Papier issu de sources responsables FSC® C159065

Pour limiter l'empreinte environnementale de ses livres, HarperCollins France s'engage à n'utiliser que du papier fabriqué à partir de bois provenant de forêts gérées durablement et de manière responsable.

1

Jackson Fortier se gara sur l'une des places disponibles du parking de l'épicerie de Vincent Smith. Le petit magasin qui faisait également office de station essence se trouvait au bord de l'immense marécage qui entourait presque de toutes parts la petite ville de Black Bayou, en Louisiane.

Une bonne dizaine de véhicules stationnaient déjà sur le parking que Vincent autorisait les habitants du bayou à utiliser librement. Mais la voiture de sport racée de Jackson détonnait au milieu des vieilles berlines et des camionnettes fatiguées qui étaient garées là.

Il était midi, en cette belle journée du mois d'août, et le soleil ardent qui brillait dans le ciel uniformément bleu faisait peser sur la ville une chape de chaleur. À contrecœur, Jackson quitta la fraîcheur de l'habitacle pour affronter cette canicule.

Tirant de sa poche un morceau de papier, il parcourut des yeux les indications que lui avait communiquées Peyton, sa meilleure amie, pour le guider jusqu'à la cabane où elle vivait en compagnie de son époux, Beau Boudreau.

Jackson ne leur avait encore jamais rendu visite et Peyton lui avait proposé de venir le chercher à l'épicerie. Il avait décliné sa proposition, déclarant avec aplomb qu'il était assez grand pour se débrouiller seul.

Mais en apercevant le chemin qui s'enfonçait droit dans les marais, il regretta brusquement de ne pas avoir accepté l'offre de son amie. Le sentier à peine esquissé s'enfonçait en effet dans la pénombre des arbres recouverts de lianes entremêlées et de mousse espagnole.

Lorsque les rayons du soleil parvenaient à se frayer un chemin à travers l'épaisse canopée, ils laissaient apparaître des mares fangeuses entre lesquelles la piste serpentait et qui devaient abriter toutes sortes de serpents, d'alligators et autres créatures peu ragoûtantes.

Les seules occasions qu'avait Jackson de faire de longues marches, c'était lorsqu'il jouait au golf. Et les chemins qu'il empruntait alors étaient bien mieux entretenus et substantiellement moins menaçants.

Il jeta nerveusement un coup d'œil aux instructions de Peyton. Il n'était pas encore trop tard pour l'appeler et lui demander de venir le chercher. Mais un sursaut d'amour-propre l'en dissuada. Après tout, si elle était capable de traverser seule ces marais, il parviendrait bien à en faire autant.

Il décida qu'il serait certainement plus simple d'agir avec méthode et de se concentrer sur une indication après l'autre.

> *Avance tout droit jusqu'à ce que tu atteignes une première fourche. Prends alors le chemin de gauche.*

Bien. Voilà qui semblait relativement aisé. Il serait bien temps de lire la consigne suivante lorsqu'il aurait atteint la fourche en question.

Le cœur un peu plus léger, il se mit en marche et pénétra sous le couvert des arbres. Instantanément, il fut frappé par l'odeur très particulière qui flottait dans l'air. Elle avait quelque chose d'à la fois floral et très vert, avec une note terreuse et un contrepoint vaguement écœurant de végétation en décomposition.

Des nuées d'insectes tournoyaient autour de lui en vrombissant et bourdonnant de façon assourdissante. D'autres bruits lui parvenaient – le froissement des feuilles non loin de lui, trahissant la présence d'une petite créature qui s'enfuyait à son approche.

Force était de reconnaître qu'il n'était pas beaucoup plus rassuré que ce malheureux animal. Il ne se sentait pas du tout dans son élément ici. Il se contraignit néanmoins à poursuivre sa route, prenant garde à l'endroit où il posait les pieds. Il devait bien admettre qu'il avait été stupide de se lancer seul dans une telle aventure.

Il risquait à tout moment de glisser et d'atterrir dans les eaux noires et boueuses qui s'étendaient de chaque côté du sentier. Il pouvait aussi se faire dévorer par un alligator ou mordre par un serpent venimeux. Ou bien encore, se perdre corps et âme dans les profondeurs de ce marécage. Personne ne saurait jamais ce qu'il avait bien pu devenir.

La transpiration qui semblait recouvrir chaque centimètre carré de sa peau tenait tout autant à la chaleur et à l'humidité ambiantes qu'à la peur qui s'insinuait en lui.

Il était capable de tenir tête à n'importe quel requin de la finance ou de réaliser de redoutables montages commerciaux. Mais, en s'enfonçant dans ce bayou, il se trouvait confronté à un univers qui lui était parfaitement étranger.

— Ne te dégonfle pas, mon vieux, s'encouragea-t-il en baissant la tête pour éviter les branches qui se tendaient vers lui comme autant de bras noueux et menaçants.

Un bruit d'éclaboussure le fit alors violemment sursauter – le son avait retenti quelque part sur sa gauche, bien plus près qu'il ne l'aurait souhaité. Il fit quelques pas supplémentaires et s'immobilisa brusquement, le cœur battant à tout rompre en entendant un bruissement de feuilles, juste derrière lui.

Prêt à prendre la fuite, il se retourna et scruta le sous-bois sans rien discerner de particulier. S'agissait-il d'un petit animal inoffensif ou d'un sanglier sauvage qui s'apprêtait à le charger ? Incapable de répondre à cette angoissante question, il se remit en marche.

Le bruissement se fit de nouveau entendre. Mais cette fois, lorsqu'il se retourna, son pied droit plongea droit dans la profonde flaque d'eau qu'il venait d'éviter de justesse. Il laissa échapper une bordée de jurons bien sentis et arracha son pied à la gadoue.

Pourquoi avait-il fallu qu'il choisisse des chaussures et un pantalon aussi élégants ? Tous ses vêtements, y compris la belle chemise qu'il portait, risquaient fort de terminer à la poubelle lorsqu'il rentrerait enfin chez lui.

Lorsqu'il cessa de jurer, il entendit retentir un éclat de rire mélodieux quelque part derrière lui. Se retournant une fois encore, il se retrouva cette fois-ci face à l'une des femmes les plus séduisantes qu'il eût jamais rencontrée.

Elle portait un jean délavé et un chemisier dont la blancheur soulignait l'éclat doré de sa peau. Ses longs cheveux noirs retombaient librement dans son dos et ses yeux couleur de jais pétillaient d'amusement.

— Je suis prête à parier que c'est la première fois que vous vous aventurez dans ce bayou, monsieur le dandy.

— Qu'est-ce qui vous fait dire une chose pareille ? lui répondit-il avec un mélange d'embarras et d'autodérision.

Elle éclata de nouveau de rire et, bien qu'elle se moquât ouvertement de lui, il ne se sentit pas réellement vexé. Il ne pouvait nier le fait que sa présence devait paraître totalement incongrue au milieu de ce marécage – tout particulièrement si cette mystérieuse jeune femme l'avait observé au cours des dernières minutes.

Mais ce qui le préoccupait bien plus, en cet instant, c'était de découvrir qui pouvait bien être cette charmante apparition.

— Je me nomme Jackson Fortier, se présenta-t-il.

— Josephine Cadieux, répondit-elle. Mais les gens m'appellent Josie. Puis-je savoir ce que vous êtes venu faire dans ce bayou ? Ce n'est visiblement pas votre milieu naturel.

— Effectivement. Je comptais rendre visite à des amis qui vivent dans le coin. Peyton LaCroix et Beau Boudreau. Vous les connaissez peut-être ?

— Très bien, même. Ce sont même des amis.

— Excellente nouvelle ! s'exclama Jackson. Vous allez peut-être pouvoir m'aider, du coup. Lorsque j'ai décidé de venir les voir, Peyton a proposé de venir me chercher sur le parking de l'épicerie. Je lui ai dit que ce n'était pas la peine et qu'elle n'avait qu'à m'indiquer comment me rendre chez eux. Mais je dois bien admettre que j'ai quelque peu surestimé mon sens de l'orientation.

— Vous n'êtes pas si loin, lui assura Josie. Ils habitent près de chez moi et je peux vous y conduire, si vous voulez.

— C'est vraiment très gentil à vous, répondit-il avec un soupir de soulagement.

Non seulement cela lui permettrait de parvenir sain et sauf à destination mais, de plus, cela lui donnerait l'opportunité de faire un peu mieux connaissance avec Josie. Il était loin d'être insensible au charme qui émanait de la jeune femme et brûlait d'en apprendre un peu plus à son sujet.

— Suivez-moi, lui dit-elle. Et prenez garde où vous mettez les pieds. Ce serait dommage d'abîmer encore un peu plus vos jolies chaussures.

Une fois encore, il décela une pointe d'amusement dans sa voix. Mais elle semblait dépourvue de méchanceté. Comme il lui emboîtait le pas, il ne put s'empêcher de remarquer la façon dont le jean de Josie moulait ses longues jambes au galbe parfait ou la troublante ondulation de son charmant postérieur.

— Vous semblez très bien connaître les environs, remarqua-t-il.

Elle haussa les épaules.

— C'est ici que je vis, répondit-elle. Et que je travaille.

— Que faites-vous, si ce n'est pas indiscret ?

— Je pêche. Chaque fois que vous commandez un plat de vivaneau ou de poisson-chat dans un restaurant de Black Bayou, il y a des chances pour que ce soit moi qui l'aie capturé.

Elle se retourna pour lui jeter un regard malicieux.

— Et vous, que faites-vous quand vous ne vous aventurez pas dans les marais en costume trois-pièces ?

— Je suis promoteur immobilier, répondit-il en souriant.

C'était une définition assez réductrice de son activité. En réalité, les affaires de Jackson couvraient un panel qui ne cessait de s'élargir à mesure que prospérait l'entreprise qu'il avait fondée.

Sa boulimie de travail était pour lui une façon de chasser l'ennui qui le guettait sans cesse.

Au moins, cette journée-ci se révélait riche en surprises. Et qui sait ? Peut-être même en promesses...

— Comment connaissez-vous Beau et Peyton ? lui demanda Josie, curieuse.

— Peyton est ma meilleure amie. Nous nous connaissons depuis que nous sommes enfants. Nous avons quasiment toujours été dans les mêmes classes. Jusqu'à ce qu'elle parte faire ses études de droit. Ensuite, elle est partie vivre à Shreveport mais nous sommes toujours restés en contact. Et lorsqu'elle est revenue s'installer à Black Bayou, récemment, c'était comme si nous ne nous étions jamais quittés.

— Ce doit être formidable d'avoir des amis que l'on connaît depuis si longtemps, remarqua Josie.

Il y avait dans sa voix une pointe de mélancolie.

— C'est vrai, répondit-il. D'autant que Peyton est une fille formidable.

Josie poursuivait sa route d'un pas léger et Jackson s'efforçait de l'imiter, inscrivant ses pas dans les siens. Elle évitait avec grâce les lianes noueuses et les rideaux de mousse espagnole qui dévalaient des branches d'arbres.

— Est-ce que vous vivez seule, ici ? ne put-il s'empêcher de lui demander.

Pour la première fois depuis qu'il l'avait rencontrée, le regard qu'elle lui lança ne trahissait aucune légèreté mais une évidente défiance.

— Je suis désolé, s'excusa-t-il. Cela ne me regarde pas.

À ces mots, elle parut se détendre légèrement et lui décocha même un pâle sourire.

— Je vis seule, en effet, lui dit-elle.

Il hésita quelques instants à lui poser la question qui lui brûlait les lèvres.

— Pas de mari ? Ou de petit ami ?

Le sourire de Josie se teinta de nouveau d'une pointe de malice.

— Tout dépend de qui pose la question.

— Et si c'était moi ?

Elle pencha légèrement la tête de côté.

— Il faudra que j'y réfléchisse...

— Combien de temps pensez-vous que cela vous demandera ? rétorqua Jackson, se prenant au jeu.

— Je ne sais pas encore...

Tout en discutant de la sorte, ils étaient parvenus en vue d'une cabane en bois montée sur pilotis.

— Nous y voilà ! s'exclama-t-elle. C'est ici que vivent Beau et Peyton. Vous êtes arrivé sain et sauf, en fin de compte.

— C'est uniquement grâce à vous, déclara Jackson. Mais dites-moi, si jamais je décidais de revenir me promener dans ce bayou demain, à peu près à la même heure, aurais-je une chance de vous recroiser ?

Jackson n'avait pas pour habitude de se montrer aussi direct. Mais force était de reconnaître qu'il ne s'était pas senti aussi troublé depuis bien longtemps. Il y avait chez Josie quelque chose de vraiment spécial et il était bien décidé à faire un peu mieux connaissance avec elle.

Ce n'était pas uniquement parce qu'il la trouvait physiquement très attirante. Il était fasciné par le mélange d'assurance et d'humour qui la caractérisait. Il pressentait en elle une force de caractère peu commune. Et elle ne ressemblait en rien aux femmes qu'il avait l'habitude de fréquenter en ville.

Il faut dire qu'il ne connaissait quasiment personne qui vécût dans le bayou – en dehors de Peyton, bien sûr. Mais sa meilleure amie n'avait emménagé là que depuis très peu de temps.

— Il se peut effectivement que je me trouve dans les parages, demain à la même heure, lui répondit Josie. Mais êtes-vous vraiment certain de vouloir vous aventurer de nouveau dans ce marécage ?

— J'ai maintenant une excellente raison de le faire, déclara Jackson en souriant. Et saurez-vous si vous êtes célibataire, demain ?

Elle lui rendit son sourire.

— Qui sait ? répliqua-t-elle.

Sur ce, elle lui adressa un petit geste de la main et s'éloigna d'un pas alerte. Quelques instants plus tard, elle avait entièrement disparu, comme avalée par le bayou.

Le sac en tissu recouvrait la tête de Josie, l'aveuglant complètement. Le cordon qui permettait de le fermer s'était resserré autour de sa gorge et menaçait de l'étrangler. Elle tenta de se dégager mais son agresseur la tenait fermement par les épaules. Il la poussa alors brutalement en avant, lui faisant perdre l'équilibre.

Josie tomba de tout son long et son front percuta violemment le sol. À demi sonnée, elle s'efforça pourtant de se redresser. Mais l'homme la retourna sans ménagement sur le dos et s'assit sur ses jambes. Elle tenta de le frapper à l'aveugle, mais il agrippa ses poignets et les attacha à l'aide de menottes en plastique.

Horrifiée, elle comprit que tout allait recommencer, qu'une fois de plus elle allait revivre ce supplice...

Josie se redressa en hurlant sur son lit. Son cœur battait à tout rompre et son corps tout entier était couvert d'une sueur glacée. Pantelante, elle fouilla du regard la chambre dans laquelle elle se trouvait, s'attendant presque à voir la silhouette de l'homme qui l'avait agressée, dix mois auparavant.

Mais la pièce était déserte, bien sûr, et le seul bruit qui lui parvenait était celui du bayou à la nuit tombée – une riche symphonie qui mêlait le bourdonnement des insectes, les coassements des grenouilles et le chant intermittent des oiseaux nocturnes.

Même ce son familier ne parvenait plus complètement à la rassurer. N'avait-elle pas été attaquée ici même, à proximité de sa propre maison ?

Incapable de réprimer l'émotion qui l'étreignait, Josie sentit les larmes lui monter aux yeux. Se refusant à fondre en sanglots, elle se força à les essuyer et quitta son lit pour gager le salon.

Là, elle alluma l'une des lampes à huile qui se trouvaient sur les étagères. Elle aurait pu enclencher le groupe électrogène mais préférait généralement la lueur plus douce et rassurante des lanternes.

Elle alla se servir un verre d'eau puis déverrouilla la porte d'entrée pour s'avancer sur le perron. Cela aussi, c'était nouveau. Autrefois, elle n'aurait jamais pris la peine de fermer à clé. Mais aujourd'hui elle n'oubliait plus jamais de le faire.

Au fond, c'était peut-être cela le plus horrible – ce sentiment permanent d'insécurité. Depuis sa plus tendre enfance, elle avait vécu au cœur de ce bayou qu'elle connaissait parfaitement et qu'elle aimait plus que tout. Il avait été pour elle un terrain de jeu et d'exploration, une source d'émerveillement constamment renouvelé.

Ses parents lui avaient appris à reconnaître les plantes qui poussaient au cœur du marécage, à distinguer celles qui guérissaient de celles qui pouvaient vous tuer. Ils lui avaient également enseigné les mœurs des animaux qui vivaient en ces lieux.

Elle avait également pu apprécier le sens de la camaraderie et de la solidarité qui unissait les habitants du bayou. Et jamais elle n'aurait imaginé qu'il puisse lui arriver quoi que ce fût ici.

Jusqu'à ce jour fatidique…

Au moins, il ne s'agissait pas de quelqu'un d'ici. De cela, elle était certaine. L'homme qui l'avait agressée portait une eau de toilette raffinée et une montre hors de prix. Elle n'avait rien pu voir d'autre, mais ces deux détails suffisaient à disqualifier l'ensemble des hommes qui vivaient au cœur du marais.

Le seul autre indice dont elle disposait au sujet de l'individu en question, c'était le son de sa voix. Il n'avait prononcé que quelques paroles, mais elles demeureraient sans doute gravées à jamais dans sa mémoire.

Bien sûr, Josie était aussitôt allée signaler cette agression au chef de la police de Black Bayou, Thomas Gravois. Si elle avait été une femme de la ville, ce dernier aurait probablement remué ciel et terre pour retrouver le coupable. Mais elle vivait dans le bayou et il ne s'était pas donné cette peine.

Elle était cependant bien décidée à ne pas en rester là. D'une façon ou d'une autre, elle parviendrait à identifier cet homme et ferait en sorte qu'il soit jugé et condamné pour son crime. Pas uniquement pour elle mais aussi pour toutes les femmes qui risquaient d'être ses victimes.

Il y avait juste un problème : une femme comme elle qui vivait dans le bayou n'avait guère l'occasion de rencontrer les hommes riches et puissants de la ville.

Jusqu'à aujourd'hui...

Elle avait encore du mal à croire qu'elle ait pu tomber par hasard sur Jackson Fortier au beau milieu des marais. Elle l'avait aussitôt reconnu, bien sûr. Après tout, c'était l'une des personnalités les plus en vue de Black Bayou. Et force était de reconnaître qu'il n'était pas désagréable à regarder.

Si elle parvenait à sympathiser avec lui, il lui permettrait peut-être d'accéder au milieu social très fermé auquel appartenait son agresseur. Or il avait paru très désireux de la revoir...

Toute la question était de savoir s'il saurait se contenter de son amitié. Car, si séduisant que fût Jackson Fortier, elle ne se sentait pas du tout prête à s'investir dans une relation sentimentale. Peut-être ne le serait-elle même plus jamais.

Après avoir terminé son verre d'eau, elle demeura quelques minutes accoudée à la balustrade, se laissant bercer par les bruits du bayou. Lorsqu'elle se sentit remise de son cauchemar, elle retourna se coucher en laissant sa lanterne allumée.

Fort heureusement, le reste de sa nuit fut paisible et, comme à son habitude, elle se réveilla juste après le lever du soleil. Après s'être habillée rapidement, elle gagna la pirogue qui était accrochée derrière sa maison. C'était à bord de cette embarcation qu'elle relevait les nasses à poissons qu'elle disposait chaque jour.

Elle embarqua sa perche et sa rame ainsi que sa boîte de pêche. Puis, après avoir détaché l'amarre qui la retenait au ponton, elle se servit de la perche pour guider l'embarcation à travers le véritable dédale de cours d'eau et de mares qui s'étendaient aux alentours.

C'était le moment de la journée qu'elle préférait. À cette heure, le bayou se parait de ses plus belles couleurs. La lumière du soleil éveillait de beaux scintillements dorés sur les eaux couleur émeraude.

Les oiseaux saluaient de leurs chants le lever du jour. Par moments, on apercevait un poisson qui bondissait hors de l'eau avant de replonger dans les profondeurs.

Il régnait une impression de paix, une sensation de sérénité immuable et intemporelle. Dans cet écosystème préservé, tout était parfaitement à sa place. Et elle-même avait le sentiment réconfortant de faire partie de cet équilibre.

Josie vivait simplement. Elle ne dépensait que peu d'argent. Elle était propriétaire de sa petite maison et n'avait pas à payer le moindre fournisseur d'eau, d'électricité ou d'Internet. Il lui fallait juste de quoi se payer à manger, quelques livres, son abonnement de téléphone portable et un peu d'essence pour sa voiture et pour le groupe électrogène.

La plus grande partie de ce qu'elle gagnait, elle le cachait dans une grande jarre dissimulée dans le placard de sa chambre à coucher. Au fil des ans, cela avait fini par représenter une somme assez substantielle. Mais elle n'avait pas la moindre idée de ce qu'elle pourrait bien en faire.

Nombre de femmes qui vivaient dans le bayou économisaient dans l'espoir de pouvoir partir un jour le plus loin possible de cet endroit perdu. Mais Josie n'avait jamais envisagé de quitter Black Bayou. Elle aimait ce marais. Il faisait partie d'elle tout comme elle faisait partie de lui.

Parvenue à l'endroit où elle avait installé ses nasses, elle commença à les relever, curieuse de découvrir ce qu'elle avait capturé ce jour-là. Il lui fallut une heure pour récupérer l'ensemble de ses prises. La pêche avait été bonne et, lorsqu'elle reprit enfin le chemin de chez elle, elle se sentait d'excellente humeur.

De retour à la maison, elle plaça les poissons encore vivants dans des cages immergées où ils séjourneraient jusqu'à ce qu'elle en ait suffisamment pour pouvoir se rendre en ville et les vendre.

Elle alluma ensuite son groupe électrogène. C'étaient ses parents qui l'avaient fait installer. Il lui fournissait non seulement de la lumière mais aussi de l'eau chaude. En revanche, comme elle ne le faisait pas fonctionner en continu, elle ne possédait pas de réfrigérateur mais juste une grande glacière dont elle devait changer régulièrement les pains de glace qu'elle achetait à l'épicerie de Vincent.

Pour cuisiner, elle se servait le plus souvent du poêle dont la maison était équipée. Mais, ce matin-là, elle était trop affamée pour prendre le temps d'allumer du feu. Elle se servit donc des plaques électriques pour se préparer des œufs brouillés. Elle fit aussi griller des toasts qu'elle beurra et se prépara une bonne tasse de café.

Elle alla s'asseoir à la table de la cuisine pour prendre son petit déjeuner. C'était dans ces moments-là que ses parents lui manquaient le plus. Tous trois avaient eu coutume de manger ensemble, chaque matin. C'était l'occasion de discuter de tout et de rien et cela donnait souvent lieu à de grands éclats de rire.

Malheureusement, son père était décédé deux ans plus tôt des suites d'un cancer. Son épouse ne lui avait survécu que six mois avant de succomber à une crise cardiaque.

Cela avait été très dur pour elle. Et cela expliquait peut-être l'aveuglement dont elle avait fait preuve vis-à-vis de Gentry O'Connal. Mais, sur le moment, elle avait été réellement convaincue qu'il était l'homme de ses rêves, celui avec qui elle partagerait le reste de sa vie.

Bien qu'il fût originaire de la ville et malgré les nombreuses différences qui existaient entre eux, elle s'était persuadée que leur histoire était prédestinée. La déconvenue n'en avait été que plus cruelle. Mais, au moins, cette désastreuse expérience lui avait tenu lieu de leçon.

Après avoir mangé, elle lava rapidement la vaisselle puis alla se doucher. Elle enfila ensuite un pantalon corsaire en jean et un chemisier à manches courtes rose pâle qui la mettait en valeur.

Elle ignorait si Jackson viendrait au rendez-vous qu'ils s'étaient fixé. Peut-être considérerait-il que ce serait absurde. Après tout, ils appartenaient à deux mondes résolument différents et leurs routes n'auraient probablement jamais dû se croiser.

Elle était cependant bien décidée à tenter sa chance et fit même l'effort de brosser ses longs cheveux noirs et de mettre un peu de mascara et de parfum, ce qui n'était pas vraiment dans ses habitudes.

Avant de sortir, elle attacha à sa ceinture un fourreau qui contenait le couteau dont elle ne se séparait plus jamais depuis qu'elle s'était fait agresser. Elle s'était juré alors que plus jamais elle ne se retrouverait prise au dépourvu. Et si quelqu'un s'avisait un jour de porter la main sur elle, elle était bien décidée à le lui faire payer chèrement.

Après avoir récupéré ses clés, elle quitta la maison et se mit en marche en direction de l'endroit où elle avait rencontré Jackson, la veille. À ce souvenir, elle ne put s'empêcher de sourire : il était certainement la personne la moins adaptée à ce milieu qu'elle eût jamais rencontrée.

Mais, curieusement, sa maladresse lui avait semblé moins ridicule qu'attachante. Elle avait aussi apprécié le sens de l'humour et de l'autodérision dont il avait fait preuve à cette occasion. Bien des hommes se seraient sentis piqués au vif d'avoir été pris ainsi en défaut.

Pourtant, si charmant soit-il, Josie ne pouvait se permettre de perdre de vue son véritable objectif : si elle allait le retrouver, c'était uniquement parce que, grâce à lui, elle aurait une chance de retrouver son agresseur. Il n'était pas question pour elle de s'impliquer émotionnellement dans une relation avec un homme de la ville. C'était une erreur qui lui avait déjà coûté très cher et qu'elle était bien décidée à ne pas réitérer.

2

Cette fois-ci, Jackson avait pris soin de choisir des vêtements plus adaptés à une excursion dans le bayou. Il avait choisi un jean et une chemise en coton ainsi qu'une paire de chaussures montantes qu'il portait lorsqu'il se rendait sur les chantiers de construction.

En prenant sa voiture pour se rendre chez Vincent, il ne pouvait se départir d'une certaine nervosité. Josie serait-elle au rendez-vous ? Il l'espérait sincèrement. Car force était de reconnaître que, depuis la veille, elle avait occupé une bonne partie de ses pensées.

Bien sûr, il avait interrogé ses amis à son sujet.

— C'est une fille extraordinaire, avait déclaré Beau. Je la connais depuis des années. Elle a toujours vécu dans le bayou avec ses parents. Elle était vraiment très proche d'eux mais ils sont décédés récemment. Je sais que ça n'a pas été facile pour elle, mais elle a fini par remonter la pente.

— Elle ne parle pas beaucoup d'elle, avait ajouté Peyton. C'est quelqu'un de très secret. Mais elle a vraiment le cœur sur la main. Et elle possède un sacré tempérament : ce ne doit pas être facile tous les jours de vivre seule dans le bayou.

Jackson les avait interrogés pour tenter de découvrir si Josie avait un petit ami, mais ils n'avaient pu le renseigner à ce sujet. Beau croyait savoir qu'il y avait eu quelqu'un dans sa vie mais ignorait si tel était encore le cas.

Après sa visite, Jackson avait accepté avec reconnaissance la proposition de Peyton de le raccompagner jusqu'à sa voiture. Il pensait avoir mémorisé l'endroit où il avait rencontré Josie et croyait être capable d'y retourner par ses propres moyens.

En descendant de voiture sur le parking de Vincent, il eut de nouveau l'impression de pénétrer dans un sauna. À cette heure de la journée, la chaleur et l'humidité étaient à leur comble. Il alla récupérer dans son coffre le petit sac à dos dans lequel il avait pris soin de glisser une gourde.

Puis il se dirigea vers le chemin qu'il avait emprunté la veille. L'idée de s'aventurer de nouveau dans le marais l'emplissait d'une certaine appréhension. Mais il savait qu'il n'aurait qu'une faible distance à parcourir pour atteindre l'endroit où ils s'étaient donné rendez-vous.

Cette fois-ci, il progressa d'un pas mesuré, prenant bien garde à là où il mettait les pieds. Il se garda notamment de quitter l'étroit sentier. Il parvint ainsi à éviter les flaques et à garder les pieds au sec.

Au bout de quelques minutes de marche, il arriva en vue de l'arbre qu'il avait repéré la veille. C'était un imposant palétuvier aux racines torturées qui était presque entièrement recouvert de mousse espagnole.

Le cœur battant, Jackson s'arrêta et fouilla du regard la végétation très dense qui l'entourait de toutes parts. N'apercevant pas Josie, il sentit une immense déception monter en lui. Mais, à cet instant, la jeune femme émergea de derrière un arbre.

— Vous êtes venu, lui dit-elle.

Jackson lui décocha un large sourire.

— Vous aussi.

Il observa les alentours.

— Y a-t-il un endroit où nous pourrions nous installer pour discuter tranquillement ?

— J'en connais un, acquiesça-t-elle. Suivez-moi.

Elle se détourna et se mit en marche, suivant le sentier que Jackson avait emprunté pour venir jusque-là. Il lui emboîta le pas, se demandant si elle comptait l'emmener jusque chez elle.

Il brûlait de curiosité à l'idée de découvrir l'endroit où elle vivait. À vrai dire, tout ce qui la concernait le fascinait déjà.

Au bout d'un moment, elle obliqua sur un autre sentier dont Jackson n'avait même pas remarqué la présence. Elle ne tarda pas à s'arrêter dans une sorte de petite clairière au milieu de laquelle gisait un tronc d'arbre qui avait basculé sur le sol. Elle alla s'asseoir dessus et lui fit signe de prendre place à ses côtés.

Jackson se sentit légèrement déçu, bien que pas totalement surpris. Après tout, ils se connaissaient à peine et elle n'avait aucune raison de lui faire confiance.

— Je viens souvent ici, lui dit-elle. C'est un de mes endroits préférés pour m'asseoir et me perdre dans mes pensées.

Jackson s'installa sur le tronc, suffisamment loin de Josie pour ne pas la mettre mal à l'aise. Il pouvait néanmoins sentir le parfum qu'elle portait ce jour-là. C'était un mélange troublant de notes florales et d'épices qui avait quelque chose d'à la fois mystérieux et envoûtant.

Il ne put s'empêcher de remarquer qu'elle avait pris soin de se maquiller légèrement, ce qu'il considéra comme un signe très encourageant.

— Et vous ? lui demanda-t-elle alors. Où vous installez-vous lorsque vous voulez être au calme et méditer ?

— Eh bien… Dans mon bureau, à la maison, j'imagine. Mais je vous avoue que cela ne m'arrive pas si souvent que cela.

— Vous devriez, lui conseilla-t-elle. C'est important de prendre le temps de se recentrer, de temps à autre.

— Je suppose, concéda-t-il en fronçant légèrement les sourcils.

En réalité, cela faisait bien longtemps qu'il ne s'était pas accordé un tel moment. Il travaillait énormément, sortait beaucoup, dormait peu et ne s'accordait que peu de vacances.

— J'imagine que cela ne me ferait pas de mal, ajouta-t-il en souriant. Mais parlez-moi plutôt de vous. Dites-moi à quoi ressemble une journée dans la vie de Josie Cadieux.

Il la considéra attentivement et s'aperçut alors que, contrairement à ce qu'il avait pensé initialement, les yeux de la jeune femme n'étaient pas noirs. Ils semblaient être d'un gris très foncé, avec des éclats plus clairs, presque argentés. Cela lui donnait un regard magnifique.

— Il n'y a pas grand-chose à dire, vous savez, répondit-elle en haussant modestement les épaules. Je me lève de bonne heure et je pars vérifier mes pièges à poissons. Je ramène mes prises à la maison et je les place dans des cages en prenant soin de séparer ceux qui s'entre-dévoreraient. L'après-midi, je me promène, je lis, j'écoute de la musique ou je médite. À l'approche du soir, je refais le tour de mes nasses et m'assure qu'elles sont bien en place. Lorsque j'ai accumulé suffisamment de poissons, je les charge sur ma camionnette et je vais les vendre en ville. J'en profite généralement pour aller au cinéma, à la librairie ou au restaurant et pour me ravitailler chez Vincent.

— À qui vendez-vous le fruit de votre pêche ? lui demanda Jackson.

— Je propose mes prises d'abord à Marie Boujoulais, du Black Bayou Café, puis au Tremont. Ce qui me reste, je le vends au Chez Mike.

C'était le principal supermarché du centre-ville. Quant au Tremont, c'était un restaurant très chic où Jackson allait régulièrement manger avec ses amis ou ses clients.

— Est-ce que c'est une vie agréable ? s'enquit-il, curieux.

L'existence de Josie était à des années-lumière de la sienne – simple, routinière et proche de la nature.

— Oui, répondit-elle sans hésiter. Je gagne assez d'argent pour régler mes factures. Je passe le plus clair de mon temps à profiter des beautés du bayou. Je suis libre de m'organiser comme je le désire. Et j'ai tout le temps pour lire et réfléchir.

— Vous ne vous sentez jamais seule ?

Elle haussa les épaules.

— J'ai des tas d'amis dans les parages, répondit-elle. Et je peux les voir quand je le désire… ou les éviter sans qu'ils s'en formalisent lorsque je préfère rester seule. C'est une existence très simple mais elle me plaît. Et vous, Jackson ? J'ai du mal à me représenter à quoi peut bien ressembler la vôtre.

Il entreprit de lui parler de sa vie : les projets sur lesquels il travaillait, les réunions auxquelles il assistait, les réceptions auxquelles il était invité... Josie l'écoutait avec beaucoup d'intérêt et, dans ses yeux, il croyait discerner un mélange d'étonnement et de compassion. Sans doute se demandait-elle pourquoi il s'imposait un rythme aussi trépidant. Et plus il parlait, plus lui-même en venait à se poser la question.

— Le monde dans lequel vous vivez semble vraiment très complexe, remarqua-t-elle enfin.

— J'imagine qu'il l'est.

— Est-ce qu'il vous plaît ? lui demanda-t-elle comme il venait de le faire.

Il hésita quelques instants avant de lui répondre.

— C'était le cas auparavant. Mais je reconnais qu'avec les années c'est devenu moins amusant. Et, contrairement à vous, je ne peux pas dire que ma vie me paraisse très épanouissante, ces temps-ci...

Jusqu'à ce jour, il n'avait fait part de ses insatisfactions et de ses doutes qu'à Peyton, sa meilleure amie. Même ses amis les plus proches n'étaient pas au courant. S'il s'était abstenu d'en discuter avec eux, c'était peut-être parce que la plupart d'entre eux menaient exactement le même genre d'existence que lui.

Avec Josie qu'il ne connaissait pourtant qu'à peine, il lui semblait plus facile de se confier.

— La vie est trop courte pour se résigner au malheur, lui déclara-t-elle.

— Je suis bien d'accord avec vous, acquiesça-t-il. La bonne nouvelle, c'est que notre rencontre m'a fait l'effet d'un véritable rayon de soleil.

— Seriez-vous en train de flirter avec moi, Jackson ? lui demanda-t-elle en haussant un sourcil.

— Peut-être un peu. Mais je ne devrais pas le faire tant que je ne serai pas sûr que vous êtes bien célibataire.

— Je le suis, lui dit-elle. Dans le cas contraire, je ne vous aurais jamais donné rendez-vous.

— Je m'en doutais un peu, concéda Jackson en s'efforçant de réprimer le mélange d'exaltation et d'espoir qui montait en lui. Mais Beau paraissait penser que vous aviez peut-être quelqu'un.

Le sourire de Josie se figea brusquement.

— C'est terminé, dit-elle. Et je préfère ne pas en parler.

Jackson hocha la tête et se força à réprimer sa curiosité. De toute évidence, il s'agissait pour elle d'un sujet encore sensible.

— Alors, comme ça, vous avez interrogé Beau et Peyton à mon sujet, lui dit-elle d'un ton un peu plus léger. J'imagine que c'est assez flatteur. Que vous ont-ils dit d'autre à mon sujet ?

— Pas grand-chose, j'en ai peur. Qu'ils vous appréciaient beaucoup. Que vous étiez quelqu'un de très discret. Et que vous aviez récemment perdu vos parents. J'en suis vraiment désolé.

— Ça a été un moment très difficile pour moi, lui dit-elle. Nous étions très proches.

Il perçut l'immense tristesse qui filtrait dans sa voix et se sentit touché par cette marque de vulnérabilité. Doucement, il posa une main sur la sienne.

— Je suis vraiment désolé, répéta-t-il.

— Est-ce que vos parents sont encore en vie ? lui demanda-t-elle.

Il retira sa main, ne voulant pas se montrer trop pressant.

— Ils sont vivants et en bonne santé, répondit-il. J'essaie d'aller dîner chez eux au moins une fois par semaine.

Josie entreprit de lui poser de nombreuses questions au sujet de sa famille. En retour, il découvrit qu'elle était du signe de la Balance, que sa couleur préférée était le violet et qu'elle n'avait jamais mangé de steak de toute sa vie.

— Jamais ? s'exclama-t-il, passablement sidéré.

Elle haussa les épaules.

— On trouve peu de bœufs dans le bayou, lui dit-elle. Et j'ai autant de poisson que je veux.

Jackson se promit de l'inviter dès qu'il en aurait l'occasion dans son restaurant préféré pour lui faire découvrir le goût d'une bonne côte de bœuf maturée.

— Et vous ? lui demanda-t-elle alors. Vous ne m'avez pas dit quelle était votre couleur préférée.

— Devinez.

— Le vert ? répondit-elle avec un sourire malicieux.

— Qu'est-ce qui vous fait dire ça ?

— C'est la couleur des billets de banque, répliqua-t-elle en riant.

Il lui lança un regard faussement réprobateur.

— Figurez-vous que c'est le bleu.

— Et votre signe astrologique ?

— Cancer.

— On dirait que j'ai encore beaucoup de choses à apprendre sur vous…

— J'espère bien que vous aurez toute latitude de le faire.

Ils continuèrent ainsi à discuter de tout et de rien. Jackson apprit qu'elle avait été éduquée à la maison par sa propre mère. De toute évidence, celle-ci avait fait du bon travail : Josie était dotée d'une solide culture générale et d'une curiosité insatiable.

Elle l'impressionna tant par l'étendue de ses lectures que par l'intelligence et l'esprit critique dont elle faisait preuve. Elle était également dotée d'un grand sens de l'humour.

Mais surtout, sans qu'il s'expliquât réellement pourquoi, elle avait le don de le mettre à l'aise. Face à elle, il ne se sentait pas forcé de faire semblant. Il pouvait être lui-même. Jamais encore il n'avait rencontré quelqu'un auprès de qui il se sentît aussi détendu.

Inévitablement, la conversation en vint à porter sur la série de crimes atroces qui avaient récemment été commis dans le bayou. Plusieurs femmes avaient été assassinées par un mystérieux tueur en série que la presse avait surnommé le monstre de Honey Island.

— Le chef de la police semble convaincu qu'il s'agit d'un habitant du bayou, remarqua Jackson. Est-ce que les gens du coin ont une idée de qui cela pourrait bien être ?

Josie laissa échapper un petit rire sans joie.

— Gravois s'est convaincu depuis bien longtemps que nous étions tous des bons à rien, des citoyens de seconde zone, des rebuts de la société. Il se fait toujours un plaisir d'accuser les gens d'ici, même lorsqu'il n'a pas le début de l'ombre d'une preuve. J'imagine que c'est plus simple que de mener réellement l'enquête. Je serais prête à parier qu'il ne s'est pas donné beaucoup de mal pour identifier le coupable. Après tout, les victimes sont toutes des filles du bayou...

L'amertume qui transparaissait dans sa voix ne manqua pas d'étonner Jackson : il était évident que Josie en faisait une affaire personnelle. Il ne put s'empêcher de se demander si elle aussi s'était trouvée en butte aux préjugés du chef de la police.

— Je suis désolée, s'excusa-t-elle. Je ne voulais pas vous infliger une telle tirade. Mais j'ai de bonnes raisons de penser que Gravois n'est pas digne de confiance.

— Ne vous excusez pas. Je ne suis pas surpris d'apprendre qu'il cultive certains a priori vis-à-vis des habitants du bayou. Il n'est malheureusement pas le seul. Je dois bien reconnaître qu'il existe une certaine ségrégation au sein de notre communauté. Les gens de la ville et ceux du marais ne se fréquentent guère et se défient souvent les uns des autres.

— C'est vrai, acquiesça Josie. Malheureusement, cette fois-ci, c'est la vie des femmes qui vivent ici qui est dans la balance. Jusqu'à quand Gravois continuera-t-il à fermer les yeux ?

— Je pourrais peut-être faire quelque chose, suggéra Jackson. Mes amis de la chambre de commerce et moi avons un certain poids en ville. Et je pourrais mettre la pression à Gravois.

Un pâle sourire se dessina sur les lèvres de Josie.

— Je vous en serais infiniment reconnaissante, lui dit-elle.

— Vous pouvez compter sur moi, déclara-t-il. Je lui ferai

comprendre que s'il n'est pas capable de régler la question lui-même, il n'a qu'à demander l'aide de la police d'État ou du FBI.

Le visage de Josie s'illumina et il sentit son cœur se serrer dans sa poitrine. Elle était tout simplement magnifique.

— Est-ce que vous aimez pêcher ? lui demanda-t-elle soudain.

— Pêcher ? répéta-t-il, un peu décontenancé par ce brusque changement de conversation. Je ne sais pas. Je n'ai jamais essayé.

— Vraiment ? s'exclama-t-elle en le considérant d'un air sidéré. Jamais ?

Il secoua la tête.

— Ça vous dirait de le faire ?

— Pourquoi pas ? répondit-il.

Pêcher ne le motivait pas plus que cela, mais il était prêt à tout pour pouvoir passer un peu plus de temps en compagnie de Josie. Il avait également conscience du fait que cette activité était importante pour elle : en l'invitant à l'accompagner, elle lui ouvrait la porte de son propre univers. Et il brûlait de le découvrir.

— Parfait ! s'exclama-t-elle. Je connais l'endroit idéal. Un étang très poissonneux où même un débutant a de bonnes chances d'attraper ses premières prises !

Jackson fronça légèrement les sourcils.

— S'il y a tant de poissons que cela, ne risque-t-il pas d'y avoir aussi des alligators ?

— Ne vous en faites pas, ils ont généralement plus peur de nous que nous d'eux.

— Généralement ?

— Disons, tant que l'on ne s'approche pas de leurs nids.

— Et comment pouvons-nous être sûrs de les éviter ?

— Je connais la plupart des endroits où ils vont pondre. Et en cas de problème, nous pourrons toujours compter sur Gator Broussard.

— C'est l'homme qui a sauvé la vie de Peyton, n'est-ce pas ?

— Lui-même. Est-ce que vous l'avez déjà rencontré ?

— Non.

— C'est quelqu'un de bien. Un type sur lequel on peut compter en cas de coup dur. Et si quelqu'un s'y connaît en matière d'alligators, c'est bien lui.

— Peyton m'a dit qu'ils avaient mangé trois de ses doigts.

— Exact. Contrairement à nous, il s'amuse à les taquiner.

Jackson secoua doucement la tête.

— Ce doit être un sacré personnage.

— Qui sait ? Nous le croiserons peut-être demain matin.

— Demain matin ?

— Quand nous irons pêcher, lui dit-elle en sautant au bas du tronc d'arbre. Que diriez-vous de me retrouver ici même vers six heures et demie ?

— D'accord, acquiesça Jackson.

Il n'avait pas l'habitude de se réveiller aussi tôt et devrait sans doute repousser un certain nombre de rendez-vous de travail. Mais ces désagréments mineurs lui semblaient totalement négligeables au regard de l'occasion qui lui était donnée de passer un peu plus de temps en compagnie de Josie.

Après avoir pris congé de Jackson, Josie décida de rendre visite à Beau et Peyton. Elle savait que celle-ci était très amie avec Jackson et voulait en apprendre un peu plus à son sujet avant de s'investir plus avant dans cette relation.

L'histoire d'amour de Beau Boudreau et Peyton LaCroix était plutôt inhabituelle. Dans leur prime jeunesse, ils avaient été très amoureux l'un de l'autre en dépit du fait que Beau était un rat des bayous et Peyton une fille de la ville.

Ils avaient été brutalement séparés lorsque Beau avait été accusé d'un crime qu'il n'avait pas commis. Il avait été condamné et avait passé de longues années en prison. Lorsqu'il en était enfin sorti, il avait décidé de prouver son innocence et, pour ce faire, avait sollicité l'aide de Peyton qui, entre-temps, était devenue avocate.

Au fil de cette investigation, tous deux avaient pris conscience du fait que l'amour qui les avait unis autrefois était toujours aussi vivace. Après avoir démasqué le véritable meurtrier, ils avaient opté pour un mode de vie inédit, passant la moitié de leur temps dans le bayou et l'autre en ville.

Il ne fallut que quelques minutes à Josie pour atteindre leur cabane. Lorsqu'elle frappa, ce fut Peyton qui vint lui ouvrir.

— Je ne te dérange pas ? lui demanda-t-elle.

— Pas du tout ! lui assura la jeune femme avec un large sourire. Entre, je t'en prie.

Josie suivit Peyton jusqu'au salon et prit place sur le canapé.

— Beau est en ville. Il doit établir un devis pour une terrasse de restaurant.

Beau travaillait comme charpentier et, d'après ce que Josie avait entendu dire, l'entreprise qu'il venait de fonder se révélait très profitable.

— Est-ce que tu veux boire quelque chose ? proposa Peyton.

— Non, c'est gentil.

Son amie s'assit dans le vieux fauteuil qui était installé face au canapé.

— Alors, qu'est-ce que tu deviens, ces temps-ci ? lui demanda-t-elle, curieuse.

— Eh bien... Comme tu le sais sans doute, j'ai fait la connaissance de Jackson, récemment. Je sors tout juste d'un rendez-vous avec lui et je voulais te poser quelques questions à son sujet.

Un petit sourire se dessina sur les lèvres de Peyton.

— Jackson et toi ? s'exclama-t-elle. Ça ne me serait jamais venu à l'idée... Mais ce serait merveilleux ! N'hésite pas à m'interroger. Je te dirai tout ce qu'il y a à savoir à son sujet. C'est un homme merveilleux. Il est charmant, drôle et généreux. Tu n'as vraiment rien à craindre de lui.

C'était précisément ce dont Josie voulait s'assurer.

— Je pourrais donc l'inviter chez moi sans craindre qu'il n'essaie de profiter de la situation ?

— Bien sûr. Nous nous connaissons depuis notre plus tendre

enfance, lui et moi. Et je peux t'assurer que jamais il ne ferait de mal à une femme.

Peyton lui adressa un clin d'œil complice.

— Ne te méprends pas : Jackson n'est pas un saint. Il peut se montrer sarcastique et superficiel. Il a un sens de l'humour parfois très corrosif. Mais il est également capable de faire preuve d'autodérision.

— C'est ce dont je me suis aperçue, acquiesça Josie.

Peyton se pencha légèrement en avant.

— Est-ce que vous avez prévu de vous revoir ?

— Je lui ai proposé de l'emmener pêcher, demain matin.

Peyton ouvrit de grands yeux avant d'éclater de rire.

— J'avoue que je donnerais cher pour voir ça ! s'exclama-t-elle. Ce n'est pas vraiment son élément. Je suis même surprise qu'il ait accepté de t'accompagner.

— Nous verrons bien s'il est au rendez-vous.

— S'il vient, cela signifie qu'il t'apprécie vraiment beaucoup. Je n'ai encore jamais vu Jackson s'aventurer aussi loin de sa zone de confort.

— Merci beaucoup, Peyton, lui dit Josie en se levant. Tu as répondu aux principales questions que je me posais à son sujet.

Peyton se redressa à son tour.

— Laisse-lui une chance, Josie, lui suggéra-t-elle. Et tâche de ne pas lui briser le cœur.

— Ce n'est certainement pas mon intention.

Quelques minutes plus tard, en rentrant chez elle, Josie réfléchit à ce que son amie venait de lui dire. Peyton semblait convaincue qu'elle ne courrait aucun risque aux côtés de Jackson.

Elle ne comptait cependant pas se départir de son couteau. D'autant que, bien plus que Jackson, elle devait désormais se méfier du tueur en série qui paraissait rôder en liberté dans le bayou. Il avait déjà assassiné trois femmes. S'il fallait en croire la rumeur, elles avaient été poignardées au niveau du ventre avant d'être charcutées à coups de griffes. On ignorait si les victimes avaient été tuées dans le bayou puis transportées en ville ou si elles avaient été attirées hors du marais avant d'être mises à mort.

Josie n'en savait pas beaucoup plus au sujet de ces crimes, mais c'était bien assez pour la convaincre de redoubler de prudence lorsqu'elle sortait de chez elle. Elle espérait réellement que Jackson tiendrait la promesse qu'il lui avait faite et qu'il irait trouver Gravois pour lui mettre la pression.

Elle espérait aussi qu'il serait au rendez-vous, le lendemain matin.

À 6 h 30, Josie vint s'asseoir sur le tronc d'arbre où elle était censée retrouver Jackson. Elle s'était munie de deux cannes à pêche et d'une boîte remplie d'hameçons et de vers.

Elle s'était levée en avance pour pouvoir relever ses nasses de bonne heure. Et elle avait accumulé suffisamment de prises désormais pour pouvoir se rendre en ville ce jour-ci ou le lendemain au plus tard. Mais, en attendant, elle comptait bien profiter de cette matinée en compagnie de Jackson et cultiver la relation qu'ils avaient nouée la veille.

Elle n'eut pas longtemps à attendre : quelques minutes après s'être installée dans la clairière, elle l'entendit approcher. Il se déplaçait dans le sous-bois avec la discrétion d'un sanglier sauvage et elle ne put s'empêcher de rire en l'entendant jurer copieusement après avoir marché dans une flaque.

— Je ne sais pas pourquoi je suis apparemment incapable de garder les pieds au sec, dans ce bayou, déclara-t-il lorsqu'il apparut enfin.

— Vous vous habituerez, lui assura-t-elle. Et, au moins, vous êtes vêtu de façon parfaitement appropriée pour aller pêcher.

De fait, il portait un jean et un T-shirt bleu roi qui soulignait parfaitement sa carrure athlétique. La couleur mettait également en valeur ses yeux pétillants d'humour.

— Est-ce que vous vous sentez prêt à attraper quelques poissons ? lui demanda-t-elle.

— Dès que vous m'aurez montré comment procéder, répondit-il.

Il y avait dans sa voix un enthousiasme communicatif. Elle lui tendit l'une de ses cannes à pêche et s'empara de l'autre ainsi que de sa boîte à hameçons.

— Suivez-moi, lui dit-elle.

— Est-ce que c'est loin ? lui demanda-t-il.

— À un quart d'heure de marche environ, répondit-elle. Est-ce que vous pensez pouvoir vous en sortir ?

— Tant que vous ouvrez la voie, charmante nymphe sylvestre, je ferai tout mon possible.

Josie ne put s'empêcher de rougir. Elle n'avait vraiment plus l'habitude de ces petits jeux de séduction. Pourtant, il allait lui falloir se montrer à la hauteur si elle voulait qu'il l'invite à son tour à découvrir son propre monde. Elle se força donc à lui décocher son sourire le plus enjôleur et tous deux poursuivirent leur route à travers le marécage.

Une quinzaine de minutes plus tard, ainsi qu'elle le lui avait annoncé, le sentier qu'ils avaient suivi déboucha sur une nouvelle clairière, bien plus vaste que la précédente, au centre de laquelle se trouvait une étendue d'eau couverte de nénuphars et de jacinthes d'eau.

— Nous y voilà ! s'exclama-t-elle.

Jackson s'avança derrière elle et observa attentivement les environs.

— Il n'y a pas d'alligators en vue, au moins, déclara-t-il.

— Effectivement. Est-ce que vous voulez que j'appâte votre ligne ?

— Je crois que je devrais pouvoir m'en sortir.

Josie ouvrit sa boîte de pêche et Jackson vint s'agenouiller à ses côtés. Elle perçut alors l'odeur de savon, de mousse à raser et d'after-shave qui émanait de lui. Tous deux préparèrent leurs cannes avant d'aller lancer leurs lignes. Ils s'assirent alors côte à côte pour attendre que le poisson se décide à mordre à l'hameçon.

— Est-ce que vous venez souvent pêcher ici ? lui demanda Jackson.

— Deux ou trois fois par semaine, répondit-elle. L'essentiel de mes prises provient des pièges que j'installe. La pêche à la ligne est plus une distraction qui me laisse le temps de lire ou juste de me détendre.

— Votre conception de la vie me fait vraiment prendre conscience du fait que je devrais m'accorder plus de temps libre.

— Qu'est-ce qui vous en empêche ? Rien ne vous oblige à vous tuer au travail. À en croire ce que l'on raconte sur vous, vous pourriez même ne rien faire du tout, si vous le vouliez...

Jackson leva un sourcil amusé.

— On dirait que vous vous êtes renseignée sur mon compte depuis notre première rencontre.

Josie haussa les épaules.

— Ne croyez pas que je m'intéresse à votre argent.

— Si je le pensais, je ne serais pas ici, lui assura-t-il.

— Tant mieux, répliqua-t-elle en le regardant droit dans les yeux. Parce que je ne suis pas à vendre.

Jackson éclata de rire.

— Le contraire m'aurait étonné. C'est l'une des choses qui me plaît, chez vous : vous êtes une femme de caractère.

— L'une des choses ? répéta-t-elle malicieusement.

— Seriez-vous à la pêche aux compliments, Josie ?

— À propos de pêche, vous devriez surveiller votre ligne ! s'exclama-t-elle en riant.

Jackson se tourna vers sa canne à pêche qui ployait vers l'avant.

— On dirait que j'en ai attrapé un.

— Donnez une petite impulsion vers l'arrière, histoire de bien ferrer le poisson. Ensuite, enroulez le moulinet lentement et régulièrement.

Jackson s'exécuta et ils ne tardèrent pas à voir sortir des eaux un poisson-chat de belle taille qui atterrit à leurs pieds sur la berge.

— J'ai réussi ! s'exclama-t-il avec un enthousiasme presque enfantin.

Il laissa tomber sa canne à pêche, prit Josie par la taille et virevolta sur lui-même.

— J'ai attrapé mon premier poisson !

Il la reposa et recula d'un pas, embarrassé.

— Désolé, s'excusa-t-il. Je me suis laissé emporter...

— Ne vous en faites pas, répondit-elle en riant de plus belle. Je suis heureuse que vous vous amusiez autant.

Josie était également très surprise par sa propre réaction : lorsque Jackson l'avait prise dans ses bras, elle ne s'était pas sentie oppressée comme elle aurait pu s'y attendre mais avait au contraire ressenti une certaine exaltation. Elle se dit que c'était probablement l'enthousiasme de Jackson qui était contagieux.

— Nous ferions mieux de détacher votre prise, déclara-t-elle.

Après cela, ils continuèrent à pêcher pendant une heure environ en parlant de choses et d'autres. Ils se racontèrent notamment leurs enfances et constatèrent qu'en dépit des milieux très différents dont ils étaient originaires tous deux avaient toujours été très proches de leurs parents respectifs.

Jackson attrapa un autre poisson, Josie en prit deux et ils décidèrent d'un commun accord de mettre fin à cette agréable partie de pêche.

— Je dois bien reconnaître que j'avais un peu peur à l'idée de ce qui m'attendait, ce matin, avoua Jackson sur le chemin du retour. Mais j'ai vraiment passé un excellent moment.

— Moi aussi, répondit Josie.

Et c'était la plus stricte vérité. Peyton ne lui avait pas menti : Jackson était un compagnon charmant, plein d'esprit et d'humour. Et elle se sentait presque désolée de se servir de lui comme elle s'apprêtait à le faire. En d'autres circonstances, ils auraient probablement pu devenir amis.

3

Jackson était bel et bien mordu. Josie le faisait se sentir bien plus vivant qu'il ne l'avait été depuis fort longtemps. Elle l'intriguait également beaucoup plus que toutes les femmes qu'il avait pu rencontrer au cours de ces dernières années. Et s'il n'avait tenu qu'à lui, il aurait passé le reste de la journée à ses côtés.

— Que diriez-vous de dîner au restaurant avec moi, ce soir ? suggéra-t-il lorsqu'ils furent de retour dans la clairière de l'arbre mort.

Elle le considéra d'un air songeur avant de hocher la tête.

— J'en serais ravie, déclara-t-elle.

— Excellent ! s'exclama-t-il en s'efforçant de modérer son enthousiasme. Je pourrais venir vous chercher ici vers sept heures et demie.

— Nous pourrions nous retrouver directement sur le parking de Vincent, suggéra-t-elle. Je serais désolée de rater ce dîner parce que vous vous êtes égaré dans le bayou.

— Marché conclu, répondit Jackson en riant. Cela me laissera le temps de passer au poste de police d'ici là. Je compte aller trouver Thomas Gravois avec quelques amis influents pour lui mettre un peu la pression.

— Merci beaucoup, Jackson, lui dit-elle en posant une main sur son avant-bras.

Ce simple contact éveilla en lui un frisson qui le parcourut de part en part.

— Je vous en suis vraiment très reconnaissante, ajouta-t-elle. Moi et toutes les femmes qui vivent dans ce bayou.

— Ce n'est rien, éluda-t-il, légèrement embarrassé.

Il espérait surtout que la démarche qu'il s'apprêtait à entreprendre ne serait pas inutile.

— À ce soir, Josie, conclut-il.

— À ce soir, répondit-elle en ôtant sa main.

Le doux fourmillement produit par ses doigts sur sa peau perdura tandis qu'il regagnait sa voiture. L'idée de passer la soirée en sa compagnie l'emplissait d'une irrépressible exaltation. Mais en attendant il allait devoir tenir sa promesse et aller trouver Gravois.

Il aurait probablement dû le faire plus tôt. Trois femmes avaient été assassinées et il était évident que la police ne disposait à ce jour d'aucune piste solide. Aucune interpellation n'avait eu lieu.

Curieusement, dans son entourage, il n'avait entendu personne s'émouvoir de cette absence de résultats. Josie avait sans doute raison, hélas : si ces femmes avaient été originaires de la ville, toute la population de Black Bayou aurait pris fait et cause pour elles. Mais elles venaient du marais et leur sort ne suscitait au mieux qu'une vague inquiétude.

Jackson était bien décidé à bousculer cette indifférence. Et durant le trajet qui le ramenait en ville, il contacta ses trois amis les plus proches pour leur donner rendez-vous après le déjeuner.

À 1 heure précise, Brian Miller et Lee Townsend pénétrèrent dans son bureau. Le premier était un homme de haute taille aux cheveux bruns et aux yeux verts. C'était l'un des promoteurs immobiliers les plus influents de la région et il possédait des terrains et des immeubles à travers tout le pays.

Townsend était plus petit et râblé et il avait perdu ses cheveux très jeune. Il avait hérité de son père de vastes plantations de canne à sucre ainsi qu'une raffinerie qu'il avait fait prospérer. Tout comme Jackson et Miller, il comptait parmi les plus grandes fortunes de Louisiane.

— Sonny devrait déjà être là, leur indiqua Jackson après leur avoir serré la main. J'imagine qu'il ne va pas tarder à nous rejoindre.

Il fit signe à ses amis de prendre place autour de la table de réunion.

— Sonny est toujours en retard, commenta malicieusement Brian. C'est rassurant de voir que certaines choses ne changent pas.

— Je suis sûr qu'il se débrouillera pour être en retard à ses propres funérailles, renchérit Lee.

— Je vous sers quelque chose, en attendant ? proposa Jackson en riant.

— Si tu as toujours ce whisky vingt ans d'âge que tu nous avais fait découvrir la dernière fois, je suis partant, répondit Brian.

Comme Jackson achevait de remplir leurs verres, Sonny Landry les rejoignit à son tour. C'était le fils de l'ancien procureur général et il avait fait fortune dans l'industrie textile. Tous quatre se connaissaient depuis l'enfance. Ils étaient les héritiers de familles puissantes et respectées mais avaient travaillé dur pour gagner leurs propres lettres de noblesse.

Brian était marié et avait deux enfants en bas âge. Lee, lui, se trouvait au beau milieu d'une procédure de séparation particulièrement douloureuse. Quant à Sonny, il était toujours célibataire.

— Alors, que se passe-t-il ? s'exclama-t-il après avoir accepté le verre que Jackson lui tendait. Ne me dis pas que tu nous as fait venir juste pour nous faire boire au beau milieu de la journée.

— À vrai dire, j'en avais bien besoin, déclara Lee avec un sourire amer. Ce divorce va me tuer. Je crois que Sherri est bien décidée à me dépouiller complètement.

— Ne t'en fais pas, tenta de le rassurer Brian. Tu as un excellent avocat. Je suis sûr que tu t'en sortiras sans y laisser trop de plumes.

— Espérons-le, soupira Lee. En attendant, Jackson, dis-nous pourquoi tu nous as réunis.

— Je voulais vous demander de m'accompagner au commissariat, expliqua Jackson. Je compte bien demander au chef de la police quelles mesures il a prises pour identifier le tueur en série qui sévit actuellement dans le bayou.

Ses trois amis le considérèrent avec étonnement.

— C'est la première fois que tu t'intéresses à cette affaire, remarqua Lee.

— C'est vrai, reconnut Jackson. Mais j'ai récemment rencontré une femme qui m'a fait prendre conscience de la coupable passivité de la police dans ce dossier.

— Une femme du bayou ? s'enquit Brian.

Jackson hocha la tête.

— Elle s'appelle Josie. Josie Cadieux. Et c'est la personne la plus charmante, la plus intéressante et la plus drôle que j'aie rencontrée depuis bien longtemps.

— Eh bien ! On dirait que tu es sous le charme, s'exclama Sonny avec un large sourire. Et peut-on savoir quand tu as rencontré ce parangon de féminité ?

— Hier, répondit Jackson. Elle m'a fait remarquer que trois femmes du bayou avaient été assassinées et que le chef de la police ne paraissait pas faire de zèle pour retrouver le coupable. Il ne s'est même pas exprimé publiquement à ce sujet.

— La seule chose qui préoccupe vraiment Gravois, c'est la politique locale, remarqua Lee.

— Eh bien, il serait peut-être temps que quelqu'un lui fasse comprendre qu'il devrait faire son boulot. Seriez-vous partants pour vous joindre à moi et aller le lui dire ?

— Pourquoi pas ? répondit Brian.

— Je veux bien, acquiesça Lee. Je n'ai jamais pu supporter ce type, de toute façon.

— Vous pouvez compter sur moi, déclara Sonny à son tour.

Après avoir terminé leurs verres, ils quittèrent donc le bureau de Jackson pour se rendre en voiture au commissariat de Black Bayou. Ryan Staub, l'agent qui était de service à l'accueil ce jour-là, trahit une pointe d'étonnement en les voyant entrer.

— Que puis-je faire pour vous, messieurs ?

— Nous souhaiterions parler à Thomas Gravois, lui indiqua Jackson. Est-ce qu'il est là ?

— Oui. Si vous voulez bien patienter ici, je vais le prévenir de votre visite.

Staub disparut bientôt dans le couloir qui s'ouvrait au fond de la pièce. Ils n'eurent que quelques instants à attendre avant de le voir revenir.

— Le chef Gravois va vous recevoir immédiatement, leur dit-il. C'est la dernière porte sur la droite.

Jackson le remercia et, suivi de ses trois amis, il gagna le bureau que Staub venait de lui indiquer.

— Entrez ! répondit Gravois lorsqu'il eut frappé à la porte.

Ils pénétrèrent dans la petite pièce qu'occupait le chef de la police. Thomas Gravois était un homme de haute taille, assez athlétique. Âgé de cinquante-cinq ans environ, il avait les cheveux grisonnants. Ses yeux bleus cernés de noir donnaient l'impression qu'il se tuait à la tâche. Mais Jackson avait entendu dire à plusieurs reprises que c'était en réalité un tire-au-flanc de la pire espèce.

S'il fallait en croire les rumeurs qui couraient sur son compte, sa femme l'avait quitté et il vivait désormais seul dans leur grande maison sur Main Street.

— Que me vaut l'honneur de cette visite ? leur demanda-t-il.

— Nous venons vous voir en tant que citoyens préoccupés par la récente série de meurtres perpétrés aux alentours de Black Bayou. Nous souhaiterions savoir s'il y a eu des avancées dans l'enquête.

Gravois le considéra avec un évident étonnement. Il se demandait probablement pour quelle raison un riche entrepreneur comme lui se souciait d'une telle affaire.

— Malheureusement, nous n'avons guère progressé dans ce dossier, reconnut-il. Comme vous le savez peut-être, les gens du bayou forment une communauté très fermée. Mes hommes et moi-même avons énormément de difficultés à recueillir des témoignages fiables.

— Est-ce que vous continuez tout de même à rechercher d'éventuels témoins ? s'enquit alors Lee.

— Je vous l'ai dit : cela ne servirait à rien. Ils se défient tous de la police et refusent de nous parler.

— Qu'en est-il des indices matériels ? demanda Brian. Si j'ai bien compris, les victimes ont été sauvagement mutilées. Le coupable devait donc être couvert de sang. Avez-vous trouvé des empreintes de pas ou de main ?

— Rien du tout, hélas. C'est vraiment comme si ces femmes avaient été assassinées par ce monstre des marais dont parlent les gens de la région. J'imagine d'ailleurs que c'était précisément l'intention de celui qui a commis ces atrocités. À ce stade, ma seule conviction est qu'il doit s'agir d'un habitant du bayou.

— Qu'est-ce qui vous faire dire cela ?

Gravois haussa les épaules.

— Ces gens-là sont de véritables sauvages, répondit-il.

Jackson avait toujours su que les gens du bayou étaient victimes d'une certaine discrimination. Mais c'était la première fois qu'il entendait un représentant officiel s'exprimer de façon aussi brutale et décomplexée. Cela trahissait à la fois un manque de professionnalisme et une méconnaissance profonde de la réalité du terrain. Jackson ne savait pas ce qui était le plus inquiétant.

— Je vous rappelle que, contrairement à ce dont vous étiez convaincu, ce n'est pas un habitant du bayou qui a tenté d'assassiner Peyton LaCroix mais bien un homme d'affaires respecté de la ville.

De fait, Jack Fontenot, un entrepreneur de travaux publics avec lequel Jackson avait régulièrement travaillé, avait assassiné une jeune prostituée, quinze ans auparavant. Il s'était débrouillé alors pour faire accuser son meilleur ami, Beau Boudreau, de ce crime, ce qui avait valu à ce dernier de passer quinze ans derrière les barreaux.

Lorsqu'il s'était senti menacé par l'enquête menée par Beau et Peyton, Fontenot n'avait pas hésité à s'en prendre à la meilleure amie de Jackson. Par chance, Peyton avait survécu à cette tentative de meurtre et Fontenot croupissait désormais en prison en attendant le procès qui l'y renverrait probablement pour le reste de ses jours.

— Écoutez, reprit Gravois d'une voix légèrement plaintive. Je fais tout ce que je peux pour retrouver ce tueur. Mais vous savez que je manque d'effectifs. Et, en l'absence de preuves exploitables, il m'est difficile d'avancer.

— Je suis sûr que vous disposez d'un budget suffisant pour embaucher un policier supplémentaire, ne serait-ce que de façon temporaire, remarqua Brian.

Lee hocha la tête.

— Il me semble en effet que le conseil municipal a accordé à vos services un budget nettement supérieur à celui des années précédentes, renchérit-il.

— Les chances pour que quelqu'un accepte un tel poste sont plutôt minces, objecta Gravois. Nous aurions besoin d'un spécialiste de ce genre d'affaires et je doute que l'un d'eux veuille venir s'enterrer dans une petite ville perdue comme la nôtre.

— Tant que vous n'essayez pas, vous ne pouvez en être certain, remarqua Jackson. Pensez-y, Gravois. Les élections ne vont plus tarder et je ne voudrais pas que l'on mette en doute votre compétence au cas où de nouveaux meurtres viendraient à se produire d'ici là...

Gravois rougit sous l'effet de la colère. L'homme était peut-être un tire-au-flanc mais il n'avait rien d'un imbécile. Il avait parfaitement saisi la menace voilée qui perçait dans les paroles de Jackson.

— Je vous ai dit que je faisais de mon mieux, s'exclama-t-il d'une voix tendue.

— Peut-être pourriez-vous faire paraître une petite annonce dans les journaux de La Nouvelle-Orléans et de Bâton-Rouge, lui suggéra Sonny. Dites que vous cherchez un policier expérimenté qui accepterait de venir vous épauler momentanément.

— L'important, c'est que cette enquête progresse, insista Jackson.

— Croyez-moi, c'est un souhait que je partage, répondit Gravois en se levant. Je vous remercie d'être passé me faire part de votre inquiétude.

Il paraissait bien décidé à couper court à cet entretien. Estimant que ses préoccupations avaient été entendues, Jackson prit congé du policier et regagna le parking avec ses amis.

— Merci de m'avoir accompagné, leur dit-il.

— Tu peux compter sur nous. Franchement, Gravois est aussi paresseux que bourré de préjugés. Ce n'est pas du luxe de le remettre à sa place de temps à autre.

— J'avoue que j'ai été assez choqué d'entendre qualifier une partie de ses concitoyens de sauvages, s'exclama Lee.

— Tout ce que j'espère c'est que, maintenant qu'il sait que nous l'avons à l'œil, il va se bouger un peu et reprendre ses investigations, déclara Jackson. Il est grand temps que l'on arrête ce monstre...

Josie se tenait debout face au miroir de son armoire et considérait son apparence d'un œil critique. Cela faisait vraiment très longtemps qu'elle n'avait pas pris autant de temps pour s'habiller. Mais elle avait voulu trouver une tenue qui la mettait en valeur sans paraître trop aguicheuse.

Après moult tergiversations, elle avait opté pour un jean moulant qui soulignait ses longues jambes et sa taille fine. Le col en V du T-shirt qu'elle avait choisi laissait deviner la naissance de ses seins.

Elle avait attaché ses longs cheveux et s'était légèrement maquillée. Pour parachever son œuvre, elle alla chercher une paire de petites boucles d'oreilles en or qui avaient appartenu à sa mère et auxquelles elle tenait beaucoup.

Estimant qu'elle ne pouvait pas faire mieux, elle alla récupérer son sac à main et ses clés avant de quitter la maison. Marchant d'un bon pas, elle se dirigea vers l'épicerie de Vincent pour aller rejoindre Jackson.

La perspective de cette soirée l'emplissait d'un mélange irrépressible d'excitation et de nervosité. Jamais encore elle n'était allée dîner en ville avec un homme. Lorsqu'elle sortait avec Gentry

O'Connal, ils passaient tout leur temps dans le bayou. Et il ne l'avait jamais invitée au restaurant – ni même chez lui.

Elle aurait sans doute dû deviner que c'était mauvais signe, que cela cachait quelque chose. Mais elle était très amoureuse et s'était convaincue qu'il en était venu lui aussi à aimer le bayou qu'elle lui avait fait découvrir…

Rétrospectivement, Josie ne pouvait s'empêcher de penser qu'elle s'était montrée bien naïve. Cette mésaventure avait cependant eu le mérite de l'endurcir un peu, de lui faire prendre conscience des réalités de l'existence. Et elle était bien décidée à ne plus jamais se laisser manipuler.

Évidemment, la situation actuelle était totalement différente. Après tout, c'était elle qui était aux commandes cette fois-ci, elle qui entendait se servir de Jackson dans l'espoir d'identifier enfin l'homme qui l'avait agressée.

Mais elle devait bien reconnaître que l'idée de passer une soirée en sa compagnie était loin de lui paraître désagréable. Jackson était certainement l'homme le plus séduisant qu'il lui eût jamais été donné de rencontrer.

Après quelques minutes de marche, Josie déboucha du bayou et parvint en vue de l'épicerie. Elle repéra aussitôt Jackson qui se tenait sur le parking, adossé à un magnifique coupé sport de couleur bleu nuit. Il portait un jean et une chemise blanche très simple dont il avait retroussé les manches, révélant ses avant-bras musclés.

Lorsqu'il l'aperçut, son village s'illumina d'un large sourire.

— Vous êtes vraiment ravissante, ce soir, lui dit-il.

— Vous n'êtes pas mal non plus, rétorqua-t-elle, troublée par ce compliment.

Il lui ouvrit galamment la portière et elle se glissa sur le siège passager. Dans la voiture flottait une agréable odeur de cuir à laquelle se mêlait celle de l'eau de toilette de Jackson. Tandis qu'il prenait place à ses côtés, elle se répéta que tout ceci n'était qu'un jeu de rôle, qu'elle ne comptait pas réellement sortir avec Jackson et qu'elle ne pouvait se permettre de céder à l'incontestable attirance qu'il exerçait sur elle.

— J'espère que vous avez faim, lui dit-il.

— Je suis affamée, confirma-t-elle.

— Bien. Parce que je suis bien décidé à vous faire goûter à votre tout premier steak.

— Je suis toujours partante pour de nouvelles aventures, déclara-t-elle. À ce propos, est-ce que vous aimez le ragoût de poisson ?

— Je n'en ai mangé qu'une seule fois, à vrai dire. Mais j'ai trouvé ça délicieux.

— Si ça vous tente, je compte en préparer un avec les poissons que nous avons pêchés ce matin. Vous pourriez venir dîner à la maison, demain soir.

— Avec plaisir, répondit-il sans hésiter.

Josie s'étonnait presque de lui avoir fait cette proposition. Elle n'avait pas pour habitude d'agir de façon si impulsive. Gentry était le seul homme qui soit jamais venu chez elle, et le moins que l'on puisse dire, c'était que l'expérience s'était révélée désastreuse.

Mais, sans vraiment s'expliquer pourquoi, elle avait confiance en Jackson. Ce n'était pas uniquement à cause de ce que Peyton lui avait dit à son sujet. Son instinct lui soufflait que c'était quelqu'un de bien, quelqu'un sur qui elle pouvait compter.

Il leur fallut moins de dix minutes pour rejoindre le Black Bayou Café. Josie n'y avait mangé qu'une seule fois, un an auparavant, en compagnie de l'une de ses amies. Mais sa mère avait bien connu Marie Boujoulais, la propriétaire des lieux, et Josie se rappelait l'avoir accompagnée à plusieurs reprises tandis qu'elle lui rendait visite.

L'établissement n'avait guère changé depuis lors. Les murs étaient peints de couleurs vives et deux d'entre eux représentaient des vues de la ville : d'un côté, la rue centrale et ses belles maisons à l'architecture coloniale caractéristique du sud des États-Unis et, de l'autre, le bayou avec ses palétuviers recouverts de mousse espagnole.

Ils allèrent s'installer à une table située tout au fond du café. Tandis qu'ils traversaient la salle, plusieurs personnes saluèrent Jackson qui échangea quelques mots avec elles. Il paraissait évident qu'il était aussi respecté qu'apprécié par ses concitoyens.

Quelques instants après qu'ils se furent assis, une serveuse aux cheveux blonds et au regard pétillant de bonne humeur vint leur apporter le menu et prendre leurs commandes de boissons. Josie laissa Jackson choisir et il opta pour deux verres d'un vin blanc sec mais très fruité qui se révéla délicieux.

— Je vais prendre une côte de bœuf et je vous ferai goûter, déclara Jackson après avoir jeté un coup d'œil au menu.

Après réflexion, Josie opta pour le saumon grillé.

— Est-ce que vous avez rendu visite au chef de la police comme vous en aviez l'intention ? demanda-t-elle à Jackson lorsque Heidi, la serveuse, eut pris leurs commandes.

— J'y suis allé avec trois de mes amis, acquiesça-t-il.

— Et que vous a-t-il dit ?

— Il a prétendu que l'enquête n'avançait pas parce que les gens du bayou refusaient de coopérer et de répondre aux questions de la police. Il nous a également dit qu'il était convaincu que le meurtrier devait être quelqu'un qui vivait dans le marais.

— Et qu'est-ce qui lui permet d'affirmer une chose pareille si, de son propre aveu, il ne dispose d'aucun témoignage ?

— De vous à moi, c'est uniquement une question de préjugés, déclara Jackson. Gravois éprouve visiblement un profond mépris envers les habitants du bayou. Il les considère comme capables des pires exactions...

— Charmant, soupira Josie. Ce type est une véritable ordure.

— C'est ce que j'ai découvert, en effet. Je n'avais pas une très haute idée du bonhomme avant aujourd'hui mais je dois dire que je ne m'attendais pas à ce qu'il se montre aussi offensant envers toute une partie de notre communauté.

Josie haussa les épaules d'un air fataliste.

— Black Bayou ne forme pas vraiment une communauté

homogène, objecta-t-elle. Plutôt deux communautés qui cohabitent entre indifférence et défiance réciproque.

— Ce n'est pas faux, soupira Jackson. Quoi qu'il en soit, Gravois sait désormais que nous le tenons à l'œil. J'espère que ça va le convaincre de faire enfin son travail et de se mettre sérieusement à la recherche de ce meurtrier.

— Merci beaucoup, Jackson, lui dit Josie en posant doucement sa main sur la sienne.

Une fois encore, ce simple contact fit courir sur sa peau un délicieux frisson. C'était très étrange. Jamais personne ne lui avait fait un tel effet – pas même Gentry. Mais il émanait quelque chose de Jackson qui réveillait un trouble irrépressible au plus profond d'elle-même.

Elle avait bien conscience du danger qu'elle courait en le fréquentant aussi assidûment. Mais si elle voulait découvrir qui l'avait attaquée, elle allait devoir continuer à jouer avec le feu. Il lui faudrait juste prendre garde à ne pas se brûler et à protéger son cœur.

Heidi ne tarda pas à leur apporter leurs plats.

— Vous m'avez parlé de vos parents, dit Josie à Jackson tandis que tous deux commençaient à manger. Est-ce que vous avez des frères et sœurs ?

— Une sœur, répondit-il. Gwen. Elle est mariée et vit à Houston.

— Est-ce que vous êtes proche d'elle ?

— Notre relation a traversé plusieurs phases distinctes, répondit-il pensivement. Nous n'étions pas très proches, lorsque nous étions enfants, notamment parce qu'elle avait cinq ans de plus que moi. Mais nous sommes devenus beaucoup plus complices lorsque nous avions la vingtaine. Puis elle s'est mariée et est partie vivre au Texas. Son époux et elle ont trois enfants. Nous sommes toujours en contact mais elle est vraiment très occupée aujourd'hui...

— Et vous ? Est-ce que vous comptez avoir des enfants, un jour ?

— Je ne sais pas, soupira-t-il. Lorsque j'étais plus jeune, j'étais convaincu que je finirais par tomber éperdument amoureux, par me marier et par fonder une famille. C'est ce qui s'est passé pour mes parents, après tout. Mais avec le temps, j'ai bien dû me rendre à l'évidence : l'amour est une denrée bien plus rare que je ne l'imaginais.

Josie ne put qu'acquiescer. Avec le temps, elle aussi en était venue à penser que la relation qu'avaient nouée ses parents était un don rare et précieux.

Durant quelques instants, ils continuèrent à manger en silence, plongés dans leurs pensées respectives.

— Cette côte de bœuf est vraiment délicieuse, déclara enfin Jackson. Est-ce que vous voulez toujours tenter l'aventure ?

— Bien sûr !

Jackson découpa un morceau de viande qu'il piqua sur sa fourchette avant de le lui tendre. Elle le prit délicatement entre ses dents, frappée par l'intimité de ce geste.

— Alors ? lui demanda Jackson au bout de quelques instants. Qu'est-ce que vous en pensez ?

— C'est vraiment délicieux, déclara-t-elle. Juteux et fondant.

— Je suis heureux que ça vous plaise. Que diriez-vous de venir manger à la maison, un de ces jours ? Je pourrai nous préparer des steaks au barbecue.

— Excellente idée, approuva-t-elle en souriant.

— Eh bien, on dirait que nous venons de remplir notre agenda pour les jours à venir, remarqua Jackson.

Effectivement, tout allait très vite entre eux, songea Josie, étonnée par le naturel avec lequel s'opérait ce rapprochement. Si elle avait réellement voulu sortir avec Jackson, elle aurait probablement cherché à ralentir un peu le rythme, à se laisser plus de temps. Mais son véritable objectif était tout autre et elle avait donc intérêt à laisser les choses suivre leur cours.

D'ailleurs, tandis qu'ils dînaient, plusieurs personnes vinrent saluer Jackson qui semblait bénéficier d'un réseau de relations très étendu. Josie prêta l'oreille chaque fois qu'il lui présentait quelqu'un, mais aucun des hommes avec qui ils s'entretinrent n'était celui qu'elle cherchait.

Ils conclurent leur délicieux repas par des desserts – une part de gâteau au chocolat pour elle et un morceau de tarte aux pommes pour Jackson. Ils firent encore durer ce moment en commandant des cafés. Au-dehors, la nuit était déjà tombée.

— On dirait que le temps se gâte, remarqua Josie en observant les lourds nuages qui dérivaient dans le ciel nocturne.

— On annonce de fortes pluies durant la nuit et demain dans la journée.

— Dans ce cas, mieux vaut peut-être reporter notre dîner à la maison...

— Est-ce que vous seriez en train de vous défiler, Josie ?

— Pas du tout, lui assura-t-elle en riant. Je pensais surtout à vous. Traverser le bayou sous la pluie battante n'est pas une expérience très agréable.

— Croyez-moi, Josie, je serais prêt à braver des tempêtes pour venir vous retrouver, déclara Jackson d'un ton faussement mélodramatique.

Elle éclata de rire. Pourtant, par-delà l'outrance affichée, elle crut deviner une marque d'affection bien réelle. Se pouvait-il que Jackson se soit déjà attaché à elle ? Et, si tel était réellement le cas, avait-elle le droit de continuer à se servir de lui comme elle le faisait ? En agissant ainsi, ne se conduisait-elle pas de la même façon que Gentry ?

4

Josie avait passé une bonne partie de l'après-midi à faire le ménage et à ranger toute sa maison. Le matin même, elle était passée à l'épicerie pour acheter des canettes de soda et de bière, des bouteilles d'eau minérale ainsi que du pain de maïs. Puis elle avait cuisiné le ragoût de poisson qui mijotait toujours à feu doux, dégageant une délicieuse odeur d'épices typiquement cajuns. En entrée, elle avait prévu une salade de chou et de carottes maison.

Après avoir inspecté une dernière fois l'ensemble de son domicile, elle s'estima satisfaite du résultat et alla prendre une douche rapide avant de s'habiller. Une fois de plus, elle opta pour une tenue décontractée, un jean et un chemisier rouge très simple.

Elle ne voulait surtout pas que Jackson se fasse des idées au sujet de cette soirée. Elle tenait à ce que leurs rapports demeurent purement platoniques.

Certes, il l'avait embrassée, hier soir. Mais cela n'avait pas été un véritable baiser – juste un effleurement, une caresse fugace du bout des lèvres.

Ce simple contact l'avait pourtant troublée bien plus qu'elle ne l'aurait souhaité, éveillant en elle un accès de désir aussi soudain qu'irrépressible. Et elle n'était pas certaine de vouloir le repousser si cela devait se reproduire...

En revanche, elle ne pouvait se permettre de risquer son cœur. Elle se l'était déjà fait briser une fois par un homme de la ville à cause de sa naïveté et entendait bien ne pas réitérer une telle erreur.

Jetant un coup d'œil à sa montre, elle s'aperçut qu'il était temps pour elle d'aller chercher Jackson. Ils s'étaient donné rendez-vous à la vieille souche d'arbre et il fallut à Josie une dizaine de minutes pour s'y rendre. Jackson l'attendait déjà et, en le voyant, elle sentit les battements de son cœur s'accélérer dans sa poitrine. Pourquoi fallait-il qu'il soit si séduisant ?

— Heureuse de voir que tu ne t'es pas perdu, lui dit-elle malicieusement.

Il lui décocha l'un de ces sourires dont il avait le secret.

— J'ai même réussi à garder les pieds au sec, cette fois-ci, lui dit-il.

Elle se demanda avec un mélange d'angoisse et d'excitation s'il allait l'embrasser. Mais il n'en fit rien et, presque malgré elle, elle en éprouva une pointe de déception.

Tous deux s'enfoncèrent sous le couvert des arbres, suivant un sentier qui s'enfonçait dans le bayou. Jackson observait les alentours avec une pointe d'inquiétude.

Elle savait qu'il ne s'était jamais aventuré aussi loin au cœur du marais. Sans doute comprenait-il que, si elle décidait de l'abandonner là, il aurait beaucoup de mal à retrouver son chemin.

Ils finirent par atteindre la maison de Josie. Comme toutes celles qui se trouvaient dans les parages, elle était construite sur pilotis. On y accédait par une passerelle de bois qui menait au perron de l'entrée.

— Bienvenue dans ma modeste demeure, lui dit-il.

Jackson considéra les lieux avec une évidente curiosité.

— C'est vraiment charmant, déclara-t-il enfin.

Josie sentit se dissiper une tension dont elle n'avait même pas eu conscience. Sans oser se l'avouer à elle-même, elle avait craint de lire dans son regard du mépris ou de la pitié. Car Jackson et elle appartenaient à deux mondes que tout opposait. Et aux yeux de la plupart de ses semblables, les gens du bayou faisaient figure de péquenauds et d'arriérés.

Elle ouvrit la porte et lui fit signe d'entrer. Il s'avança dans le salon et contempla avec attention le vieux canapé de cuir fauve avec son jeté couleur turquoise et ses coussins jaunes, le fauteuil assorti qui lui faisait face, de l'autre côté de la table basse, et le poêle qui trônait au fond de la pièce.

La cuisine se trouvait directement en enfilade, avec son plan de travail exigu, sa plaque et sa grande glacière. Une petite table entourée de quatre chaises se trouvait en son centre. Josie l'avait dressée d'avance, choisissant ses plus belles assiettes.

— C'est vraiment très chaleureux, chez toi, conclut Jackson en se tournant vers elle avec un large sourire. Et ça sent divinement bon !

— Espérons que le goût soit à la hauteur, répondit-elle modestement. Est-ce que tu veux une bière ou un soda ?

— Une bière si tu en prends une aussi.

Elle alla chercher deux canettes dans la glacière et tous deux s'installèrent sur le canapé, ménageant un léger espace entre eux.

— Comment s'est passée ta journée ? demanda-t-elle à Jackson après avoir avalé une gorgée de liquide ambré.

— J'ai passé ma matinée à remplir des papiers administratifs, soupira-t-il. J'ai ensuite déjeuné avec l'un de mes clients. Puis nous avons travaillé une bonne partie de l'après-midi à élaborer le budget prévisionnel d'une grosse opération immobilière que nous devons lancer à Jackson, dans le Mississippi.

Josie secoua doucement la tête.

— Nos vies sont décidément aux antipodes l'une de l'autre, remarqua-t-elle. Mais dis-moi, maintenant que tu as vu ma maison, à quoi ressemble la tienne ?

— Que dirais-tu de venir la voir de tes propres yeux ? suggéra-t-il. Je t'ai promis un barbecue et je compte bien tenir parole. Est-ce que vendredi soir te conviendrait, par exemple ?

— Je suis partante, répondit-elle sans hésiter.

— Parfait, déclara Jackson.

L'intensité du regard qu'il posa alors sur elle la fit frissonner. Il aurait été si facile d'oublier que tout ceci n'était qu'un faux-semblant, de se convaincre qu'elle était véritablement en train de tomber amoureuse de Jackson...

— Excuse-moi un instant, lui dit-elle, troublée. Je ne voudrais pas laisser brûler notre dîner.

Elle se leva un peu précipitamment et alla remuer doucement le ragoût.

Souviens-toi que ce n'est pas réel, se répéta-t-elle. *Rappelle-toi ce qui t'est arrivé avec Gentry.*

Elle sortit la salade de chou de la glacière et en garnit leurs assiettes avant de couper des tranches de pain au maïs. Puis elle sortit d'un placard deux bols qu'elle remplit généreusement de ragoût.

— C'est prêt, annonça-t-elle à Jackson.

Il ramassa leurs canettes de bière et la rejoignit.

— As-tu un siège attitré ? lui demanda-t-il.

— Non, assieds-toi où tu veux.

Il prit place à table et considéra d'un air gourmand le bol qu'elle venait de placer devant lui.

— Ça a l'air succulent, lui dit-il.

— C'est une recette de ma mère. Elle en préparait régulièrement lorsque j'étais petite et c'est toujours un de mes plats favoris. Mais je n'ai pas souvent l'occasion d'en cuisiner.

Josie observa Jackson à la dérobée tandis qu'il plongeait sa cuillère dans son bol, soufflait doucement sur le contenu et le portait à ses lèvres.

— C'est un délice, déclara-t-il avec conviction lorsqu'il eut avalé cette cuillerée.

— Je suis heureuse que ça te plaise, lui dit-elle, soulagée.

— Ta mère devait être une excellente cuisinière.

— C'est vrai, acquiesça Josie. Elle adorait ça. Et dire qu'elle ne se servait quasiment que du poêle pour ça... J'avoue que l'achat d'une plaque électrique m'a grandement simplifié la vie.

Jackson l'interrogea alors longuement au sujet de ses parents.

— Ils paraissaient être vraiment très amoureux, remarqua-t-il au bout d'un moment.

— Ils l'étaient, confirma Josie. Ils étaient aussi les meilleurs amis du monde.

Elle avait longtemps cru qu'elle-même connaîtrait une relation similaire. Lorsqu'elle était sortie avec Gentry, elle s'était même convaincue qu'elle avait enfin trouvé son âme sœur, la personne avec qui elle passerait le reste de son existence. La déconvenue avait été si cruelle qu'elle avait fini par renoncer à ses rêves.

Elle s'était presque persuadée qu'elle était parfaitement capable de vivre seule, qu'elle n'avait besoin de personne pour être heureuse. Mais lorsque Beau Boudreau avait rencontré Peyton, leur histoire d'amour lui avait fait prendre conscience du fait qu'au fond d'elle-même elle n'avait jamais cessé d'espérer qu'elle aussi ferait peut-être une telle rencontre.

La présence de Jackson à ses côtés, ce soir-là, lui rappelait cruellement à quel point elle se sentait seule. Bien sûr, elle avait de nombreux amis au sein du bayou. Elle leur rendait régulièrement visite et les invitait à manger chez elle de temps en temps. Mais ce n'était pas la même chose.

Aux côtés de Jackson, elle se sentait plus vivante. La façon dont il la regardait lui donnait l'impression d'être désirable. Contrairement à Gentry, il paraissait s'intéresser réellement à elle, à ses goûts, à ses valeurs, à ses aspirations. Et il ne semblait pas avoir honte d'elle, bien au contraire. Il l'avait invitée au restaurant et l'avait présentée à de nombreuses personnes.

Cette soirée ne faisait que confirmer cette bonne impression. Et lorsque vint l'heure de raccompagner Jackson jusqu'à sa voiture, elle regrettait presque qu'il ne puisse rester plus longtemps.

La nuit était tombée et Josie alla chercher une lampe torche. Lorsqu'ils sortirent, elle perçut immédiatement la touffeur de l'orage qui pesait dans l'air.

— Nous devrions nous dépêcher, dit-elle. Il ne va pas tarder à pleuvoir.

— Je préfère être trempé que rentrer en courant au risque de tomber dans le bayou, déclara Jackson. Je ne tiens pas à finir cette délicieuse soirée dans l'estomac d'un alligator.

— Je te promets que ça n'arrivera pas, répondit-elle en riant. Suis-moi et tout se passera bien.

Ils se mirent en marche d'un bon pas. Autour d'eux, les bruits du bayou avaient changé. Le vent s'était levé à l'approche de la pluie et faisait bruisser les branches des arbres. Les créatures diurnes avaient cédé la place aux créatures nocturnes et l'air était empli du chant des grillons, des grenouilles, des chouettes et des engoulevents.

Il leur fallut une quinzaine de minutes pour rejoindre le tronc d'arbre qui leur tenait lieu de point de rendez-vous.

— Je te remercie pour ton invitation, Josie, lui dit Jackson. J'ai vraiment passé une soirée très agréable.

— Moi aussi, lui dit-elle.

Elle n'avait pas besoin de lui mentir ni même d'exagérer. Et en voyant Jackson faire un pas vers elle, elle sentit les battements de son cœur s'emballer dans sa poitrine.

— Merci de m'avoir accueilli chez toi, ajouta-t-il. Je sais à quel point cette maison est importante pour toi.

— J'ai été heureuse de te la faire découvrir, articula-t-elle.

— J'ai très envie de t'embrasser, lui dit gravement Jackson.

— Moi aussi, répéta-t-elle d'une voix légèrement tremblante.

Cela aussi, c'était vrai. Et elle espérait même que, cette fois-ci, elle aurait droit à un véritable baiser. Jackson couvrit la distance qui les séparait et la prit dans ses bras. Lorsque ses lèvres se posèrent sur les siennes, elle fut parcourue d'un langoureux frisson.

Elle répondit sans hésiter et leurs langues se mêlèrent. L'intensité de sa propre réaction la prit de court. Il lui semblait que son corps tout entier s'embrasait. Le désir déferlait en elle, faisant battre son cœur à tout rompre et charriant dans ses veines un feu liquide qui se communiquait à chacun de ses membres.

Jamais un baiser n'avait éveillé en elle un besoin aussi intense. Par comparaison, ceux qu'elle avait échangés avec Gentry lui paraissaient bien anodins. Cela l'étonnait d'autant plus qu'après l'agression dont elle avait été victime elle s'était convaincue que plus jamais elle ne pourrait désirer quelqu'un physiquement.

Mais comme elle était sur le point d'inviter Jackson à revenir chez elle pour laisser libre cours à leur passion, un éclair aveuglant zébra la nuit, très vite suivi par un violent grondement de tonnerre.

Josie sursauta violemment et tous deux s'écartèrent l'un de l'autre, haletants.

— Tu crois que c'est nous qui avons causé ça ? lui demanda Jackson avec un léger sourire.

— Possible, répondit-elle. Mais tu ferais mieux de regagner ta voiture avant que le déluge ne s'abatte sur nous.

— Tu as sans doute raison, acquiesça-t-il visiblement à regret. Bonne nuit, Josie.

— Bonne nuit, Jackson.

Elle le suivit des yeux tandis qu'il se détournait pour prendre le sentier qui le conduirait hors du bayou, jusque chez Vincent. Lorsqu'il fut hors de vue, elle reprit le chemin de sa maison. Un nouvel éclair déchira le ciel. Lorsque le roulement de tonnerre qui suivit s'interrompit, elle entendit distinctement un bruit de pas derrière elle.

Elle crut un instant qu'il s'agissait de Gator Broussard. Il avait l'habitude de parcourir le bayou à toute heure du jour et de la nuit. Mais la démarche de l'homme paraissait bien trop rapide pour être celle du vieux baroudeur.

Jetant un coup d'œil par-dessus son épaule, Josie avisa un homme dont le visage était intégralement dissimulé par une cagoule. Il se dirigeait vers elle à grands pas. Un frisson glacé dévala entre ses omoplates et elle sentit les battements de son cœur s'accélérer.

D'une main légèrement tremblante, elle dégaina le couteau qui était accroché à sa ceinture. Elle n'avait pas l'intention d'affronter cet homme. Mais s'il parvenait à la rattraper et s'en prenait à elle, elle n'hésiterait pas à se servir de son arme.

Josie se mit alors à courir aussi vite que possible, s'enfonçant au cœur du bayou. Craignant de conduire cet homme jusqu'à sa maison, elle s'abstint de se diriger vers chez elle. Comptant sur sa connaissance approfondie du marais, elle espérait pouvoir le semer avant de rentrer par un chemin détourné.

En s'élançant, elle avait pris soin d'éteindre sa propre lampe. Mais son poursuivant en alluma une très puissante qui illumina les ténèbres derrière elle. Josie jura intérieurement et pressa encore l'allure. Il était cependant évident que l'homme ne comptait pas se laisser distancer si facilement et elle l'entendait courir derrière elle. Il lui sembla même qu'il gagnait du terrain.

Comprenant qu'il risquait de la rattraper, elle quitta le sentier qu'elle était en train de suivre et se fraya un chemin à travers la végétation touffue. Elle s'efforçait de ne pas ralentir en dépit des branches et des racines qui entravaient sa route. Autour d'elle, elle pouvait entendre des cavalcades de petits animaux effarouchés qui s'enfuyaient à son approche.

Les éclairs qui illuminaient par moments la scène compromettaient la discrétion de sa fuite. Mais le grondement du tonnerre avait au moins le mérite de dissimuler le bruit qu'elle faisait.

Elle n'aurait su dire combien de temps elle continua ainsi à courir avant de comprendre qu'elle allait devoir s'arrêter pour reprendre son souffle. Pantelante, le corps recouvert d'une sueur glacée, elle demeura quelques instants immobile, l'oreille aux aguets. Horrifiée, elle perçut alors les bruits de pas de son poursuivant qui se dirigeait toujours droit vers elle. De toute évidence, elle n'avait pas réussi à le semer.

Sachant qu'elle n'avait plus assez d'énergie pour reprendre sa course folle, elle décida de se dissimuler du mieux qu'elle le pouvait. Avisant une mare qui se trouvait sur sa droite, elle se laissa glisser dans l'eau boueuse et se cacha derrière les racines saillantes d'un palétuvier.

Là, elle se recroquevilla sur elle-même en priant pour que sa présence n'éveille pas l'attention d'un alligator. Elle se força à dompter le rythme haletant de sa respiration pour se faire aussi discrète que possible.

La lueur de la lampe torche illumina alors les environs. L'homme était bel et bien à sa poursuite, cela ne faisait plus aucun doute.

Josie s'enfonça encore un peu plus dans l'eau, ne laissant émerger que le haut de son visage derrière les racines noueuses de l'arbre. Son poursuivant s'était arrêté non loin de la mare, cherchant probablement des traces de son passage. Pendant quelque temps, il fouilla la zone, inspectant les buissons et les arbres avoisinants. Par chance, il ne sembla pas envisager qu'elle ait pu trouver refuge dans l'eau.

Au bout de plusieurs minutes qui parurent à Josie durer une éternité, son poursuivant sembla se résigner et elle l'entendit s'éloigner à vive allure. Elle se força à résister à l'envie qu'elle avait de sortir de cette mare au plus vite. Car il s'agissait peut-être d'un piège.

Tendant l'oreille, elle guetta les bruits de pas qui s'atténuaient progressivement et finirent par disparaître hors de portée. Éperdue de soulagement, elle se redressa aussi silencieusement qu'elle le put et sortit de la mare.

Sans attendre, elle prit la direction qu'elle estimait être celle de sa maison et finit effectivement par croiser un sentier qui y conduisait. Parvenue à proximité de chez elle, elle demeura longuement embusquée pour surveiller les lieux et s'assurer que son poursuivant ne l'attendait pas dans l'ombre du perron ou, pire encore, à l'intérieur.

Rassurée sur ce point, elle s'élança vers la passerelle qu'elle traversa en courant. D'une main fébrile, elle déverrouilla la porte d'entrée, se rua à l'intérieur et la referma à double tour. Couteau en main, elle fit rapidement le tour de la maison pour vérifier que personne d'autre ne s'y trouvait.

Puis elle alla jeter un coup d'œil par la fenêtre. Au-dehors, les grenouilles avaient repris leur concert de coassements, ce qui indiquait que personne ne se trouvait dans les parages. Enfin rassurée, Josie se laissa tomber sur le canapé et fondit en larmes.

En proie à un accès de terreur rétrospective, elle pleura longuement tandis que le souvenir de ce qu'elle venait de vivre tournait en boucle dans son esprit.

Qui était cet homme ? S'agissait-il de celui qui l'avait agressée, un an auparavant ? Ou bien du monstre de Honey Island à la recherche d'une nouvelle victime ? L'avait-il croisée par hasard ou avait-il sciemment décidé de s'en prendre à elle ? De toutes ces hypothèses, elle n'aurait su dire laquelle lui paraissait la plus angoissante...

À midi pile, le lendemain de la soirée qu'il avait passée chez Josie, Jackson se gara sur le parking du Tremont, le restaurant très chic où son ami Lee lui avait donné rendez-vous.

Après avoir franchi la porte en verre qui permettait d'accéder à l'intérieur, Jackson fut accueilli par Layla Brighton, l'une des serveuses de l'établissement.

— Bonjour, monsieur Fortier, lui dit-elle en lui décochant un sourire étincelant.

— Bonjour, Layla. Comment allez-vous, aujourd'hui ?

— Très bien, je vous remercie. Est-ce que vous déjeunez seul ?

— Non. J'ai rendez-vous avec Lee Townsend. J'imagine qu'il a dû réserver.

— C'est exact, répondit Layla après avoir rapidement consulté son registre. Il n'est pas encore arrivé mais je vais vous conduire jusqu'à votre table.

Elle s'empara de deux menus avant de l'escorter jusqu'à une petite alcôve où Lee et lui pourraient parler en toute discrétion. En chemin, il salua plusieurs personnes qu'il connaissait.

— Est-ce que vous voulez boire quelque chose en attendant ? lui proposa Layla.

— Juste une eau pétillante, s'il vous plaît.

— Je vous apporte ça tout de suite.

Il ne s'écoula que quelques minutes avant que Lee ne le rejoigne. Son ami arborait une mine défaite et il commanda un double scotch.

— Sale matinée, on dirait, commenta Jackson.

— C'est peu de le dire, soupira Lee. Sherri a visiblement décidé de me ruiner complètement. Non seulement elle demande à garder la maison mais elle exige aussi une pension alimentaire délirante.

— Dieu merci, vous n'avez pas d'enfants.

— Je n'ose imaginer ce que cela m'aurait coûté, acquiesça Lee. Mais Sherri n'en a jamais voulu. Je me demande à quoi pourraient bien lui servir neuf mille dollars de pension par mois. Neuf mille dollars, tu te rends compte ?

— Je suis sûr que ton avocat parviendra à trouver un arrangement.

— Sans doute, admit Lee. Mais j'espérais vraiment que cette séparation pourrait se faire à l'amiable et de façon raisonnable. Mais Sherri ne rate pas une occasion d'envenimer les choses...

Lee s'interrompit tandis que Layla venait lui apporter sa boisson. Elle en profita pour prendre leurs commandes.

— Ce n'est pourtant pas moi qui ai demandé ce divorce, poursuivit Lee lorsqu'elle se fut éloignée. C'est elle qui a brusquement décidé de me quitter.

— Je suis vraiment désolé pour toi, lui dit Jackson.

Lee haussa les épaules et avala une longue gorgée de whisky.

— Nous avons été mariés durant huit ans et je pensais vraiment la connaître. Mais en l'espace d'un an, j'ai l'impression qu'elle est devenue une parfaite étrangère. Enfin, je ne veux pas te ruiner le moral. Parlons plutôt d'autre chose. Est-ce que tu fréquentes toujours cette fille du bayou ?

— Josie ? Oui. Je pense même que je suis en train de tomber amoureux.

— Eh bien, tu vas vite en besogne !

— C'est vrai, reconnut Jackson. Et j'en suis le premier surpris. Ce n'est pourtant pas dans mes habitudes. Mais cette fille ne ressemble à aucune autre que j'aie pu rencontrer jusqu'ici.

— Est-ce que tu comptes lui demander de t'accompagner au gala de Patty, le week-end prochain ?

— Ça m'était complètement sorti de la tête, avoua Jackson.

Deux fois par an, Patty Bardot, une riche veuve de Black Bayou, organisait chez elle un gala de charité qui réunissait les gens les plus influents de la ville. C'était considéré comme un événement majeur par la bonne société locale.

— Je lui proposerai, déclara Jackson.

La perspective de se rendre à cette fête en compagnie de la jeune femme lui plaisait beaucoup. Ce serait pour lui l'occasion de faire découvrir à Josie son propre univers et de lui présenter bon nombre de ses amis. Il ignorait si elle disposait d'une tenue appropriée mais, si tel n'était pas le cas, il pourrait toujours lui en offrir une.

— Ça risque de faire pas mal jaser, tu sais, remarqua Lee.

— Pourquoi ?

Son ami haussa les épaules.

— Parce qu'elle vient du bayou, répondit-il. Cela ne manquera pas de vexer toutes les femmes de la ville qui te courent après depuis des années.

— Je me moque de ce que les gens peuvent bien penser de moi. Quant à ces femmes, aucune ne m'a jamais fait le même effet que Josie. Tu sais ce qu'on dit : le cœur a ses raisons que la raison ne connaît pas.

— Sans doute, concéda Lee. Mais j'avoue que je suis moi-même très surpris que tu sois tombé amoureux d'une fille du bayou.

— Ne l'appelle pas comme ça, protesta Jackson en fronçant les sourcils. Peu importe d'où elle vient et où elle vit. Nous ne pouvons continuer à opposer systématiquement les habitants de la ville et ceux du marais.

Lee le considéra avec un brin d'amusement.

— On dirait que tu es bel et bien mordu, remarqua-t-il.

Layla revint alors avec les plats qu'ils avaient commandés, un club sandwich pour Jackson et un hamburger pour Lee. Tout en mangeant, ils discutèrent de leurs activités professionnelles respectives. Ils parlèrent aussi du violent orage qui avait éclaté cette nuit-là. Mais Lee finit par en revenir à son divorce.

— Cette situation me met hors de moi, avoua-t-il à Jackson. J'ai toute cette colère, toute cette rage qui s'accumule en moi et dont je ne sais que faire.

— Tu devrais peut-être t'inscrire à un club de gym, suggéra Jackson. Rien de tel qu'un peu de musculation pour se remettre les idées en place.

— Peut-être, acquiesça Lee sans grande conviction.

— Ne te laisse pas abattre. Tout ça finira par se régler et tu tourneras la page. D'ici un an, tu seras libre comme l'air et prêt à écrire une nouvelle page de ton histoire.

Lee lui décocha un sourire empli de reconnaissance.

— C'est pour cela que je voulais te voir, ce midi, dit-il. Je savais que tu trouverais les mots pour me remonter le moral.

— Je suis sûr que tout ira bien pour toi, en définitive, déclara Jackson. Franchement, même si c'est difficile, il vaut mieux une séparation franche et nette plutôt que de rester avec quelqu'un qui ne t'aime plus.

— Si on m'avait dit, il y a encore quelques mois, que tu me donnerais des conseils en matière de vie de couple, je ne l'aurais jamais cru, remarqua Lee avec un rire un peu amer.

Le lendemain soir, comme convenu, Jackson passa chercher Josie à l'épicerie de Vincent. Ce jour-là, elle avait troqué son jean habituel contre une très jolie robe jaune qui mettait parfaitement en valeur sa silhouette fine et élancée. Ses longs cheveux noirs et soyeux étaient détachés et il résista difficilement à la tentation qu'il avait d'y plonger les doigts.

Se penchant vers elle, il effleura sa bouche d'un baiser.

— Tu m'as manqué, lui dit-il.

Il avait bien conscience du fait que cela pouvait paraître un peu ridicule. Mais c'était la plus stricte vérité. La journée qu'il venait de passer sans la voir lui avait paru interminable. Il brûlait d'impatience à l'idée de la revoir et de passer cette soirée avec elle. Et à maintes reprises, il avait été tenté de l'appeler – juste pour entendre sa voix et son rire.

Ainsi qu'il l'avait dit à son ami Lee, jamais encore personne ne lui avait fait un tel effet.

— J'espère que tu as faim, lui dit-il.

— Je suis affamée, acquiesça-t-elle.

— Tant mieux parce que je crois que je me suis un peu emballé. J'ai préparé à manger pour un régiment.

Tout en parlant, il avait ouvert la portière pour la laisser prendre place dans la voiture. La contournant, il revint s'installer au volant et démarra.

— Alors ? lui demanda-t-il alors. Quoi de neuf depuis que nous nous sommes vus ?

— Figure-toi qu'il m'est arrivé quelque chose de très bizarre, répondit-elle en fronçant légèrement les sourcils. Juste après que nous nous sommes séparés, avant-hier, je me suis fait poursuivre à travers le bayou par un homme au visage masqué par une cagoule.

Jackson pila brusquement, immobilisant la voiture au beau milieu de la rue qui, fort heureusement, était déserte à cette heure. Il se tourna vers Josie et la considéra d'un air horrifié.

— Dis-moi que c'est une mauvaise plaisanterie.

— Hélas, non, répondit-elle gravement.

Il secoua la tête d'un air incrédule.

— Raconte-moi ce qui s'est passé, exactement.

Elle haussa les épaules.

— Il n'y a pas grand-chose de plus à dire. Il m'a poursuivie à travers le bayou. Au bout d'un moment, j'ai réussi à me cacher et à lui échapper.

— Sais-tu ce qu'il te voulait ? Était-il armé ?

— Je n'ai vu aucune arme, répondit-elle. Moi, j'en avais une, en revanche. Je ne me sépare jamais de mon couteau depuis que ces pauvres femmes se sont fait assassiner. Et je n'aurais pas hésité à m'en servir s'il était parvenu à me rattraper.

— Tu crois qu'il s'agissait du monstre de Honey Island ?

— C'est possible, répondit-elle en frissonnant.

Il prit l'une de ses mains et la serra doucement dans la sienne. Il n'osait imaginer ce qu'elle avait pu ressentir. Cette expérience avait dû être absolument terrifiante.

— Dieu merci, tu n'as rien, murmura-t-il d'une voix mal assurée.

Ils furent interrompus par des coups de klaxon qui retentirent juste derrière eux.

— Tu ferais mieux de redémarrer, lui conseilla Josie.

À contrecœur, il lâcha sa main et reprit le volant. Alors même qu'il redémarrait, Jackson sentit une terreur glacée s'insinuer en lui. L'idée qu'elle aurait pu se faire tuer l'emplissait d'un indicible effroi.

— Est-ce que tu es allée porter plainte ? lui demanda-t-il.

Josie haussa les épaules.

— À quoi cela aurait-il servi ? Je n'ai pas vu le visage de cet homme. Et puis, tu sais comme moi que Gravois n'aurait pas levé le petit doigt.

Jackson faillit protester mais se ravisa. Au fond, elle avait raison : Gravois se contentait du service minimum alors que trois femmes avaient été assassinées. Il se serait probablement contenté de prendre la déposition de Josie et de la ranger dans un tiroir.

Il ne leur fallut que quelques minutes pour rejoindre la maison de Jackson. Il s'agissait d'une belle villa qui faisait partie d'une luxueuse résidence privée. Les quatre propriétaires qui vivaient là mutualisaient les frais d'entretien et de surveillance. Cela leur permettait aussi de disposer d'une salle de sport et d'une piscine commune.

Jackson se gara dans l'allée menant à son garage et alla ouvrir la portière de Josie.

— Bienvenue chez moi, lui dit-il.

Elle descendit et observa avec une franche curiosité la splendide maison de bois et d'acier qui disposait d'immenses baies vitrées.

Il alla alors ouvrir la porte et s'effaça pour la laisser passer. Josie traversa l'entrée et s'avança dans l'immense salon qui s'ouvrait au-delà.

Jackson avait opté pour une décoration résolument moderne et minimaliste. L'acier et le verre prédominaient, contrastant avec le cuir sombre du canapé. Jusqu'alors, il s'était toujours senti assez fier de l'élégance et la sobriété de cet aménagement.

Mais ce jour-là il ne put s'empêcher de comparer mentalement sa maison à celle de Josie et fut frappé par le caractère froid et anonyme des lieux.

— Assieds-toi, lui dit-il. Est-ce que je peux te servir quelque chose à boire ?

— Est-ce que tu as de quoi préparer un whisky-soda ? lui demanda-t-elle.

— Bien sûr. Je m'en occupe tout de suite.

Il gagna le bar qui se dressait au fond de la pièce tandis que Josie prenait place sur le canapé. Elle continua à observer très attentivement la pièce dans laquelle ils se trouvaient.

Jackson revint avec la boisson qu'elle lui avait demandée et un verre de whisky on the rocks pour lui-même. Tous deux trinquèrent.

— Ta maison est vraiment magnifique, lui dit-elle.

— Mais... ?

Les joues de Rosie s'empourprèrent légèrement.

— Eh bien..., reprit-elle. C'est assez impersonnel. Ça ne dit pas grand-chose de toi. Ne m'as-tu pas dit que ta couleur préférée était le bleu ?

Il embrassa la pièce des yeux et constata avec un brin d'étonnement qu'il n'y avait effectivement aucun objet de cette couleur.

— Tu pourrais acheter un tableau pour habiller ce mur blanc, suggéra-t-elle.

— Bonne idée, concéda-t-il. Nous pourrions aller faire un tour à Lafayette pour visiter quelques galeries si ça te dit.

— Je serais ravie de t'accompagner, lui dit-elle. Mais tu n'es vraiment pas obligé de changer la décoration à cause de moi...

— Très franchement, je suis d'accord avec toi. Cette maison manque un peu d'âme.

Alors même qu'il prononçait ces mots, Jackson se surprit à se demander si ce n'était pas sa vie tout entière qui en manquait. Au cours des dernières années, sans même s'en rendre compte, il s'était réfugié dans une routine aussi confortable que stérile. C'était une existence agréable, douillette, même, mais qui manquait singulièrement de relief.

Or, depuis qu'il avait rencontré Josie, il sentait monter en lui des aspirations nouvelles, des rêves auxquels il croyait avoir renoncé depuis longtemps. En l'espace de quelques jours, elle avait déjà bouleversé toutes ses certitudes. Et il était de plus en plus convaincu qu'il ne s'agissait là que d'un début...

5

Le dîner que Jackson avait cuisiné pour elle était simple mais délicieux. Et il n'avait pas menti au sujet de sa maîtrise du barbecue : la viande qu'il leur servit était cuite à la perfection et fondait sur la langue.

Comme toujours, leurs discussions furent passionnantes. Plus Josie apprenait à connaître Jackson et plus elle était fascinée par le mélange de charme, de vivacité et d'humour qui le caractérisait.

Il lui était de plus en plus difficile de faire la part des choses – de se rappeler qu'elle était ici avant tout pour retrouver l'homme qui lui avait fait du mal. Elle commençait même à se demander avec une pointe d'inquiétude si elle parviendrait réellement à résister à l'attirance croissante que Jackson exerçait sur elle.

Après le dîner, elle insista pour l'aider à laver la vaisselle. Cela ne leur prit que quelques minutes puis ils revinrent s'installer au salon pour siroter un dernier verre de vin.

— C'était vraiment succulent, déclara-t-elle. Tu as réussi à me convertir aux steaks.

— La prochaine étape, ce sera de te faire découvrir mes cheeseburgers maison.

— En échange, je te ferai goûter mon gombo aux écrevisses, déclara-t-elle.

Un large sourire se dessina sur les lèvres de Jackson.

— J'en salive d'avance ! s'exclama-t-il. Mais en attendant, je voulais te proposer de m'accompagner à un gala de charité qui est organisé ce samedi. La plupart mes amis y seront et ce sera l'occasion de te les présenter. Est-ce que cela te dirait ?

Josie comprit qu'il faisait allusion au gala de Patricia Bardot, l'un des événements mondains les plus importants de Black Bayou. Elle n'y avait jamais participé, bien sûr. Elle n'avait même jamais imaginé qu'elle en aurait un jour l'occasion. Les invités comptaient en effet parmi les personnes les plus huppées de la ville.

Elle se sentit touchée que Jackson lui propose de l'accompagner. Ce faisant, il s'afficherait très publiquement en sa compagnie. Mais cette invitation avait un autre mérite. Car l'homme qui l'avait agressée appartenait très certainement à la bonne société de Black Bayou. Il y avait donc des chances pour qu'il assiste à ce gala.

— Je serais ravie de t'accompagner.

— Excellent ! s'exclama Jackson, visiblement heureux. Et, si tu veux, je pourrai t'offrir une robe pour cette soirée…

À ces mots, Josie se rembrunit soudain.

— Je trouve cette idée particulièrement insultante, déclara-t-elle froidement.

À ses mots, Jackson s'empourpra.

— Je suis désolé, lui dit-il. Je ne voulais pas t'offenser. C'est juste… Eh bien, je ne savais pas si…

Il s'interrompit, visiblement très gêné.

— Tu ne savais pas si j'avais des vêtements convenables pour une telle occasion, compléta-t-elle un peu sèchement. Même si tel était le cas, je pourrais parfaitement m'acheter une robe adéquate. Il n'est pas question que je me laisse entretenir.

— Ce n'est pas cela du tout, je t'assure. Il m'est arrivé à plusieurs reprises d'offrir une robe ou un bijou à une femme avec qui je sortais. Or la plupart avaient amplement de quoi se les acheter…

— D'accord, acquiesça Josie en se détendant légèrement. Je n'aurais peut-être pas dû réagir aussi vivement. Mais je tiens à ce que les choses soient parfaitement claires entre nous, Jackson : si je suis avec toi, ce n'est pas pour ton argent.

— Je sais, assura-il gravement.

Elle lui décocha un sourire malicieux.

— Dieu sait qu'il y a suffisamment d'autres bonnes raisons pour cela, lui dit-elle.

— Tant mieux, répondit-il avec un rire doux et légèrement rauque. Parce que je suis complètement fou de toi, Josie...

Sur ce, il se pencha vers elle et l'embrassa. Elle ne chercha même pas à résister à l'envie qu'elle avait de lui rendre ce baiser. D'abord très tendre et doux, il se fit de plus en plus passionné à mesure que le désir les envahissait l'un et l'autre. Josie le sentit déferler en elle, balayant toutes ses réticences. Elle s'abandonna corps et âme à la magie de cet instant.

Lorsqu'ils se séparèrent enfin, haletants, elle lut dans le regard de Jackson un besoin impérieux qui reflétait parfaitement celui qui grondait en elle.

— Josie, j'ai très envie de toi, lui dit-il d'une voix très rauque.

— Moi aussi, murmura-t-elle.

Ce constat avait quelque chose de presque merveilleux. Après l'agression dont elle avait été victime, elle avait bel et bien cru que plus jamais elle ne pourrait éprouver une telle émotion.

— Que dirais-tu de poursuivre ce tête-à-tête dans ma chambre ? lui demanda-t-il gravement.

Elle hésita un instant avant de prendre la main qu'il lui tendait. Le cœur battant à tout rompre, elle se laissa guider le long d'un couloir. Ils dépassèrent une première chambre à coucher qui devait servir aux amis de passage puis une salle de bains dont les murs étaient recouverts de carreaux de faïence noire rehaussés de motifs jaunes.

Enfin, ils atteignirent la chambre de Jackson. Tout comme le salon, elle était sobrement meublée : en dehors du lit et de ses tables de nuit assorties, il n'y avait là qu'une grande armoire à habits équipée d'un miroir en pied. Le dessus-de-lit bleu marine était assorti à la couleur des rideaux.

Jackson la reprit alors dans ses bras pour l'embrasser et Josie se coula contre lui, sentant son corps tout entier fourmiller sous l'effet du désir. Leur baiser se fit plus intense et l'étreinte de Jackson plus pressante.

Ce contact fit brusquement remonter en elle un flot de souvenirs atroces. Le sac qui se refermait sur sa tête... Les mains qui la projetaient violemment à terre... Les menottes en plastique qui lui mordaient les poignets...

Un cri d'effroi lui échappa et elle s'arracha brusquement aux bras de Jackson. L'espace de quelques instants, elle se retrouva prise entre deux temporalités différentes, entre deux sensations contradictoires – le désir qu'elle éprouvait pour Jackson en cet instant présent et l'horreur de ce qui lui était arrivé, un an auparavant.

— Josie ? lui demanda alors Jackson d'une voix très douce. Quelque chose ne va pas ?

Il y avait tant de gentillesse et de prévenance dans son ton qu'elle fondit en larmes.

— Josie, ma belle, que se passe-t-il ? Si tu n'en as pas envie, ça ne fait rien, tu sais...

Toujours secouée d'irrépressibles sanglots, elle secoua la tête. Elle s'assit alors sur le lit, pleurant de plus belle. Jackson prit place à ses côtés, prenant soin de ménager un certain espace entre eux. Il paraissait totalement désemparé.

— Josie, parle-moi, lui demanda-t-il. Dis-moi ce qui se passe...

Sa voix était toujours aussi douce, emplie d'une immense sollicitude. Elle prit alors conscience que, depuis un an, elle avait gardé ses émotions enfouies au plus profond d'elle-même. Elle ne s'était confiée à personne, n'avait pas cherché le soutien de ses amis. Mais elle se rendait compte à présent qu'elle avait peut-être sous-estimé les séquelles psychologiques de cette agression.

Il lui fallut quelques minutes pour maîtriser le flot de ses larmes et recouvrer un semblant de self-control. Elle n'osait pas regarder Jackson en face mais savait qu'elle lui devait une explication.

— Il y a un peu plus de dix mois, je me suis fait violer, lui avoua-t-elle.

Cette révélation lui arracha un nouveau sanglot.

— Oh ! Josie, murmura Jackson d'une voix brisée. Je suis désolé... Tellement désolé... Est-ce que je peux te prendre dans mes bras ?

— Oui, souffla Josie. S'il te plaît.

Il passa un bras autour de ses épaules et l'attira doucement contre lui. Elle se laissa aller contre sa poitrine, puisant un peu de réconfort dans ce contact, dans sa chaleur, dans son odeur. Sans vraiment comprendre pourquoi, elle se sentait en sécurité auprès de lui.

— Est-ce que tu veux en parler ? lui demanda-t-il.

Josie hésita quelques instants avant de lui répondre.

— Je rentrais tout juste de la ville où j'étais allée vendre le fruit de ma pêche, commença-t-elle alors en s'efforçant de maîtriser ses propres émotions. J'étais en route vers chez moi lorsqu'il m'a sauté dessus. Je n'ai même pas eu le temps de comprendre ce qui m'arrivait : il m'a mis un sac en tissu sur la tête et a serré le cordon autour de mon cou. J'ai d'abord cru qu'il cherchait à m'étrangler. Mais il m'a poussée violemment et je suis tombée. Il m'a retournée sur le dos et m'a lié les mains. Et après ça... Il m'a violée.

Sa voix se brisa alors. Mais le sentiment qui prévalait en elle était moins l'horreur rétrospective que la colère que lui inspirait cet acte ignoble. Elle était plus décidée que jamais à obtenir justice et à empêcher que ce monstre ne fasse de nouvelles victimes.

Cette réaction lui parut encourageante : elle signifiait sans doute qu'elle était lentement en train de se remettre de ce traumatisme et qu'elle était aujourd'hui prête à reprendre sa vie en main.

— Je suis vraiment désolé, Josie, répéta Jackson. Ce qui t'est arrivé est atroce. Personne ne mérite de traverser une telle épreuve.

En l'écoutant prononcer ces mots, Josie comprit combien elle avait eu besoin de les entendre.

— Est-ce que tu as averti la police de ce qui s'est passé ?

Elle hocha la tête.

— Dès que j'ai réussi à me détacher et à me remettre du choc, je suis allée trouver Gravois, expliqua-t-elle d'une voix amère.

— Et qu'a-t-il fait ?

— Rien, répondit-elle. Il a pris ma déposition et a rédigé un rapport. Bien sûr, il m'a promis de mener l'enquête mais, à ma connaissance, il n'a jamais rien fait. Ou plutôt, si : il m'a conseillé d'être plus prudente lorsque je me promenais dans le bayou.

Jackson laissa échapper un juron.

— Il faut vraiment que nous fassions quelque chose au sujet de ce type. Il est complètement indigne des responsabilités qu'il exerce.

Tentant de dominer la colère qui l'habitait, Jackson prit une profonde inspiration.

— As-tu la moindre idée de qui était cet agresseur ? As-tu vu quoi que ce soit qui pourrait te permettre de l'identifier ?

Josie ne tenait pas à ce que Jackson comprenne qu'elle se servait de lui pour retrouver son assaillant.

— Non, répondit-elle. J'imagine que c'était quelqu'un du bayou mais je ne l'ai pas reconnu.

— Je n'ose imaginer ce que tu as dû traverser depuis, soupira Jackson.

— Tu sais, le plus dur, c'était de n'avoir personne à qui en parler maintenant que mes parents ne sont plus là.

— Maintenant, tu m'as moi, Josie. Et je tiens à ce que tu saches que je serai toujours là pour toi. Chaque fois que tu auras besoin de discuter de cela ou de toute autre chose, d'ailleurs, tu n'auras qu'à décrocher ton téléphone.

Josie sentit son cœur se serrer dans sa poitrine. Elle n'était pas sûre de mériter une telle générosité et ne put réprimer un brusque accès de culpabilité. L'espace d'un instant, elle fut tentée de tout lui avouer. Mais elle se força à garder le silence, craignant de perdre la seule chance qui lui serait peut-être donnée d'identifier l'homme qui l'avait violée.

— Je suis désolée, Jackson, lui dit-elle avec un pâle sourire. Tu t'attendais à une nuit romantique et passionnée et, au lieu de cela, voilà que tu te retrouves dépositaire de ce terrible secret...

— Nous aurons tout le temps de passer de folles nuits d'amour, lui assura-t-il. Mais seulement lorsque tu seras prête à franchir le pas. En attendant, je te propose de retourner nous installer au salon.

Josie hocha la tête et tous deux quittèrent la chambre pour retourner s'asseoir sur le canapé. Elle accepta avec reconnaissance le verre de vin que lui servit Jackson.

— Est-ce que tu as déjà entendu parler des galas de Patty ? lui demanda-t-il alors.

Elle lui fut reconnaissante pour ce changement de sujet bienvenu.

— J'en ai entendu parler comme tous ceux qui vivent à Black Bayou, j'imagine, répondit-elle. Mais tu te doutes que je n'ai jamais eu l'occasion d'assister à un événement aussi chic. Est-ce vrai, ce que l'on raconte ?

— Qu'as-tu entendu dire ?

— Que ces fêtes étaient totalement décadentes, que l'alcool coulait à flots, qu'on y offrait toutes sortes de mets délicats, qu'il y avait des femmes qui dansaient nues sur les tables…

Jackson éclata de rire.

— C'est un peu exagéré, lui dit-il. Je reconnais que l'on y boit beaucoup et que l'on y mange très bien. Mais je n'ai encore jamais vu quiconque s'y effeuiller. En revanche, il est vrai que Patty ne s'interdit aucune excentricité. La dernière fois, elle avait lâché dans la maison des centaines de papillons de toutes les couleurs.

— Incroyable, s'exclama Josie. Certaines personnes ont vraiment de l'argent à jeter par les fenêtres.

— Ce n'est pas faux. Patty était déjà une riche héritière avant d'épouser Harry Bardot. Lui était multimillionnaire et, lorsqu'il est mort, il lui a légué toute sa fortune. Elle a désormais plus d'argent qu'elle ne pourrait en dépenser au cours de cinq existences. C'est de très loin la personne la plus riche de Black Bayou.

— Au moins, elle organise des galas de charité.

— Oui. Elle soutient plusieurs causes : une association qui recueille les animaux abandonnés à travers tout le pays ou une autre qui vient en aide aux femmes souffrant d'un cancer du sein.

Josie considéra pensivement Jackson.

— Qu'y a-t-il ? s'enquit-il au bout d'un moment.

— Tu es vraiment sûr de vouloir m'emmener à cette soirée ? lui demanda-t-elle. Surtout après ce que je viens de te dire…

— Cela ne change rien à ce que je ressens pour toi, Josie, décréta Jackson d'un ton assuré. Et je serai très fier que tu sois ma cavalière.

Elle pencha légèrement la tête de côté.

— Tu es vraiment très différent de mon ex, déclara-t-elle alors.

— Comment était-il ? s'enquit Jackson, curieux.

— Oh ! il se peut que tu le connaisses. Il s'appelle Gentry O'Connal.

— Effectivement, je le connais, répondit sobrement Jackson.

Il paraissait évident qu'il ne le portait pas particulièrement dans son cœur. Il se garda cependant de faire le moindre commentaire à son sujet.

— Nous avons été en couple pendant quelque temps, reprit Josie. Je ne sais pas pour quelle raison il s'était aventuré dans le bayou, lorsque nous nous sommes rencontrés. Mais je l'ai croisé en allant faire des courses chez Vincent. Il s'est montré charmant et nous avons discuté. De fil en aiguille, nous sommes sortis ensemble pendant près de six mois. C'était toujours lui qui venait me voir.

Josie avala une gorgée de vin blanc.

— Un jour, je lui ai demandé s'il voulait sortir en ville avec moi – aller dîner au restaurant ou bien aller voir un film. Et je suis tombée de haut. Gentry m'a expliqué qu'il aimait passer du temps avec moi mais qu'il ne s'imaginait pas s'afficher en compagnie d'une fille du bayou devant ses amis ou sa famille. J'ai compris que j'étais son petit secret inavouable et que notre relation n'irait jamais plus loin que cela. Alors j'ai rompu avec lui et je ne l'ai plus jamais revu depuis.

— J'avoue que je ne l'ai jamais beaucoup apprécié, et ce que tu viens de me dire ne risque pas de le faire remonter dans mon estime. Est-ce que tu étais amoureuse de lui ?

Josie réfléchit quelques instants à la question avant de lui répondre.

— Je pensais l'être, lui dit-elle. Mais je me suis rendu compte depuis que tel n'était probablement pas le cas. Je crois qu'il est arrivé dans ma vie à un moment où j'avais vraiment besoin d'une présence. Mes parents venaient de mourir et je me sentais très seule. Gentry m'a aidée à passer ce cap difficile.

— Tant mieux, déclara Jackson. Mais je pense que tu méritais mieux qu'un type aussi prétentieux et arrogant. Tu mérites quelqu'un qui sera vraiment fier d'être à tes côtés. Quelqu'un qui te considérera pour ce que tu es et non pas en fonction de l'endroit où tu vis. Tu es une personne magnifique, Josie. Tu es belle, intelligente, cultivée, drôle... Et je suis heureux que tu ne m'aies pas repoussé simplement parce que je suis originaire de la ville et toi du bayou. Je ne suis pas comme Gentry, tu sais.

Elle hocha la tête.

— Je le sais, répondit-elle avec assurance. Et j'estime avoir eu vraiment beaucoup de chance de te rencontrer, Jackson.

— C'est réciproque. Très franchement, j'avais quasiment renoncé à l'idée de rencontrer quelqu'un avec qui je me sentirais aussi bien.

Josie se rembrunit légèrement.

— J'espère juste que ce qui m'est arrivé il y a dix mois ne va pas tout gâcher entre nous.

— Je te l'ai dit : cela ne change rien pour moi. Quant à toi, tu as besoin de temps, c'est parfaitement normal. Mais je suis prêt à attendre aussi longtemps qu'il le faudra. Tu en vaux la peine.

— Merci, Jackson, lui dit-elle, les larmes aux yeux.

Jamais personne ne l'avait traitée avec tant d'égards.

— Je crois que je ferais mieux de rentrer, à présent, ajouta-t-elle. Toutes ces émotions m'ont épuisée.

Elle ne mentait pas à ce sujet, bien sûr. Mais elle avait une autre raison de vouloir mettre un terme à cette conversation. Elle craignait en effet que Jackson ne lui déclare les sentiments qu'il éprouvait pour elle et que chacune de ses paroles laissait deviner. Or elle ne se sentait pas encore prête à lui répondre. Elle avait besoin d'un peu de temps pour remettre un peu d'ordre dans ses pensées et dans ses émotions.

— Bien sûr, s'exclama Jackson en se levant du canapé. Je vais te ramener.

Elle se redressa à son tour.

— Encore une fois, je suis désolée que les choses se soient passées de cette façon, Jackson.

— Tu n'as pas à t'excuser, je t'assure. Je suis heureux que tu aies décidé de me faire confiance et de me parler de tout cela. Ça n'a pas dû être facile.

Sur ce, il alla récupérer son trousseau de clés sur la console où il l'avait posé en entrant. Ils quittèrent la maison et reprirent la voiture de Jackson. Durant le trajet qui les ramena à l'épicerie, Josie demeura silencieuse. Les yeux clos, la tête appuyée contre la vitre, elle aurait pu être en train de dormir.

En réalité, elle était en proie à des émotions très contradictoires. D'un côté, elle était désormais convaincue qu'elle était bel et bien en train de tomber amoureuse de Jackson. La gentillesse et la douceur dont il avait fait preuve à son égard confirmaient s'il en était besoin les qualités de cœur dont il était doté.

Mais si elle voulait pouvoir se regarder en face, elle allait devoir très rapidement lui dire la vérité au sujet de ses propres motivations. Or cela présentait un double risque : non seulement il risquait de la repousser mais, ce faisant, il anéantirait ses chances de retrouver son agresseur.

Confrontée à ce dilemme, elle décida de temporiser encore un peu. Elle assisterait à ce gala en sa compagnie. Avec un peu de chance, le violeur s'y trouverait. Elle serait libre alors de révéler à Jackson toute la vérité – en espérant qu'il trouverait en lui la force de lui pardonner.

Tandis qu'il roulait en direction de l'épicerie, Jackson ne cessait de repenser à ce que lui avait révélé Josie. L'idée qu'elle ait pu être victime d'une telle agression le rendait malade.

Il en voulait aussi à Gravois pour la désinvolture dont il avait fait preuve face à ce crime odieux. Il paraissait de plus en plus évident que le chef de la police n'était pas à la hauteur des responsabilités qui lui avaient été confiées. Peut-être était-il temps d'envisager un moyen de le remplacer par quelqu'un de plus compétent.

Jackson et Josie ne tardèrent pas à rejoindre l'épicerie de Vincent. Il posa alors doucement sa main sur l'épaule de la jeune femme qui rouvrit aussitôt les yeux.

— Je vais te raccompagner jusque chez toi, déclara-t-il.

— Ce n'est pas la peine, lui dit-elle avec un sourire malicieux. Je serais forcée de te raccompagner ensuite jusqu'ici. Ou alors, tu te perdrais dans le bayou et je n'aurais plus de cavalier pour assister au gala de Mme Bardot.

— Je suis sûr qu'en l'espace d'une semaine je finirais bien par retrouver mon chemin, objecta-t-il en riant.

— Je ne sais pas, répondit-elle avec une gravité feinte. Il y a des tas de légendes qui parlent de gens de la ville qui se sont perdus dans le marais et y ont erré durant des années. On dit que certains s'y trouvent encore, qu'ils sont à moitié fous et hurlent chaque nuit à la lune.

— Raison de plus pour que je t'escorte jusque chez toi, insista Jackson.

— Franchement, ce n'est pas la peine, lui assura-t-elle. J'ai mon couteau. Et je connais mieux le bayou que n'importe qui. Si quelqu'un s'avise de me suivre, je devrais pouvoir le semer sans problème. Ne t'en fais pas pour moi.

— Je ne peux pas m'en empêcher, déclara Jackson. Je te rappelle qu'il y a deux nuits un homme t'a poursuivie à travers les marais.

— Mais il ne m'a pas rattrapée, répondit-elle avec une fausse désinvolture.

Tous deux descendirent de voiture et se rejoignirent à l'arrière du véhicule.

— Est-ce que je peux te prendre dans mes bras ? demanda Jackson d'une voix légèrement hésitante.

— J'y compte bien, lui répondit-elle. Et je ne serais pas contre un baiser de bonne nuit.

Il l'attira contre lui et l'étreignit avec une infinie tendresse.

— Je suis tellement désolé pour ce qui t'est arrivé, lui dit-il. Si seulement je pouvais t'aider à oublier tout ça...

— Tu t'en sors plutôt bien, lui assura-t-elle en levant vers lui ses beaux yeux gris qui prenaient des reflets presque argentés à la lueur de la lune. Embrasse-moi, Jackson.

Il ne se fit pas prier et posa doucement ses lèvres sur celles de Josie. Il aurait voulu que ce baiser puisse effacer les épreuves terribles qu'elle avait traversées. Et il s'efforça de faire preuve de toute la douceur, la tendresse et la délicatesse dont il était capable. Il sentit alors Josie se détendre entre ses bras et s'abandonner entièrement à cette étreinte.

— Est-ce que je te reverrai demain ? lui demanda-t-il lorsqu'ils se séparèrent enfin.

— Nous pourrions nous retrouver près de l'arbre mort, proposa-t-elle.

— À quelle heure ?

— Quand tu voudras.

Jackson sentit son cœur se serrer dans sa poitrine.

— Disons vers midi et demi, alors, suggéra-t-il. J'apporterai de quoi pique-niquer.

— Très bonne idée ! s'exclama Josie. À demain, Jackson.

— Bonne nuit.

Il la suivit des yeux jusqu'à ce qu'elle eût disparu au détour du sentier. Il ne pouvait s'empêcher de s'inquiéter à l'idée de la savoir seule dans ce marais où rôdait peut-être un dangereux tueur en série.

Finalement, il se détourna et remonta dans sa voiture en songeant à tout ce que Josie lui avait révélé, ce soir-là. Il était émerveillé par la résilience et la force de caractère dont elle avait fait preuve face à l'adversité.

Elle incarnait à merveille l'image qu'il se faisait de la femme idéale : indépendante, courageuse et dotée d'un caractère bien trempé. S'ils parvenaient à surmonter le traumatisme qu'elle avait éprouvé, elle serait la compagne dont il avait toujours rêvé.

Pour cela, il était prêt à attendre tout le temps qu'il faudrait. Il comptait bien faire tout ce qui était en son pouvoir pour gagner la confiance de Josie et l'aider à se reconstruire.

Il était encore tôt, ce soir-là, et Jackson n'avait pas envie de rentrer directement se coucher. Il décida donc de faire un crochet par le Tremont pour boire un dernier verre avant de retourner chez lui.

Comme tous les vendredis soir, l'endroit était bondé. La salle à manger était comble et plus d'une dizaine de clients étaient installés au bar. Parmi eux, Jackson repéra aussitôt ses amis Brian Miller et Sonny Landry.

— Salut, leur dit-il. Je peux me joindre à vous ?

— Bien sûr, répondit Sonny. Prends un tabouret et installe-toi. Nous étions en train de râler et de nous plaindre. Tu es libre de te joindre à nous.

— Avons-nous un grief particulier ? demanda Jackson en riant.

Il alla récupérer un tabouret sur lequel il se jucha.

— Rien de particulier, répondit Brian. La vie en général...

— À ce propos, comment vont Cynthia et les enfants ?

— Très bien, répondit brièvement son ami.

Son expression maussade semblait contredire cette réponse mais, comme il n'en dit pas plus, Jackson se garda de le presser de questions. Il commanda un whisky et, durant l'heure qui suivit, les trois amis devisèrent de leurs affaires, des dernières histoires amoureuses de Sonny et des récents investissements en Bourse de Brian.

— Dites-moi, s'enquit Jackson au bout d'un moment, que diriez-vous de chercher un moyen de démettre Gravois de ses fonctions ?

— Dans l'absolu, je ne serais pas contre, opina Sonny en haussant les épaules. Mais sais-tu seulement si c'est possible ?

— Pas encore, mais je compte bien me renseigner. Non seulement ce type est incompétent et paresseux, mais il a commis de graves erreurs de jugement. Je me demande combien de gens en ville ont perdu toute confiance dans la police à cause de lui.

— Ou combien de personnes ne se donnent même plus la peine de signaler des crimes et délits parce qu'ils sont convaincus que Gravois ne bougera pas le petit doigt pour les aider.

— J'imagine que tu pourrais commencer par rédiger une pétition et tenter d'obtenir un maximum de signatures, suggéra Brian.

— Est-ce que vous seriez prêts à m'aider à obtenir les signatures en question ? demanda Jackson.

Ses deux amis lui assurèrent que tel était le cas. D'un commun accord, tous trois décidèrent alors qu'il était temps pour eux de rentrer et prirent congé les uns des autres.

Le reste de la semaine parut s'écouler à une vitesse accélérée. Jackson pique-niqua avec Josie. Le surlendemain, ils retournèrent pêcher ensemble et, le soir même, elle lui prépara un succulent dîner à base de poisson grillé.

Arriva enfin le soir tant attendu du gala de Patty Bardot. Comme à son habitude, en de telles circonstances, Jackson enfila son plus beau smoking. Il n'avait aucune idée de la façon dont Josie serait habillée. Elle avait refusé de lui donner le moindre indice à ce sujet – pas même la couleur de sa robe. Mais il était convaincu que, quoi qu'elle décidât de porter, elle serait sublime.

Ils s'étaient donné rendez-vous à l'endroit habituel, sur le parking de l'épicerie de Vincent. Tandis que Jackson prenait la direction du bayou, il constata avec satisfaction que le temps était particulièrement clément, ce soir-là. Le ciel était parfaitement dégagé et la chaleur s'était quelque peu atténuée au cours des derniers jours. Cela permettrait aux invités de profiter de la grande terrasse et des magnifiques jardins de Patty.

Jackson brûlait d'impatience à l'idée de retrouver Josie. Il avait très envie de la présenter à ses amis et était convaincu que tous seraient sous le charme – y compris Lee qui professait ces temps-ci une véritable exécration à l'égard de l'autre sexe.

C'était un moment important, à ses yeux, et il tenait à ce qu'elle se sente acceptée par le petit cercle de ses proches. Car si tout se passait comme il l'espérait, Josie ferait bientôt partie intégrante de son existence.

Au moment où il s'engagea sur le parking de l'épicerie, Jackson aperçut la jeune femme qui se tenait dans l'ombre du bâtiment. Lorsqu'elle fit un pas en avant et s'avança dans la lumière, il sentit son cœur battre la chamade.

La robe en soie couleur corail qu'elle avait achetée pour l'occasion était magnifique. Sa forme fluide épousait le corps sublime de Josie, offrant un parfait écrin à sa beauté. Ses longs cheveux noirs étaient noués en une tresse torsadée. Cette coiffure à la fois naturelle et élégante soulignait l'ovale parfait de son visage, ses grands yeux gris et sa bouche sensuelle que rehaussait un léger trait de rouge à lèvres.

Elle lui fit penser à une déesse grecque descendue du haut de l'Olympe. Et en la voyant s'avancer vers lui, il comprit sans l'ombre d'un doute qu'il était bel et bien tombé fou amoureux d'elle.

6

Josie s'était changée dans les toilettes de l'épicerie de Vincent, troquant le jean et le T-shirt avec lesquels elle était venue jusque-là contre la robe qu'elle avait achetée deux jours auparavant. Jamais elle n'avait passé autant de temps dans une boutique de vêtements et elle avait dû essayer une bonne dizaine de modèles avant de se décider pour celui qu'elle portait ce jour-là.

Il était sans doute un peu absurde d'accorder une telle importance à la façon dont elle était vêtue. Mais elle voulait être certaine que Jackson n'aurait pas à rougir d'elle au milieu de ses amis et de la bonne société de Black Bayou.

Lorsqu'elle avisa le sourire lumineux qu'il lui décocha en descendant de voiture et le regard admirateur qu'il posa sur elle, elle éprouva un profond soulagement. Apparemment, ses efforts n'avaient pas été vains.

— Josie, tu es sublime, lui dit-il.

— Merci, répondit-elle en rougissant légèrement. Tu es très élégant, toi aussi.

De fait, le smoking qu'il portait mettait en valeur ses larges épaules, son ventre plat et sa silhouette athlétique. Il contourna la voiture pour aller galamment lui ouvrir sa portière. Au passage, il lui prit des mains le sac dans lequel elle avait rangé ses vêtements de rechange et alla le mettre dans le coffre.

— Je suis vraiment heureux que tu aies accepté mon invitation,

déclara-t-il en prenant place au volant. Je suis sûr que ça va être une soirée inoubliable.

— Je t'avoue que je me sens terriblement nerveuse, reconnut Josie.

— Ne t'en fais pas, lui dit-il. Tout se passera très bien.

— Je veux juste que tu me promettes une chose.

— Quoi donc ?

— De rester à mes côtés pendant toute la soirée. Je ne connaîtrai absolument personne à part toi.

— C'est une promesse qui ne me coûtera pas beaucoup, répondit Jackson en souriant. Telle était bien mon intention. De toute façon, lorsqu'on est au bras de la femme la plus charmante de la soirée, il faudrait être fou pour vouloir s'en séparer.

En dépit de ces paroles aussi flatteuses que rassurantes, Josie se sentait toujours extrêmement nerveuse à l'idée de passer une soirée en compagnie de ces gens. Elle savait que, pour nombre d'entre eux, les habitants du bayou étaient des citoyens de seconde zone, à peine fréquentables.

De plus, il était tout à fait possible qu'elle soit confrontée à l'homme qui l'avait violée. Et cette perspective l'emplissait d'un mélange de colère et d'angoisse. Elle n'était pas complètement certaine de ce qu'elle ferait si elle se retrouvait face à lui.

La reconnaîtrait-il seulement ? Trahirait-il le moindre malaise, la moindre culpabilité ? Devrait-elle l'accuser sans attendre, au beau milieu de ses pairs ? Ou bien aller trouver la police pour le dénoncer ?

D'une façon ou d'une autre, cela risquait de sonner le glas de sa relation avec Jackson : il comprendrait qu'elle s'était servie de lui et lui en voudrait certainement. Elle avait douloureusement conscience que cette soirée serait peut-être la dernière qu'ils passeraient ensemble. Et cela l'attristait profondément.

Bien sûr, elle avait toujours su que leur histoire était condamnée d'avance, qu'elle n'avait aucune chance de déboucher sur quoi que ce fût. Tous deux étaient bien trop différents et elle savait qu'elle ne se sentirait jamais complètement à l'aise dans son univers.

Réprimant un soupir, elle se tourna vers Jackson qui lui décocha un sourire complice. Malgré elle, elle sentit son cœur se serrer dans sa poitrine. Elle savait déjà combien il lui manquerait, combien elle regretterait tous ces moments qu'ils avaient partagés.

Retrouver sa vie solitaire serait certainement très difficile. Malheureusement, il lui faudrait endurer cette nouvelle épreuve comme elle avait déjà fait face à toutes celles qui l'avaient précédée.

Ils atteignirent bientôt l'immense propriété de Patty Bardot. C'était une magnifique maison blanche de style colonial qui se dressait au beau milieu d'un immense parc soigneusement entretenu.

Une véritable armée de voituriers aidaient les femmes à descendre de voiture avant de récupérer les clés des véhicules pour aller les garer non loin de là.

— On dirait qu'il y a déjà pas mal de monde, constata Jackson en se plaçant au bout de la file.

Josie observait avec attention les femmes vêtues de robes splendides qui émergeaient des voitures avant de remonter les marches au bras de leurs cavaliers.

Lorsque ce fut à leur tour, Jackson remit ses clés au valet de parking avant de sortir pour aller lui-même ouvrir la portière de Josie. L'espace d'un instant, prise de panique, elle fut presque tentée de lui demander de la ramener chez elle.

— Josie ?

Elle leva les yeux vers lui et se morigéna intérieurement. Elle était ici en mission. C'était peut-être son unique chance d'obtenir justice et de mettre hors d'état de nuire un dangereux prédateur sexuel. Saisissant la main que Jackson lui tendait, elle se força donc à descendre de la voiture.

— Est-ce que ça va ? lui demanda Jackson en la prenant par les épaules.

— Très bien, mentit-elle. Je suis juste un peu nerveuse.

Il l'étreignit affectueusement.

— Ne t'en fais pas, Josie, je suis là. Je t'assure que tout se passera bien. Tu n'as qu'à être toi-même.

Se tenant par la main, ils gravirent les marches conduisant au perron et franchirent l'imposante double porte qui donnait sur le hall d'entrée. Josie fut aussitôt frappée par le luxe et l'élégance des lieux. En pénétrant dans la maison, on aurait pu se croire replongé en plein XVIIIe siècle.

Un domestique en livrée contrôla l'invitation de Jackson avant de les guider jusqu'à la salle de réception. C'était une pièce immense éclairée par deux énormes chandeliers. Un grand buffet courait le long d'un des murs, offrant aux convives toutes sortes d'amuse-bouche et de petits canapés. Il y avait aussi un assortiment impressionnant de boissons les plus diverses. Les invités étaient disséminés à travers la pièce et discutaient par petits groupes.

Au fond de la salle s'ouvrait une grande porte-fenêtre qui donnait sur une vaste terrasse dominant le jardin en contrebas. D'autres convives se trouvaient là, devisant et riant joyeusement.

— Avant toute chose, nous devons commencer par aller saluer la maîtresse de maison, déclara Jackson en entraînant Josie en direction de la terrasse.

Celle-ci était éclairée par une myriade de guirlandes lumineuses qui nimbaient la scène d'une douce luminosité aux multiples couleurs. Dans l'air flottait une odeur légèrement sucrée émanant des nombreux massifs floraux qui décoraient le jardin.

Un peu partout circulaient des serveurs qui proposaient nourritures et boissons sur de grands plateaux d'argent. Josie observa avec curiosité les invités richement vêtus, se demandant avec un mélange de curiosité et de nervosité si l'homme qu'elle cherchait se trouvait parmi eux.

Elle ne pouvait hélas espérer être présentée à tous les convives. Mais elle espéra qu'elle parviendrait à se trouver à portée de voix de la plupart d'entre eux à un moment ou à un autre de la soirée.

Ils ne tardèrent pas à repérer Patty Bardot qui trônait sur un grand fauteuil en osier blanc à une extrémité de la terrasse. Elle devait avoir entre quatre-vingts et quatre-vingt-dix ans. Ses cheveux d'une blancheur immaculée étaient encore assez épais et elle les avait tressés, ce qui mettait en valeur son cou gracile et les belles boucles d'oreilles en argent serti de saphirs.

La splendide robe bleue qu'elle portait soulignait l'éclat d'azur de son regard. Ses yeux brillaient d'intelligence et trahissaient une assurance et une volonté peu communes. On aurait vraiment dit une reine entourée de sa cour.

— Bonsoir, Patty, lui dit Jackson. Votre fête est superbe, comme toujours. Et je tenais à vous remercier chaleureusement pour votre invitation.

— Tu sais que je ne t'invite que pour le plaisir des yeux. Mais présente-moi plutôt ta charmante cavalière.

— Patty, je vous présente Josephine Cadieux. Josie, voici Patricia Bardot.

— Josie..., répéta pensivement Patty en lui tenant la main.

Josie la prit et la serra.

— Vous êtes une femme très séduisante, remarqua Patty. Diriez-vous que vous êtes également intelligente ?

— J'aime à le penser, répondit Josie.

— Dans ce cas, que faites-vous avec Jackson ?

Josie décocha un sourire amusé à la vieille dame.

— Il faut croire que moi aussi, je suis sensible au plaisir des yeux...

Patty lui lança un regard étonné avant d'éclater de rire. Elle pressa doucement la main de Josie avant de la relâcher.

— Allez vous chercher quelque chose à boire et amusez-vous bien, tous les deux.

Ils se dirigèrent vers le buffet le plus proche.

— Je crois qu'elle t'apprécie beaucoup, souffla Jackson.

— Qu'est-ce qui te fait dire ça ?

— Elle aime les gens qui la font rire.

— Tant mieux. J'ai vraiment l'impression que je viens de passer une sorte de test.

— C'est un peu le cas, reconnut Jackson. Et maintenant que nous avons sa bénédiction, je vais te présenter quelques personnes.

Josie ne tarda pas à s'apercevoir que « quelques personnes » était un doux euphémisme. En réalité, Jackson paraissait connaître quasiment tout le monde. En l'espace d'une heure, il lui fit rencontrer des tas de gens. Elle écouta très attentivement les voix de chacun de ses interlocuteurs, huma leurs parfums et observa attentivement leurs montres. Mais aucun d'entre eux ne semblait être le monstre qu'elle recherchait.

Tandis qu'ils étaient en train de discuter avec un certain Andrew Bailey et sa petite amie Belinda, Jackson leur demanda s'ils avaient vu ses trois meilleurs amis, Brian Miller, Sonny Landry et Lee Townsend. Ils les avaient vainement recherchés parmi les invités présents ce soir-là.

— Sonny m'a dit qu'ils ne pourraient probablement pas être là, ce soir. Ils sont partis ce matin pour la Floride pour visiter une propriété dont Brian envisageait de faire l'acquisition.

— Bizarre, remarqua Jackson, visiblement déçu. Ils n'en ont pas parlé l'autre soir, lorsque je les ai croisés. Mais ça s'est peut-être organisé au tout dernier moment.

— Oui, c'est l'impression que ça m'a donné, confirma Andrew. Je ne l'ai d'ailleurs appris que par hasard lorsque j'ai appelé Sonny ce matin.

— Dommage, soupira Jackson tandis que Belinda et Andrew se dirigeaient à leur tour vers le buffet. J'espérais vraiment que tu pourrais les rencontrer.

— Nous aurons d'autres occasions, j'en suis sûre.

En l'absence de ses meilleurs amis, Jackson continua à la présenter à tout un tas d'autres gens. À chaque fois, il prenait soin de lui indiquer qui ils étaient exactement, comment il les avait rencontrés et quelles étaient ses relations avec eux. Progressivement, elle commença à se faire une idée un peu plus précise de ce monde qui lui était jusqu'alors totalement inconnu.

La plupart des gens se montrèrent parfaitement charmants à son égard. Mais, à un moment, elle surprit par hasard des bribes de conversation d'un groupe de femmes qui discutaient entre elles après avoir de toute évidence bu bien plus que de raison.

— Je n'arrive pas à comprendre ce que Jackson fait avec elle, disait une petite blonde aux lèvres boudeuses.

— Moi, je n'ai aucune peine à l'imaginer, rétorqua une belle brunette aux cheveux coupés très court. Tout le monde sait que les femmes du bayou ont des mœurs légères. J'imagine qu'il s'en donne à cœur joie...

— Lorsque j'étais plus jeune, la mère de cette fille travaillait pour la mienne. C'était l'une des domestiques les plus paresseuses que nous ayons jamais eues et elle s'est fait renvoyer au bout d'une dizaine de jours.

Sentant monter en elle un brusque accès de colère, Josie serra convulsivement les poings. Elle connaissait la jeune femme qui venait de s'exprimer : il s'agissait d'Allison Ingraham. La mère de Josie avait effectivement travaillé pour ses parents mais, contrairement à ce que prétendait Allison, c'était elle qui avait démissionné parce que la maison de cette famille était un véritable dépotoir.

Jackson était en pleine discussion avec l'un de ses collègues et n'avait pas entendu la conversation des trois jeunes mondaines. Après réflexion, Josie décida qu'il était préférable de ne pas réagir à leurs remarques désobligeantes et mensongères. Causer un scandale au cours de cette soirée aurait été totalement contre-productif.

De toute façon, elle était convaincue qu'un certain nombre des gens qui se trouvaient là devaient désapprouver sa présence. La plupart d'entre eux étaient trop bien élevés pour le laisser transparaître, mais elle avait tout de même surpris quelques regards réprobateurs et quelques murmures étouffés.

Au fond, cela n'avait aucune importance : tout ce qui comptait pour elle était d'identifier l'homme qui l'avait agressée. Or elle avait eu l'occasion de rencontrer ou d'écouter l'immense majorité des invités, et aucun d'entre eux ne correspondait à ses souvenirs.

La soirée se termina par un superbe feu d'artifice. Et tandis que le ciel nocturne s'embrasait de dizaines d'explosions colorées, Jackson prit Josie dans ses bras pour l'embrasser. Elle lui rendit son baiser sans hésiter, sentant monter en elle un lancinant élan de désir désormais familier.

— Qu'as-tu pensé de cette soirée ? lui demanda-t-il tandis que tous deux se dirigeaient vers le perron après avoir pris congé de Patty Bardot.

— C'était très agréable, répondit-elle. La plupart des gens étaient sympathiques, le buffet était succulent et mon cavalier était le plus séduisant de tous les invités.

L'un des voituriers leur amena leur voiture et ils prirent place à l'intérieur. Quelques minutes plus tard, ils rejoignirent le parking de Vincent.

— Merci beaucoup de m'avoir invitée, dit-elle gravement à Jackson. Je sais que tout le monde n'a pas dû approuver ma présence.

Jackson haussa les épaules.

— S'il y a des gens suffisamment pétris de préjugés pour ne pas voir la femme intelligente, pétillante et pleine d'humour que tu es, c'est leur problème. Maintenant, tu ferais peut-être mieux d'aller te changer avant de rentrer chez toi. Ce serait dommage d'abîmer cette magnifique robe. Je t'attends pour te dire bonsoir.

— D'accord, répondit-elle, touchée par cette nouvelle marque de prévenance comme par la déclaration qu'il venait de lui faire.

Elle gagna les toilettes de l'épicerie où elle se changea à la hâte, troquant sa robe et ses escarpins contre un jean, un T-shirt et une paire de tennis. Lorsqu'elle croisa son propre regard dans le miroir accroché au-dessus des lavabos, elle fut frappée par l'expression rêveuse qui s'y lisait.

Elle s'était plus ou moins promis de rompre avec Jackson après cette soirée de gala. Mais, maintenant que le moment était venu de le faire, elle ne pouvait s'y résoudre. Elle essaya de se convaincre que c'était uniquement pour se laisser le temps de rencontrer les amis dont il lui avait parlé.

Bien sûr, il y avait très peu de chances pour que l'un d'eux fût impliqué dans l'agression dont elle avait été victime. Mais ce prétexte lui permettait de différer encore un peu cette rupture dont elle savait déjà qu'elle serait terriblement douloureuse.

Réprimant un soupir, elle quitta la salle de bains pour aller rejoindre l'homme qui, en dépit de toutes ses précautions, était indéniablement en train de se frayer un chemin jusqu'à son cœur.

Ce ne fut que le mercredi suivant que Jackson eut enfin des nouvelles de ses amis. Ils lui proposèrent de le rejoindre au Tremont pour déjeuner. Et tandis qu'il se rendait à ce rendez-vous, il ne cessa de penser à Josie.

Jamais encore il ne s'était senti aussi profondément troublé. Ses sentiments pour elle étaient bien plus profonds que tout ce qu'il avait pu éprouver jusqu'alors. Et ils se renforçaient à mesure qu'il apprenait à mieux la connaître. Il n'était pas loin de penser qu'elle était peut-être bien la femme de sa vie, celle avec qui il aimerait passer le reste de son existence.

Malheureusement, il n'était pas sûr de savoir quels sentiments lui-même lui inspirait. Certes, il savait qu'elle l'appréciait, qu'elle aimait passer du temps en sa compagnie et même qu'elle éprouvait pour lui du désir – la façon dont elle lui rendait ses baisers ne laissait que peu de doute à ce sujet.

Mais était-elle pour autant amoureuse de lui ? Était-elle prête à passer à la vitesse supérieure, à devenir véritablement sa compagne ? Il l'espérait de tout son cœur sans pour autant en être certain.

Il s'interrogeait aussi sur la meilleure attitude à adopter à son égard. Devait-il lui faire part de ce qu'il ressentait pour elle ? Ou bien risquait-il de lui faire peur ? Après tout, il ne s'était écoulé que très peu de temps depuis que tous deux avaient fait connaissance. Peut-être s'alarmerait-elle de le voir si impatient...

Ravalant ces questions sans réponses, Jackson pénétra dans le restaurant. Il repéra aussitôt la table où s'étaient installés Lee et Sonny et il les rejoignit sans attendre.

— Alors ? s'exclama-t-il en prenant place en face d'eux. Les enfants prodigues sont de retour, on dirait !

— Nous sommes rentrés hier soir très tard, acquiesça Sonny.

— Est-ce que Brian sera des nôtres ?

— Oui. Il a appelé, il y a quelques minutes, pour signaler qu'il serait légèrement en retard mais qu'il serait des nôtres.

— J'espère que sa femme ne lui en veut pas trop pour cette petite virée improvisée, remarqua Sonny en riant.

— Où étiez-vous passés, exactement ? s'enquit Jackson. Je pensais vous retrouver au gala de Patty.

— Ça s'est vraiment fait à la dernière minute, expliqua Lee. Un hôtel a été mis en vente en Floride et Brian a décidé d'aller y jeter un coup d'œil avant de faire une éventuelle proposition...

— Le voilà qui arrive, justement, remarqua Sonny en désignant Brian qui venait de pénétrer dans le restaurant.

— Désolé d'être en retard, s'excusa-t-il lorsqu'il les eut rejoints.

— J'arrive tout juste, le rassura Jackson. Et j'étais en train de les interroger sur votre petite virée en Floride. Alors ? Est-ce que tu as acheté cet hôtel, en fin de compte ?

— Non. Après avoir fait le tour de la propriété, j'ai compris que la rénovation me coûterait beaucoup trop cher. Et le propriétaire actuel n'était pas prêt à baisser le prix. Alors j'ai décidé de lâcher l'affaire.

— Comment se fait-il que vous soyez restés là-bas si longtemps, alors ?

— J'ai convaincu Lee et Sonny d'en profiter pour prendre quelques jours de vacances. L'hôtel était situé juste à côté de la plage et nous sommes allés faire un peu de surf.

— Nous avons aussi passé pas mal de temps au bar, précisa Sonny en riant.

— C'est vrai, reconnut Brian. Mais surtout, n'en dites rien à Cynthia. Je lui ai juré qu'il s'agissait d'un déplacement exclusivement professionnel.

— En tout cas, vous avez raté une très belle fête, déclara Jackson.

Lee haussa les épaules d'un air fataliste.

— Je crois que je n'y serais pas allé, de toute façon, soupira-t-il. Ce n'est pas drôle d'assister à ce genre de réceptions sans cavalière.

— À ce propos, j'ai entendu dire que tu avais emmené ta nouvelle petite amie, remarqua Sonny.

— Exact, acquiesça Jackson.

— On dirait que ça devient sérieux entre vous, glissa Brian en haussant un sourcil.

— C'est le cas, confirma Jackson.

Lee secoua la tête d'un air incrédule.

— Quand je pense que c'est une fille du bayou qui va finir par te mettre le grappin dessus...

— Écoutez, les amis, j'aimerais vraiment que vous arrêtiez de l'appeler comme ça, soupira Jackson avec une pointe d'agacement. Elle se prénomme Josie.

— Désolé, mon vieux, s'excusa Lee. Je ne pensais pas à mal, je t'assure.

— Je sais. Mais c'est précisément ce genre de poncifs qui creuse l'écart entre nos deux communautés.

Ses amis s'entre-regardèrent d'un air étonné et Jackson comprit qu'il y aurait encore beaucoup de chemin à parcourir avant que les communautés en question ne parviennent à surmonter leurs préjugés. Mais Josie et lui pourraient peut-être participer à leur échelle à cette nécessaire réconciliation.

— Tout de même, en tant qu'ami, je me dois de te poser une question, reprit Lee. Ne crois-tu pas que tu agis de façon un peu précipitée ? Après tout, tu ne connais cette Josie que depuis quelques jours. Je sais que je suis très mal placé pour prodiguer des conseils à qui que ce soit en matière de vie amoureuse. Mais vu la façon dont les choses ont tourné pour moi alors que je croyais parfaitement connaître Sherri, je ne peux que t'inciter à la plus grande prudence. D'autant qu'il existe une sacrée différence de milieu social entre vous...

— Je sais, acquiesça Jackson. Et tu as raison : tout est allé très vite entre nous. Mais je vous assure que Josie ne cherche pas à profiter de moi. Elle a même refusé que je lui achète une robe pour le gala ou que je règle l'addition quand nous sommes allés déjeuner au restaurant. Elle est très attachée à son indépendance... Mais si vous voulez vraiment vous assurer qu'elle est la femme qu'il me faut, le mieux serait que vous fassiez connaissance avec elle. Que diriez-vous de venir boire un verre à la maison, vendredi soir ? Brian, n'hésite pas à venir avec Cynthia. Et Sonny, amène ta petite amie. Quant à toi, Lee, même si tu viens seul, je te promets que nous t'aiderons à chasser tes idées noires.

— Je ne suis pas sûr que ce soit possible, répondit son ami avec un pâle sourire. Mais tu peux compter sur moi.

— Sur moi aussi, renchérit Sonny. J'ai hâte de découvrir la femme qui a réussi à faire tomber sous son charme l'un des célibataires les plus endurcis de Black Bayou !

— Nous essaierons d'être là aussi, conclut Brian. Si la baby-sitter est disponible...

— Si elle ne l'est pas, passe au moins en coup de vent. Je tiens vraiment à ce que Josie vous rencontre tous.

— D'accord, acquiesça Brian. Je ferai en sorte de me libérer.

Jackson se réjouissait d'avance de cette rencontre. Il tenait vraiment à ce que Josie fasse enfin la connaissance de ses meilleurs amis.

En sortant du restaurant, il appela la jeune femme pour l'inviter à son tour.

— C'est une excellente idée, répondit-elle avec enthousiasme. J'ai vraiment hâte de les rencontrer. Mais dis-m'en un peu plus à leur sujet. À quoi ressemblent-ils ?

— Eh bien... Nous nous connaissons tous depuis l'enfance. Nos parents étaient amis et nous étions toujours ensemble. Certains d'entre nous se sont un peu éloignés au moment où nous sommes partis faire nos études mais nous nous sommes tous retrouvés par la suite et nous sommes redevenus inséparables.

— Tu as vraiment de la chance, remarqua Josie. Je n'ai gardé aucun ami d'enfance. La plupart d'entre eux ont quitté Black Bayou dès qu'ils en ont eu l'occasion.

— C'est le cas de beaucoup de jeunes, reconnut Jackson. Mais nous avions tous des intérêts dans la région et c'est ce qui nous a poussés à y revenir. Brian Miller est promoteur immobilier, comme moi. Mais alors que j'ai rapidement diversifié mes activités, il s'est spécialisé et a bâti un véritable empire. Il est marié à Cynthia avec qui il sortait au lycée. Ils ont deux jeunes enfants, un garçon et une fille.

— J'imagine qu'ils ne seront pas là, vendredi.

— Non, mais je suis sûr que tu auras l'occasion de les rencontrer d'ici peu. Brian a eu une adolescence difficile. C'était le plus impulsif d'entre nous et il se battait très souvent. Mais avec le temps, il s'est apaisé, en grande partie grâce à l'influence de Cynthia. Ensuite, il y a Lee Townsend. Lui aussi était marié. Malheureusement, il est en train de divorcer et sa femme ne le ménage pas. Comme il a déjà tendance à tout dramatiser, il traverse une période très difficile, ces temps-ci.

— Et le troisième ?

— Sonny Landry. C'est le plus calme et le plus réservé d'entre nous. Il possède une chaîne d'entreprises et de magasins spécialisés dans le textile. Il est toujours célibataire et multiplie les conquêtes en attendant de trouver enfin la femme de sa vie.

— Je ne suis pas sûre que ce soit la meilleure méthode, commenta Josie en riant.

— Moi non plus, à vrai dire.

— En tout cas, je serai ravie de les rencontrer.

— Je les ai invités vers 7 heures. Je pourrai passer te prendre chez Vincent vers 6 heures, si tu veux.

— Ne t'embête pas. Je prendrai ma propre voiture, cette fois-ci. Ce sera plus simple…

Elle marqua une légère pause.

— Et qui sait ? ajouta-t-elle d'une voix légèrement rauque. Une fois que tes invités seront repartis, nous pourrons peut-être essayer de reprendre là où nous nous en étions arrêtés, la dernière fois que je suis venue chez toi...

À ses mots, Jackson sentit monter en lui un irrépressible élan de désir.

— Seulement si tu te sens prête, lui dit-il. Je ne veux surtout pas te mettre la pression...

— Je crois que je le suis, répondit-elle gravement.

— Quoi qu'il arrive, nous prendrons tout notre temps, lui assura-t-il. Je te l'ai dit : rien ne presse. À vendredi, Josie.

— À vendredi, Jackson.

Il faillit lui dire qu'il l'aimait, mais elle raccrocha avant qu'il n'ait eu le courage de prononcer ces mots fatidiques.

7

Le lendemain matin, Josie décida d'aller pêcher à la ligne avant de relever ses nasses à poissons. Elle avait besoin d'un peu de temps pour réfléchir et tenter de remettre un peu d'ordre dans ses idées.

Elle était désormais convaincue d'être tombée amoureuse de Jackson. Cela n'avait jamais été son intention, bien sûr. Au contraire, elle s'était initialement efforcée de garder une certaine distance vis-à-vis de lui. Mais au fil de leurs rencontres les sentiments qu'il lui inspirait n'avaient cessé de se renforcer.

Il était également parvenu à réveiller son désir qu'elle avait cru à jamais muselé par le traumatisme qu'elle avait vécu. Elle ne lui avait pas menti : elle se sentait de nouveau prête à tenter l'expérience. Elle avait confiance en lui et était convaincue qu'il saurait faire preuve de toute la tendresse et la patience nécessaires. Et cela ne faisait que renforcer l'attirance irrésistible qu'il exerçait sur elle.

Mais elle savait aussi qu'avant d'aller plus loin elle se devait de lui avouer toute la vérité – de lui dire qu'initialement elle l'avait fréquenté uniquement dans l'espoir de retrouver l'homme qui l'avait violée.

Le comprendrait-il ? Ou bien se sentirait-il trahi ? Elle n'avait aucun moyen de le savoir, bien sûr. Et l'idée qu'elle risquait de le perdre l'attristait profondément. Mais elle n'avait pas le choix : s'ils devaient bâtir une relation sur des bases saines, elle devait se montrer parfaitement honnête envers lui.

Comme elle se faisait cette réflexion, sa canne à pêche ploya brusquement, indiquant qu'un poisson venait de mordre à l'hameçon. Sans attendre, Josie donna un coup sec avant de tourner le moulinet. L'énorme poisson-chat se débattit vaillamment mais elle finit par avoir gain de cause.

— Belle prise ! commenta une voix juste derrière elle.

Elle sursauta violemment et se retourna vers l'homme qui venait de sortir de la forêt.

— Bon sang, Gator ! s'exclama-t-elle. Comment as-tu fait pour t'approcher sans que je t'entende ?

Le vieux baroudeur haussa ses larges épaules.

— Tu étais très occupée par ton combat contre ce poisson.

Josie se pencha pour détacher l'hameçon et glisser l'animal dans une nasse qu'elle mit à l'eau.

— Comment vas-tu ? demanda-t-elle à Gator.

— Pas trop mal, ma foi. Ça t'ennuie si je te tiens compagnie un moment ?

— Pas du tout, lui assura-t-elle. Tu sais que je suis toujours ravie de te voir.

Gator posa le bâton de marche dont il ne se séparait quasiment jamais et vint s'asseoir dans l'herbe à ses côtés. Il demeura longuement silencieux tandis qu'elle appâtait de nouveau sa ligne et la lançait au loin.

— Et toi ? lui demanda-t-il alors. Est-ce que ça va ?

— Je n'ai pas à me plaindre, lui dit-elle.

— J'ai remarqué que tu passais pas mal de temps en compagnie de Jackson Fortier.

— C'est vrai, reconnut-elle. Comment le sais-tu ?

— Je passe ma vie à me balader à travers le bayou et je vous ai vus ensemble à plusieurs reprises.

Josie savait que quasiment rien n'échappait au vieil homme qui était au courant de la plupart des rumeurs qui couraient dans les parages.

— Est-ce que tu as déjà été amoureux, Gator ? lui demanda-t-elle.

— Oui, répondit-il sans hésiter. Il y a un bon million d'années de cela, je suis tombé amoureux d'une fille qui vivait à côté de chez mes parents.

Il contempla pensivement l'étang devant lequel ils étaient assis. Le soleil matinal faisait scintiller ses eaux verdâtres.

— Elle s'appelait Rosa et c'était la fille la plus belle et la plus gentille du bayou. Malheureusement, je l'ai perdue ainsi que notre bébé au moment de l'accouchement...

— Je suis vraiment désolée, Gator, murmura Josie.

Jusqu'ici, il n'avait encore jamais fait allusion à ce terrible drame.

— Tu ne t'es jamais remarié, après ça ? lui demanda-t-elle d'une voix très douce.

Il secoua la tête.

— Non. Je n'ai rencontré personne qui me fasse autant d'effet que Rosa. Je l'aime encore aujourd'hui, tu sais. Je lui parle même encore de temps à autre... Je suis sûr qu'elle m'attend là-haut et je ne tarderai plus trop à la rejoindre, à présent.

Josie hocha pensivement la tête. Cette révélation inattendue éclairait d'un jour nouveau la solitude à laquelle Gator s'astreignait. Ses déambulations à travers le bayou étaient-elles une façon pour lui de fuir le souvenir de ce drame ?

— Pour en revenir à Jackson, lui demanda-t-il alors, est-ce que tu penses que votre relation a vraiment un avenir ? Après tout, il est de la ville et toi du bayou...

— Je ne sais pas, avoua-t-elle en toute franchise.

Même si Jackson acceptait de lui pardonner de s'être servie de lui, rien ne lui permettait d'affirmer qu'ils parviendraient à surmonter les multiples différences qui existaient entre eux.

— Peyton et Beau ont réussi à trouver un modus vivendi, reprit-elle pensivement. J'espère que Jackson et moi en serons également capables...

— Peyton venait de la ville mais elle a passé une bonne partie de sa jeunesse à courir le marais aux côtés de Beau. Elle a toujours aimé le bayou. Jackson, lui, est totalement hors de son élément, ici.

Gator se redressa et alla ramasser son bâton de marche.

— Je ne te dis pas cela par méchanceté, Josie, mais parce que j'étais proche de tes parents et que je te connais depuis ta plus tendre enfance. Je ne veux pas que tu souffres. Gentry t'a déjà fait suffisamment de mal.

Il s'éclaircit nerveusement la gorge, visiblement embarrassé d'aborder un sujet aussi sensible.

— Je vais te laisser, lui dit-il. À bientôt.

— À bientôt, Gator. Et merci pour tes conseils.

Il hocha la tête et se détourna. Quelques instants plus tard, il avait disparu, comme absorbé par le bayou.

Josie demeura longuement immobile, perdue dans ses pensées. Gator n'avait fait que formuler à voix haute une angoisse qui la taraudait depuis qu'elle avait pris conscience de l'ambiguïté de ses sentiments à l'égard de Jackson.

Malheureusement, il était trop tard pour faire marche arrière. Car ce qu'elle éprouvait envers lui n'avait plus rien d'ambigu, à présent. Qu'elle le veuille ou non, elle était tombée amoureuse. Et elle ne pouvait qu'espérer que cela ne se retournerait pas contre elle une fois de plus.

Au bout d'une demi-heure, Josie replia ses gaules, rangea sa boîte de pêche et récupéra le panier dans lequel se trouvaient les poissons qu'elle avait pris ce jour-là. Après un détour par chez elle, elle alla relever ses nasses.

Cette activité l'occupa une bonne partie de la matinée. Mais elle avait suffisamment de poissons à présent pour justifier un aller-retour en ville, cet après-midi-là. Elle commença donc par appeler ses différents acheteurs pour leur signaler qu'elle comptait passer les voir. Puis elle se prépara un copieux déjeuner.

Après avoir mangé avec appétit, elle entreposa ses poissons dans des caisses partiellement remplies d'eau. Elle chargea celles-ci sur la charrette à bras dont elle se servait pour les transporter jusqu'à sa camionnette garée sur le parking de Vincent.

Le temps s'était couvert pendant sa pause et de lourds nuages noirs avaient envahi le ciel, menaçant à tout moment de laisser échapper une pluie diluvienne. Fort heureusement, elle atteignit sa camionnette juste avant que les éléments ne se déchaînent.

Comme à son habitude, elle commença par se rendre au Black Bayou Café. Là, elle se gara dans la ruelle située à l'arrière de l'établissement. Devant la porte de service, deux hommes étaient en train de fumer sous l'auvent qui les protégeait de la pluie qui tombait désormais à verse.

Elle descendit de sa camionnette et se dirigea vers eux en courant.

— Bonsoir, les salua-t-elle. Est-ce que l'un de vous pourrait avertir Marie que je suis là ?

— Je m'en charge, acquiesça l'un des cuistots en écrasant son mégot.

Il disparut à l'intérieur et ne tarda pas à revenir en compagnie de Marie Boujoulais qui avait pris soin de se munir d'un grand parapluie.

— Bonjour, Josie ! s'exclama-t-elle joyeusement.

Un large sourire illuminait son visage tout en rondeurs. Josie savait que par-delà cette authentique cordialité typiquement cajun Marie était une femme dotée d'une volonté de fer. C'était ce qui lui avait permis de s'arracher au bayou pour créer son propre établissement et le faire prospérer durant toutes ces années.

— Bonjour, Marie, répondit-elle. J'ai pas mal de choses à te proposer, aujourd'hui, à commencer par un magnifique poisson-chat que j'ai pêché ce matin même.

— Allons voir ça !

Toutes deux se dirigèrent vers l'arrière de la camionnette où Josie avait rangé les caisses dans lesquelles elle entreposait ses poissons. Elle présenta à Marie les pièces qu'elle trouvait les plus intéressantes et toutes deux commencèrent à marchander. C'était un rituel immuable auquel Josie se pliait toujours avec une pointe d'amusement.

Lorsqu'elles furent tombées d'accord, Josie supervisa le déchargement des poissons avant de prendre congé de Marie. Elle partit ensuite en direction du Tremont.

Là encore, elle se gara à l'arrière de l'établissement et fut rapidement rejointe par Joseph Tremont en personne. Contrairement à Marie, le fondateur et propriétaire du prestigieux restaurant ne discutait jamais les prix de Josie. En revanche, il savait très précisément ce qu'il voulait.

Une fois leur transaction conclue, Josie se rendit au Chez Mike. L'accès réservé aux livraisons donnait sur un grand parking qui était totalement désert à cette heure. Josie gagna la porte métallique et pénétra dans l'immense entrepôt qui abritait les réserves du magasin.

Là, elle fut accueillie par Ed Moren, le responsable des rayons boucherie et poissonnerie.

— Salut, Josie. Content de te voir. Comment vas-tu ?

— Très bien, merci. Et toi ?

— Pas mal. Je suis content que tu aies appelé. Je suis quasiment à court de poisson. J'espère que tu en as apporté beaucoup.

— La pêche a été bonne et j'ai trois containers pleins pour toi.

— Tant mieux ! Je vais aller chercher deux de mes hommes avec une glacière.

Il ne leur fallut que quelques minutes pour transvaser les poissons qui lui restaient et s'entendre sur un prix. Lorsqu'elle quitta l'entrepôt après avoir été payée, la pluie avait encore redoublé d'intensité et la luminosité avait tellement baissé qu'on aurait pu se croire au crépuscule.

Rabattant la capuche de sa parka, Josie se dirigea à grands pas vers sa camionnette. Mais comme elle fouillait ses poches à la recherche de ses clés de voiture, elle sentit confusément une présence dans son dos.

Avant qu'elle n'ait eu le temps de se retourner, on lui assena un coup violent au niveau de la tempe. La douleur fulgurante lui arracha un petit gémissement tandis qu'elle vacillait, luttant pour conserver son équilibre.

Que se passait-il donc ? Qui l'avait frappée de cette façon ? Et pourquoi ?

Elle se retourna pour tenter de faire face à son agresseur et se retrouva devant l'homme cagoulé qui l'avait poursuivie à travers le bayou.

Que lui voulait-il ? Pourquoi s'en prenait-il à elle ?

Avant qu'elle ait pu répondre à ces questions, il lui assena un nouveau coup de poing en plein dans son autre tempe. Tout se mit à tourner autour d'elle. Il enchaîna avec une frappe plus violente encore qui la cueillit en plein plexus et lui coupa le souffle. Elle perdit l'équilibre et ses genoux heurtèrent durement l'asphalte.

Luttant contre le vertige et la nausée, Josie parvint à tirer son couteau de son étui et le brandit d'une main légèrement tremblante. L'homme n'hésita pas un seul instant et lui décocha un coup de pied qui percuta brutalement son poignet et envoya son arme voler au loin.

Il lui décocha alors un nouveau coup de pied en pleine tête. Une nuée d'étoiles envahit le champ de vision de Josie qui bascula à la renverse. Son agresseur ne comptait apparemment pas en rester là et lui assena un autre coup de pied au niveau du ventre. Une douleur fulgurante lui arracha un nouveau gémissement.

Elle comprit alors que si elle ne réagissait pas rapidement elle risquait de perdre connaissance. Et cet homme paraissait bien décidé à la battre jusqu'à ce que mort s'ensuive. Elle chercha des yeux quelqu'un qui pourrait se porter à son secours, mais le parking était désespérément vide.

Elle essaya de crier, mais le son qu'elle émit s'apparentait plus à un gargouillement de souffrance. L'homme s'agenouilla alors à côté d'elle et se mit à la bourrer de coups de poing, visant principalement la tête. Josie se recroquevilla sur elle-même et protégea son visage de ses bras pour tenter d'échapper à cette impitoyable volée de coups.

Au bord de l'évanouissement, elle trouva enfin la force de hurler à pleins poumons.

— Tais-toi ! lui intima l'homme.

Un frisson glacé la parcourut de part en part. Cette fois, cela ne faisait plus aucun doute. C'était bien la voix de l'homme qui l'avait violée, dix mois plus tôt.

Il était revenu. Et, cette fois, il voulait la tuer.

Elle hurla de plus belle tandis qu'il la frappait encore et encore.

— Tu vas crever ! lui cria-t-il, la voix vibrante de haine. Tu vas crever, espèce de...

— Hé, vous là-bas ! s'exclama alors une voix masculine.

Au seuil de l'inconscience, Josie reconnut Ed Moren. Son agresseur poussa un juron et lui décocha un ultime coup de pied en pleine tête avant de partir en courant. Éperdue de soulagement, Josie entendit le bruit de ses pas claquer sur l'asphalte, s'éloignant à vive allure. Puis, incapable de lutter plus longtemps contre la souffrance qui pulsait à travers tout son corps, elle se laissa sombrer avec reconnaissance dans les ténèbres.

Jackson fut réveillé en sursaut par la sonnerie de son téléphone portable posé sur la table de nuit. Jetant un coup d'œil à l'écran, il constata qu'il était 8 heures du matin, une demi-heure avant le réveil qu'il avait programmé. Il ne reconnut pas le numéro qui s'affichait à l'écran mais décida de répondre par acquit de conscience.

— Monsieur Fortier ? fit une voix féminine. Jackson Fortier ?

— C'est moi-même, confirma-t-il.

— Je suis Amy Stein. Je travaille comme infirmière à l'hôpital de Black Bayou. Nous avons reçu cette nuit une patiente qui a demandé que nous vous contactions.

— Une patiente ? répéta Jackson en se redressant sur son lit. Qui est-ce ?

— Josephine Cadieux.

Un frisson glacé dévala le long de son échine.

— Josie ? Que lui est-il arrivé ? Est-ce qu'elle va bien ?

— Je suis vraiment désolée mais je ne peux discuter de son état de santé par téléphone. Tout ce que je peux vous dire, c'est qu'elle a demandé à vous voir.

— Très bien, répondit Jackson. Dites-lui que j'arrive tout de suite.

Dès qu'il eut raccroché, il bondit hors de son lit, s'habilla à la hâte, récupéra ses clés et son portefeuille et sortit de chez lui en courant.

Le trajet jusqu'à l'hôpital ne lui prit que quelques minutes mais lui parut durer une éternité. Qu'était-il donc arrivé à Josie ? S'était-elle fait attaquer par l'homme qui l'avait poursuivie dans le bayou ? S'il s'agissait bien du monstre de Honey Island, il n'osait imaginer ce qu'elle avait pu endurer.

Il tenta désespérément de se raccrocher au fait qu'elle était bien vivante et en état de parler puisqu'elle avait demandé à le voir. Peut-être ne s'agissait-il que d'un accident de la route ou domestique…

Il se gara à la hâte sur le parking de l'hôpital et descendit de voiture pour s'élancer vers l'entrée principale. Une fois à l'intérieur, il se dirigea aussitôt vers le comptoir d'accueil.

— Puis-je vous aider ? lui demanda la jeune femme qui était assise là.

— Oui. Une infirmière m'a appelé pour me signaler qu'une de vos patientes demandait à me voir. Elle s'appelle Josephine Cadieux.

— Vous devez être Jackson Fortier, acquiesça la jeune femme. C'est moi qui vous ai appelé tout à l'heure. Vous pouvez monter la voir directement. Elle est dans la chambre 104 au premier étage.

— Merci beaucoup, répondit Jackson avant de se diriger à grands pas vers les escaliers.

Il gravit les marches quatre à quatre et ne tarda pas à déboucher sur le palier supérieur. Il ne lui fallut que quelques instants pour localiser la chambre que l'infirmière lui avait indiquée.

Il frappa doucement à la porte et, n'obtenant pas de réponse, hésita quelques instants avant d'entrer. Les yeux clos, Josie était allongée sur son lit d'hôpital. Elle était parfaitement immobile et paraissait étonnamment frêle et vulnérable. Sa respiration était légèrement sifflante, mais ce qui horrifia le plus Jackson, c'était que les deux côtés de son visage étaient entièrement recouverts de bleus.

Il était évident qu'elle avait été passée à tabac. Mais par qui ? Et pourquoi ?

Le cœur battant à tout rompre, il s'approcha de son lit.

— Josie ? appela-t-il doucement.

Elle ouvrit les yeux et le fixa durant quelques instants. Il vit une larme rouler le long de son visage.

Cette vision lui brisa le cœur. Il aurait tant voulu pouvoir la prendre dans ses bras et la serrer contre lui. Mais il ne connaissait pas l'étendue exacte de ses blessures et ne pouvait courir le risque de lui faire du mal. Il se contenta donc de caresser doucement ses cheveux.

— Que s'est-il passé ? lui demanda-t-il d'une voix vibrante d'émotion à peine contenue. Qui t'a fait ça ?

— Oh ! Jackson..., articula-t-elle. J'ai eu si peur...

À cet instant, on frappa à la porte et le Dr Etienne Richards pénétra dans la chambre.

— Jackson, le salua-t-il sobrement.

Tous deux se connaissaient très bien. Ils avaient de nombreux amis en commun et jouaient régulièrement au tennis ensemble.

— J'ai de bonnes nouvelles pour vous, Josie, déclara le médecin. Le résultat des tests que nous vous avons fait passer dans la nuit indique que vous ne souffrez d'aucune lésion interne. Vous vous en tirez avec trois côtes fêlées et de nombreux hématomes.

— Que s'est-il passé, exactement ? s'enquit Jackson.

— Quelqu'un a attaqué Josie dans le parking du Chez Mike, hier soir, expliqua le médecin. Fort heureusement, un employé l'a entendue crier et s'est porté à son secours, ce qui a fait fuir son agresseur.

— Il voulait me tuer, murmura Josie. Il me l'a dit pendant qu'il était en train de me frapper. Il voulait que je meure.

— Qui était-ce ?

— L'homme à la cagoule.

— Celui qui t'a poursuivie l'autre soir dans le bayou ?

Elle hocha la tête, ce qui lui arracha une petite grimace de douleur. La détresse et la compassion de Jackson se doublèrent d'une colère sourde. À deux reprises, cet homme s'en était pris à elle. Et il cherchait apparemment à la tuer.

— Je ne peux malheureusement pas faire grand-chose pour vos côtes, reprit le Dr Richards. Elles se remettront d'elles-mêmes en l'espace de quelques jours. D'ici là, vous devez vous reposer. Est-ce que votre visage vous fait toujours souffrir ?

— Un peu, répondit Josie.

— Je vais aller vous chercher de quoi calmer la douleur.

Sur ce, le médecin se dirigea vers la porte.

— Je reviens tout de suite, dit Jackson à Josie avant d'emboîter le pas à Richards.

— Est-ce que tu as prévenu la police ? s'enquit Jackson après avoir refermé la porte derrière eux.

— Bien sûr. L'agent Ryan Staub a pris la déposition d'Ed Moren, l'homme qui a conduit Josie à l'hôpital. Il lui a aussi posé quelques questions lorsqu'elle a repris conscience. Je sais qu'il comptait également aller inspecter le parking où s'est produite l'agression.

Richards secoua doucement la tête.

— Je ne sais pas qui lui a fait ça, Jackson. Mais il n'y est pas allé de main morte. Et si Moren n'était pas intervenu, je n'ose imaginer ce qui aurait pu se passer… J'espère vraiment que la police parviendra à identifier ce salopard.

— Moi aussi, déclara Jackson d'un air sombre.

Il ne pouvait cependant s'empêcher de repenser à la légèreté dont Gravois avait fait preuve à l'égard du viol dont elle avait été victime et des trois meurtres commis depuis dans le bayou.

Une chose était sûre : tant que l'homme qui avait agressé Josie ne serait pas sous les verrous, Jackson comptait bien assurer lui-même sa protection. Il commença donc par appeler son assistante pour lui indiquer qu'il devait prendre sa journée. Il se promit aussi d'envoyer un message à ses amis pour les prévenir qu'il devrait reporter l'apéritif prévu pour le lendemain.

Il retourna alors dans la chambre de Josie et constata qu'une aide-soignante venait de lui apporter un solide petit déjeuner constitué d'œufs au bacon, de tartines, d'un jus d'orange et d'une tasse de café.

— Essayez de manger un peu, l'encouragea-t-elle après avoir redressé la tête du lit de façon que Josie se retrouve en position assise. Je reviendrai chercher votre plateau un peu plus tard.

Josie hocha la tête et Jackson vint prendre place sur la chaise qui était installée à proximité de son lit.

— Comment est-ce que tu te sens ? lui demanda-t-il gravement.

— Comme si j'avais perdu un combat de boxe contre Mike Tyson, répondit-elle avec un pâle sourire.

Jackson sentit une bouffée de tendresse l'envahir. Même en un tel instant, elle parvenait à trouver la force de plaisanter.

— Qu'est-ce qui s'est passé exactement ?

— Je venais de livrer mes poissons au supermarché et je revenais vers ma camionnette lorsqu'il m'a sauté dessus. Il a surgi de nulle part et a immédiatement commencé à me frapper. J'ai dégainé mon couteau mais j'étais déjà à moitié sonnée et il me l'a fait voler des mains… Ensuite, il s'est acharné sur moi. Il me bourrait de coups de poing et de coups de pied en me répétant qu'il allait me tuer…

La voix de Josie se brisa et Jackson se pencha vers elle pour lui prendre doucement la main.

— Tu es saine et sauve, lui dit-il. C'est tout ce qui importe, pour le moment.

Elle secoua la tête.

— Si Ed ne m'avait pas entendue crier, je serais morte à l'heure actuelle.

— Dieu merci, ce salopard n'était pas armé, murmura Jackson. Tu ferais mieux de manger avant que ça ne refroidisse, ajouta-t-il en poussant son assiette vers elle.

— Je n'ai pas faim.

— Il faut manger, insista-t-il d'une voix très douce. Tu as besoin de reprendre des forces, Josie.

— D'accord...

Elle commença à manger ses œufs à petites bouchées qu'elle faisait passer en buvant son jus d'orange.

— Prends le café, si tu veux, lui proposa-t-elle. Je n'en ai vraiment pas envie.

Jackson avala une gorgée de liquide brûlant. Quelques instants plus tard, le Dr Richards revint au chevet de Josie pour lui apporter les antalgiques qu'il lui avait promis.

— Quand pourrais-je rentrer chez moi ? lui demanda-t-elle.

— Vous êtes donc si pressée que cela de nous quitter ? répondit-il en souriant gentiment. Je vais vous demander de patienter encore un petit peu. Au moins jusqu'au déjeuner. À ce stade, les risques de traumatisme crânien semblent écartés, mais je préfère en être certain avant de vous laisser repartir. Est-ce que vous vivez seule ?

— À vrai dire, je pensais l'inviter chez moi pendant sa convalescence, intervint Jackson.

— Ce n'est pas la peine, protesta Josie.

— Je crois que si, objecta-t-il. Quelqu'un a tenté de te tuer, hier soir. Telle était probablement déjà son intention, l'autre jour, lorsqu'il t'a poursuivie dans le bayou. Et s'il a essayé à deux reprises, il peut très bien recommencer. Alors je suis bien décidé à te servir à la fois d'infirmier et de garde du corps, le temps que la police mette la main sur ce type.

Josie parut hésiter. Il connaissait la fierté et l'esprit d'indépendance qui l'animaient. Cela faisait même partie des qualités qu'il admirait le plus chez elle. Mais elle devait comprendre le danger qu'elle courait.

— Josie, je t'en prie, insista-t-il. Accepte, même si ce n'est que pour me rassurer.

— D'accord, acquiesça-t-elle enfin. Mais juste pour quelques jours, le temps que je reprenne mes forces.

— Entendu, répondit Jackson, soulagé.

Si la police était incapable de mettre la main sur le coupable d'ici là, il saurait bien la convaincre de rester chez lui un peu plus longtemps. Et qui sait ? Peut-être même indéfiniment...

8

— Jackson, je te serai éternellement reconnaissante pour tout ce que tu fais pour moi, déclara Josie lorsque le Dr Richards eut quitté la chambre d'hôpital.

— Il n'y a vraiment pas de quoi, lui assura-t-il d'une voix très douce.

Josie sentit son cœur se serrer dans sa poitrine. Elle était profondément touchée par la sollicitude dont Jackson faisait preuve à son égard. Mais cela ne faisait que renforcer sa propre culpabilité. Il était plus que temps de lui révéler pourquoi elle avait délibérément cultivé leur relation.

Sans doute se sentirait-il blessé par cet aveu. Mais elle ne pouvait décemment pas le laisser continuer à l'aider sans faire preuve d'un minimum d'honnêteté à son égard.

— Voilà ce que je te propose, reprit Jackson avant qu'elle ait pu lui dire ce qu'elle avait sur le cœur. Si tu te sens d'attaque, en sortant d'ici, nous repasserons par chez toi pour que tu réunisses tout ce dont tu auras besoin. Puis nous irons à la maison.

— D'accord, répondit-elle.

Elle se promit cependant qu'avant de le suivre jusque chez lui elle lui dirait toute la vérité. S'il ne pouvait lui pardonner d'avoir abusé de sa confiance, il pourrait toujours repartir sans elle.

Ils discutèrent durant quelques minutes en évitant soigneusement de reparler de son agression. Puis, sans même s'en rendre compte, Josie s'endormit.

Elle était de retour dans le bayou, en cette nuit fatidique.

Le sac s'abattit sur son visage, l'aveuglant complètement. Le cordon se resserra sur sa gorge, manquant l'étrangler. Une peur primale envahit chacun de ses membres. Elle fit mine de se débattre mais l'homme la repoussa durement, la projetant à terre.

Il la retourna alors et entreprit de lui attacher les mains…

— Josie ! Josie, réveille-toi !

La voix familière s'était immiscée au cœur même de son rêve.

— Josie, ouvre les yeux…

Elle s'exécuta et découvrit le visage inquiet de Jackson qui était penché sur elle.

— Je suis désolée, s'excusa-t-elle d'une voix légèrement tremblante. Est-ce que j'ai crié ?

— Non. Mais tu avais l'air de faire un cauchemar…

— C'était le cas, confirma-t-elle en passant une main dans ses longs cheveux. Merci de m'avoir réveillée. Est-ce que j'ai dormi longtemps ?

Jackson jeta un coup d'œil à sa montre.

— Environ une heure et demie, lui dit-il.

— Ça alors, s'exclama-t-elle. Je n'ai pourtant pas l'habitude de faire la sieste au beau milieu de la journée…

— Richards m'a dit que cela risquait de se reproduire au cours des prochains jours, lui indiqua-t-il. Ton corps a besoin de repos.

Il secoua doucement la tête.

— Si je tenais le salopard qui t'a fait ça…

Le mélange de colère et d'inquiétude qu'elle lut en cet instant dans son regard lui confirma s'il en était besoin la réalité des sentiments que Jackson éprouvait à son égard. Elle se força à détourner les yeux, craignant de fondre de nouveau en larmes.

Elle se sentait profondément troublée par l'amour qu'il lui vouait. Et elle n'était pas sûre de le mériter. Mais elle était convaincue que, lorsqu'il apprendrait la vérité sur les circonstances de leur rencontre, il tirerait définitivement un trait sur leur relation.

L'idée de le perdre l'emplissait d'une tristesse infinie. Pour la première fois de sa vie, peut-être, elle avait besoin de quelqu'un. Et ce n'était pas uniquement parce qu'elle était blessée ou parce qu'elle voulait se sentir protégée. Le besoin qu'elle avait de Jackson était infiniment plus primal, plus fondamental. Il lui semblait presque que c'était une partie intégrante d'elle-même qui lui avait toujours manqué et qu'elle venait seulement de redécouvrir.

— Est-ce que tu veux me parler de ton cauchemar ? lui demanda-t-il.

— C'est un rêve récurrent. Je ne le fais pas si souvent mais il se déroule toujours de la même façon. Je revis l'agression dont j'ai été victime. Mais je préférerais ne pas entrer dans les détails.

— Je comprends, acquiesça sombrement Jackson. Que dirais-tu de parler d'autre chose ? De ton animal favori, par exemple ? Personnellement, j'ai toujours eu un faible pour les oryctéropes.

— Les quoi ? demanda Josie en fronçant les sourcils.

— Les oryctéropes. Ce sont des mammifères qui vivent en Afrique et se nourrissent de termites.

— Tu en as déjà vu ?

— Jamais, répondit-il du tac au tac.

Josie ne put s'empêcher de sourire – ce qui, en de telles circonstances, constituait déjà un véritable miracle. Jackson et elle continuèrent de discuter jusqu'à l'heure du déjeuner. L'aide-soignante revint alors avec un nouveau plateau-repas qu'elle insista pour partager avec lui.

Peu de temps après ce déjeuner, le Dr Richards revint la voir. Après l'avoir auscultée une dernière fois, il l'autorisa à quitter l'hôpital à condition qu'elle s'engage à passer le plus clair de la semaine suivante allongée et au calme.

Jackson quitta la pièce le temps qu'elle se rhabille avec l'aide d'une infirmière. L'idée d'enfiler les vêtements sales, déchirés et tachés de sang qu'elle portait la veille ne la réjouissait guère, mais elle n'avait rien d'autre à se mettre.

L'infirmière lui donna ensuite un sachet contenant ses médicaments ainsi qu'une ordonnance qui lui permettrait de les renouveler. Elle rejoignit alors Jackson dans le couloir.

— Filons d'ici avant que le doc ne change d'avis, lui dit-il sur un ton de conspirateur.

Il lui prit la main.

— J'ai rapproché la voiture pendant que tu te rhabillais, ajouta-t-il. Elle est garée juste devant pour que tu n'aies pas trop à marcher.

Elle lui fut très reconnaissante de cette nouvelle attention. Car force était de reconnaître qu'à chacun de ses pas un brusque élan de douleur rayonnait dans l'ensemble de son corps. Le simple fait de respirer la faisait souffrir. Et, en s'habillant, elle avait pu constater avec effroi l'étendue des contusions qui marbraient la quasi-intégralité de son corps.

En prenant place sur le siège passager de la voiture de Jackson, elle ne put réprimer un soupir de soulagement. Mais à mesure qu'ils se rapprochaient de chez Vincent, elle sentit monter en elle une irrépressible angoisse à l'idée de la discussion qui l'attendait.

Finalement, ils se garèrent sur le parking de l'épicerie.

— Tu n'es peut-être pas obligée de marcher jusque chez toi, lui dit-il. Si tu veux, tu peux me dire ce dont tu as besoin et où je peux le trouver. Pendant ce temps, tu n'auras qu'à m'attendre tranquillement dans la boutique.

Un pâle sourire se dessina sur les lèvres de Josie.

— Je ne voudrais pas que tu te perdes dans le bayou à cause de moi, lui dit-elle. Ne t'en fais pas, Jackson. Tant que nous marchons lentement, je devrais pouvoir m'en sortir.

Il hocha la tête sans paraître totalement convaincu. Tous deux descendirent de voiture et empruntèrent le sentier qui s'enfonçait dans le marais. Josie progressait pas à pas, les dents serrées, luttant contre les larmes de souffrance qui lui montaient aux yeux. Jamais encore elle ne s'était sentie aussi faible et impuissante.

Au prix d'une épreuve presque insoutenable, elle parvint à rallier sa maison. Là, elle s'écroula sur le canapé, épuisée. Jackson s'assit à ses côtés et lui prit la main.

— Est-ce que je peux faire quelque chose pour toi ? lui demanda-t-il en fixant sur elle un regard empli de sympathie.

— Non, répondit-elle. J'ai juste besoin de quelques minutes pour souffler un peu. Ensuite, je rassemblerai mes affaires.

— Prends tout le temps qu'il te faudra, lui dit-il.

Josie inspira profondément. Le moment tant redouté était venu.

— Avant cela, lui dit-elle, j'ai quelque chose à te dire.

— Quoi donc ? lui demanda Jackson, curieux.

Il avait dû sentir la tension qui l'habitait en cet instant.

— Tout d'abord, l'homme qui m'a attaquée sur le parking est le même que celui qui m'a violée, il y a dix mois de cela. J'ai reconnu sa voix.

Jackson fronça les sourcils.

— Mais pourquoi chercherait-il à s'en prendre à toi maintenant ? demanda-t-il.

— Peut-être parce qu'il a peur que je ne finisse par l'identifier.

— Je croyais que tu n'avais pas vu son visage ?

— Effectivement. Mais je connais sa voix. Et je sais que ce n'est pas quelqu'un du bayou, contrairement à ce que je t'ai dit.

La stupeur de Jackson redoubla.

— Comment peux-tu en être sûre ?

— Parce qu'il portait une montre de luxe – le genre d'accessoire que personne ici ne pourrait s'offrir. Il portait aussi une eau de toilette raffinée. Et il avait les mains très douces. C'était quelqu'un de la ville – quelqu'un de fortuné, même.

— Je ne comprends pas, objecta Jackson. Pourquoi m'as-tu dit que ce devait être quelqu'un du bayou, dans ce cas ?

— Parce que je craignais que tu ne décides de couper les ponts avec moi...

— Pourquoi aurais-je fait une chose pareille ? s'enquit Jackson, visiblement perdu.

Josie se mordilla nerveusement la lèvre. L'instant de vérité était arrivé.

— Jackson, tu sais qu'en tant que fille du bayou, je n'avais strictement aucune chance d'approcher les gens de la haute société dont fait partie mon agresseur. Je n'ai même pas accès aux endroits où ils se réunissent. Et voilà qu'un jour, je tombe par hasard au beau milieu du bayou sur l'un des hommes les plus riches et les plus influents de la ville...

Jackson fronça légèrement les sourcils et elle se força à continuer.

— Sur le coup, je me suis dit que cette rencontre était un véritable don du ciel. Et j'ai commencé à te fréquenter parce que j'espérais que, grâce à toi, je pourrais enfin accéder aux cercles dans lesquels évoluait le violeur.

La déception qui se lut alors sur le visage de Jackson lui fit bien plus mal que ne l'aurait fait un accès de colère de sa part.

— Alors tu t'es servie de moi tout du long, murmura-t-il.

Elle se prit soudain à regretter de lui avoir dit la vérité. N'aurait-elle pas mieux fait de passer sous silence ses intentions initiales ? Ce qui comptait, après tout, c'était ce qu'elle éprouvait à présent ? Malheureusement, il était désormais trop tard pour faire marche arrière.

— Pas tout du long, lui assura-t-elle. C'est vrai : initialement, j'ai cultivé notre relation dans le seul but d'identifier mon assaillant. Mais au fil des jours, je me suis mise à t'apprécier pour la personne que tu étais. J'avais envie de faire toujours plus de choses avec toi. C'est rapidement devenu plus important pour moi que de retrouver mon agresseur...

Alors même qu'elle prononçait ces mots, elle prit pleinement conscience de la profondeur de ses propres sentiments à l'égard de Jackson. Il était effectivement devenu plus important à ses yeux que son propre besoin de justice et de vengeance.

— Je suis vraiment désolée, Jackson, soupira-t-elle, les yeux emplis de larmes.

— Ne pleure pas, Josie, lui dit-il avant de laisser échapper un profond soupir. Dis-moi, qu'est-ce qui t'a poussée à me dire cela maintenant ?

Josie se força à ravaler ses larmes. Elle ne voulait pas donner à Jackson l'impression qu'elle cherchait à l'apitoyer.

— Je ne veux plus qu'il y ait de mensonges entre nous, lui dit-elle. Je tiens beaucoup à toi et je me suis dit que tu avais le droit de savoir.

— D'accord, acquiesça-t-il. Eh bien, je suis au courant, à présent. Tu devrais te dépêcher de faire ton sac. Plus vite nous serons de retour à la maison et plus vite tu pourras prendre un antalgique et aller te coucher.

Elle le considéra avec stupeur.

— Tu es sûr que tu veux toujours m'accueillir chez toi ? lui demanda-t-elle.

— Josie, moi aussi je tiens beaucoup à toi. Il n'est pas question que je te laisse tomber. Nous allons te remettre sur pied et ensuite, je t'aiderai à identifier l'homme qui t'a agressée. Maintenant file préparer tout ce dont tu auras besoin pour un séjour d'une semaine ou deux.

Craignant de fondre de nouveau en sanglots, Josie se força à se lever et fila en direction de sa chambre. Elle avait du mal à croire que Jackson puisse faire preuve d'une telle magnanimité, étant donné ce qu'elle venait de lui dire. Il n'y avait apparemment pas de limite à ses qualités de cœur – et cela ne faisait qu'ajouter à la honte qu'elle éprouvait à l'idée de s'être servie de lui de cette façon.

Ravalant un soupir, elle commença par se débarrasser de ses vêtements sales et déchirés et enfila une tenue propre. Puis elle sortit un grand sac de sport et commença à y entasser les vêtements dont elle aurait besoin. Elle passa enfin dans la salle de bains pour ajouter ses affaires de toilette.

Il ne lui fallut que quelques minutes avant de revenir dans le salon où l'attendait Jackson.

— Tu es parée ? lui demanda-t-il en lui prenant le sac des mains.

Elle hocha la tête. Peut-être ne méritait-elle pas l'hospitalité qu'il lui offrait. Mais elle ne s'était jamais sentie aussi fragile, tant sur le plan physique que psychologique. Elle commençait tout juste à prendre la mesure de ce que Jackson lui avait dit à l'hôpital : l'homme qui l'avait violée avait cherché à la tuer à deux reprises.

Cela ne pouvait signifier qu'une chose : il se sentait menacé et craignait qu'elle ne parvienne à l'identifier. Sans doute l'avait-il vue aux côtés de Jackson. Il savait qu'elle avait désormais accès à son monde. Et il était prêt à tout pour préserver sa liberté et sa réputation.

Ils quittèrent la maison et se dirigèrent vers chez Vincent. Jackson demeurait étrangement silencieux et elle ne pouvait s'empêcher de se demander à quel point elle l'avait blessé. Elle se demandait aussi avec une pointe d'angoisse si l'embryon de leur relation amoureuse survivrait à de telles révélations…

Tandis qu'ils roulaient en direction de chez lui, Jackson ne cessait de repenser à ce que Josie venait de lui révéler.

Il ne pouvait s'empêcher de se demander si leur relation n'avait pas été une pure illusion. S'était-elle forcée à rire à ses plaisanteries ? Leurs longues conversations l'avaient-elles secrètement ennuyée ? Ses baisers passionnés n'avaient-ils été que des faux-semblants ?

Bien sûr, elle lui avait assuré qu'il n'en était rien, qu'elle était réellement tombée sous le charme et qu'elle tenait à lui. Mais Jackson avait également conscience du fait qu'elle avait besoin de lui. L'homme qui avait cherché à la tuer recommencerait peut-être. Or elle était blessée et affaiblie. Et en restant chez elle, au milieu du bayou, elle faisait une cible idéale.

Après réflexion, il décida que cela ne changeait pas grand-chose. Qu'elle cherchât ou non à le manipuler, il ne pouvait l'abandonner en un tel moment. Si elle se faisait tuer, il ne se le pardonnerait jamais. D'ailleurs, ses propres sentiments étaient indépendants de ceux de Josie. Qu'il le veuille ou non, il était tombé amoureux d'elle.

Il serait bien temps de panser ses blessures émotionnelles lorsque l'agresseur de la jeune femme aurait été identifié et arrêté.

En attendant, il entendait bien demeurer à ses côtés et la soutenir de façon inconditionnelle.

Jetant un coup d'œil dans sa direction, il sentit son cœur se serrer en avisant les marques de coups sur son beau visage endormi. Il ne parvenait pas à comprendre que quelqu'un ait pu s'en prendre à elle de cette façon. C'était tout bonnement monstrueux.

L'idée qu'il puisse s'agir d'un habitant de Black Bayou, de quelqu'un qui fréquentait le même milieu que Jackson et qu'il croisait probablement régulièrement le rendait malade. Toute la question était de savoir comment ils pourraient bien découvrir son identité.

Peut-être pourrait-il commencer par établir une liste des invités du gala de Patty. Car si l'homme s'était trouvé parmi eux, Josie l'aurait probablement repéré. Cette liste leur permettrait d'éliminer une bonne partie des membres de la haute bourgeoisie de Black Bayou. Il ne leur resterait plus ensuite qu'à recenser tous ceux qui manquaient à l'appel.

Ce serait une tâche d'envergure. Mais il était déterminé à libérer Josie de cette ordure qui la hantait jusque dans ses cauchemars.

De retour chez lui, Jackson se gara dans l'allée menant à son garage et secoua doucement l'épaule de Josie.

— Nous sommes arrivés, lui indiqua-t-il.

Elle se redressa et étouffa un bâillement aussitôt suivi par une petite grimace douloureuse. Tous deux descendirent de voiture et il alla récupérer son sac dans le coffre.

— Tu vas pouvoir te recoucher, lui dit-il tandis qu'ils se dirigeaient vers la porte d'entrée.

— Avant cela, j'aimerais prendre une douche. Je me sens sale…

— Bien sûr, lui dit-il. Je vais te montrer ta chambre.

Il la conduisit jusqu'à la chambre d'amis et posa son sac sur le lit avant de lui indiquer la salle de bains attenante.

— Installe-toi. Je vais aller te chercher un verre d'eau pour que tu puisses prendre tes antalgiques.

— Merci beaucoup.

Lorsqu'il revint, quelques instants plus tard, elle finissait de disposer ses affaires dans l'armoire de la chambre. Il lui tendit le verre d'eau et elle avala ses cachets.

— Merci, lui dit-elle encore, les yeux embués de larmes. Merci pour tout, Jackson.

Il posa doucement une main sur son épaule.

— Il n'y a pas de quoi. Va prendre une douche, ça te fera du bien. Tu trouveras des serviettes propres dans le placard. Il y a aussi du savon, du shampoing et du dentifrice sur le bord du lavabo.

Elle hocha la tête et prit une tenue de rechange avant de se diriger vers la salle de bains.

Jackson, quant à lui, alla chercher un plaid dans l'armoire de sa propre chambre et le posa sur le canapé au cas où Josie préférerait s'allonger là durant la journée.

Lui-même prit place dans l'un des fauteuils du salon et sortit son téléphone portable pour consulter les SMS et les mails qu'il avait reçus dans la matinée. Il répondit aux plus urgents et envoya un message à son assistante pour lui signaler qu'il se verrait probablement forcé de prendre sa journée du lendemain.

Josie le rejoignit alors. Elle avait enfilé un legging bleu marine et un T-shirt extra-large de la même couleur. Elle était très pâle et paraissait toujours très mal en point.

— Si tu veux, tu peux t'allonger sur le canapé, lui suggéra-t-il. À moins que tu ne préfères aller te coucher directement dans ta chambre.

— Non, je préfère rester ici avec toi.

Elle s'allongea sur le canapé et il alla étendre le plaid sur elle.

— Merci, Jackson.

Il lui décocha un petit sourire.

— Inutile de me remercier à chaque fois, lui dit-il.

— Je n'ai pas l'habitude d'être aussi entourée, lui avoua-t-elle. J'ai toujours voulu être quelqu'un de fort et d'indépendant. Et ça ne me plaît pas du tout de me sentir aussi faible...

— N'importe qui le serait après s'être fait passer à tabac de cette façon, objecta-t-il.

— Je le déteste, murmura-t-elle.

— Moi aussi. Mais ce qui t'est arrivé hier a au moins un mérite : le fait que ton agresseur réagisse de cette façon indique qu'il a peur et donc que tu es sur la bonne voie.

— Je sais, murmura Josie en détournant les yeux.

— Qu'y a-t-il ? lui demanda Jackson, percevant son trouble.

— Eh bien... J'y ai beaucoup réfléchi au cours de ces dernières heures. Et j'en suis venue à la conclusion que s'il est si inquiet, c'est peut-être parce qu'il m'a vue en ta compagnie...

Jackson fronça les sourcils.

— Tu penses que c'est quelqu'un que je connais personnellement ?

— Je pense que c'est possible, répondit-elle prudemment. Comme tu l'as dit : le fait qu'il réagisse aussi brutalement signifie qu'il se sent réellement menacé.

C'était une idée particulièrement désagréable, mais Jackson ne pouvait hélas contester la validité de son raisonnement.

— N'en parlons plus, soupira-t-elle. J'ai beaucoup trop mal à la tête pour réfléchir à tout cela pour le moment.

— Est-ce que tu veux dormir ? Écouter de la musique ? Regarder un film ?

— Bonne idée, acquiesça-t-elle. Je n'ai pas la télévision chez moi et je ne vais pas au cinéma aussi souvent que je le voudrais. Est-ce que tu as un film en particulier à me suggérer ? Quelque chose de léger, une comédie, de préférence...

Jackson alluma la télévision et choisit un film qu'il avait bien aimé et dont il estima qu'il pourrait lui plaire. Ils commencèrent à la regarder et, moins d'un quart d'heure plus tard, Josie s'était profondément endormie.

Jackson gagna alors la cuisine pour préparer un bouillon de poulet, une salade composée et un plateau de fromage. Il appela ensuite ses amis pour leur signaler qu'il devait reporter l'apéritif qu'il avait prévu d'organiser le lendemain.

Lorsqu'il leur indiqua les raisons de cette annulation, tous se montrèrent profondément choqués d'apprendre ce qui était arrivé à Josie. Ils lui demandèrent de lui transmettre tous leurs vœux de prompt rétablissement.

Jackson alla ensuite chercher un calepin et un stylo et retourna s'installer dans le salon. Là, il commença à dresser de mémoire la liste de tous les invités masculins qui avaient assisté au gala de Patty. Il avait déjà inscrit une bonne trentaine de noms lorsque Josie rouvrit les yeux.

— Je n'arrive pas à croire que je me sois endormie une fois de plus, murmura-t-elle d'une voix légèrement pâteuse.

— J'imagine que tes antalgiques y sont pour quelque chose. Mais rappelle-toi ce qu'a dit le Dr Richards : tu es censée te reposer autant que possible.

Il jeta un coup d'œil à sa montre.

— C'est l'heure du dîner, remarqua-t-il. Je t'ai préparé un bouillon de poulet. Ma mère m'a toujours dit que lorsqu'on se sentait un peu faible, c'était une véritable potion magique.

— Comment pourrais-je refuser, alors ? répondit-elle en se redressant péniblement sur le canapé. Dis-moi comment je peux me rendre utile.

— C'est vrai, répondit Jackson en fronçant légèrement les sourcils. Nous n'avons pas encore discuté des règles qu'il te faudra respecter durant ton séjour ici.

— Quelles règles ? demanda-t-elle, surprise.

— Il n'y en a qu'une, à vrai dire, la règle numéro un : tu dois te reposer et me laisser m'occuper de toi. Alors rallonge-toi. Tout est déjà prêt.

Il retourna à la cuisine pour aller chercher le dîner qu'il venait de préparer ainsi que des bols, des assiettes, des couverts, des verres et une bouteille d'eau. Il rapporta le tout sur un plateau qu'il posa sur la table basse.

Il eut le plaisir de voir Josie manger avec appétit. Puis tous deux regardèrent la fin du film qu'ils avaient commencé et, cette fois-ci, la jeune femme parvint à garder les yeux ouverts jusqu'au bout. Elle rit aussi à plusieurs reprises et Jackson s'émerveilla une fois de plus de son extraordinaire faculté de résilience.

Le film se termina vers huit heures et demie et Josie décida d'aller se coucher.

— Va te mettre au lit, lui dit-il. Le temps de débarrasser et je t'apporte un verre d'eau.

— Je vais t'aider, protesta-t-elle.

— Rappelle-toi la règle numéro un.

Elle sourit et hocha la tête. Jackson la suivit des yeux tandis qu'elle se dirigeait vers sa chambre. Quelques minutes plus tard, il la rejoignit avec le verre d'eau qu'il lui avait promis. Elle avala un nouveau cachet avant de se rallonger.

— Si tu as besoin de quoi que ce soit au cours de la nuit, n'hésite surtout pas à me réveiller, lui dit-il. Fais de beaux rêves, Josie.

— Toi aussi. Bonne nuit, Jackson.

— Dors bien.

Il referma la porte de la chambre d'amis derrière lui et fit le tour de la maison pour s'assurer que toutes les portes et fenêtres étaient bien fermées. Puis il alla chercher dans son armoire le revolver qu'il avait acheté, du temps où il pratiquait le tir sportif.

De retour dans sa chambre, il commença par vérifier que l'arme était propre et fonctionnelle et que le cran de sûreté était bien engagé. Puis il la chargea et la posa sur sa table de nuit avant de se déshabiller.

Il s'étendit alors sur son lit et croisa les mains sous sa nuque, les yeux fixés sur le plafond. Si le salopard qui avait agressé Josie se risquait à s'introduire chez lui pour s'en prendre à elle, il n'hésiterait pas un instant.

D'une façon ou d'une autre, il comptait bien mettre ce monstre hors d'état de nuire et veiller à ce que la jeune femme soit en sécurité.

Ensuite...

Il soupira intérieurement.

Ensuite, il serait temps de voir si les sentiments qu'elle prétendait éprouver à son égard étaient authentiques ou si cela avait juste été une nouvelle façon de se servir de lui…

9

Josie fut tirée de son sommeil par une délicieuse odeur de bacon qui flottait dans l'air. Mais lorsqu'elle fit mine de se redresser pour aller rejoindre Jackson à la cuisine, elle retomba sur son lit en grimaçant de douleur. Là, elle demeura allongée durant de longues minutes, haletante, s'efforçant de réprimer la souffrance qui pulsait à travers tout son corps.

Il lui semblait être plus endolorie encore que la veille. Mais au moins elle avait dormi d'une seule traite et n'avait pas fait de cauchemars, cette nuit-là. Lorsque la douleur commença à refluer légèrement, elle se rassit avec nettement plus de précautions et sortit un cachet d'antalgiques qu'elle avala avec la fin du verre d'eau que Jackson lui avait apporté la veille au soir.

Elle se leva ensuite et enfila ses vêtements avant de gagner la salle de bains voisine. Là, elle se brossa les dents et disciplina ses longs cheveux ébouriffés avant de considérer d'un œil résigné son visage tuméfié. Elle faisait vraiment peine à voir.

Réprimant un soupir, elle rejoignit la cuisine en boitillant. Chacun de ses pas était douloureux et elle avait du mal à se figurer comment elle avait bien pu accomplir l'aller-retour entre chez Vincent et chez elle, le jour précédent.

— Bonjour, ma belle, s'exclama joyeusement Jackson qui s'activait devant les fourneaux.

— Belle ? s'exclama-t-elle. Je crois que tu as vraiment besoin de lunettes. J'ai failli faire un malaise en me regardant dans la glace.

— Ce n’est que temporaire, répondit-il en haussant les épaules. Et cela ne t’empêche pas d’être la plus belle à mes yeux.

— Tu n’as pas besoin de me flatter, tu sais, lui dit-elle avec un pâle sourire. Après tout, j’ai déjà accepté d’emménager chez toi...

Il éclata de rire.

— Heureux de voir que tu n’as pas perdu ton sens de l’humour. Assieds-toi. Est-ce que tu veux du café ?

— Avec plaisir.

— Tu as déjà pris tes médicaments ?

— C’était une question de survie, soupira-t-elle. J’espère seulement que je ne vais pas devenir accro.

Elle observa Jackson tandis qu’il remplissait une tasse de café qu’il vint poser devant elle. Il était vêtu de façon décontractée, ce jour-là. Mais le jean et la chemise bleu clair qu’il portait suffisaient à le mettre en valeur.

— Dis-moi comment tu préfères tes œufs, lui dit-il.

— Je te fais confiance.

— Dans ce cas, que dirais-tu d’une omelette aux champignons et au fromage ?

Cette suggestion lui mit l’eau à la bouche.

— Je suis preneuse, lui dit-elle.

Il hocha la tête et retourna aux fourneaux.

— Tu es vraiment un homme aux multiples talents, remarqua-t-elle. Qui t’a appris à cuisiner ?

— Ma mère, répondit-il. C’est un vrai cordon-bleu. Et lorsque j’étais adolescent, elle a insisté pour que j’acquière les bases de la cuisine. Elle m’a dit que c’était une question de survie.

— Ta mère est une femme pleine de sagesse, commenta Josie en souriant.

Elle avala une gorgée de café et le regarda avec intérêt préparer son omelette à laquelle il ajouta une généreuse tranche de bacon grillé ainsi qu’un morceau de pain frais.

Tandis qu’elle commençait à manger avec appétit, il se servit à son tour une tasse de café et vint s’asseoir en face d’elle.

— C'est vraiment délicieux, lui dit-elle.

— Je suis content que ça te plaise. Est-ce que tu as bien dormi ?

— Comme un bébé, acquiesça-t-elle.

— Tant mieux.

Elle lui lança un regard empreint d'étonnement. Comment pouvait-il la traiter avec tant de gentillesse après ce qu'elle lui avait dit la veille ? N'éprouvait-il donc aucune rancœur à son endroit ? Et si tel était vraiment le cas, qu'avait-elle bien pu faire pour mériter quelqu'un comme lui ?

— Tu sais, lui dit-il alors, j'ai réfléchi à la meilleure façon de procéder pour identifier ton agresseur.

— Vraiment ?

— Pendant que tu dormais, hier, j'ai dressé la liste des invités au gala de charité de Patty. Une bonne partie des hommes les plus riches et les plus influents de Black Bayou s'y trouvaient. Je me suis dit qu'il ne me resterait plus qu'à identifier ceux qui manquaient. J'imagine que je peux me concentrer uniquement sur les célibataires.

— Pourquoi cela ? s'enquit Josie, surprise.

— Eh bien, j'imagine que les hommes qui sont en couple n'ont pas besoin de recourir à des méthodes aussi... extrêmes s'ils veulent faire l'amour.

Josie secoua la tête.

— Le viol est moins une question de sexe que de pouvoir, objecta-t-elle. C'est une façon d'asseoir sa domination sur l'autre, de se sentir entièrement maître de lui. Et ce n'est pas parce que l'on a un conjoint régulier que l'on peut forcément assouvir ce genre de pulsions. Au contraire, même, certains hommes peuvent y avoir recours justement parce qu'ils se sentent dominés dans leur couple.

— Je vois, acquiesça Jackson. Je suppose que ça fait sens, effectivement.

— Ça ne va pas être simple de recenser tous les hommes mariés ou célibataires qui n'étaient pas au gala, remarqua Josie.

— D'après ce que tu m'as dit, je peux me limiter aux plus

fortunés. Or l'avantage, ainsi que tu l'as dit toi-même, c'est que je connais la majeure partie d'entre eux.

Josie ne put s'empêcher de rougir.

— Tu n'es vraiment pas obligé de faire ça, lui assura-t-elle.

— Mais je veux le faire, protesta Jackson. Ce type ne mérite pas de se promener en liberté après ce qu'il t'a fait. Sans compter le fait que, tant qu'il ne sera pas sous les verrous, il constituera une menace non seulement pour toi mais aussi pour toutes les femmes sur lesquelles il pourrait jeter son dévolu.

— Je sais, soupira Josie. C'est l'autre raison pour laquelle je tenais absolument à le retrouver.

Malheureusement, elle commençait à se demander si elle n'avait pas fait preuve d'une certaine naïveté en s'imaginant qu'il lui suffirait d'avoir accès au milieu social dans lequel évoluait cet homme pour parvenir à l'identifier.

Lui, en revanche, savait très bien qui elle était. Et il était visiblement prêt à la tuer pour se débarrasser d'un témoin gênant. Il ne s'agissait donc plus d'une simple enquête mais bien d'une course contre la montre...

Au cours des trois jours qui suivirent, une certaine routine s'installa entre eux. Jackson préparait les repas et, lorsqu'elle ne mangeait pas en sa compagnie dans la cuisine, Josie passait le plus clair de son temps sur le canapé.

Ils eurent de longues conversations et regardèrent plusieurs films. Josie fit également la sieste chaque après-midi. Fort heureusement, leur durée diminua à partir du moment où ses douleurs s'atténuèrent et où elle réduisit sa consommation d'antalgiques.

Le seul sujet qu'ils évitaient l'un et l'autre de mentionner était la nature de leurs sentiments respectifs. Josie avait l'impression qu'une certaine distance s'était creusée entre eux. Bien sûr, Jackson était toujours aussi attentif et prévenant à son égard. Mais il se montrait également un peu plus réservé. Et elle ne pouvait lui en vouloir.

Mais plus elle se rétablissait et plus elle sentait resurgir en elle ce trouble désormais si familier. Elle aurait eu envie parfois qu'il la prenne dans ses bras, qu'il l'embrasse, qu'il lui fasse comprendre par ses gestes aussi bien que par ses mots qu'il lui avait bel et bien pardonné sa trahison initiale.

Ce qui lui manquait peut-être le plus, c'était le désir qu'elle percevait auparavant dans ses yeux lorsqu'il la regardait. Mais s'il lui arrivait encore de ressentir cette attirance réciproque, elle se rendait bien compte que Jackson prenait grand soin de ne rien en laisser paraître.

De son côté, il était surtout concentré sur l'enquête qu'il lui avait promis de mener. Il avait terminé la liste des invités de Patty et avait même appelé celle-ci pour vérifier qu'il n'avait oublié personne. Puis il avait entrepris de dresser une autre liste qui recensait les hommes riches et influents de Black Bayou qu'elle n'avait pas encore rencontrés.

Au soir du quatrième jour, ils eurent la surprise de recevoir enfin la visite de Gravois. Josie savait que Jackson avait cherché à plusieurs reprises à le contacter mais qu'il n'y était pas parvenu. À chaque fois qu'il appelait, il s'entendait répondre que le chef de la police était occupé.

Gravois vint s'asseoir sur le canapé aux côtés de Josie tandis que Jackson allait prendre place sur son fauteuil habituel.

— Vous n'êtes pas un homme facile à joindre, remarqua-t-il alors avec une pointe d'ironie mordante.

— Je suis désolé de n'avoir pas pu vous recontacter plus tôt, répondit Gravois avant de se tourner vers Josie. J'espère que vous allez mieux.

— Comment se sentirait-elle mieux alors qu'un homme qui cherche à la tuer se promène en liberté ? répliqua Jackson d'une voix vibrante de colère contenue. Un homme qui a tenté de l'assassiner à coups de pied et de poing ! J'espère sincèrement que vous nous apportez des nouvelles encourageantes.

— J'ai bien peur que non, répondit Gravois. J'ai parlé à Ed Moren qui s'est porté au secours de Josie et à Mac Aris, le magasinier qui se trouvait alors avec lui. Mais ils ont juste remarqué un homme qui fuyait la scène. Leur description ne nous aide guère : de taille et de carrure moyennes, entièrement vêtu de noir et portant une cagoule. Nous n'avons malheureusement pu trouver aucun autre témoin. Il faut dire qu'il pleuvait des cordes à ce moment-là et que les rues avoisinantes étaient quasiment désertes. Sans plus d'indications, il n'y a malheureusement pas grand-chose que je puisse faire.

— Est-ce que vous avez inspecté le parking où Josie s'est fait agresser ?

— Bien sûr. Nous l'avons passé au peigne fin en espérant que l'homme aurait pu laisser la moindre trace nous permettant de l'identifier. Mais nous n'avons rien trouvé. Je suis vraiment désolé de ne pouvoir vous en dire plus, Josie. Mais je vous assure que ce n'est pas faute d'avoir essayé.

— J'imagine que vous n'avez rien découvert non plus quand Josie s'est fait violer ? s'enquit Jackson.

Gravois lui lança un regard étonné.

— C'était il y a longtemps, objecta-t-il.

— Croyez-moi, je m'en souviens comme si c'était hier, rétorqua Josie d'une voix douloureuse.

— Qu'avez-vous fait à l'époque ? insista Jackson.

— Ce que nous faisons habituellement dans ce genre de situation, répondit Gravois sur la défensive.

— Et en quoi cela consiste-t-il ?

— Eh bien... Euh... Il faudrait que je consulte mes notes, éluda Gravois. Je suis venu ici juste pour vous informer de l'avancée de notre enquête actuelle et pour prendre des nouvelles de Josie.

Sur ce, il se leva, visiblement impatient de se retirer. Jackson le raccompagna jusqu'à la porte d'entrée tandis que Josie demeurait immobile, partagée entre ressentiment et résignation. Elle ne s'était pas vraiment attendue à autre chose de la part du chef de la police mais ne pouvait s'empêcher de se demander combien de personnes avaient souffert du fait de son incompétence.

Car elle ne croyait pas un seul instant que Gravois ait fait tout le nécessaire pour retrouver l'homme qui l'avait violée avant de tenter de la battre à mort. Il n'avait même pas demandé qu'elle lui remette les vêtements qu'elle portait en ces deux occasions pour y chercher d'éventuelles traces d'ADN.

Il n'avait vu en elle tout comme en son ami Beau Boudreau qu'un habitant du marais, un citoyen de seconde zone qui ne méritait pas que l'on s'embarrasse d'efforts excessifs. Dans un cas comme dans l'autre, d'ailleurs, il s'était montré d'autant moins consciencieux que le coupable n'était pas quelqu'un du bayou mais de la ville.

Elle entendit Jackson refermer la porte et revenir dans le salon.

— Ce type ne mérite vraiment pas d'exercer un tel poste ! s'exclama-t-il avec humeur. Dès que nous aurons identifié ton agresseur, je compte bien lancer une pétition pour qu'il soit mis à la porte. Il est grand temps que nous ayons quelqu'un de compétent pour diriger la police de cette ville.

La colère qui habitait Jackson en cet instant lui fit chaud au cœur. Car elle savait que c'était pour elle qu'il était prêt à se battre. Mais un tel combat dépassait de loin sa propre situation : il transformerait probablement en profondeur la vie de tous les habitants du bayou.

— Qui pourrait prendre sa place, à ton avis ? demanda-t-elle, curieuse.

— Eh bien... Il y aurait une élection et tout dépend de qui se présenterait, j'imagine.

— Mais Gravois n'était-il pas le seul candidat, lors des dernières élections ?

Jackson laissa échapper un soupir.

— Effectivement, reconnut-il. Et il bénéficie de pas mal de soutiens parmi la frange la plus conservatrice des habitants. C'est encore renforcé par le faible taux de participation des habitants du bayou lors de telles élections.

— Parce qu'ils ne croient pas vraiment que leurs voix seront entendues.

— Il est temps que cela change. Des gens comme Peyton, Beau Boudreau ou toi pouvez leur faire comprendre les risques qu'ils courent en laissant des types comme Gravois aux manettes. Sans parler de ce tueur en série qui court toujours... Mais il y a peut-être un espoir.

— Lequel ?

— Nous avons convaincu Gravois de faire passer une annonce dans les journaux de Shreveport et de La Nouvelle-Orléans pour recruter un enquêteur capable de reprendre l'enquête. Avec un peu de chance, nous parviendrons à le convaincre de se présenter aux élections dans la foulée. S'il parvient à arrêter le monstre de Honey Island, il aura de réelles chances de l'emporter...

— L'avantage, c'est que, venant de l'extérieur, il fera peut-être preuve de moins de préjugés à l'égard des gens du bayou.

— C'est ce que j'espère, en effet. Il est temps d'en finir une bonne fois pour toutes avec cette ségrégation absurde !

— Pour quelqu'un qui se disait apolitique, te voilà soudain bien engagé, remarqua Josie en souriant.

— Je dois reconnaître que tu m'as ouvert les yeux, lui dit-il gravement. Je n'avais pas conscience - ou je n'avais pas voulu voir - à quel point cette ville était divisée. Et si les gens comme moi ne font rien, la situation risque de perdurer indéfiniment.

C'était l'une des choses que Josie admirait chez lui : Jackson ne se satisfaisait pas des statu quo, il ne se résignait jamais. C'était ce qui lui avait permis de réussir dans le monde des affaires, bien sûr. Mais cela allait bien au-delà.

Qui sait ? Peut-être parviendrait-il même à convaincre les habitants du bayou qu'ils devaient cesser de se résigner et commencer à se battre pour leurs droits...

— Si seulement tous les gens de la ville étaient comme toi, soupira-t-elle.

— Tous n'ont pas eu la chance de rencontrer quelqu'un comme toi, répondit-il du tac au tac.

Le regard qu'ils échangèrent alors éveilla en elle un trouble délicieux. Dans ses magnifiques yeux bleus, elle pouvait lire un mélange d'admiration, de respect et de désir qui la toucha en plein cœur. Jamais personne ne l'avait encore contemplée de cette façon.

Il finit cependant par se détourner.

— Est-ce que tu veux regarder un film ? lui proposa-t-il.

Elle secoua la tête. Ce dont elle avait réellement envie, c'était qu'il l'embrasse jusqu'à ce que la passion lui fasse perdre tout contrôle sur elle-même. Elle voulait qu'il lui fasse l'amour. Ce soir, elle se sentait prête à se livrer à lui corps et âme.

— Je crois que je vais aller me coucher, dit-elle en se levant du canapé.

Jackson se leva à son tour. Tous les soirs, lorsqu'elle allait dormir, il l'accompagnait jusqu'à sa chambre devant laquelle il lui souhaitait bonne nuit. Comme à leur habitude, ils remontèrent donc le couloir. Parvenue devant sa porte, elle se tourna vers lui.

— Bonne nuit, Josie, lui dit-il. Fais de beaux rêves.

Elle esquissa alors un pas dans sa direction. Les battements de son cœur s'accélérèrent brusquement dans sa poitrine. Elle avait parfaitement conscience du risque qu'elle s'apprêtait à prendre.

Depuis qu'elle avait avoué à Jackson qu'elle s'était servie de lui, une certaine distance s'était creusée entre eux. Si elle faisait mine de la franchir, il pouvait parfaitement lui opposer une fin de non-recevoir. Mais elle était prête à tenter sa chance.

— Jackson, je t'ai dit que je comptais aller me coucher mais je ne pensais pas vraiment à dormir…

Elle s'avança encore jusqu'à ce que leurs corps se frôlent.

— Josie, murmura-t-il d'une voix légèrement rauque.

Alors même qu'il prononçait son nom, une lueur de désir s'alluma dans ses yeux.

— J'ai envie de toi, lui dit-elle avec une audace qu'elle ne se connaissait pas.

— Josie... Tu es blessée, lui rappela-t-il comme s'il cherchait à s'en convaincre lui-même.

— Je vais beaucoup mieux, à présent, lui assura-t-elle. Et j'ai très envie de faire l'amour avec toi.

Tendant les bras vers lui, elle posa ses mains sur ses épaules. Jackson laissa alors échapper un petit grognement de capitulation et la serra contre lui.

— Embrasse-moi, Jackson, lui souffla-t-elle. S'il te plaît.

Il posa ses lèvres sur les siennes. Son baiser était d'une douceur infinie. Elle y répondit avec hésitation tout d'abord puis avec une passion grandissante à mesure qu'elle sentait le désir enfler en elle.

Leur baiser semblait ne jamais devoir finir. Tout comme la première fois où ils avaient failli faire l'amour, Josie se sentait revivre. Des sensations qu'elle avait cru à jamais perdues resurgissaient en elle. Mais cette fois elle n'éprouvait plus aucune angoisse, peut-être parce qu'elle était désormais convaincue de pouvoir faire confiance à Jackson.

Lorsqu'ils se séparèrent enfin, elle prit sa main et l'entraîna à l'intérieur de la chambre. La lumière de chevet était allumée, nimbant la pièce d'une lueur dorée et tamisée.

Enlacés, ils basculèrent sur le lit. Cette fois, lorsqu'il l'embrassa, elle perçut distinctement l'envie impérieuse qu'il avait d'elle. Et cela ne fit qu'alimenter le brasier qui faisait rage en elle. Les mains de Jackson couraient sur son corps, éveillant sur sa peau d'irrépressibles frissons.

Frustrée par le T-shirt qui l'empêchait de sentir ses caresses, elle se redressa, le temps de s'en débarrasser. Jackson entreprit alors de couvrir sa peau de petits baisers, commençant par le creux de son épaule avant de descendre plus bas, jusqu'à la naissance de ses seins.

Encouragé par les petits soupirs de bien-être qu'il lui arrachait, il s'enhardit et dégrafa son soutien-gorge qui alla rejoindre son T-shirt au pied du lit.

— Josie, murmura-t-il d'une voix très rauque. Tu es si belle.

Et de fait, sous le regard de Jackson qui trahissait un enivrant mélange d'admiration et de désir, elle se sentait réellement belle.

— Je veux te voir, moi aussi, lui dit-elle.

Il hocha la tête et elle commença à déboutonner sa chemise. Tandis qu'elle le déshabillait de la sorte, elle ne le quitta pas des yeux. Ce jeu de regards ajoutait encore à l'intimité et à l'érotisme de ce moment.

Lorsqu'elle eut défait le dernier bouton, elle lui retira le vêtement, dégageant ses larges épaules, sa poitrine musclée, ses bras puissants et son ventre plat qui frémit doucement lorsqu'elle l'effleura du bout des ongles.

Il n'avait toujours pas esquissé le moindre geste. Sans doute comprenait-il qu'il s'agissait pour elle d'un moment délicat. Et malgré le désir évident qu'il avait d'elle, il comptait visiblement lui laisser l'initiative de leurs ébats. Elle se sentit profondément touchée par cette nouvelle marque de prévenance.

S'enhardissant, Josie se débarrassa de son legging. Elle ne portait plus à présent que sa petite culotte. Jackson dut estimer qu'il était temps pour lui de se mettre au diapason et se défit de son propre pantalon. Josie le reprit alors dans ses bras et l'embrassa avec une passion renouvelée.

Elle sentait son corps athlétique se presser contre elle, et le contact de sa peau brûlante sur la sienne la rendit folle. Il lui semblait se consumer de l'intérieur tant l'envie qu'elle avait de lui était intense.

Lorsqu'il posa ses mains sur sa poitrine et caressa doucement l'extrémité de ses seins, elle ne put réprimer un gémissement de plaisir et renversa la tête en arrière pour mieux s'offrir à lui. Encouragé par cette réaction, Jackson captura l'un de ses mamelons entre ses lèvres avant d'agacer son téton du bout de la langue.

Josie ne tarda pas à perdre totalement pied. Plongeant ses mains dans les cheveux de Jackson, elle s'abandonna à ses caresses. Il laissa alors glisser sa paume le long de son ventre frémissant pour venir se poser sur son mont de Vénus où elle s'immobilisa.

— Caresse-moi, articula-t-elle d'une voix que son désir rendait presque méconnaissable. Je t'en prie, Jackson...

Il poussa un grondement sourd et ses doigts descendirent plus bas, jouant avec l'élastique de sa culotte, faisant durer ce moment terriblement sensuel. Il prit tout son temps, trouvant manifestement un malin plaisir à la rendre folle, à faire enfler en elle un désir qui dépassait tout ce qu'elle avait pu connaître jusqu'alors.

Ses doigts effleuraient le tissu désormais trempé, et les hanches de Josie, comme mues par leur propre volonté, ondulaient au rythme de ses caresses. N'y tenant plus, elle finit par se débarrasser du vêtement qui l'empêchait de le sentir vraiment.

Jackson reprit son exploration, se faisant plus audacieux encore et elle ne tarda pas à perdre tout contrôle d'elle-même. Et lorsque la bouche de Jackson se joignit à ses doigts, elle crut qu'elle allait défaillir.

Tandis que sa langue explorait les replis les plus secrets de son corps, elle fut brusquement balayée par une vague de plaisir qui l'emporta bien plus loin que tout ce qu'elle avait pu connaître jusqu'alors.

Il lui fallut quelques instants pour se remettre de cette indicible extase. Lorsqu'elle eut recouvré un semblant de maîtrise de soi, elle repoussa Jackson pour l'allonger sur le dos. Il se laissa faire et elle lui ôta son caleçon, révélant le désir impérieux qu'il avait d'elle.

Fascinée, elle l'effleura du bout des doigts, lui arrachant un violent frémissement qui le parcourut de part en part. Encouragée par cette réaction, elle referma délicatement ses doigts sur lui et commença à le caresser. Il y avait en lui à la fois tant de douceur et tant de force qu'elle sentit renaître au creux de son ventre un besoin que lui seul pourrait combler.

— Josie, murmura-t-il d'une voix éperdue. Tu vas me tuer.

— J'espère bien que non, répliqua-t-elle en se penchant vers lui.

Elle le prit alors dans sa bouche, lui arrachant un gémissement déchirant. Ce seul son décupla l'envie qu'elle avait de lui et elle se fit plus hardie, le sentant durcir encore entre ses lèvres. Finalement,

Jackson plongea la main dans ses cheveux pour arrêter ses caresses qui menaçaient à chaque instant de lui faire perdre tout contrôle.

— Je te veux, lui dit-il.

Josie ne se fit pas prier. Remontant le long de son corps, elle se positionna juste au-dessus de lui et demeura un instant immobile. Ils se contemplèrent l'un l'autre avec la même fascination.

— Tu es magnifique, souffla-t-il.

— Toi aussi, répondit-elle en le guidant lentement en elle.

Il renversa la tête en arrière et Josie ne put réprimer un cri de pure extase en le sentant pénétrer au creux de sa chair. Elle descendit encore, l'avalant complètement. Lorsqu'il eut disparu en elle, elle se figea de nouveau, bien décidée à profiter de chaque instant de cette étreinte qu'elle avait si souvent imaginée mais qui dépassait en intensité tout ce dont elle avait pu rêver.

Puis ils se mirent tous deux à bouger à l'unisson. Chacun de leurs gestes paraissait se compléter à merveille, comme s'ils se connaissaient depuis toujours. Les mains de Jackson se posèrent sur ses hanches tandis qu'elle prenait appui sur sa poitrine. Fermant les yeux, elle s'immergea dans le flot de sensations merveilleuses qui déferlait en elle, partant du plus profond de son corps pour se répandre en elle, se propageant du bout de ses orteils jusqu'au sommet de son crâne.

Cela ne ressemblait à rien de ce qu'elle avait pu connaître jusqu'alors. Il y avait dans ce moment quelque chose de magique qui s'apparentait bien plus à une communion qu'à une simple étreinte amoureuse.

Il lui semblait que Jackson et elle ne faisaient plus qu'un seul être. Ils semblaient instinctivement deviner chaque besoin de l'autre, le devancer, même. Ensemble, ils s'élevèrent toujours plus haut jusqu'à ce qu'enfin, en un moment de pure perfection, ils se retrouvent emportés par une lame de fond qui les balaya tous deux au même instant.

Josie n'aurait su dire combien de temps elle demeura ensuite allongée à ses côtés, haletante, incapable de former la moindre pensée cohérente. Son corps tout entier résonnait encore des échos merveilleux de ce qui venait de se passer entre eux.

Tous deux demeurèrent longuement silencieux jusqu'à ce que Jackson trouve enfin l'énergie de se redresser sur un coude pour la contempler.

— Est-ce que ça va ? lui demanda-t-il.

Il y avait dans sa voix une infinie douceur mêlée d'une pointe d'inquiétude. Tournant la tête vers lui, elle lui adressa un sourire qui se voulait rassurant.

— Très bien, lui dit-elle.

En réalité, cela faisait bien longtemps qu'elle ne s'était pas sentie aussi bien, aussi calme, aussi détendue. Le doux fourmillement de contentement qui courait sur sa peau n'était que la manifestation physique d'un étrange calme intérieur. Elle se sentait comblée.

Et alors même qu'elle se faisait cette réflexion, elle perçut une légère angoisse qui montait en elle.

— Excuse-moi un instant, dit-elle à Jackson. Je reviens tout de suite.

Elle se leva et se dirigea à grands pas vers la salle de bains. Une fois à l'intérieur, elle referma la porte derrière elle. La glace qui surmontait le lavabo lui renvoya une image d'elle qu'elle mit quelques instants à reconnaître. Ses cheveux étaient ébouriffés et ses joues rougies, mais ce qui la frappa le plus, ce fut l'expression qui se lisait dans son regard en cet instant.

Il semblait rayonner de joie.

L'angoisse qui l'étreignait monta encore d'un cran.

Lorsqu'elle avait rompu avec Gentry, elle s'était fait la promesse solennelle de ne plus jamais laisser quiconque lui briser le cœur. Elle s'était juré d'éviter de s'engager dans des histoires condamnées d'avance, de ne plus sortir avec des gens trop différents d'elle. Et surtout, de ne plus jamais tomber amoureuse de quelqu'un qui venait de la ville.

Et voilà qu'elle était en train de contrevenir à toutes ses bonnes résolutions.

Quand elle avait rencontré Jackson, elle avait tout de suite compris qu'ils venaient de mondes que tout opposait. Depuis qu'elle le fréquentait régulièrement, elle avait eu toute latitude de découvrir à quel point leurs modes de vie étaient différents. Ils n'avaient ni les mêmes ressources, ni les mêmes habitudes, ni les mêmes fréquentations.

Les circonstances exceptionnelles dans lesquelles ils s'étaient retrouvés plongés au cours de ces derniers jours lui avaient fait perdre de vue cette indéniable réalité. Sans même s'en rendre compte, elle avait baissé la garde. Elle avait laissé Jackson se frayer inexorablement un chemin jusqu'à son cœur.

Comment en aurait-il pu être autrement, d'ailleurs ? C'était incontestablement l'homme le plus merveilleux qu'elle eût jamais rencontré. Il était intelligent, plein d'humour, généreux, fondamentalement bon et terriblement séduisant. À force de patience et de tendresse, il avait eu le don de réveiller son désir. Et le plaisir qu'il lui avait offert avait dépassé tous ses rêves les plus fous.

Comment aurait-elle pu ne pas tomber amoureuse ?

Hélas, les sentiments qu'il lui inspirait ne changeaient rien à la réalité de leur situation. Jackson et elle étaient bien trop différents l'un de l'autre. Tôt ou tard, il finirait par s'en rendre compte.

Une fois retombée l'exaltation des débuts, une fois dissipée la magie des premiers temps, il prendrait conscience du fait que Josie n'appartiendrait jamais à son monde et qu'il n'appartiendrait jamais au sien.

Cela demanderait peut-être quelques semaines ou quelques mois. Mais c'était inévitable.

Et Josie savait déjà que le temps jouait contre elle.

Plus elle se laisserait aller à cette douce illusion, plus l'amour qu'elle éprouvait pour Jackson se renforcerait et plus leur rupture serait douloureuse.

Prenant une profonde inspiration, elle se força à ravaler les larmes qui lui montaient aux yeux et passa son visage sous l'eau froide. Attrapant la chemise de nuit qui était posée là, elle l'enfila et, rassemblant son courage, elle retourna dans la chambre.

Elle constata aussitôt que Jackson ne s'y trouvait plus. Repoussant la pointe de déception absurde qui montait en elle, elle alla refaire le lit avant de se glisser sous la couette.

Qui sait ? Jackson était peut-être parvenu à la même conclusion qu'elle et avait décidé de regagner sa propre chambre. C'était sans doute ce qu'elle pouvait espérer de mieux. Il aurait été bien plus difficile de le repousser s'il avait voulu la prendre dans ses bras, la serrer contre lui et s'endormir à ses côtés.

Alors pourquoi se sentait-elle aussi triste ?

Ce qui s'était passé ce soir demeurerait à jamais pour elle un souvenir merveilleux. Elle le chérirait d'autant plus que ce serait un moment unique, un moment à nul autre pareil. Et, avec le temps, elle était convaincue que ce terrible chagrin se dissiperait pour laisser place à une douce nostalgie.

Comme elle se faisait cette réflexion, elle entendit des pas se rapprocher dans le couloir et la porte de la chambre s'ouvrit, laissant apparaître Jackson vêtu de son seul caleçon.

Il était tout simplement magnifique.

— Comment te sens-tu ? lui demanda-t-il.

C'était une question à laquelle Josie aurait été bien incapable de répondre, en cet instant, et elle opta pour la facilité.

— Un peu souffrante, lui dit-elle.

— Est-ce que je t'ai fait mal ? s'enquit Jackson, visiblement inquiet.

— Ce n'est pas ta faute, lui certifia-t-elle, se sentant affreusement coupable de lui mentir de cette façon. Mais je pensais m'être complètement remise de mes blessures et je m'aperçois que ce n'est pas encore le cas...

— Est-ce que tu veux que j'aille te chercher un antalgique ?

Elle secoua la tête.

— Ce n'est pas la peine, lui dit-elle. Une bonne nuit de sommeil devrait m'aider à me remettre sur pied. Mais je t'avoue...

— Si tu préfères dormir seule, je le comprendrai très bien, lui assura-t-il.

Il traversa la pièce pour venir déposer un petit baiser sur ses lèvres.

— Repose-toi bien, Josie. Et merci pour ce moment. C'était vraiment merveilleux.

— Oui, répondit-elle seulement.

Il y aurait eu tant de choses à dire au sujet de ce qui venait de se passer entre eux…

Jackson lui décocha un dernier sourire empli de tendresse avant de se diriger vers la porte. Lorsqu'elle se fut refermée derrière lui, Josie éteignit sa lampe de chevet et, seule dans l'obscurité, elle s'autorisa enfin à laisser couler librement les larmes qu'elle retenait depuis bien trop longtemps.

10

Lorsqu'il ouvrit les yeux, ce matin-là, la première pensée de Jackson fut pour Josie qui dormait dans la chambre voisine. Il avait encore du mal à croire à ce qui s'était passé entre eux cette nuit-là.

Il ne s'était pas du tout attendu à ce qu'elle lui fasse des avances. Au contraire, au cours des jours précédents, il s'était efforcé de ménager entre eux une certaine distance – non parce que le désir qu'il avait d'elle avait diminué mais parce qu'il ne voulait surtout pas donner l'impression de faire pression sur elle.

Le fait qu'elle ait pris l'initiative était encourageant, de même que la passion dont elle avait fait preuve. Jamais il n'avait éprouvé une sensation de communion si intense, si parfaite.

Il était désormais convaincu qu'elle était aussi amoureuse qu'il l'était lui-même. Et il espérait que leur relation continuerait à s'épanouir dans les jours, les semaines, les mois et, qui sait, peut-être même les années à venir.

Mais la priorité absolue, pour le moment, était de retrouver son agresseur. Sans cela, ils seraient tous deux condamnés à vivre avec une épée de Damoclès au-dessus de la tête.

Fort de cette conviction, il se leva et rassembla quelques vêtements avant de se diriger vers la salle de bains. Sous sa douche, il réfléchit à la meilleure façon de procéder pour identifier cette ordure au plus vite.

Peut-être pourraient-ils commencer par aller déjeuner au Tremont, ce midi-là. Cela leur permettrait de croiser des hommes qui appartenaient à la bonne société de Black Bayou mais ne s'étaient pas trouvés au gala de Patty. À vrai dire, s'ils voulaient maximiser leurs chances d'identifier l'agresseur de Josie, ils pourraient aller manger au restaurant midi et soir au cours des prochains jours.

D'ailleurs, cela ne leur ferait pas de mal. Il était sans doute temps pour eux de reprendre une vie un peu plus normale. Ils avaient vécu enfermés quatre jours durant et prendre un peu l'air serait certainement très bénéfique.

Après s'être douché, Jackson enfila un jean et une chemisette noirs. Puis il se dirigea vers la cuisine. Là, il commença par faire du café puis décida de préparer du pain perdu. Tout en s'activant, il songea que, maintenant que Josie se sentait mieux, il pourrait peut-être reprogrammer la soirée qu'il avait prévu de passer en compagnie de ses meilleurs amis.

À présent que sa relation avec la jeune femme avait franchi un nouveau cap, il avait une raison supplémentaire de la leur présenter.

Il en était déjà à sa deuxième tasse de café lorsque Josie le rejoignit dans la cuisine. Elle sortait apparemment de sa douche : ses cheveux étaient humides et il émanait d'elle une odeur de savon et de shampoing qui se mêlait à l'odeur plus secrète et infiniment troublante de sa peau.

— Bonjour, lui dit-il en lui décochant un sourire complice. Est-ce que tu as bien dormi ?

— Très bien, merci, répondit-elle d'une voix légèrement distante.

— Assieds-toi. Est-ce que tu veux un café ?

— Volontiers.

Il alla chercher une tasse dans le placard, la remplit de café et y ajouta un sucre. Il aimait savoir comment elle le buvait. Il lui semblait que ce genre de détails renforçait la complicité qui existait entre eux. Et il n'avait aucun mal à imaginer que ce genre de scène puisse devenir leur quotidien. Au contraire, même, cette idée l'emplissait d'une certaine exaltation.

— J'ai préparé du pain perdu, lui dit-il. Je ne sais pas si tu aimes ça.

— Beaucoup, lui assura-t-elle. Tu me gâtes beaucoup trop, Jackson.

— Tu le mérites.

Il leur servit deux assiettes et vint s'attabler en face d'elle, se demandant si elle allait faire allusion à ce qui s'était passé cette nuit-là.

— Je me sens beaucoup plus en forme, déclara-t-elle au bout d'un moment.

— Ça se voit, acquiesça-t-il. Et tes contusions sont en train de s'estomper.

— Peut-être est-il temps que je rentre chez moi.

Jackson la considéra avec un mélange de stupeur et d'incompréhension. Se pouvait-il qu'il se soit complètement trompé à son sujet ? Qu'il ait accordé bien plus de prix qu'elle à leur étreinte passionnée ? Peut-être n'avait-ce été pour elle qu'une façon de lui témoigner sa reconnaissance...

— Tu n'es pas sérieuse, objecta-t-il. Je te rappelle que quelqu'un a essayé de te tuer et qu'il pourrait parfaitement décider de recommencer. Et, cette fois-ci, il pourrait être armé. En retournant seule dans le bayou, tu fais de toi une cible.

Ce plaidoyer parfaitement rationnel était à cent lieues de ce qu'il aurait réellement voulu lui dire. Mais il craignait de lui faire peur en lui parlant de ses sentiments. Le plus important pour le moment était d'assurer sa sécurité. Il serait bien temps ensuite de la convaincre que tous deux étaient faits l'un pour l'autre.

— J'ai réfléchi à la meilleure façon de procéder, reprit-il gravement. Et je pense que nous devrions passer le plus de temps possible au Tremont. C'est le centre névralgique de la ville pour les gens de mon milieu : tôt ou tard, l'homme que tu cherches finira par s'y rendre, que ce soit pour manger ou pour boire un verre.

Josie ne répondit pas, mais il lut de l'indécision dans son regard.

— Ne laisse pas tomber maintenant, insista-t-il. Je suis sûr que nous pouvons découvrir qui est ce type.

Elle hésita encore durant quelques instants avant de hocher la tête.

— D'accord, lui dit-elle. Je vais rester encore un jour ou deux. Mais seulement si tu me laisses faire la vaisselle. Je ne veux plus être un poids mort.

— Entendu, acquiesça-t-il en s'efforçant de dissimuler sa déception.

Elle lui accordait un jour ou deux alors que lui-même aurait été prêt à lui demander d'emménager avec lui. De toute évidence, tous deux n'étaient pas du tout sur la même longueur d'onde.

Il aurait voulu en discuter avec elle mais sentait confusément que cela n'aurait fait que compliquer les choses. Josie traversait une période très difficile. Et il se devait de la soutenir du mieux qu'il le pouvait en espérant qu'une fois le calme revenu elle comprendrait à quel point il tenait à elle.

— Puisque tu te sens mieux, reprit-il, je me demandais si je ne pourrais pas reprogrammer l'apéritif que j'avais prévu initialement pour vendredi. Nous pourrions faire cela samedi, par exemple, si ça te va ?

— Pourquoi pas ? répondit-elle.

Ils débarrassèrent la table du petit déjeuner et Josie lava la vaisselle tandis que Jackson rangeait la cuisine.

— Est-ce que tu es partante pour déjeuner au Tremont, aujourd'hui ?

— Je n'ai pas vraiment de tenue adaptée, objecta-t-elle.

— Ne t'en fais pas pour ça. Tu es magnifique quoi que tu portes.

À ces mots, il eut au moins le plaisir de la voir s'empourprer légèrement.

— D'accord, lui dit-elle. Si tu penses que nous avons une chance de croiser cette ordure...

Ils convinrent de partir vers midi. Puis Josie se retira dans sa chambre au motif qu'elle voulait se reposer un peu avant de sortir. Jackson n'était pas totalement convaincu, mais il profita de ce moment de liberté pour contacter son assistante et régler les affaires courantes. Puis il appela ses trois meilleurs amis et les invita à passer chez lui le samedi suivant. Tous acceptèrent avec enthousiasme.

Il alla ensuite chercher son revolver qu'il plaça dans un holster. Il l'accrocha sous son épaule et enfila une veste de façon à le dissimuler. Jackson tenait à être prêt au cas où ils se retrouvaient nez à nez avec l'homme qu'ils recherchaient.

Josie demeura dans sa chambre jusqu'à midi moins le quart. Lorsqu'elle le rejoignit dans le salon, elle avait enfilé un legging noir et un chemisier blanc. Il ne lui avait pas menti : même une tenue aussi simple suffisait à la mettre en valeur.

Ils quittèrent alors la maison pour se rendre au Tremont. Là, Jackson eut la satisfaction de voir que le parking du restaurant était déjà bien rempli.

Avec un peu de chance, ce serait aujourd'hui qu'ils identifieraient l'agresseur de Josie. Et Jackson ne pouvait s'empêcher de se demander s'il s'agirait de quelqu'un qu'il connaissait.

En pénétrant dans l'établissement, il jeta un coup d'œil en direction du bar. Mais les six hommes qui se trouvaient là avaient assisté au gala de charité et il les avait déjà présentés à Josie.

Layla les accueillit avec sa gentillesse habituelle mais le regard étonné qu'elle lança en direction de sa compagne n'échappa pas à Jackson. Peut-être avait-elle reconnu la jeune femme qui venait régulièrement vendre le produit de sa pêche au Tremont.

— Une table pour deux, s'il vous plaît, Layla, lui demanda-t-il.

— Certainement, monsieur Fortier, répondit-elle avant de s'emparer de deux menus.

Ils la suivirent à travers la salle à manger. Une fois de plus, Jackson inspecta les environs à la recherche de nouveaux visages. Il repéra alors Patrick James, un jeune cadre plein d'avenir qui travaillait pour l'une des banques de la ville. Il ne se souvenait pas l'avoir croisé chez Patty.

Jackson s'arrêta donc auprès de sa table.

— Bonjour, Patrick, lui dit-il en lui serrant la main. Comment allez-vous ?

Patrick serra la main qu'il lui tendait.

— Ravi de vous voir, dit-il. Vous vous souvenez sans doute de mon épouse, Brianna, ajouta-t-il en désignant la jeune femme qui était attablée en face de lui.

— Bien sûr, répondit Jackson. Je vous présente Josephine Cadieux.

— Ravie de vous rencontrer, déclara Josie avec un sourire.

— Nous ne nous sommes pas croisés lors du gala de Patty, remarqua Jackson.

— C'est vrai. Brianna ne se sentait pas très bien, ce soir-là. Mais il y aura certainement de nombreuses autres occasions.

— Certainement. Je vous laisse profiter de votre déjeuner. Bon appétit.

Ils se remirent en marche à la suite de Layla et s'installèrent à leur table.

— J'imagine que ce n'était pas lui ? s'enquit Jackson.

— Effectivement. Tu sais, je crains que nous ne cherchions une aiguille dans une botte de foin.

— Peut-être, concéda Jackson. Mais la taille de la botte de foin ne cesse de diminuer.

— Si seulement Gravois s'était montré un peu plus efficace, nous disposerions peut-être d'informations nous permettant de réduire le cercle des suspects.

— S'il s'était montré plus efficace, nous n'aurions peut-être même pas besoin de mener l'enquête, remarqua Jackson d'un air sombre. Et cela t'aurait évité de te faire agresser une deuxième fois.

— Au moins, tu as réussi à le convaincre d'embaucher quelqu'un pour enquêter sur ces meurtres. J'espère qu'il trouvera rapidement un volontaire – avant qu'une nouvelle innocente ne perde la vie.

Layla revint alors prendre leur commande et ils optèrent pour deux clubs sandwichs et une bouteille d'eau gazeuse.

— J'ai réfléchi à ce que tu as dit tout à l'heure, déclara Josie. Et je ne suis pas sûre de pouvoir venir déjeuner ici chaque jour, tu sais. Sans parler de dîner. Je vais vraiment devoir me remettre au travail.

— Je te l'ai dit : il serait beaucoup trop dangereux pour toi de retourner dans le bayou tant que ce monstre est en liberté. Reste à la maison jusqu'à ce qu'il soit derrière les barreaux.

Elle secoua doucement la tête.

— Je devais séjourner chez toi le temps de ma convalescence, lui rappela-t-elle. Je suis de nouveau sur pied. Il est temps que je reprenne une vie normale. Et toi aussi, d'ailleurs. Tu as du travail. Tu ne peux pas rester indéfiniment chez toi à t'occuper de moi.

Josie avait raison, bien sûr. Tôt ou tard, il faudrait bien qu'il retourne à son bureau, qu'il rattrape le retard qu'il avait accumulé au cours de ces derniers jours.

— Même si je dois aller travailler, tu seras plus en sécurité à la maison qu'au cœur du bayou, insista-t-il.

— Je ne peux pas rester chez toi indéfiniment, objecta-t-elle. Que se passera-t-il si nous ne parvenons jamais à identifier cet homme ?

— Je suis sûr que nous y arriverons, déclara Jackson avec conviction. Même si nous devons pour cela faire du porte-à-porte à travers toute la ville...

Elle se fendit d'un sourire à la fois très doux et un peu triste.

— Je ne sais vraiment pas ce que j'ai bien pu faire dans une vie antérieure pour mériter quelqu'un comme toi, dit-elle.

Jackson secoua la tête.

— C'est tout le contraire, lui dit-il. C'est toi qui as changé ma vie. Tu m'as ouvert les yeux sur bien des choses – à commencer par les injustices criantes qui existent dans cette ville.

— Mais contrairement à bien des gens qui ont conscience de ces injustices, tu ne restes pas les bras croisés. Tu essaies de faire bouger les lignes. Et c'est quelque chose que j'admirerai toujours chez toi.

La façon dont elle prononça ces mots ajouta encore au malaise de Jackson. Il avait réellement l'impression que Josie cherchait à mettre de la distance entre eux et il ne s'expliquait pas pourquoi. Mais avant qu'il ait pu lui poser la question, elle détourna habilement la conversation vers des sujets plus légers.

Ils discutèrent donc de choses et d'autres tandis que Jackson surveillait l'arrivée de nouveaux clients. Ils venaient de terminer leur repas lorsqu'il vit entrer son ami Sonny au bras de Loretta Hannity, sa dernière petite amie en date. Jackson leur adressa un signe de la main et ils se dirigèrent vers leur table.

— Josie, je te présente l'un de mes meilleurs amis, Sonny Landry, et son amie, Loretta Hannity. Sonny, Loretta, je vous présente Josie Cadieux.

— Ravi de vous rencontrer enfin, Josie ! s'exclama Sonny avec un large sourire. J'ai beaucoup entendu parler de vous.

— Moi aussi, répondit-elle.

— Pas trop en mal, j'espère, rétorqua Sonny.

— Je serais curieuse de savoir ce que Jackson a bien pu vous raconter, renchérit Loretta en riant. Je suis ravie de faire votre connaissance, en tout cas, Josie.

— Moi de même, répondit celle-ci.

— Nous aurons l'occasion de faire plus ample connaissance samedi, remarqua Sonny.

— Avec plaisir.

Sonny et Loretta rejoignirent leur table.

— Ils ont l'air très sympathiques, remarqua Josie.

— Ils le sont, lui confirma Jackson. J'espère que ça marchera entre eux.

Il parcourut une dernière fois la salle des yeux. Le seul homme auquel Josie n'avait pas encore été présentée avait plus de soixante-dix ans et ne se mouvait qu'à l'aide d'un déambulateur. Il ne pouvait être celui qu'ils cherchaient.

Ils quittèrent donc le restaurant. En passant devant le pupitre derrière lequel se tenait Layla, Jackson lui signala qu'ils reviendraient dîner et elle promit de leur réserver la même table.

— Je compte bien te rembourser pour tous ces repas, déclara

Josie lorsqu'ils furent de retour dans la voiture. Et avant que tu ne protestes, je t'assure que j'en ai les moyens. Je ne dépense pas grand-chose en temps normal.

— Garde tes économies, répondit-il. Je gagne plus d'argent que je ne pourrai jamais en dépenser. Ce ne sont pas quelques repas au restaurant qui vont changer quoi que ce soit.

— Je sais, répondit-elle. Mais je te l'ai déjà dit : je ne compte pas me laisser entretenir par qui que ce soit.

— Comme tu voudras, concéda Jackson.

Il connaissait la fierté dont Josie faisait preuve et n'avait certainement pas l'intention de froisser son amour-propre.

De retour chez lui, ils passèrent une bonne partie de l'après-midi à regarder une série télévisée. Ils n'avaient toujours pas évoqué ce qui s'était passé entre eux, la veille au soir, et il était de plus en plus évident que Josie ne comptait pas aborder le sujet.

Jackson ne savait qu'en penser. Avait-elle des regrets ? Ou avait-il surestimé la signification que cela revêtait à ses yeux ? Mais ce qui le préoccupait bien plus encore, c'était de savoir comment elle envisageait leur avenir commun.

Espérait-elle renouer avec leur relation platonique des débuts ? Se contenter d'une histoire d'amitié ? Ou bien entendait-elle couper complètement les ponts avec lui ?

Aucune de ces options ne lui convenait réellement. Mais il avait de plus en plus la désagréable sensation qu'il n'aurait pas forcément son mot à dire...

Josie essayait de se concentrer sur l'épisode qu'ils étaient en train de visionner mais son esprit ne cessait de vagabonder, pris au piège de la culpabilité qui la taraudait impitoyablement.

Elle savait qu'elle aurait dû rentrer chez elle comme elle l'avait dit à Jackson à plusieurs reprises. Plus elle s'attardait dans cette maison et plus leur inévitable séparation serait difficile.

C'était entièrement sa faute. C'était elle qui s'était jetée au cou de Jackson. Elle avait laissé le désir qu'il lui inspirait prendre le pas sur sa raison. Et le pire, c'était qu'elle ne parvenait même pas à le regretter.

Elle savait déjà qu'elle chérirait très longtemps le souvenir de cette nuit magique. Ce qu'elle avait éprouvé entre ses bras dépassait tout ce qu'elle avait pu connaître avec Gentry et même tout ce dont elle avait pu rêver. Mais cela ne changeait rien à la réalité de leur situation. Et si elle voulait éviter limiter la souffrance que lui causerait leur inévitable rupture, elle devait impérativement reprendre ses distances.

— Il va être temps de retourner au Tremont, lui annonça Jackson.

L'épisode qu'ils étaient en train de regarder venait de se terminer sans même qu'elle s'en aperçoive.

— J'ai peur que ce ne soit totalement futile, soupira-t-elle. Rien ne nous dit que cet homme fréquente ce restaurant. Nous ne sommes même pas complètement sûrs qu'il habite Black Bayou.

— Au contraire, objecta Jackson. Tout semble l'indiquer. À deux reprises, il t'a attaquée au cœur même du bayou. Un étranger aurait eu toutes les chances de s'égarer dans ce marécage. Et c'est quand tu as commencé à me fréquenter et à venir régulièrement en ville qu'il s'en est pris à toi. Il se sent menacé, Josie. Et cela signifie qu'il habite bel et bien dans le coin.

— Soit, concéda-t-elle. Mais pas forcément qu'il fréquente le Tremont.

— C'est vrai, reconnut Jackson. Écoute, voilà ce que je te propose : laissons-nous jusqu'à samedi. S'il ne s'est toujours pas manifesté d'ici là, nous referons le point après la soirée avec mes amis. Nous mangerons au Tremont ce soir, demain, vendredi et samedi midi. Cela fait six repas en tout durant la période de la semaine où la fréquentation est maximale. Qu'est-ce que tu en dis ?

Josie hésita. Elle avait également conscience que cela signifiait trois nuits de plus chez Jackson et autant d'occasions de céder à la tentation. D'un autre côté, la perspective de se retrouver seule chez elle alors que quelqu'un cherchait peut-être toujours à la tuer ne lui souriait guère.

— D'accord, soupira-t-elle. Va pour trois jours de bombance. Laisse-moi juste le temps d'aller prendre une douche et me changer.

Après un crochet par la salle de bains, elle regagna sa chambre et fouilla ses affaires à la recherche de quelque chose à se mettre. Lorsqu'elle avait fait son sac avant de venir s'installer chez Jackson, elle n'avait pas prévu de sortir – a fortiori midi et soir. Et si elle ne voulait pas se trouver forcée de repasser chez elle ou de racheter des vêtements, elle allait très bientôt devoir faire une lessive.

Elle choisit un haut qui lui parut acceptable et s'efforça de le défroisser autant qu'elle le put. Elle prit le temps de se coiffer et de mettre un peu de fond de teint pour atténuer les marques sur son visage. Au passage, elle put constater avec un certain soulagement qu'elle avait quasiment retrouvé figure humaine.

Elle regagna alors le salon où Jackson l'attendait. Il avait remis la veste qu'il portait ce midi-là.

— Tu es ravissante, comme toujours, lui dit-il.

— Je t'ai déjà dit que tu avais besoin d'une bonne paire de lunettes ? rétorqua-t-elle. Honnêtement, Jackson, s'ils me laissent entrer au Tremont, ce sera uniquement parce que je suis avec toi.

— Te soucies-tu donc tant de ce que les gens peuvent bien penser de toi ?

— Pas vraiment, répondit-elle. Plutôt de ce qu'ils penseront de toi, à vrai dire. Contrairement à moi, tu as une réputation à défendre en ville.

— Ne t'en fais pas pour ça. La seule chose qui importe, c'est que moi, j'ai envie d'être avec toi. Si certaines personnes désapprouvent, c'est leur problème, pas le mien.

Malgré elle, Josie fut touchée par la conviction avec laquelle il venait de s'exprimer. Jackson avait le don de la faire se sentir désirée et choyée. Et lorsqu'elle se trouvait à ses côtés, elle avait toujours le sentiment d'être en sécurité.

Sur le trajet qui les menait au restaurant, elle parvint presque à se détendre. L'espace de quelques minutes, ils recouvrèrent un peu de la légèreté qui avait caractérisé leurs premières rencontres.

Mais en arrivant au Tremont la réalité de la situation s'imposa de nouveau à elle, de même que cette angoisse sourde qu'elle éprouvait à l'idée de se retrouver face à l'homme qui l'avait violée – ou, pire encore, d'essuyer un nouvel échec.

Elle connaissait désormais de vue la plupart des hommes qui étaient présents. À une table, elle en repéra deux qu'elle n'avait jamais vus, mais ils étaient bien trop âgés pour l'avoir poursuivie à travers le bayou. C'est aussi ce que dut penser Jackson car il ne chercha pas à les lui présenter et gagna directement la table qui leur était réservée.

Il commanda un steak tandis que Josie optait pour un poisson en croûte. Tout en mangeant, tous deux surveillaient discrètement les allées et venues dans la salle du restaurant. Elle se prit à espérer qu'ils trouveraient dès ce soir celui qu'ils cherchaient. De cette façon, elle pourrait repartir chez elle dès le lendemain et tenter de reprendre le cours normal de son existence.

Malheureusement, tel ne fut pas le cas. Et lorsqu'ils quittèrent le restaurant, deux heures plus tard, elle sentit monter en elle un brusque accès de désespoir. Pourquoi avait-il fallu qu'elle se mette en tête de retrouver cet homme ? N'aurait-elle pas mieux fait de rester dans le bayou ? Avec le temps, le traumatisme aurait probablement fini par se résorber. Et elle ne serait pas en danger de mort...

— Arrête, Josie, lui dit alors Jackson.

Elle jeta un coup d'œil dans sa direction. Il n'avait pas quitté la route des yeux.

— De quoi est-ce que tu parles ? lui demanda-t-elle.

— Nous allons retrouver ce type. Arrête de broyer du noir.

— Qu'est-ce qui te fait dire que je broie du noir ?

Il lui décocha un sourire teinté d'un mélange d'amusement et de tendresse.

— Je commence à te connaître, tu sais. Cesse de te ronger les sangs. Tôt ou tard, nous finirons par le coincer.

— Est-ce que tu as toujours été aussi optimiste ?

Il parut réfléchir à la question et finit par hocher la tête.

— Je crois bien que oui, répondit-il. Je fais partie de ces gens qui voient toujours le verre à moitié plein. Et je suis convaincu que c'était également ton cas avant que ton chemin ne croise celui de cette ordure.

Elle réfléchit à son tour et dut bien reconnaître en son for intérieur qu'il avait raison. Mais la mort de ses parents, son histoire lamentable avec Gentry et le viol qu'elle avait subi avaient eu raison de sa belle insouciance.

— Tu vois, Josie, lui dit gravement Jackson, c'est précisément pour cela que nous devons retrouver cet homme. Je veux que tu puisses de nouveau te promener librement à travers le bayou. Je veux que tu saches que même s'il existe des monstres, ils ne restent pas impunis. Je veux que tu retrouves cet optimisme, cette joie de vivre qu'il t'a volés.

À ses mots, Josie sentit ses yeux s'emplir de larmes qu'elle ne retint qu'à grand-peine.

— Merci, Jackson, lui dit-elle, la gorge nouée par l'émotion. Je ne sais pas ce que je ferais sans toi.

— Je suis sûr que tu aurais trouvé un moyen d'obtenir justice d'une façon ou d'une autre, répondit-il sans hésiter. Je suis juste heureux de pouvoir t'aider à le faire. Et que cela nous ait donné l'occasion de nous rencontrer...

Josie ne répondit pas. Il aurait été si tentant de se laisser convaincre que cette rencontre était prédestinée, qu'ils avaient toujours été faits l'un pour l'autre. Et lorsqu'elle se retrouvait en tête à tête avec Jackson, il était presque facile de s'en convaincre.

Mais elle savait que ce moment ne durerait pas. Tôt ou tard, la réalité reprendrait ses droits. Et leurs chemins qui s'étaient un moment confondus divergeraient de nouveau.

11

En rentrant du Tremont, le jeudi soir, Jackson se sentait quasiment aussi découragé que Josie. Une fois de plus, leur surveillance s'était révélée vaine. Il l'avait présentée à trois hommes qui n'avaient pas assisté au gala de charité, mais aucun d'entre eux ne correspondait à l'homme qu'ils recherchaient.

Jackson commençait à craindre que Josie ne se décide à rentrer chez elle alors que son agresseur était toujours en liberté, prêt à frapper de nouveau. Et cette fois-ci, il ne courrait sans doute aucun risque et se munirait probablement d'une arme.

L'idée de la perdre lui était tout bonnement insupportable. En dépit de la distance que Josie avait rétablie entre eux au cours de ces derniers jours, ses propres sentiments envers elle n'avaient pas faibli. Il était irrémédiablement tombé amoureux d'elle.

Il ne parvenait même plus à s'imaginer vivre sans elle. Sa présence chaque jour à ses côtés était devenue pour lui une évidence. Si elle s'en allait réellement le dimanche suivant comme elle en avait manifesté l'intention, elle laisserait derrière elle un vide immense.

Il avait pourtant toujours su que, tôt ou tard, elle finirait par repartir. Il ne s'était pas vraiment attendu à ce qu'elle demeure chez lui indéfiniment. Mais cela ne changeait rien : il n'avait tout simplement pas envie de la voir s'éloigner.

En l'espace de quelques jours, il était devenu totalement dépendant. Il ne s'imaginait pas vivre sans son sourire, sans son regard, sans son odeur troublante qui avait envahi toute sa maison.

Et l'emprise qu'elle exerçait sur lui dépassait de très loin la dimension purement physique. Par-delà le désir qu'elle lui inspirait, il aimait son humour parfois mordant, son intelligence vive et aiguisée, sa curiosité insatiable.

Il aimait leurs longues conversations, leurs éclats de rire, les repas qu'ils partageaient, le temps qu'ils passaient à regarder des films ou simplement à lire dans le salon. Jamais il ne s'était senti aussi proche de quiconque. Jamais il n'avait éprouvé un tel sentiment de complicité.

Il espérait du fond du cœur que cette relation si précieuse se poursuivrait même lorsque Josie serait rentrée chez elle. Qu'elle lui laisserait une chance de lui prouver à quel point il l'aimait.

Malheureusement, il avait le sentiment qu'elle s'apprêtait à tirer un trait sur leur histoire. Et le pire, c'était qu'il croyait comprendre ses raisons. Josie et lui provenaient de deux mondes résolument différents. Leurs chemins n'auraient sans doute jamais dû se rencontrer.

Et les hommes venus de la ville dont elle avait croisé la route lui avaient dérobé son innocence. Le premier, Gentry, l'avait trahie et humiliée. Le second l'avait violée et avait failli la tuer. À ceux-là s'ajoutait Gravois qui l'avait traitée comme une moins-que-rien.

Comment dès lors était-elle censée lui faire confiance ?

— J'ai hâte de te présenter mes amis, samedi soir, lui dit-il lorsqu'ils furent de retour chez lui.

Qui sait ? Peut-être parviendrait-il à lui démontrer à cette occasion que tous les gens de la ville ne se ressemblaient pas, que certains valaient réellement le coup d'être connus et fréquentés.

— Moi aussi, répondit-elle. J'ai hâte de les interroger sur tous tes petits secrets inavouables.

Il ne put s'empêcher de sourire – et d'espérer que cette marque de curiosité à son égard était un signe encourageant pour l'avenir.

— N'hésite pas à leur poser toutes les questions qui te passeront par la tête, lui dit-il. Je n'ai rien à cacher.

— C'est ce qu'ils disent tous, répliqua-t-elle malicieusement.

— Avec un peu de chance, d'ici là, nous aurons enfin identifié ton agresseur, déclara Jackson. J'ai bon espoir pour demain soir. Le vendredi est toujours une soirée très animée. En plus de ceux qui viennent dîner, il y a énormément de gens qui viennent boire un verre avec des collègues ou entre amis.

À ces mots, Josie se rembrunit légèrement.

— Ne te fais pas trop d'illusions, lui conseilla-t-elle. Il est possible que cet homme ne fréquente tout simplement pas le Tremont. Et s'il a coutume de le faire, il a sans doute appris que nous y mangions midi et soir, ces temps-ci. Cela le dissuadera certainement de s'en approcher durant les jours à venir.

Jackson sentit son cœur se serrer dans sa poitrine. Josie avait peut-être raison : Black Bayou était une ville de petite taille et les habitants du coin n'aimaient rien tant que colporter les derniers ragots en date.

Or le fait que Jackson s'affiche régulièrement au Tremont en compagnie d'une « fille du bayou » devait déjà être de notoriété publique. Paradoxalement, s'il avait permis à Josie d'accéder au cercle très fermé de la bonne société de la ville, il avait aussi involontairement fait en sorte qu'elle se fasse remarquer par ceux qui en faisaient partie.

Leur déjeuner du vendredi midi se révéla tout aussi infructueux que les autres. Jackson se raccrochait encore à la perspective du dîner, mais même lui avait de plus en plus de mal à y croire.

Que feraient-ils si cette ultime tentative échouait ? Il était évident qu'ils ne pourraient continuer indéfiniment à mener cette existence de reclus. Jackson devrait retourner travailler et Josie devrait se remettre à pêcher. Dès lors, elle devrait bien repartir chez elle. Et il ne se faisait aucune illusion sur ses propres chances de s'y opposer. D'ailleurs, au fond, ce n'était pas ce qu'il voulait.

Il aimait le tempérament indépendant de Josie, son caractère bien trempé, le fait qu'elle n'avait besoin de personne mais qu'elle l'avait choisi en dépit de cela. Il avait bien conscience qu'en voulant la faire vivre sous cloche, il finirait par l'étouffer – ce qui aurait inévitablement raison de leur relation.

— Jackson, murmura Josie d'une voix blanche.

Tiré de ses pensées, il se tourna vers elle. De retour du restaurant, tous deux venaient de s'installer dans la cuisine pour boire un café. Et Josie était en train de parcourir le journal local qu'ils avaient trouvé sur le seuil de la porte. Elle le lui tendit et il lut avec effroi le titre qui barrait la première page.

Le tueur que la presse surnommait le monstre de Honey Island avait fait une nouvelle victime.

Le corps de la jeune femme avait été découvert dans la ruelle située juste derrière la banque. Tout comme les autres, elle avait été poignardée au ventre avant que sa gorge ne soit lacérée. Apparemment, la victime n'avait pas encore été identifiée.

— Bon sang, s'exclama Jackson. J'espérais vraiment que Gravois et ses hommes parviendraient à arrêter ce monstre avant qu'il ne frappe de nouveau.

— Ton optimisme ne cesse de m'étonner, commenta Josie d'un ton amer. Même s'il était réellement motivé, ce dont je doute, Gravois n'est tout simplement pas à la hauteur.

— C'est justement ce que je ne comprends pas, objecta Jackson. Il ne s'agit pas d'assassinats ciblés dans des lieux isolés. Ce type massacre ses victimes avant de les abandonner au beau milieu de la ville. Je n'arrive pas à croire qu'il ne laisse derrière lui aucun indice. Il devrait y avoir des traces de sang ou de pas, des empreintes digitales, des enregistrements de caméras de surveillance, peut-être même des traces d'ADN si certaines des victimes ont tenté de se défendre... Ce tueur n'est tout de même pas un fantôme !

— À moins...

Josie s'interrompit.

— À moins que quoi ? s'enquit Jackson, curieux.

Elle haussa les épaules.

— À moins que cette absence d'indices ne soit justement révélatrice...

— Que veux-tu dire ?

— Eh bien, c'est peut-être Gravois qui les fait disparaître. Nous savons tous deux qu'il ne porte pas les gens du bayou dans son cœur. Et Gator est convaincu que le tueur de Honey Island est quelqu'un de la ville. Si Gravois le connaît, il cherche peut-être à le couvrir. Qui sait ? Peut-être fait-il la même chose avec l'homme qui m'a violée...

Jackson fronça les sourcils.

— Je veux bien reconnaître que Gravois est paresseux et bourré de préjugés, répondit-il. Mais de là à protéger un violeur et un tueur en série, il y a tout de même un monde. D'autant que la multiplication de ces crimes n'est pas à son avantage. Les gens vont commencer à paniquer et à se dire qu'il nous faudrait quelqu'un de plus compétent à la tête de la police.

— Espérons-le, soupira Josie. Mais je n'y crois guère. Tant que personne de la ville ne sera touché, l'affaire demeurera un fait divers particulièrement morbide et vaguement excitant qui nourrira les conversations de comptoir.

Jackson aurait voulu protester. Mais il n'était plus du tout certain que la vision très sombre de Josie ne recelât pas une part de vérité. Cette ville qui lui était toujours apparue comme un endroit charmant et légèrement ennuyeux lui faisait de plus en plus l'effet d'un iceberg dont il n'avait jamais perçu que la face émergée.

Se pouvait-il réellement que Gravois fût de mèche avec ce tueur ? Fallait-il ajouter la corruption à la liste de ses manquements ? Si tel était le cas, il devenait d'autant plus impératif encore de le mettre à pied. Mais comment pourrait-on démontrer une telle collusion ?

Jackson se promit d'insister à la première occasion pour que Gravois accélère le recrutement de l'enquêteur qu'il avait promis d'embaucher. Au moins, il pourrait compter sur la présence d'un observateur extérieur qui serait peut-être plus objectif.

— Jackson, l'interpella alors Josie, le tirant de nouveau de ses réflexions. Je n'ai plus rien à me mettre. Si tu ne veux pas que je t'accompagne au Tremont en chemise de nuit, il faut impérativement que je fasse une lessive d'ici ce soir.

La tentation de dîner avec elle en chemise de nuit était grande, mais sans doute était-il préférable de choisir pour cela un contexte plus intime que le Tremont. Il conduisit donc Josie jusqu'à sa salle de bains où se trouvaient la machine à laver et le sèche-linge et lui indiqua où il stockait la lessive.

De retour dans la cuisine, il lut en détail l'article consacré au dernier meurtre du tueur de Honey Island. Malheureusement, si la police disposait de nouveaux éléments au sujet de l'enquête, elle s'était bien gardée de les communiquer au journaliste qui avait rédigé ce papier.

Comme il venait de terminer sa lecture et s'apprêtait à appeler son assistante, Jackson entendit frapper à la porte. Avec un peu de chance, il s'agissait de Gravois qui venait leur annoncer qu'il avait enfin identifié l'agresseur de Josie.

Dans le doute, Jackson alla tout de même chercher son revolver dans sa chambre avant d'aller ouvrir la porte. Mais, en jetant un coup d'œil à travers l'œilleton de sécurité, il eut la surprise de découvrir son ami Brian qui se trouvait sur le seuil de la maison. Il lui ouvrit aussitôt.

— Tu t'es trompé de jour, mon vieux, s'exclama-t-il en souriant. Je te rappelle que c'est demain soir que nous avons rendez-vous.

— Hé ! Pose ça avant que tu ne te tires dans les pieds. Ou pire, dans les miens !

— Désolé, s'excusa Jackson.

Il alla poser le revolver sur la console qui se trouvait dans l'entrée.

— Je venais justement te voir au sujet de la soirée de demain, lui dit alors Brian. Nous ne pourrons malheureusement pas être des vôtres. Cynthia avait complètement oublié de me dire qu'elle avait invité deux de ses collègues à dîner.

— Tu es sûr que tu ne peux pas te libérer et venir sans elle ? s'enquit Jackson, déçu.

— Ce serait avec plaisir, je t'assure. Mais ça fait une éternité qu'elle insiste pour que je les rencontre et je ne peux décemment pas lui faire faux bond.

— Je comprends, soupira Jackson. Est-ce que tu veux boire quelque chose ? Je viens de faire du café.

— Ce n'est pas de refus, acquiesça Brian.

Ils se dirigèrent vers la cuisine. Là, Jackson leur remplit deux tasses et tous deux prirent place à table.

— Ça fait un moment qu'on ne s'est pas vus, remarqua Jackson. Qu'est-ce que tu deviens ?

— Si tu savais... Cynthia s'est mis en tête de redécorer la maison et elle m'a mis à contribution. Je crois qu'elle va me rendre dingue.

— Cynthia a toujours eu des idées très arrêtées, remarqua Jackson. C'était déjà le cas lorsque nous étions au lycée. Franchement, j'ai toujours admiré la patience dont tu faisais preuve. Tu es un saint, Brian.

Son ami se rembrunit légèrement.

— Je n'irais pas jusque-là, objecta-t-il. Même à moi, il m'arrive de craquer, tu sais.

— J'imagine que c'est le lot de tous les couples.

— À propos de couple, Sonny m'a dit que ça devenait de plus en plus sérieux entre Josie et toi.

— C'est vrai.

— Il m'a dit aussi qu'elle avait été passée à tabac. J'espère que ce n'est pas trop grave...

— Ça l'est, hélas, répondit Jackson. On ne l'a pas seulement passée à tabac : quelqu'un a bel et bien tenté de la tuer. Et le pire, c'est qu'il se balade toujours en liberté et pourrait recommencer à n'importe quel moment.

— Gravois va certainement finir par l'identifier.

Jackson secoua la tête.

— Il n'a pas le moindre indice. Et, entre nous soit dit, je ne suis pas sûr que cette affaire l'intéresse beaucoup. Il n'est déjà pas capable de s'occuper de ce tueur en série...

— J'ai entendu dire qu'il avait fait une nouvelle victime, acquiesça Brian. C'est terrible.

— Oui. Et je suis sûr qu'en cet instant même Gravois est tranquillement installé dans son bureau en train de lire le journal ou de faire des mots croisés.

— Au moins, notre intervention semble avoir porté ses fruits. Ryan Staub m'a dit hier que Gravois avait recruté un enquêteur qui devait venir renforcer leur équipe et qui travaillerait exclusivement sur l'affaire du tueur de Honey Island.

— Dieu soit loué ! s'exclama Jackson. Si c'est le cas, c'est la première initiative positive qu'ait prise Gravois depuis qu'il est à la tête de la police de Black Bayou. Il est grand temps que quelqu'un de compétent se consacre à cette enquête !

— Cela laissera peut-être plus de temps à Gravois pour retrouver l'agresseur de Josie.

— J'en doute fortement. C'est d'ailleurs la raison pour laquelle je l'ai convaincue d'emménager ici pendant quelque temps. Je tenais à veiller sur elle personnellement. Malheureusement, cette situation ne va pouvoir s'éterniser. Tôt ou tard, elle va vouloir rentrer chez elle dans le bayou.

— Josie habite chez toi ? s'étonna Brian.

— Sonny ne te l'a pas dit ?

— Je ne suis pas sûr qu'il soit au courant.

Jackson réfléchit à la question et comprit que Brian avait probablement raison. S'il avait parlé de sa relation avec Josie à ses trois meilleurs amis, il n'avait pas précisé qu'il vivait avec elle, fût-ce temporairement.

— Eh bien, oui, elle vit ici. Et puisque vous ne vous croiserez pas demain soir, je vais pouvoir te la présenter.

— Je n'ai pas beaucoup de temps, remarqua Brian en jetant un coup d'œil à sa montre. Cynthia m'a demandé d'aller chercher les enfants. Je crois qu'elle est retournée au magasin de bricolage…

— Voilà qui promet, répondit Jackson en riant. Je vais aller chercher Josie pour te la présenter.

— D'accord, acquiesça Brian. Depuis le temps que j'entends parler d'elle...

Jackson laissa Brian dans la cuisine et se dirigea vers la salle de bains. La machine à laver était en train de tourner mais Josie ne s'y trouvait plus. Il alla donc frapper à la porte de sa chambre.

— Entre, répondit-elle.

Il ouvrit la porte et passa la tête par l'embrasure. Elle était allongée sur son lit, en train de lire un roman qu'elle avait sorti de sa bibliothèque.

— Josie, mon ami Brian Miller est là. Il ne pourra pas être des nôtres demain, en fin de compte, et je me suis dit que je pourrais te le présenter.

— Avec plaisir, s'exclama-t-elle en posant son livre sur la table de nuit.

Elle le suivit jusqu'à la cuisine.

— Josie, je te présente Brian l'un de mes meilleurs amis, lui dit-il.

— Enchantée, lui dit-elle en souriant.

— Brian, voici Josephine Cadieux.

— Je suis ravi de faire enfin votre connaissance, Josie.

À ces mots, le visage de la jeune femme se décomposa brusquement.

— Vous, murmura-t-elle d'une voix brisée.

Jackson les considéra tour à tour craignant de comprendre ce qui était en train de se dérouler sous ses yeux. Mais ce n'était pas possible. Il connaissait Brian depuis toujours...

— C'est lui, confirma Josie d'une voix blanche. C'est l'homme qui m'a violée, l'homme qui a failli me tuer. C'est lui, Jackson, je te le jure.

— Brian ? souffla Jackson en se tournant vers son ami.

Il devait forcément s'agir d'un malentendu. Il n'y avait pas d'autre explication.

— Oh ! Josie... J'espérais vraiment que vous ne pourriez pas m'identifier, soupira Brian. Mais ni vous ni moi n'aurons cette chance.

Sur ce, il braqua sur eux le revolver de Jackson qu'il avait dû récupérer sur la console de l'entrée.

Josie était en état de choc.

Dès l'instant où elle avait entendu cette voix, elle avait su sans l'ombre d'un doute à qui elle avait affaire. Elle se trouvait enfin nez à nez avec l'homme qui avait abusé d'elle avant de tenter de la battre à mort. Mais cette confrontation ne se déroulait pas du tout comme elle l'avait espéré.

Avisant l'arme que Brian pointait dans leur direction, elle ne put réprimer un frisson glacé qui la parcourut de la tête aux pieds.

— Brian, mais qu'est-ce que tu fabriques ? s'exclama alors Jackson qui avait visiblement du mal à se remettre de sa surprise. Pose cette arme !

— Désolé, mais c'est impossible, Jackson, rétorqua son ami.

— Est-ce que c'est vrai ? Est-ce que tu as réellement violé Josie ? Est-ce que c'est toi qui l'as rouée de coups dans ce parking ?

— Oui.

Un nouveau frisson dévala le long de la colonne vertébrale de Josie. Car elle avait parfaitement conscience qu'en prononçant ce simple mot Brian venait de les condamner tous les deux. Il avait déjà tenté de la tuer alors que, de son propre aveu, il n'était même pas encore certain qu'elle fût susceptible de le reconnaître.

Maintenant que Jackson et elle *savaient* qu'il était coupable, il n'hésiterait certainement pas à se débarrasser d'eux.

Au moment même où elle prenait conscience de la chose, elle sentit monter en elle un mélange irrépressible de culpabilité et de désolation. C'était uniquement par sa faute que Jackson s'était retrouvé mêlé à cette histoire. Et maintenant, il allait le payer de sa vie.

Elle se rendit compte à cet instant précis à quel point elle aimait Jackson. Elle avait été prête à le perdre en retournant vivre dans le bayou parce qu'elle demeurait convaincue que leur histoire risquait de se terminer de façon amère. Mais l'idée qu'il puisse se faire tuer à cause d'elle lui était tout bonnement intolérable.

— Ce n'est pas possible, murmura Jackson, horrifié.

— Si, hélas, soupira Brian. Mais ce n'est pas entièrement ma faute, tu sais. Tu n'as pas idée de ce que Cynthia me fait vivre – particulièrement depuis la naissance des enfants. Nous n'avons plus aucune vie intime. Elle ne s'intéresse plus à moi. Elle ne pense qu'aux gosses. Et elle ne perd jamais une occasion de m'humilier… C'est un enfer. Alors, oui, ce jour-là, j'ai craqué… Je suis parti me promener dans le bayou. J'étais furieux contre Cynthia… Contre toutes les femmes, à vrai dire… Et c'est là que j'ai croisé cette fille… Josie…

Tandis qu'il parlait, Josie devina la colère qui envahissait Jackson et pouvait se lire dans ses yeux. Elle sentit distinctement la tension qui montait en lui et craignit brusquement qu'il ne fasse une bêtise. Brian, quant à lui, ne semblait se rendre compte de rien.

— Comment étais-je censé savoir que tu rencontrerais cette pétasse ? s'exclama-t-il. Comment pouvais-je deviner que toi, tu tomberais amoureux d'une fille du bayou ? Je suis vraiment désolé, Jackson. Mais je ne peux pas la laisser gâcher ma vie. Elle ficherait en l'air mon mariage et ma réputation. Et j'ai travaillé beaucoup trop dur pour laisser une fille comme elle tout foutre en l'air !

La voix de Brian devenait hystérique, dérapant dans les aigus. Il était évident qu'il était sur le point de perdre tout contrôle. Comme dans le bayou lorsqu'il l'avait violée. Comme sur le parking lorsqu'il avait failli la tuer.

— C'est toi qui l'as amenée dans notre monde, Jackson, reprit-il. Et c'est donc toi qui vas devoir régler le problème.

— De quoi est-ce que tu parles ? s'écria Jackson qui faisait visiblement un immense effort pour maîtriser la rage qui bouillonnait en lui. Que veux-tu que je fasse, exactement ?

— Ce sera une histoire tragique, répondit Brian. Un cas de meurtre-suicide qui fera beaucoup parler. Mais les gens diront que c'était écrit, que les histoires entre les habitants du bayou et ceux de la ville finissent toujours mal. Cette pauvre Josie n'a pas supporté que tu décides de rompre avec elle. Alors elle t'a tué avec ta propre arme, puis elle s'est suicidée.

Josie ne s'était pas trompée. Brian avait bel et bien l'intention de se débarrasser d'eux. Il était prêt à tuer l'un de ses meilleurs amis pour préserver sa réputation. Un nouveau cap venait d'être franchi dans l'obscénité et l'horreur.

— Brian, plaida Jackson en esquissant un pas dans sa direction, tu ne peux pas faire ça. Nous nous connaissons depuis toujours. J'ai été le témoin de ton mariage et je suis le parrain d'un de tes enfants. Nous nous sommes toujours soutenus mutuellement. Ce dont tu as besoin, c'est d'un bon avocat. Et peut-être aussi d'un bon psy...

Brian laissa échapper un rire fêlé.

— Je n'ai besoin de personne, rétorqua-t-il. Nous ne sommes que trois au courant de ce qui s'est passé exactement. Et bientôt, deux d'entre nous seront morts.

— Ne faites pas de mal à Jackson, je vous en prie, s'exclama alors Josie, les larmes aux yeux. Il n'a rien à voir avec tout ça. Il a juste voulu m'aider...

Un sanglot la secoua qu'elle se força à ravaler. Si elle voulait conserver une chance de sauver la vie de Jackson, elle ne pouvait se permettre de perdre ses moyens.

— Tuez-moi si vous voulez, mais ne lui faites pas de mal. Vous n'aurez qu'à dire que c'était un accident, que le coup est parti tout seul. Jackson témoignera en votre faveur et tout le monde le croira.

— Pauvre idiote, cracha Brian. Comment pouvez-vous croire qu'il témoignerait en ma faveur alors qu'il est fou amoureux de vous ?

— Alors quel est le programme, au juste, Brian ? intervint Jackson à son tour.

Il s'était exprimé d'une voix étonnamment calme et maîtrisée, au vu de la situation dans laquelle ils se trouvaient.

— Comment comptes-tu procéder ? poursuivit-il. Est-ce que tu vas me tuer d'abord ? Ou est-ce que tu vas commencer par Josie ?

Tout en parlant, il avait fait un pas de plus en direction de Brian.

— Est-ce que tu as réfléchi à ça, Brian ? Ou est-ce que tu comptes improviser ? Je croyais te connaître mais je m'aperçois que je me suis trompé. Je ne sais même pas si tu es victime de tes pulsions du moment ou si tu es réellement capable de commettre un meurtre de sang-froid.

— Tu n'as pas idée de ce dont je suis capable ! s'exclama Brian en riant. Moi-même, je n'en avais pas idée. Sais-tu par exemple que j'ai adoré la passer à tabac. C'était presque plus agréable que de…

Brian n'eut jamais l'occasion de terminer sa phrase. Jackson se jeta sur lui et le percuta de plein fouet. Un coup de feu partit et les deux hommes basculèrent sur le sol. Josie ne put réprimer un cri d'effroi. Fort heureusement, Brian et Jackson se mirent à se battre, roulant au sol en se bourrant de coups de poing, de tête et de genoux.

Au moins, Jackson était vivant.

Avisant le revolver qui avait glissé sur le sol, elle se précipita pour s'en emparer.

— Arrêtez ! hurla-t-elle.

Mais les deux hommes continuaient à se battre avec acharnement. En désespoir de cause, elle pointa son arme sur le sol et fit feu. L'explosion assourdissante qui retentit dans la cuisine convainquit enfin Brian et Jackson de se séparer.

Le premier se redressa tandis que Jackson demeurait à genoux. Horrifiée, elle constata qu'une tache de sang maculait le bas de sa chemise et s'élargissait rapidement.

— Tiens-le en joue, dit-il d'une voix rauque. Ne le laisse pas s'échapper.

Elle pointa son arme sur Brian en surveillant Jackson du coin de l'œil. Il s'était assis contre la machine à laver la vaisselle et avait sorti son téléphone pour appeler la police.

— Baissez votre arme, Josie, lui dit alors Brian d'une voix très douce en avançant d'un pas vers elle. Nous savons tous deux que vous n'êtes pas une tueuse.

— Restez où vous êtes ! lui ordonna-t-elle sèchement. Vous

non plus n'avez aucune idée de ce dont moi, je suis capable. Je vous assure que je suis très tentée de vous abattre ici même pour ce que vous m'avez fait.

Alors même qu'elle prononçait ces mots, Josie prit conscience qu'elle le pensait réellement… et qu'elle tenait l'occasion idéale de mettre sa menace à exécution.

— Si je le pouvais, je vous bourrerais de coups de poing et de pied jusqu'à vous briser les côtes et vous faire éclater le crâne, reprit-elle d'une voix qu'elle ne reconnut pas. Je prendrais plaisir à vous humilier et à vous faire souffrir comme vous l'avez fait. Mais je vais hélas devoir me contenter de vous tirer une balle en pleine tête.

Elle releva le canon de son arme, visant Brian entre les deux yeux. Le souvenir de ce qu'il lui avait fait dans le bayou envahissait son esprit. Elle revoyait le sac s'abattre sur son visage, le cordon se resserrer sur sa gorge, le plastique des menottes taillader ses poignets…

— Josie, intervint alors Jackson d'un ton inquiet, la police ne va pas tarder à arriver…

— Nous savons tous que Gravois n'est pas un homme pressé, répondit-elle d'une voix vibrante de haine et de mépris. J'ai tout le temps de le tuer.

Elle posa son index sur la queue de détente.

— Non, s'écria Brian d'une voix paniquée.

Il leva les mains en l'air.

— Je vous en supplie, Josie, ne faites pas ça. J'ai deux enfants…

— Vous étiez sur le point de nous tuer tous les deux, lui rappela-t-elle. Et je suis sûre qu'en sortant d'ici, vous seriez retourné auprès de votre famille comme si de rien n'était. Vous êtes un malade, Brian.

— C'est vrai, s'exclama-t-il. Je suis malade… Vous avez raison. Jackson a raison. Il faut que je me fasse soigner. Mais je vous en prie, ne me tuez pas…

— Vous auriez peut-être dû y penser quand vous m'avez violée, répliqua-t-elle durement. Ou quand vous m'avez laissée pour morte sur ce parking !

Son doigt se crispa légèrement sur la détente de son arme.

— Josie, intercéda de nouveau Jackson. Ne fais pas ça, je t'en prie. Tu le regretteras toute ta vie.

Au loin, on entendit alors retentir les sirènes des voitures de police et d'une ambulance.

Josie demeura figée pendant ce qui lui parut durer une éternité, suspendue entre deux décisions, entre deux avenirs possibles. Elle était terriblement tentée de tirer pour laver dans le sang son honneur bafoué.

Elle était convaincue que Jackson ne témoignerait pas contre elle. Si elle prétendait qu'elle avait agi en légitime défense, il confirmerait très probablement ses dires. Mais elle comprit aussi que cela changerait tout entre eux. Plus jamais il ne le regarderait de la même façon, par la suite. Et le peu de chances qu'ils avaient peut-être encore d'avoir un avenir ensemble se trouverait inexorablement réduit à néant.

Ce fut cela en définitive, plus que tout le reste, qui la convainquit d'abaisser son arme.

Quelques minutes plus tard, Gravois et deux de ses agents firent irruption dans la maison. En découvrant la scène qui s'offrait à lui dans la cuisine, il demeura quelques instants figé, incertain.

— Dieu merci, vous êtes là ! s'exclama alors Brian. Ils m'ont demandé de venir les voir et se sont mis à m'accuser d'avoir violé Josie et d'avoir essayé de la tuer ! Et maintenant, cette folle menace de m'assassiner !

— C'est faux, protesta Josie, sidérée par l'aplomb dont Brian faisait preuve. C'est lui qui allait nous tuer, Gravois ! Il voulait nous empêcher de révéler au monde quel genre d'homme il est réellement !

Gravois interrogea Jackson du regard.

— C'est vrai, confirma ce dernier d'un air sombre. Lorsque Josie a reconnu Brian comme étant l'homme qui l'a violée puis agressée dans un parking, il s'est emparé de mon arme. Il comptait maquiller notre mort en un meurtre-suicide. Arrêtez-le, Gravois.

Tandis qu'il parlait, Josie avait remarqué avec effroi que sa chemise était désormais complètement imbibée de sang.

— Il a besoin d'une ambulance ! s'exclama-t-elle.

— Josie, donnez-moi votre arme, lui demanda Gravois.

Après un instant d'hésitation, elle s'exécuta puis traversa la pièce pour aller s'agenouiller au côté de Jackson.

— Je suis désolée, lui dit-elle, les larmes aux yeux. Tu es blessé à cause de moi...

— Ne dis pas de bêtise, objecta Jackson en lui décochant un sourire douloureux. Tu n'y es pour rien...

Il ferma les yeux et elle prit sa main qu'elle serra entre les siennes. S'il mourait à présent, elle ne le supporterait pas.

— Ils mentent tous les deux, s'exclama alors Brian. C'est elle qui lui a tiré dessus. Je vous jure : elle est complètement givrée... Vous devez me croire, Gravois !

— Vous raconterez tout cela au juge, répliqua le policier en lui passant les menottes. Je suis sûr qu'il trouvera tout cela très intéressant. Emmène-le au poste, ajouta-t-il à l'intention de l'un de ses hommes. Et faites tout de suite venir les ambulanciers !

— Vous commettez une énorme erreur ! protesta Brian. Je vous jure que je suis innocent. Ils vous mentent, Gravois.

— Faites-le sortir d'ici ! s'exclama le chef de la police avec humeur.

— Vous le regretterez, Gravois. J'ai des tas de relations, dans cette ville. Je vais faire de votre vie un enfer !

— Lorsque les gens sauront ce que vous avez fait, vous n'aurez rapidement plus une seule relation, lui prédit Gravois d'un ton posé. Et c'est votre existence qui deviendra rapidement un enfer.

Brian continua à protester à cor et à cri tandis qu'on l'emmenait. Quelques instants plus tard, deux ambulanciers débouchèrent dans la cuisine et se précipitèrent vers Jackson.

Gravois écarta Josie pour pouvoir les laisser travailler. Après avoir étanché le sang, les urgentistes déclarèrent qu'ils devaient conduire Jackson à l'hôpital. Josie aurait voulu les suivre mais Gravois l'en empêcha.

— J'aimerais que vous m'expliquiez d'abord ce qui s'est passé ici, déclara-t-il tandis que les ambulanciers évacuaient Jackson sur une civière. Quand vous aurez répondu à toutes mes questions, je vous conduirai moi-même à l'hôpital.

Comprenant qu'elle n'avait guère le choix, Josie entreprit de lui raconter en détail tout ce qui s'était produit depuis que Jackson était venu la chercher dans sa chambre pour lui présenter Brian.

Le policier l'écouta avec attention, prenant en note tout ce qu'elle lui racontait. Puis il lui demanda quelques précisions avant de se déclarer satisfait.

Durant le trajet qui les conduisit jusqu'à l'hôpital, Josie sentit resurgir l'angoisse qui s'était emparée d'elle lorsque Jackson avait perdu connaissance et que les questions de Gravois lui avaient momentanément permis de mettre de côté.

Les dernières paroles de Jackson lui revinrent alors en mémoire :

Tu n'y es pour rien...

C'était totalement faux, bien sûr. Sans son intervention, jamais Brian ne s'en serait pris à Jackson. C'était Josie qui l'avait entraîné dans cette histoire. Elle s'était sciemment servie de lui pour avoir accès à son milieu social – sans s'imaginer un seul instant que le coupable était un membre de son cercle le plus proche.

S'il mourait, elle se considérerait comme directement responsable. Et elle savait déjà qu'elle ne pourrait jamais se le pardonner.

Lorsqu'ils arrivèrent enfin à l'hôpital, elle n'attendit même pas que la voiture de Gravois se fût immobilisée pour descendre et se précipiter vers l'entrée. Parvenue dans le hall d'entrée, elle se dirigea droit vers le bureau d'accueil.

— Je voudrais avoir des nouvelles de Jackson Fortier, dit-elle à l'infirmière de garde. Il vient d'être amené aux urgences à cause d'une blessure par balle. Est-ce que quelqu'un pourrait me renseigner sur son état de santé ?

— Puis-je savoir qui vous êtes ?

— Josephine Cadieux.

— Êtes-vous son épouse, une parente ?

— Juste une amie…

À cet instant, elle fut rejointe par Gravois qui brandit son badge.

— Je dois parler au médecin en charge de ce patient, déclara-t-il.

— Très bien, acquiesça l'infirmière. Je vais lui annoncer que vous êtes ici.

Elle quitta son bureau pour emprunter une porte qui s'ouvrait derrière elle. Quelques minutes plus tard, elle était de retour.

— Le médecin vous demande de bien vouloir patienter. Il viendra vous voir dès que ce sera possible.

Josie et Gravois allèrent prendre place sur l'une des rangées de chaises en plastique qui garnissaient le hall d'entrée de l'hôpital.

— Jamais je n'aurais imaginé que Brian Miller soit capable d'une chose pareille, déclara le policier en secouant la tête. Il m'a toujours fait l'effet d'être un homme respectable.

— On ne peut jamais savoir ce qui se cache dans le cœur des gens, répondit sombrement Josie.

— Pourquoi ne lui avez-vous pas tiré dessus ? lui demanda alors le policier. Vous auriez pu plaider la légitime défense. Vu ce qui vous est arrivé dans le parking, je pense que n'importe quel juge aurait fait preuve de clémence.

— Croyez-moi, j'étais tentée, lui dit-elle. C'est pour Jackson que je ne l'ai pas fait. Je ne voulais pas qu'il me considère comme une meurtrière.

Gravois la considéra longuement avant de hocher la tête.

— Je peux comprendre ça, lui dit-il.

Ils demeurèrent ensuite silencieux. Le temps semblait s'écouler au ralenti. Josie avait l'impression que les secondes étaient des minutes et les minutes des heures. Et plus leur attente se prolongeait, plus elle était convaincue de l'extrême gravité de la blessure de Jackson. S'il ne s'était agi que d'une estafilade, le médecin les aurait certainement rejoints depuis longtemps.

Il s'écoula une heure avant que le Dr Etienne Richards ne les rejoigne enfin dans la salle d'attente.

— Comment va-t-il ? s'exclama Josie en se redressant aussitôt.

— Il a eu beaucoup de chance, répondit le médecin. La balle a traversé la cuisse et n'a pas causé trop de dégâts. J'ai arrêté le saignement et nettoyé la plaie avant de la recoudre. Je vais le garder en observation pour la nuit, mais si nous ne constatons aucune complication particulière, il devrait pouvoir rentrer chez lui dès demain.

Josie laissa échapper un soupir de soulagement.

— Est-ce que je peux lui parler ? s'enquit Gravois.

Etienne secoua la tête.

— Il est toujours endormi, à l'heure actuelle. Et même s'il se réveille, il risque d'être un peu pâteux du fait de l'anesthésie et de la quantité d'antalgiques que je lui ai administrés. Est-ce que vos questions peuvent attendre demain ?

— J'imagine que oui, répondit Gravois en haussant les épaules. Je reviendrai demain matin vers midi si cela vous convient.

— C'est parfait.

— Pourriez-vous me rendre un petit service ? demanda Josie à Gravois comme il faisait mine de se détourner.

— Lequel ?

— Ma camionnette se trouve toujours dans le parking du supermarché où je me suis fait agresser. Pourriez-vous m'y conduire ?

— Bien sûr, acquiesça-t-il.

Quelques minutes plus tard, il la déposait près du Chez Mike. En avisant le lieu où Brian l'avait attaquée, elle ne put réprimer un frisson. Elle se rappelait encore douloureusement la violence de ses coups et le sentiment d'horreur et de sidération qu'elle avait éprouvé.

— C'est fini, se murmura-t-elle. Il ne t'ennuiera plus jamais.

De fait, onze mois après l'agression dont elle avait été victime, elle était enfin parvenue à ses fins. Brian allait passer un bon moment en prison et il ne constituerait plus un danger ni pour elle ni pour aucune autre femme.

Jackson, quant à lui, était hors de danger. Le mieux qu'elle puisse faire, à présent, c'était le laisser reprendre une vie normale. Quant à elle, elle retournerait au cœur du bayou qu'elle aurait peut-être mieux fait de ne jamais quitter.

12

Lorsque Jackson rouvrit les yeux, il ne comprit absolument pas où il se trouvait ni comment il avait bien pu arriver là. Avisant le décor aseptisé de la pièce, le goutte-à-goutte relié à son bras et le bip régulier de l'électrocardiogramme, il prit conscience qu'il était allongé dans une chambre d'hôpital.

Il fit alors mine de se redresser sur son lit et ne put réprimer un grognement de souffrance en sentant un violent tiraillement au niveau de sa jambe. Tandis qu'il retombait lourdement sur son matelas, les souvenirs affluèrent brusquement en lui.

Josie… Brian… Le coup de feu…

Il demeura quelques instants immobile, en proie à un mélange de stupeur et d'incrédulité rétrospectives. Il ne parvenait pas à croire que Brian qu'il connaissait depuis toujours ait pu envisager de les assassiner de sang-froid, Josie et lui.

Il avait tout autant de mal à accepter que son ami ait pu violer la femme qu'il aimait et tenter de la tuer. Quand Brian était-il devenu un tel monstre ? Qu'est-ce qui avait pu causer chez lui une telle transformation ? À moins bien sûr qu'il n'ait toujours eu en lui cette part de ténèbres qui n'attendait qu'un prétexte pour se manifester…

Par chance, les choses avaient tourné bien mieux qu'elles ne l'auraient pu. Josie n'avait pas été blessée et lui-même était toujours vivant. La douleur qu'il éprouvait au niveau de la cuisse n'était pas si terrible et il pouvait toujours bouger la jambe, ce qui était plutôt encourageant.

Josie avait résisté à la tentation de se faire justice elle-même. Et Jackson s'en réjouissait, sachant qu'elle l'aurait probablement regretté toute sa vie durant.

Quant à Brian, il allait probablement passer un bon bout de temps en prison pour les crimes qu'il avait commis et ceux qu'il avait eu l'intention de commettre.

Mais le plus important, peut-être, c'était que Josie était désormais libre. Elle n'aurait plus à craindre que quelqu'un ne s'en prenne à elle. Elle n'aurait plus à regarder constamment par-dessus son épaule. Elle ne se demanderait plus si l'homme qui lui avait fait du mal n'était pas en train de faire subir la même chose à une autre femme.

Débarrassée de ce fardeau, elle pourrait désormais mener sa vie comme elle l'entendait. Et Jackson espérait de tout son cœur qu'elle déciderait de la partager avec lui. Ils avaient tant de choses merveilleuses à vivre ensemble, maintenant qu'avait disparu cette terrible épée de Damoclès qui avait pesé sur eux au cours de ces derniers jours.

Serrant les dents, Jackson se redressa en position assise. Il était sur le point de presser le bouton d'appel de l'infirmière lorsque la porte de sa chambre s'ouvrit. Une aide-soignante entra en poussant devant elle une table roulante sur laquelle étaient posés des plateaux-repas.

— Bonjour, lui dit-elle en en prenant un qu'elle lui apporta. Comment vous sentez-vous, ce matin ?

— Beaucoup mieux maintenant que vous m'avez apporté à manger, répondit-il en souriant. Je suis affamé.

— C'est bon signe, déclara-t-elle. Mangez tranquillement. Je vais prévenir le Dr Richards que vous êtes réveillé.

— Merci beaucoup.

Jackson n'avait pas menti : il avait une faim de loup. Il s'attaque donc avec appétit aux œufs au plat accompagnés de bacon qu'on lui avait servis. Puis il avala sa tasse de café. Il était en train de finir sa salade composée lorsqu'il fut rejoint par Etienne Richards.

— Salut, Jackson. Tu as nettement meilleure mine qu'hier. Comment te sens-tu ?

— Vivant, répondit Jackson. Et c'est déjà un miracle. Ma cuisse me fait un mal de chien, en revanche.

— C'est normal. Et cela devrait encore durer quelques jours, j'en ai peur. Mais la bonne nouvelle, c'est que normalement tu ne devrais garder aucune séquelle en dehors de la cicatrice, bien sûr.

— Tant mieux, s'exclama Jackson, soulagé. Quand crois-tu que je pourrai sortir d'ici ?

— Dès aujourd'hui, si tu veux. Tant que tu n'appuies pas trop sur ta jambe. Avec une canne, tu devrais pouvoir t'en sortir sans problème. Mais avant cela, je vais changer ton pansement et t'expliquer comment prendre soin de ta blessure au cours des jours à venir.

De fait, moins d'une heure plus tard, Jackson était assis au bord de son lit, attendant que Sonny passe le chercher pour le ramener chez lui. Il avait hâte de revoir Josie. Il avait essayé de la contacter un peu plus tôt mais était tombé sur son répondeur et lui avait laissé un message pour la prévenir qu'il arrivait.

Quelques minutes plus tard, Sonny pénétra dans sa chambre d'hôpital.

— Ce n'est pas croyable ! s'exclama son ami avec un petit sourire. Je te laisse cinq minutes et voilà que tu te fais tirer dessus ! J'ai entendu toutes sortes de rumeurs pas croyables sur ce qui t'est arrivé et je t'avoue que j'ai hâte d'entendre ta version des faits.

— Je te raconterai tout ça en chemin, lui répondit sobrement Jackson.

Ils quittèrent donc l'hôpital pour rejoindre la voiture de Sonny qui était garée sur le parking. La jambe de Jackson le faisait toujours souffrir en dépit des antalgiques que lui avait fait prendre Etienne. Mais il avait bien conscience du fait que sa situation aurait pu être nettement plus dramatique.

Tandis que Sonny le ramenait à la maison, il entreprit de lui raconter tout ce qui s'était passé depuis qu'ils s'étaient croisés au Tremont.

— Incroyable, murmura Sonny d'une voix blanche lorsqu'il eut terminé son récit. Jamais je n'aurais imaginé que Brian puisse être capable d'une chose pareille.

— Moi non plus, soupira Jackson. Et je t'avoue que si je ne l'avais pas vu de mes propres yeux, je ne suis pas sûr que je le croirais. Mais c'est la vérité, hélas. Il a reconnu avoir violé Josie puis l'avoir passée à tabac. Et il avait vraiment l'intention de nous éliminer tous les deux en faisant croire que Josie s'était suicidée après m'avoir tiré dessus...

— C'est dingue. Je sais bien que ce n'était pas toujours facile pour lui avec Cynthia et les enfants. Mais de là à penser qu'il ait pu en arriver là...

Jackson secoua doucement la tête.

— Je ne pense pas que sa situation familiale y soit pour grand-chose, opina-t-il. Brian a un problème bien plus grave. À ce niveau-là, cela relève de la psychiatrie, à mon avis.

— Et dire que je pensais qu'il était le plus normal de nous quatre...

Jackson hocha la tête. C'était aussi ce qu'il avait cru. En apparence, Brian avait toujours été un homme sans histoires. Il avait épousé sa petite amie de lycée, avait eu des enfants et paraissait réussir dans tout ce qu'il entreprenait.

Sonny et Jackson continuèrent à discuter, cherchant vainement des indices qui, rétrospectivement, auraient pu leur mettre la puce à l'oreille. Mais ils ne trouvèrent rien de vraiment convainquant. Et cette absence de symptômes avait quelque chose de presque plus inquiétant encore.

— Est-ce que tu as besoin de quoi que ce soit ? demanda Sonny lorsqu'ils arrivèrent devant chez Jackson. Tu veux que j'aille te faire quelques courses ? Que j'aille chercher des médicaments ?

— Ils m'ont donné tout ce qu'il me fallait à l'hôpital. Et je viens de remplir mon réfrigérateur.

— En tout cas, n'hésite surtout pas à appeler si tu as besoin d'aide.

— Merci Sonny. Et merci d'être venu me chercher à l'hôpital.

— Il n'y a pas de quoi.

Jackson descendit de la voiture et adressa un petit signe de la main à son ami qui démarra en trombe comme à son habitude. Se détournant, il se dirigea vers la porte d'entrée en prenant appui sur la canne anglaise qu'on lui avait prêtée à l'hôpital. Il avait vraiment hâte de retrouver Josie.

N'ayant pas ses clés, Jackson commença par sonner. Au bout de quelques instants, comme personne ne lui répondait, il essaya la poignée et constata que la porte n'était pas verrouillée. Il entra donc.

— Josie ? appela-t-il.

Aucune réponse ne lui parvint. En boitillant, il fit le tour de la maison et constata rapidement qu'elle était vide. En revanche, le sac et les vêtements de la jeune femme se trouvaient toujours dans la chambre d'amis. Peut-être était-elle juste allée faire une course.

En l'attendant, il décida de passer la serpillière dans la cuisine où s'étalait toujours une large flaque de sang à moitié séchée. Il venait tout juste de terminer lorsqu'il entendit frapper à la porte.

Le cœur plein d'espoir, il gagna l'entrée et ouvrit la porte. Gravois se tenait sur le seuil.

— Bonjour, lui dit-il, déçu.

— Bonjour. Je suis désolé de vous déranger. Je pensais vous trouver à l'hôpital, mais on m'a dit là-bas que vous étiez déjà rentré chez vous. Est-ce que cela vous ennuierait si je prends votre déposition au sujet de ce qui s'est passé ici hier après-midi ?

— Pas du tout. Suivez-moi.

Ils allèrent s'installer au salon et Gravois sortit son téléphone portable pour enregistrer son témoignage. Jackson lui raconta les événements de la veille comme il venait de le faire avec Sonny. Gravois lui posa ensuite quelques questions pour l'amener à préciser certains détails.

— C'est parfait, conclut le policier en coupant l'enregistrement.

Votre histoire coïncide point pour point avec celle que m'a racontée Josie.

— J'imagine que la version de Brian est assez différente.

— En effet, acquiesça Gravois. Et passablement décousue... Entre nous soit dit, je pense vraiment que ce qu'il lui faut, c'est un bon psychiatre.

— Probablement, concéda Jackson. Mais, dites-moi, à propos de déséquilibré, est-ce que vous avez réussi à identifier la dernière victime du tueur de Honey Island ?

— Oui. C'est une certaine Lisa Choate. Elle avait vingt-deux ans et travaillait comme gouvernante pour May Welles que vous devez connaître. Et si cela peut vous rassurer, j'ai enfin trouvé un enquêteur pour s'occuper de l'affaire à temps plein. Il s'appelle Nick Cain et m'a été très chaudement recommandé. Il vient de Shreveport et devrait prendre ses fonctions dans moins de deux semaines.

— Bonne nouvelle, répondit Jackson. Avec un peu de chance, un regard extérieur permettra de résoudre cette affaire au plus vite...

C'était pour Jackson une façon diplomatique de laisser entendre que ce Nick Cain ne serait peut-être pas pétri de préjugés comme l'était Gravois.

— Dites-moi, reprit-il. Vous avez dit que vous aviez interrogé Josie. Sauriez-vous par hasard où elle se trouve, actuellement ?

— Je l'ai conduite à l'hôpital, hier. Lorsque le médecin nous a assuré que vous étiez hors de danger, elle m'a demandé de la raccompagner jusqu'à sa camionnette qui était toujours garée sur le parking du supermarché. J'ignore ce qu'elle a fait ensuite.

Jackson pensait le savoir, lui, et il sentit son cœur se serrer. Il ne parvenait pas à croire qu'elle soit retournée chez elle sans même prendre le temps de lui dire au revoir.

Il raccompagna Gravois jusqu'à la porte puis revint s'installer au salon pour réfléchir à la situation. Le fait que Josie ne soit pas repassée récupérer ses vêtements lui parut être bon signe.

Peut-être était-elle juste rentrée chez elle pour prendre quelques vêtements. Ou bien pour relever son courrier et régler ses affaires courantes après plusieurs jours d'absence. Il ne servirait à rien de se précipiter chez elle.

Le lendemain, Josie n'était toujours pas revenue. Elle ne l'avait pas non plus appelé, ce qui était plus surprenant. Jackson lui téléphona à trois reprises mais tomba à chaque fois sur son répondeur.

Après réflexion, il estima qu'elle avait peut-être besoin d'un peu de temps et de solitude après ce qui venait de se passer. Elle le recontacterait lorsqu'elle serait prête à le faire et, en attendant, il respecterait son choix.

Le troisième jour, ses bonnes résolutions commencèrent à s'effriter. Josie ne l'avait toujours pas contacté – même pas pour prendre de ses nouvelles. Et il finissait par se demander avec inquiétude si elle n'avait pas tout bonnement décidé de tirer un trait sur leur relation.

S'était-il trompé à son sujet ? S'était-elle juste servie de lui comme elle avait eu initialement l'intention de le faire ? Estimait-elle ne plus avoir besoin de lui maintenant qu'elle avait identifié Brian et que ce dernier était en prison ?

Se moquait-elle à ce point de ses sentiments ?

Comme il se posait cette question, Jackson prit conscience du fait qu'il ne lui avait jamais fait explicitement part des sentiments en question. Certes, il estimait que ses actes étaient suffisamment éloquents. Mais il avait aussi souvent entendu dire qu'au sein d'un couple la communication n'allait jamais vraiment de soi.

Au matin du quatrième jour, sa décision était prise. Il irait dire à Josie ce qu'il avait vraiment sur le cœur. Il lui avouerait ses sentiments. Au moins, même si elle décidait de couper les ponts avec lui, il aurait la conviction d'avoir tout tenté et de n'avoir rien à regretter.

Ce n'est qu'en arrivant sur le parking de Vincent qu'il prit conscience du fait qu'il n'avait strictement aucune idée de l'endroit exact où se trouvait la maison de Josie. En désespoir de cause, il décida d'aller l'attendre près du tronc d'arbre où ils se donnaient toujours rendez-vous. Après tout, elle lui avait dit que c'était l'un de ses endroits préférés.

Là, il l'attendit durant plusieurs heures en repensant à leur rencontre, à leurs premières discussions, à leurs parties de pêche et aux repas qu'ils avaient partagés au restaurant, chez lui et chez elle...

Le lendemain, refusant de s'avouer vaincu, il revint s'asseoir dans la clairière et l'attendit en pensant à elle. Une fois de plus, son attente fut déçue.

Le troisième jour, il décida d'aller l'attendre une dernière fois. Si elle ne venait pas, il y verrait un signe du destin et se résignerait à tourner la page.

À mesure que les heures passaient, Jackson sentait monter en lui une immense tristesse. Là, au cœur du bayou, dans ce monde sauvage qui lui paraissait jadis si étranger mais qu'il en était venu insensiblement à aimer, il prit réellement conscience de la force des sentiments qui l'unissaient à Josie.

Et il comprit que, même si leur histoire devait s'arrêter là, elle occuperait à jamais une place privilégiée dans son cœur.

Comme les ombres commençaient à s'allonger et que la nuit était sur le point de tomber, Jackson se rendit à l'évidence. Il était temps pour lui de rentrer à la maison, de retourner dans son monde.

Le cœur lourd, il se leva et s'apprêta à se mettre en marche vers la lisière. Mais un craquement de branche le fit alors sursauter. Se retournant brusquement, il se retrouva nez à nez avec Josie qui venait d'émerger du bayou.

— Jackson ? s'exclama-t-elle, visiblement sidérée. Mais qu'est-ce que tu fais là ?

— Cela fait trois jours que je viens ici pour t'attendre, lui dit-il, le cœur battant à tout rompre.

Il se sentit soudain un peu ridicule. Si Josie avait réellement eu envie de le voir, elle serait venue lui rendre visite chez lui. Ou alors, elle l'aurait appelé. Que ferait-il si elle lui répondait qu'elle ne voulait plus avoir affaire à lui ?

— Est-ce que tu veux bien t'asseoir un moment ? lui demanda-t-il.

Elle hésita quelques instants avant de couvrir la distance qui les séparait pour venir prendre place à ses côtés sur le tronc d'arbre. Son parfum lui chatouillait les narines, éveillant en lui un trouble désormais familier. Il décida alors qu'il était prêt à tout pour tenter de la reconquérir.

— Comment va ta jambe ? lui demanda-t-elle alors.

— Beaucoup mieux. Je n'ai presque plus besoin de ma canne. Et toi, comment vas-tu ?

— Bien, répondit-elle. Je me suis remise au travail et la pêche est plutôt bonne, ces jours-ci.

— Tant mieux.

Un silence gêné s'ensuivit. Jackson avait tant de choses à lui dire mais ne savait pas par où commencer.

— Josie, s'enquit-il enfin, est-ce que tu comptais au moins venir me dire au revoir ?

Elle laissa échapper un profond soupir.

— J'ai pensé que cela valait mieux ainsi. Je me suis dit que le moment était bien choisi pour te laisser reprendre le cours de ta vie. Et j'ai cru qu'il serait plus simple de couper complètement les ponts, que ce serait moins douloureux pour toi comme pour moi.

Il secoua doucement la tête.

— Mais pourquoi couper les ponts ? rétorqua-t-il. Je t'aime, Josie. Je ne veux pas vivre sans toi.

Elle détourna rapidement les yeux, mais il eut tout de même le temps de voir la douleur qui se lisait dans les siens.

— Rentre chez toi, Jackson, lui conseilla-t-elle. Oublie-moi. Je suis sûre que tu trouveras une femme de la ville que tu aimeras sincèrement.

— Mais je ne veux pas d'une femme de la ville, Josie. C'est toi que je veux. Je t'aime et je suis sûr que si tu regardes au fond de ton cœur, tu verras que tu m'aimes aussi.

— Ce n'est pas vrai, objecta-t-elle d'une voix légèrement

tremblante. Tu te trompes, Jackson. Je... je te suis reconnaissante pour tout ce que tu as fait pour moi. Mais c'est tout.

— Regarde-moi dans les yeux et répète-moi que tu ne m'aimes pas, insista-t-il, percevant son trouble.

Lentement, elle leva les yeux vers lui et il constata qu'ils étaient emplis de larmes.

— Tu ne comprends pas ? protesta-t-elle. Ce que je ressens n'a aucune importance. Ça ne pourrait jamais marcher entre nous.

— Mais pourquoi ? s'exclama Jackson, sidéré. Plus rien ne nous retient. Tu es hors de danger et libre de faire tout ce que tu veux, à présent.

Il prit doucement sa main et la serra entre les siennes.

— Josie, je n'aimerai jamais personne comme je t'aime toi. Je veux t'épouser. Je veux fonder une famille avec toi.

Elle ferma les yeux, mais cela ne suffit pas à retenir les larmes qui roulaient à présent le long de ses joues.

— Jackson, tu ne saisis donc toujours pas ? murmura-t-elle. Tout ce qui s'est passé au cours de ces derniers jours aurait pourtant dû te le faire comprendre. Cette ville est scindée en deux mondes irréconciliables. Les gens de la ville et du bayou n'ont rien à faire ensemble. Les hommes comme toi n'épousent pas les filles comme moi. Ils sortent avec elles un moment pour se distraire. Elles leur fournissent des anecdotes piquantes à raconter à leurs amis. Mais ils ne se marient pas avec elles.

Jackson croisa les bras sur sa poitrine et la considéra d'un air réprobateur.

— Te rends-tu compte que tu te conduis exactement de la même façon que les gens dont tu dénonces l'attitude ? Tu parles des préjugés des gens de la ville mais tu en as au moins autant à leur service.

— Ce n'est pas vrai, protesta Josie.

— Oh ! si ! Tu viens de mettre dans un même sac des centaines d'hommes très différents les uns des autres, comme s'ils formaient un groupe parfaitement homogène. Ne vois-tu donc aucune différence entre Gravois et moi, par exemple ?

— Si, bien sûr...

— Je veux bien reconnaître qu'il y a du vrai dans ce que tu dis. Je connais de nombreuses personnes qui pensent de cette façon. Mais ce n'est pas mon cas. Personnellement, je me fiche que quelqu'un vienne de la ville ou du bayou. La seule chose qui importe, à mes yeux, c'est ce en quoi croit cette personne, les valeurs qu'elle est prête à défendre.

— Tu sais bien que je suis d'accord avec ça...

— Mais à quoi est-ce que ça sert d'être d'accord théoriquement si c'est pour se résigner en fin de compte à cette ségrégation absurde ? Si ceux qui sont prêts à dépasser leurs préjugés ne jettent pas des ponts entre nos deux communautés, qui le fera ?

— Je suis tout à fait prête à le faire, rétorqua Josie. Mais là, c'est très différent. Il ne s'agit pas de valeurs ou de citoyenneté. Il s'agit d'amour, Jackson...

Elle s'interrompit un instant et lui jeta un regard plein de défi.

— Oui, je l'ai dit. Je t'aime, Jackson. Et c'est justement pour ça que j'ai préféré m'éloigner. Je ne tiens pas à ce que tu te rendes compte un jour que je ne te suffis pas, que je ne suis pas à la hauteur de tes ambitions, que je ne cadre pas avec ton mode de vie, avec tes amis, avec ta famille... Je refuse de me faire briser le cœur, Jackson.

— Redis-le, lui dit-il d'une voix très douce.

— Je ne veux pas que tu me brises le cœur.

— Pas ça. Ce que tu ressens pour moi.

Elle hésita un instant avant de s'exécuter.

— Je t'aime, Jackson.

— C'est la seule chose qui compte, lui dit-il avec conviction. Je ne trahirai pas ta confiance, Josie. Tout ce que je veux, c'est que tu partages ma vie. En tant que petite amie, que compagne, qu'épouse, je m'en moque. Chez toi, chez moi, en alternance entre les deux ou à Bora-Bora si tu préfères, ça n'a aucune importance à mes yeux. Tout ce qui m'importe, c'est de m'endormir le soir dans tes bras et de me réveiller le matin à tes côtés. Je t'aime, Josie. J'ai même pris une balle pour te le prouver. Que te faut-il de plus ?

— Ce n'est pas drôle, Jackson, protesta-t-elle. J'étais terrifiée quand il t'a tiré dessus. Je n'ai jamais eu aussi peur de toute ma vie que quand j'ai cru que je t'avais perdu.

— Ne pleure pas, Josie. C'est terminé. Nous sommes tous deux bien vivants, et tout ce que je veux savoir à présent, c'est si tu veux passer le reste de ta vie avec moi. Laisse-moi une chance de te prouver que les gens ne se définissent pas seulement par le hasard de leur naissance.

Elle le contempla longuement, comme si elle cherchait à lire au plus profond de lui. Et il espéra que toute la passion, la tendresse et l'affection qu'elle lui inspirait se reflétaient dans ses yeux en cet instant.

— D'accord, murmura-t-elle enfin.

— Tu es sérieuse ? lui demanda-t-il, le cœur battant à tout rompre.

— Je n'ai jamais été aussi sérieuse de toute ma vie, Jackson, lui dit-elle gravement. Je t'aime. Et depuis que je te connais, tu n'as cessé de me prouver que tu étais digne de confiance. Je ne t'avais pourtant pas vraiment donné de raisons de penser que moi, je l'étais. Si je ne saisis pas la chance que tu es venu m'offrir aujourd'hui, je sais que je passerai le reste de mon existence à le regretter. Alors, oui, Jackson, je suis prête à parier sur nous, si toi tu l'es.

Jackson se leva et lui prit les mains pour la relever à son tour. Longuement, ils s'entreregardèrent et il crut lire dans les yeux de Josie une promesse d'éternité qui lui transperça le cœur.

— Est-ce que je peux t'embrasser ? lui demanda-t-il.

— Je serais vraiment très frustrée si tu ne le faisais pas, répliqua-t-elle avec un pâle sourire.

Il ne se fit pas prier et la prit dans ses bras pour l'attirer contre lui. Leurs lèvres se mêlèrent en un baiser vibrant d'émotion.

Sur celles de Josie, Jackson goûta le désir qu'il lui inspirait mais aussi l'amour qu'elle éprouvait pour lui. Il inonda son cœur d'une joie infinie et se communiqua au plus profond de son âme. Il se promit que chaque jour du reste de sa vie il prouverait à Josie qu'il en était digne.

Ce baiser abolissait aussi tout ce qui les avait séparés. Ils n'étaient plus un homme de la ville et une femme du bayou, mais des êtres parfaitement complémentaires, unis par cet impérieux mélange de tendresse et de passion.

Lorsqu'ils se séparèrent enfin, Jackson lui décocha un sourire lumineux.

— Alors ? lui demanda-t-il. Quand veux-tu que nous nous mariions ?

— Quand veux-tu que nous nous mariions ? lui retourna-t-elle en lui rendant son sourire.

— Aujourd'hui ? suggéra-t-il. La semaine prochaine ?

— Laisse-moi au moins le temps de me laver les cheveux. Je ne compte t'épouser qu'une seule fois et je tiens à être présentable.

— Alors que dirais-tu d'un mariage en petit comité d'ici un mois environ ?

— Pour moi, ce serait parfait, répondit-elle. Je n'ai plus de famille et pas beaucoup d'amis. Mais je ne voudrais pas priver tes parents du mariage dont ils ont rêvé pour leur fils.

Jackson considéra brièvement cet aspect de la question.

— Très bien, conclut-il, disons un mois et une semaine, dans ce cas. Et je me disais qu'avant de faire des enfants, nous devrions peut-être adopter un animal de compagnie. Que dirais-tu d'un bébé oryctérope, par exemple ?

Josie éclata d'un rire cristallin et il sut alors que cette douce musique ponctuerait le reste de son existence. Cette certitude l'emplit d'une joie sans pareille et il ne put résister à la tentation de lui voler un nouveau baiser.

Épilogue

Josie était assise à côté de Jackson sur la berge de l'étang. Leurs cannes à pêche étaient plantées face à eux, juste au bord de l'eau. Jackson avait passé un bras autour de sa taille et elle avait posé sa tête au creux de son épaule.

Cela faisait un peu plus d'une semaine qu'ils s'étaient déclaré leur amour, et les huit jours qui venaient de s'écouler avaient été sans conteste les plus heureux de toute son existence. Ils étaient demeurés dans le bayou pendant tout ce temps mais, dès le lendemain, ils partiraient s'installer chez Jackson pour une période de deux semaines.

Au cours de ces derniers jours, ils avaient beaucoup parlé de leur avenir. Et, chaque nuit, ils avaient fait l'amour avec ce mélange de passion et de tendresse sans cesse renouvelé qui ne cessait de l'émerveiller.

Ils avaient également suivi de loin les démêlés juridiques de Brian Miller. Au vu de son dossier, le juge en charge de l'affaire avait refusé sa demande de libération sous caution. L'avocat de Brian avait bien tenté de s'opposer à cette décision mais n'y était pas parvenu.

Il faut dire que Brian n'avait pu s'offrir le ténor du barreau qu'il avait initialement compté embaucher pour assurer sa défense. Le bruit courait qu'il était totalement ruiné. Lorsque la nouvelle de son arrestation s'était répandue, il avait perdu nombre de ses clients qui ne souhaitaient pas voir leur nom associé à celui d'un homme accusé de viol et de triple tentative de meurtre.

Tout ce qui importait, aux yeux de Josie, c'était le fait qu'il ne sortirait pas de prison de sitôt. Elle était désormais libre de se consacrer pleinement à sa toute nouvelle vie de couple.

En l'espace de quelques jours, vivre aux côtés de Jackson lui était devenu à la fois aussi naturel et aussi nécessaire que de respirer.

Et elle avait du mal à croire qu'elle ait pu vouloir s'en priver. Rétrospectivement, elle devait bien reconnaître que Jackson avait vu juste lorsqu'il l'avait accusée d'entretenir des préjugés à l'égard des gens de la ville. Elle avait effectivement laissé la trahison de Gentry influencer la vision qu'elle avait de toute une communauté.

Et elle savait qu'il lui faudrait encore du temps pour dépasser ces a priori, tout comme Jackson avait commencé à dépasser les siens. Mais tous deux étaient bien décidés à poursuivre leurs efforts.

Ils avaient par exemple invité Sonny et Lee à venir passer un samedi après-midi dans le bayou. Et au cours du déjeuner ils avaient convié Beau et Peyton à se joindre à eux. Jackson était convaincu que c'était ce genre de petits gestes qui parviendraient à terme à combler le fossé qui séparait les deux communautés.

Évidemment, ce serait nettement plus facile lorsqu'ils se seraient débarrassés une bonne fois pour toutes du tueur en série qui sévissait dans la région…

— Dis-moi, demanda-t-elle à Jackson, sais-tu quand doit arriver l'inspecteur que Gravois a recruté ?

— D'un jour à l'autre, répondit-il.

— Espérons qu'il est aussi doué qu'il le dit.

— Je me suis renseigné et il semble qu'il s'agisse effectivement de quelqu'un de très compétent.

— Tant mieux. Il est temps que quelqu'un mette un terme aux agissements de ce monstre.

— En parlant de monstre, on dirait que je viens d'en attraper un, remarqua Jackson dont la ligne venait effectivement de ployer violemment.

Il sauta sur ses pieds et récupéra la canne à pêche, commençant aussitôt à enrouler le fil. Le poisson-chat qui se trouvait à l'autre bout livra un valeureux combat. Mais au bout de quelques minutes, grâce aux conseils que lui prodiguait Josie, Jackson parvint à extraire l'animal de l'eau et à le déposer sur la rive.

— Il est énorme ! s'exclama-t-il avec un enthousiasme communicatif. Je crois que c'est le plus gros que j'aie jamais pris !

— Je dois reconnaître qu'il est impressionnant, concéda Josie en souriant.

Elle ne cessait de s'émerveiller de l'enthousiasme sans cesse renouvelé dont Jackson faisait preuve. Se précipitant vers le poisson-chat, elle le décrocha de l'hameçon et le lança dans la nasse plongée dans l'eau. Le lendemain, Jackson et elle comptaient bien vendre le fruit de leur pêche de la semaine avant d'aller s'installer chez lui.

Lorsqu'il eut remis sa ligne à l'eau, elle passa ses bras autour de son cou et l'attira contre elle.

— On dirait que vous êtes en train de devenir un pêcheur tout à fait compétent, monsieur le dandy des marais.

— Je crois surtout que je suis inspiré par ma partenaire, répliqua-t-il.

— Au moins, tu n'as plus peur des alligators.

— Un alligator ? s'exclama-t-il, feignant la panique. Où ça ?

Elle éclata de rire.

— Josie ? lui demanda-t-il alors en posant sur elle un regard bleu débordant d'amour.

— Oui, Jackson ?

— Est-ce que je peux t'embrasser ?

— Je serais très triste si tu ne le faisais pas, répliqua-t-elle.

— Dans ce cas...

Il se pencha vers elle et captura ses lèvres avec un baiser très tendre et très doux qui disait mieux que des mots à quel point il l'aimait.

Elle remercia le ciel d'avoir mis sur son chemin cet homme venu d'un autre monde qui, contre toute attente, était devenu l'alpha et l'oméga de son univers. Et elle brûlait de découvrir ce que leur réservait encore l'avenir qui s'ouvrait devant eux...

Vous avez aimé ce roman ?
Retrouvez les enquêtes du marais dans :
1. Le mystère du bayou.
2. Traque mortelle
Et découvrez dès le mois d'avril
un nouveau roman de Carla Cassidy !

JANICE KAY JOHNSON

Coupable d'aimer

Traduction française de
LUCIE DELPLANQUE

BLACK ROSE

HARLEQUIN

Titre original :
BLACK WIDOW

Prologue

La porte d'entrée venait de claquer. Elle se figea et, aussitôt, les muscles de ses épaules se contractèrent. Son mari était rentré. D'un pas lourd, il prit la direction de la cuisine. Elle sentit alors naître en elle une peur oubliée depuis plusieurs mois. Tout allait si bien entre eux ! Certes, il se plaignait particulièrement de son travail, ces derniers temps. Pourvu que son patron ne lui ait pas encore reproché un manque de courtoisie envers un client. Sinon, il aurait ruminé la remarque toute la journée, ce qui ne laissait rien présager de bon. Et s'il avait fini par se faire renvoyer...

La tarte ! Elle saisit à la hâte les gants de cuisine et sortit le plat du four, refermant la porte du bout du pied. Il serait content qu'elle ait préparé son dessert préféré, non ? Quand il apparut dans l'encadrement de la porte, il avait déjà les poings serrés et une expression orageuse assombrissait son visage. C'était un homme solidement bâti, qui mesurait bien deux têtes de plus qu'elle.

— Qu'est-ce que tu fabriques encore ? lança-t-il aussitôt.

— Une... Une tarte aux framboises.

Se maudissant pour son hésitation, elle lui tendit le plat, comme s'il avait pu s'en emparer à mains nues.

— C'est le début de la saison des framboises, reprit-elle. Quand je les ai vues, j'ai pensé à toi et...

Il fit un pas vers elle. Tout son corps était une menace.

— Où est-ce que tu as trouvé des framboises ?

Elle battit en retraite jusqu'à la table de la cuisine.

— Je... Je suis allée déjeuner avec ma mère. On s'est arrêtées au marché, après.

— Avec qui tu avais rendez-vous ? gronda l'homme qu'elle croyait autrefois aimer et qu'elle espérait pouvoir se convaincre d'aimer un jour à nouveau.

— Quoi ? bafouilla-t-elle pitoyablement. Je ne comprends...

— Pourquoi tu ne m'as pas dit que tu voyais ta mère ?

Il était tout proche, à présent. Si proche qu'elle sentait ses postillons sur sa joue. Elle se rendit compte qu'elle tremblait comme une feuille. Si elle ne posait pas cette fichue tarte rapidement...

— Elle a appelé ce matin... Je n'ai pas pensé...

— Tu ne penses jamais, c'est ça le problème ! beugla-t-il.

Déjà, sa main se levait et entrait en contact avec sa tempe droite. Elle poussa un cri, tituba et lâcha le moule en céramique, qui s'écrasa à ses pieds, éclaboussant leurs jambes d'une bouillie brûlante. Elle se recroquevilla sur elle-même. Elle voyait trouble, sans trop savoir si c'était à cause de la gifle ou des larmes.

— Tu m'avais promis ! gémit-elle.

Il s'était même excusé en sanglotant, se souvint-elle, et avait juré de ne plus jamais lever la main sur elle.

— Tu connais les règles.

Le coup suivant l'atteignit à l'épaule, quand elle se détourna pour se protéger.

— Si tu dois quitter la maison, tu me préviens *avant*.

Elle se laissa tomber à genoux, puis à quatre pattes. Ses mains glissèrent dans les framboises. Du sang. On aurait dit du sang. Il lui décrocha un vicieux coup de pied dans le ventre, avant qu'elle ait le temps de se rouler en boule.

— Non ! cria-t-elle. J'essayais juste de faire quelque chose de gentil pour toi !

— Tu me prends pour un crétin ?

Les coups pleuvaient, à présent. La dernière fois, six mois plus tôt, elle avait cru mourir. Elle s'était alors juré de ne plus jamais endurer ça. Sous la terreur, sa colère se réveilla. Elle refusait de servir de punching-ball, tout ça parce qu'il avait passé une journée difficile au travail.

Elle tentait de se défendre tant bien que mal avec ses pieds, mais il frappait son corps à coups de botte, encore et encore, comme si ses ripostes misérables ne faisaient qu'accroître sa fureur. Soudain, elle se rendit compte qu'il venait de sortir son revolver. Il le portait toujours sur lui. Personne ne pouvait l'empêcher d'être armé, clamait-il. Pas même son patron. C'était son droit.

Il pointait l'arme sur elle, une lueur de mort dans le regard. Il était censé l'aimer. Et là... Était-il trop tard pour l'arrêter ? *Non*. Sans trop savoir comment, elle évalua la distance et l'angle, puis roula sur le dos pour prendre son élan et projeta ses deux pieds en avant, aussi fort qu'elle le put. L'effort fut tel qu'elle décolla du carrelage. Son coup l'atteignit au point le plus sensible chez un homme.

Avec un cri guttural, il se saisit l'entrejambe à deux mains, lâchant son arme qui tomba dans le carnage de la tarte. C'était son unique chance. Elle se jeta sur le revolver. Il se vantait sans cesse de posséder une arme de flic, sans cran de sécurité, si bien qu'elle n'eut pas à se poser de questions.

— Espèce de traînée ! hurla-t-il, avant de déverser sur elle le pire flot d'insultes qu'elle ait jamais entendu. Je vais te tuer ! Je te jure que je vais te tuer !

Fou de douleur, il lui décocha un coup de pied dans la tête qui la fit reculer d'un bon mètre. Malgré ses oreilles qui sifflaient, elle parvint à pointer le revolver dans sa direction. Elle avait l'impression qu'un feu d'artifice explosait dans son crâne. Les dents serrées, elle réussit à articuler :

— Ne t'approche pas. Laisse-moi partir, sinon je te jure...

Il se jeta sur elle. Elle appuya sur la gâchette. Une fois. Deux fois. Il s'effondra. Elle tomba à la renverse, sa tête heurta le carrelage avec force et ce fut le noir.

1

Jordan Hendrick contemplait avec fascination les feux d'artifice qui inondaient le ciel de la nuit, étincelles ambrées, aussi ardentes que fugaces. Le sol était un peu dur sous la couverture, mais c'était le prix à payer pour assister au spectacle. Et puis... elle n'était pas seule pour une fois.

La musique atteignit son paroxysme, tandis qu'une dizaine de feux d'artifice décollaient en même temps pour le bouquet final. Des exclamations fusèrent çà et là dans la foule. Non loin d'elle, elle aperçut une préadolescente, dont le visage ravi était presque aussi captivant que le spectacle pyrotechnique. L'expression de joie pure et simple de la jeune fille déclencha chez Jordan un pincement de tristesse. Depuis quand n'avait-elle pas ressenti ce genre de félicité ? De bonheur simple et entier, sans complication ?

Elle connaissait la réponse, malheureusement : la dernière fois, elle ne devait pas être beaucoup plus âgée que cette fille. Elle avait alors confiance en la vie et en tout ce que celle-ci avait à lui offrir.

Jordan s'ébroua. Autour d'elle, les gens avaient commencé à rassembler leurs affaires. L'homme avec qui elle partageait la couverture se leva à son tour et elle l'aida à la plier. Une minute plus tard, il lui prit la main et ils se mêlèrent à la foule qui rejoignait par grappes les portails de l'enceinte grillagée du terrain de sport.

Ce rendez-vous galant avait quelque chose d'irréel pour Jordan, même si c'était déjà la seconde fois qu'elle sortait avec Elliott Keefe. Ce dernier travaillait à Walla Walla, dans une agence immobilière située sur son circuit de distribution de courrier. Ils avaient commencé par se saluer de loin, avant d'échanger quelques mots, puis leurs conversations s'étaient petit à petit muées en flirt anodin. La semaine précédente, Jordan s'était surprise elle-même en acceptant une invitation à dîner dans un restaurant assez chic, spécialisé dans les vins réputés de cette région de l'est de l'État de Washington. Ensuite, il y avait eu ce pique-nique avec feu d'artifice, pour la fête nationale du 4 Juillet. La soirée avait été très agréable – à cet instant, Elliott lui serra doucement la main en souriant –, mais Jordan savait déjà que cela n'irait pas plus loin. Pour elle, il s'agissait surtout d'une tentative pour rejoindre un monde étrange et nouveau, dans lequel elle faisait semblant d'avoir quelque chose en commun avec ses semblables.

Elle avait vingt-huit ans et c'était seulement le deuxième homme avec qui elle sortait depuis huit ans.

Elle se retourna soudain, croyant entendre une voix murmurer à son oreille des mots qu'elle ne parvint pas à saisir. Une seconde plus tard, elle manqua de tomber quand quelqu'un la heurta avec force. Par chance, Elliott la retint. L'air furieux, il chercha autour de lui l'auteur d'une telle ncivilité, mais en vain. Qui donc pouvait bien se montrer aussi pressé de rentrer ? Lorsqu'ils atteignirent enfin la sortie, Jordan fut bousculée encore une fois ou deux, mais l'éclairage était faible et c'était sans doute juste un mouvement de la foule qui se massait près des portails.

Ce fut du moins ce dont elle essaya de se convaincre. À plusieurs reprises au cours de la semaine, elle avait eu un sentiment étrange, comme si quelqu'un l'observait. Cela était déjà arrivé à des périodes distinctes, ces dernières années. Chaque fois, la sensation avait duré quelques jours, sans que jamais rien ne se produise. Cette fois pourtant, c'était différent : le mercredi précédent, elle aurait pu jurer que quelqu'un était entré dans son appartement en rez-de-jardin. Et ça, c'était nouveau.

Sauf que... ce devait être dans sa tête. Forcément. Elle n'avait jamais vraiment surpris quelqu'un en train de l'observer ou de la suivre. Et retrouver un couteau de cuisine sur le plan de travail en rentrant chez elle ne constituait pas un motif suffisant pour alerter la police. D'ailleurs, qu'aurait-elle bien pu dire ? Que jamais elle ne laissait traîner des choses dans sa cuisine ?

Ignorant cette pression qu'elle ressentait parfois entre ses omoplates, ce tiraillement qui lui chuchotait « retourne-toi ! », elle serra la main d'Elliott et se faufila entre les voitures qui quittaient le parking au ralenti. De toute façon, impossible de distinguer les visages, à cause des phares.

— J'ai passé une agréable soirée, dit alors Elliott.

— Moi aussi.

Jordan ne protesta pas quand il glissa un bras autour de ses épaules. Elle appréciait la chaleur de son étreinte, tant que cela restait léger, comme à cet instant. Jordan était toutefois soulagée d'avoir insisté pour prendre sa propre voiture.

— Cela aurait été plus simple que je vienne te chercher, fit de nouveau remarquer Elliott. Mais bon… Ce n'est pas comme si je n'allais pas te recroiser cette semaine.

— Sauf si tu es sorti pour faire visiter des maisons à l'heure de ma tournée, le taquina-t-elle. Ce que tu devrais espérer.

— J'ai quelques biens magnifiques, en ce moment, approuva Elliott avec enthousiasme.

La diversion de Jordan avait fonctionné. Elliott était passionné par son travail et il n'arrêta de parler que lorsqu'ils atteignirent sa voiture.

Le baiser qu'ils échangèrent fut plus sérieux que celui du week-end précédent, mais à peine. C'était plus… chaleureux et agréable. Une de ses collègues à la poste, qui n'avait de cesse d'évoquer le défilé perpétuel d'hommes dans sa vie, aurait balayé son anecdote avec mépris.

Jordan savait qu'Elliott n'était responsable en rien de son manque d'intérêt. Sa propre histoire faisait qu'elle avait du mal à se détendre suffisamment pour partager une certaine intimité avec un homme. Elle se demandait même si elle en serait de nouveau capable un jour.

Ils se firent leurs adieux et, une fois au volant de sa voiture, Jordan s'engagea dans la circulation qui se dispersait dans les rues de la ville.

Au moins, elle avait trouvé le courage d'*essayer* de nouer une relation avec un homme. Chaque pas, aussi minuscule soit-il, était louable, décida Jordan vingt minutes plus tard, en regagnant son appartement.

Le lendemain, quand Jordan poussa la porte de l'agence immobilière, Elliott n'était pas là. Certains jours, elle se contentait de glisser le courrier dans la boîte, mais ce jour-là la pile était trop volumineuse. L'employée de l'accueil la salua avec un grand sourire joyeux.

— Elliott n'est pas encore passé ce matin, annonça-t-elle, avec un petit air entendu.

Jordan déposa les lettres sur le comptoir et regagna son véhicule électrique. Elle avait toujours du mal à croire qu'elle avait osé bavarder avec le type séduisant de l'agence, qui semblait s'intéresser à elle. Cela ne lui ressemblait pas du tout.

La journée fut bien remplie. La distribution du courrier était plus complexe qu'il n'y paraissait. Le premier jour, son patron avait dû l'attendre, car elle avait été la dernière à rentrer de sa tournée, et il n'avait pas eu l'air ravi. Mais au bout de quatre ans elle avait appris les ficelles du métier qui permettaient de gagner du temps.

Malgré son expérience, elle se sentait encore épuisée lorsqu'elle rapportait les bacs vides, à la fin de sa journée. Elle prenait cependant toujours la peine de commencer à trier le courrier arrivé entretemps, afin de gagner quelques précieuses minutes le lendemain. Quand tout fut terminé, elle pointa et quitta l'entrepôt.

Elle se contenterait sans doute d'une salade pour son repas du soir. Ou d'un plat surgelé tout prêt. Elle trouvait sa solitude plus satisfaisante que de raison, pour une jeune femme de son âge. Elle avait du retard sur une série qu'elle adorait et avait hâte de rattraper ses épisodes.

Elle était en train d'inspecter le contenu de son congélateur quand la sonnette de l'entrée retentit. Jordan sursauta. Qui cela pouvait-il bien être ? Elle n'aimait pas les imprévus. Elle n'avait pas oublié que, quelques années plus tôt, le dernier type avec qui elle était sortie avant Elliott avait été assassiné, après avoir surpris des cambrioleurs à son domicile. C'était du moins la théorie de la police. Des crimes avec violence étaient commis partout, même dans une ville comme Walla Walla, construite autour d'un campus et d'une université réputée pour les sciences humaines.

N'ayant pas de judas à sa porte, Jordan écarta les stores et aperçut une grosse berline noire garée dans l'allée. Avec méfiance, elle ouvrit, sans retirer la chaînette de sécurité. Un homme et une femme se tenaient sur le seuil. Tous deux portaient un insigne et une arme de service dans un baudrier, accroché à leur ceinture. Ce n'était pas la première fois que Jordan avait le droit à ce genre de regard sévère.

— Madame Hendrick ? demanda l'homme, d'une voix polie, mais neutre. Je suis l'inspecteur Shannon et voici l'inspectrice Dutton. Pouvons-nous entrer pour discuter ?

Jordan serra la poignée de la porte. Le sang s'était mis à battre à ses tempes.

— De quoi s'agit-il, s'il vous plaît ?

— D'une tentative de meurtre perpétrée hier soir. Il semblerait que vous connaissez la victime.

— La victime ? répéta Jordan, l'air inquiet.

Un collègue ? Ou bien...

— Oh bon sang, non ! Pas Elliott Keefe, quand même ?

— J'ai bien peur que si, confirma l'inspecteur, sans la quitter des yeux.

Non. C'était impossible. Elle referma la porte, s'emmêla les doigts dans la chaînette de sécurité, puis laissa entrer les deux policiers. Non, des inspecteurs. D'ailleurs, ils étaient en civil.

Elle les examina sans y penser. L'homme était bâti comme un ancien athlète, avec des tempes grisonnantes. L'alliance qu'il portait attira son regard sans qu'elle sache pourquoi. La femme devait avoir environ trente-cinq ans et avait le physique mince et sec d'une coureuse de fond. Elle parcourut rapidement le salon des yeux, avant de revenir à Jordan.

— Je vous en prie, asseyez-vous, proposa Jordan en désignant le canapé, avant de se laisser choir dans le fauteuil à bascule en bois. Vous voulez bien me dire ce qui s'est passé ? Est-ce qu'Elliott est blessé ?

Ce fut l'homme qui répondit :

— M. Keefe a été retrouvé inconscient ce midi par un collègue venu aux nouvelles. Apparemment, il avait des rendez-vous prévus, mais ne s'est pas présenté à son travail.

— Il… Il avait des visites aujourd'hui, oui. Il était très enthousiaste des nouveaux biens entrés et…

Jordan se tut brusquement. Évidemment, ils savaient qu'Elliott était agent immobilier et en quoi consistait la profession.

— Une autre collègue a évoqué que vous vous fréquentiez, reprit l'inspecteur. Elle nous a dit que vous étiez employée comme factrice.

Jordan croisa les mains sur ses genoux.

— C'est exact. Enfin… se fréquenter, c'est un bien grand mot. Nous sommes sortis deux fois ensemble, c'est tout. C'est un type adorable, mais…

Leurs regards implacables la firent taire.

— Quand l'avez-vous vu pour la dernière fois ? demanda l'inspectrice.

Jordan se doutait bien qu'ils connaissaient déjà la réponse. Elliott avait sans doute parlé de leur rendez-vous à ses collègues.

— Hier soir. C'était le 4 Juillet…

Comme s'ils n'étaient pas au courant du jour de la fête nationale.

—... Il avait préparé un pique-nique et nous sommes allés sur le terrain, pour les feux d'artifice.

— Et ensuite ? insista l'inspectrice Dutton.

— Il m'a raccompagnée à ma voiture et nous nous sommes dit bonne nuit.

— Juste bonne nuit ?

Jordan rougit.

— Il m'a embrassée. Mais c'était rapide, parce qu'il y avait beaucoup de monde.

— Vous étiez venus séparément, poursuivit l'inspecteur, dont elle n'avait pas retenu le nom.

— C'est exact. Même si c'était un week-end férié, Elliott avait plusieurs visites prévues hier, pour des couples avec qui il avait eu du mal à fixer un rendez-vous. Il a proposé de passer me chercher, mais...

Elle détourna les yeux un instant, puis se força à les regarder en face.

—... J'ai préféré prendre ma voiture. Je n'attends pas beaucoup plus de notre relation... Ça me convient très bien ainsi. Donc, c'est plus simple pour moi s'il ne me raccompagne pas chez moi en fin de soirée.

Une lueur passa dans le regard de l'inspectrice, comme si elle comprenait et avait déjà opté pour une tactique similaire. Jordan observa les deux policiers tour à tour.

— Vous ne m'avez pas dit comment se portait Elliott.

— Il est dans le coma.

L'inspectrice avait parlé avec une douceur surprenante, étant donné son attitude jusqu'alors.

— Nous pensons que son agresseur l'a laissé pour mort. À vrai dire, il se trouve toujours dans un état critique.

— Oh mon Dieu, chuchota Jordan, horrifiée, en croisant les bras sur sa poitrine, comme pour se protéger.

Comment cela était-il possible ?

— Votre nom figurait déjà dans nos banques de données, reprit enfin l'inspecteur.

Évidemment. Jordan attendit la suite avec crainte.

— Une histoire avec un autre homme que vous… fréquentiez.

Son insistance sur le terme ne laissait aucun doute.

— Un certain Pete Shroder.

— Pete a été tué au cours d'une sorte de cambriolage, si j'ai bien compris, bafouilla Jordan.

Pourquoi sa voix était-elle grimpée dans les aigus ? Elle prit une lente inspiration pour se calmer.

— C'est du moins ce qu'on m'a expliqué, poursuivit-elle. Sa maison avait été vidée et il a surpris les malfaiteurs alors qu'ils repartaient.

— C'est exact. Mais il est intéressant de noter que l'agression physique dont a été victime M. Keefe ressemble beaucoup à celle subie par M. Shroder. Une balle… deux, dans le cas de M. Shroder…, qui ont probablement suffi à faire tomber la victime, suivies de coups d'une grande brutalité.

Jordan devait affronter le danger tout de suite, malgré la nausée qui gagnait.

— Et vous croyez donc que je pourrais avoir quelque chose à voir avec ces agressions, c'est ça ?

— Ce n'est pas ce que j'ai dit, corrigea l'homme. Ce qui nous intéresse, c'est le fait que vous ayez une relation avec les deux.

— Pete est mort il y a trois ans, répondit Jordan, la bouche sèche. Nous étions sortis ensemble deux ou trois fois, et je pense que la relation ne serait pas allée plus loin. Je ne l'avais pas vu depuis plusieurs jours quand il a été assassiné. Je ne comprends d'ailleurs pas pourquoi vous n'avez toujours pas réussi à arrêter les coupables, ajouta-t-elle avec sévérité.

L'expression impassible des deux inspecteurs suggéra qu'elle venait de toucher un point sensible. L'inspectrice toussota avant de répondre :

— Malheureusement, ni la balle ni les prélèvements sur place n'ont donné quoi que ce soit. Ce qui laisse à penser que le tueur n'avait jamais eu affaire à la justice.

Ils la regardaient de nouveau, l'air d'attendre quelque chose.

— Vous perdez votre temps avec moi. Je ne possède pas d'arme à feu et je n'en ai jamais possédé.

Elle n'avait tiré qu'à une seule occasion dans sa vie et ce souvenir l'horrifiait tant qu'elle s'était juré de ne plus jamais toucher à une arme.

— Je respecte la loi, je suis polie, à la limite du timide. Je sors même rarement. Je ne vois pas du tout ce que ces deux crimes pourraient avoir à faire avec moi.

Elle se leva.

— Si vous ressentez le besoin de venir ici avec des accusations voilées, il va falloir que je trouve un avocat afin de pouvoir continuer à vous répondre.

Un tic nerveux agita le visage de l'inspecteur, comme s'il cherchait à dissimuler une grimace. Les deux sortirent une carte de visite et la lui tendirent.

— Merci. Maintenant, à moins que je puisse vous aider pour autre chose… ?

— Pensez-vous qu'il puisse exister un quelconque lien entre ces deux hommes ?

— En dehors de l'évidence, dont vous avez certainement connaissance. Pete travaillait dans la gestion immobilière et avait donc potentiellement déjà croisé Elliott.

Elle déglutit avec peine, avant de demander :

— Est-il possible de lui rendre visite à l'hôpital ?

L'inspecteur Dutton – Berverly, d'après sa carte de visite – fit signe que non.

— Il est en soins intensifs. Seule la famille est autorisée et encore… une personne à la fois.

Jordan hocha la tête, sentant une sorte d'engourdissement la gagner. Le choc, sans doute. L'inspecteur Shannon tint la porte pour sa collègue, avant de se tourner vers Jordan.

— Je vous suggère de ne pas quitter la ville.

Jordan ne répondit rien et referma derrière eux. Une minute plus tard, elle entendit la voiture s'éloigner.

Les jours suivants furent un supplice. Jordan n'arrêtait pas de penser à Elliott – elle appelait l'hôpital chaque soir pour prendre de ses nouvelles, même si elle ne recevait que des informations évasives. La première fois qu'elle retourna à l'agence immobilière pour déposer le courrier, elle dit :

— J'ai appris, pour Elliott. C'est vraiment horrible. Vous devez être tous secoués.

Évidemment. Mais au moins personne ne semblait la soupçonner d'éliminer les hommes avec qui elle sortait. Elle fit néanmoins quelques recherches en ligne pour trouver un avocat, au cas où. Elle en avait déjà eu un, autrefois, mais ce n'était pas elle qui l'avait recruté, car elle était alors à l'hôpital. C'était sa mère qui s'en était chargée.

Elle n'entendit cependant plus parler des deux détectives. Le *Walla Walla Union Bulletin* évoquait l'enquête de la police, sans donner la moindre indication qu'un ou des suspects étaient sur le point d'être appréhendés.

Le vendredi suivant, lorsqu'elle déposa le courrier à l'agence immobilière, l'employée de la réception l'accueillit avec un grand sourire.

— Vous devez être au courant qu'Elliott a repris connaissance ! Il va lui falloir encore plusieurs semaines avant de revenir au travail, mais c'est déjà une excellente nouvelle !

Ce fut comme si on lui enlevait un poids énorme.

— Ouf !

— Il va être furieux d'apprendre que deux de ses biens se sont vendus pendant qu'il était à l'hôpital. Il était déterminé à être sur le coup.

— Il m'en a parlé. Je… On m'a dit que les fleurs étaient interdites aux soins intensifs, mais je vais sans doute pouvoir lui en faire livrer, maintenant.

— C'est prévu pour nous aussi, assura l'employée.

Quand elle retourna à son véhicule, Jordan se sentit comme étourdie de soulagement. Elle resta assise un instant au volant, le temps de reprendre ses esprits. Elle n'y était pour rien dans cette agression, et pourtant... Par bonheur, Elliott allait s'en tirer.

Quelques jours plus tard, elle reçut une carte un peu sèche la remerciant pour le bouquet – signé par la mère d'Elliott. Peut-être n'était-il pas encore en état de s'occuper de sa correspondance... mais Jordan s'interrogea. Si l'un des détectives avait eu la maladresse d'évoquer la coïncidence *intéressante* sur Jordan, sortie avec deux hommes qui avaient peu après été victimes de violences similaires... Elliott estimerait sans doute plus sage de garder ses distances avec elle.

Le silence qui suivit confirma ses doutes. Elle en fut blessée. Pourtant, Elliott avait peut-être tout simplement senti la tiédeur de son intérêt pour lui et préférait en rester là. À vrai dire, il avait surtout des problèmes plus pressants. Les jours suivants, elle se contenta de glisser le courrier dans la boîte aux lettres, au lieu d'entrer dans l'agence.

Jordan savait que les deux inspecteurs ne manqueraient pas d'enquêter plus en profondeur sur son passé et elle s'attendait à une autre visite. Toutefois, l'appel qu'elle reçut un soir, deux semaines après l'agression d'Elliott, alors qu'elle quittait la poste après son service, provenait d'un autre État. Elle reconnut tout de suite l'indicatif : elle avait grandi à Storm Lake, dans l'Idaho. Le numéro, en revanche, ne lui disait rien. Ce n'était pas celui de sa mère, ni celui des quelques personnes avec qui elle était restée en contact.

— Allô ? dit-elle avec méfiance, en décrochant.

— Jordan Hendrick ? demanda une voix de femme.

— C’est bien ça.

— Je vous appelle du Cavanaugh Memorial Hospital, à Storm Lake, reprit la femme d’une voix douce. Je suis désolée, j’ai une mauvaise nouvelle. Votre mère, Shelly Hendrick, a fait un AVC.

2

Maman est vivante.

Au moins, Jordan pouvait-elle se raccrocher à cette idée. D'après ce que l'hôpital lui avait annoncé, le reste n'était pas très encourageant. Les urgences avaient fait tout ce qui était en leur pouvoir, mais sa mère n'avait pas été prise en charge aussi rapidement qu'il était souhaitable. Elle conserverait donc des séquelles, mais on avait assuré à Jordan que cela pouvait s'arranger avec beaucoup de rééducation.

Jordan ignorait qui avait trouvé sa mère. Était-ce parce que, comme Elliott, elle ne s'était pas présentée à son travail à la comptabilité de la mairie ? Peut-être. Probablement. Cela dit, Shelly avait plus d'amis qu'elle, et certains avaient pu s'inquiéter de ne pas recevoir un coup de fil annoncé ou de ne pas la voir à une réunion du club de jardinage.

L'idée de sa maman étendue sur le sol la remplissait d'effroi. Peut-être avait-elle été incapable de rejoindre son téléphone ou bien, si elle avait réussi, de se faire comprendre ? Avait-elle tenté de ramper ? Jordan frissonna et chassa ces images de son esprit.

Elle ne se souvenait plus comment elle était rentrée chez elle, après avoir appris la mauvaise nouvelle. Elle se revoyait simplement ouvrir la porte en trombe, avec une seule idée en tête : plier bagage le plus vite possible. La plupart des meubles appartenaient au logement ; le reste, elle l'abandonnerait sans hésiter. Sa mère allait avoir besoin d'elle pendant un moment. Elle refusait d'envisager le contraire, au cas où… Non !

Jordan n'avait pas assez de cartons pour ranger tous ses livres, si bien qu'elle les transporta tels quels, en piles, jusqu'au coffre de sa voiture. Quant à ses vêtements et ses chaussures, elle remplit d'abord des valises, puis de grands sacs-poubelle. Ne pas oublier la penderie avec les manteaux. C'était important, en Idaho.

Lorsque la sonnette retentit, elle sursauta violemment. Quoi encore ? Échevelée, elle ouvrit la porte. Évidemment, c'était le duo d'inspecteurs, toujours aussi impassibles que lors de leur première visite. Elle savait ce qui les ramenait chez elle, mais à présent elle s'en fichait complètement.

Les deux policiers jetèrent un œil en direction des valises derrière elle. Cela ne devait pas les surprendre, car ils s'étaient cette fois garés le long du trottoir et avaient donc vu sa voiture, dont le coffre et une portière étaient ouverts.

— Vous partez en voyage ? demanda l'inspecteur Shannon.

— Oui, répondit-elle sèchement. Vous pouvez entrer, mais je vous prierai d'être brefs.

L'inspecteur s'avança, suivi de sa collègue.

— Vous espériez quitter la ville en douce avant qu'on ait l'occasion de repasser vous rendre visite ? s'enquit-il avec un humour sans joie. Ou bien aviez-vous oublié que vous deviez rester dans le secteur ?

— Je vous aurais avertis, assura-t-elle, refusant de laisser couler les larmes qui lui brûlaient les yeux. Ma mère vient de faire un AVC. Je retourne à la maison.

— C'est-à-dire à Storm Lake, dans l'Idaho ?

— Oui. Ma mère est à l'hôpital. C'est assez grave. Si… Je veux dire… *quand* elle va rentrer chez elle, il faut que je sois là pour m'occuper d'elle.

— Le timing est… intéressant.

Intéressant ? Ce mot commençait à l'agacer profondément.

— C'est horrible. Je me suis fait un sang d'encre à propos d'Elliott, et maintenant, ça !

— Asseyez-vous, suggéra le policier. Une longue route vous attend. Je crois comprendre que vous n'avez pas prévu de prendre l'avion.

Jordan fit signe que non.

— Ce serait trop compliqué et plus long qu'en voiture.

De plus, il lui faudrait abandonner la majeure partie de ses affaires ou trouver un moyen de se les faire expédier. Ou bien...

— Dans ce cas, reprit l'inspecteur, dix ou quinze minutes ne vont pas changer grand-chose.

Au contraire ! pensa Jordan. Mais elle respectait la loi et elle connaissait la raison de leur venue. Elle s'assit donc, malgré son envie de continuer à faire ses cartons pour prendre la route au plus vite.

— Nous avons trouvé vos empreintes digitales dans la base de données de la police de l'Idaho.

— Il suffisait de me le demander et je vous l'aurais dit. Je sais ce que vous avez découvert, mais personne n'a jamais envisagé que je puisse être coupable de ce qui est arrivé. C'était un cas flagrant de légitime défense. Je suis restée pendant des jours à l'hôpital après... l'incident.

Oh bon sang, pourquoi s'évertuait-elle à prendre ainsi des gants ? Ne pouvait-elle pas simplement appeler un chat, un chat ?

— Vous avez raison, concéda l'inspecteur.

Sa collègue n'avait pas prononcé une parole depuis son arrivée, mais elle était attentive et ne quittait pas Jordan des yeux, analysant sans doute le flot d'émotions qui devaient défiler sur son visage.

— Cela dit, je trouve quand même incroyable que vous ayez été impliquée dans la mort d'un troisième homme. C'est vous qui avez tiré la balle qui lui a été fatale.

Jordan frissonna, maudissant cet inspecteur qui la plaçait dans une telle position de vulnérabilité.

— Il m'aurait tuée si je n'avais pas appuyé sur la détente.

— C'est visiblement le consensus, accorda-t-il.

Elle se leva brusquement.

— S'il vous plaît. Je dois partir. Vous n'avez pas trouvé mes empreintes ou quoi que ce soit confirmant ma présence chez Pete Shroder ou Elliott, parce que je ne suis jamais allée chez eux. Je ne peux rien vous dire de plus. Vous pouvez m'appeler quand vous voulez. Je vous répondrai sans problème, sauf si je suis à l'hôpital.

L'inspectrice Dutton toucha le bras de son collègue, un contact fugace qui lui fit cependant tourner les yeux vers elle, l'air étonné. Puis il eut une moue résignée et se leva à contrecœur.

— Très bien. À ce stade de l'enquête, je ne peux pas vous obliger à rester à Walla Walla. Mais je vous demande de nous contacter, si jamais vous pensez à quoi que ce soit qui pourrait nous être utile. S'il vous plaît.

Que dirait-il si elle lui avouait qu'elle avait parfois l'impression d'être suivie ? Ou si elle lui parlait de ces mots chuchotés à son oreille et qu'elle n'avait pas eu le temps de saisir, juste avant que quelqu'un la bouscule avec force ? Ou encore du couteau de cuisine abandonné sur le plan de travail ? Un couteau qu'elle n'avait pas utilisé depuis plusieurs jours. Il estimerait sans doute qu'elle se racontait des histoires.

De toute façon, même s'ils ne mettaient pas sa crédibilité en doute, tout cela n'avait à rien à voir avec la tentative d'assassinat contre Elliott. Jordan ne voyait pas comment ces événements pouvaient être en lien.

Elle se contenta donc d'acquiescer et les remercia quand ils proposèrent de porter ses valises et quelques sacs jusqu'à la voiture. Elle manqua même de fondre en larmes lorsque l'inspecteur Shannon s'arrêta un instant et lui lança d'un ton grave :

— Soyez prudente sur la route, madame Hendrick. Vous êtes sous le choc. Ne vous laissez pas distraire en conduisant.

Il semblait presque humain, tout à coup.

— C'est promis, répondit-elle avec un sourire vacillant. Je connais bien la route. J'ai fait le trajet des dizaines de fois.

Il s'installa au volant et, quelques secondes plus tard, la voiture banalisée s'éloigna.

Bon, la cuisine.

Elle ne devait pas laisser de nourriture, qui risquait de se perdre. Elle retourna à la hâte dans son appartement, faisant dans sa tête une liste de toutes les personnes qu'elle devait contacter et de tout ce qu'elle devait encore ranger avant de partir.

Étant donné la lente convalescence qui attendait sa mère, elle resterait sans doute à Storm Lake trop longtemps pour envisager de reprendre son travail à Walla Walla ou de retrouver son logement. Autant vider les lieux.

Lorsque Tom Moore, inspecteur à la brigade criminelle de San Francisco, reprit connaissance, la première chose qu'il ressentit fut de la douleur. La seconde, ce fut une sorte d'angoisse, quand il reconnut un des endroits qu'il détestait le plus au monde : un hôpital. Il n'eut même pas à ouvrir les yeux pour savoir où il se trouvait. Le bip des appareils et l'odeur suffisaient. Les signaux sonores semblaient tout proches, comme si c'était lui que des machines tentaient de maintenir en vie. Étant donné l'intensité de sa douleur, c'était dans l'ordre des possibles.

Il sursauta quand une voix ferme résonna à son oreille, et cet infime mouvement lui fit aussitôt regretter d'avoir repris connaissance.

— Inspecteur Moore. Vous êtes de retour parmi nous ?

Où est-ce que vous voulez que je sois parti ? En vacances ?

Il poussa un grognement.

— On est en train de vous préparer pour le bloc. Vous allez subir une intervention chirurgicale. Je ne sais pas si vous vous souvenez de ce qui s'est passé...

Il n'en était pas encore là. Mais déjà, tout lui revenait. Il se revoyait approcher d'une maison avec son collègue, pour interroger le témoin d'un meurtre, qui était peut-être aussi un suspect. Il avait porté la main à son arme de service quand la porte d'entrée s'était ouverte de façon inopinée. Max avait crié pour l'avertir, puis les coups de feu avaient commencé. Lorsque la première balle l'avait touché, il avait perdu l'équilibre... et le contact avec la réalité. C'était comme s'il tombait, encore et encore, comme si une horde de frelons enragés s'acharnait sur lui. Durant ces quelques secondes interminables, il avait lâché son Sig Sauer. Son dernier souvenir était sa propre main qui écrasait mollement un pissenlit. Étrange image.

— Max..., marmonna-t-il.

— Quoi ?

— Max, répéta-t-il. Collègue.

Sa langue était comme du papier de verre.

— Oh.

Une pause trop longue pour être de bon augure.

— Je suis désolée. L'inspecteur Cortez n'a pas survécu.

Tom se rendit compte qu'il avait bel et bien ouvert les yeux lorsqu'il les referma brusquement. Il était en revanche incapable de décrire la femme qui lui parlait, en dehors de la blouse blanche et amidonnée qu'elle portait.

— Ma faute..., parvint-il à dire.

Une main fraîche se posa sur son front comme une bénédiction.

— J'en doute sincèrement, murmura-t-elle.

Une lumière vive apparut au-dessus de lui et une autre voix se fit entendre. Il sentit qu'on lui soulevait le bras. C'était sans doute l'heure. Sans doute...

Les machines clignotaient et bipaient avec une régularité austère, mais sa mère respirait sans assistance. Jordan était restée auprès de Shelly autant que l'hôpital le permettait. Le fauteuil réservé aux visiteurs était assez confortable pour y somnoler quelques heures chaque jour, avec un oreiller et un plaid. Par intervalles, elle se retrouvait à la cafétéria, attirée par l'odeur du café, comme si ses jambes connaissaient le chemin. Sa vie avait pris une teinte irréelle. Les seuls moments de pause qu'elle s'accordait, c'était quand un des amis de sa mère venait lui rendre visite et passer un peu de temps avec elle.

Le visage de Shelly était encore déformé par la paralysie, une expression qui la rendait presque étrangère. Jordan se demandait si les amis trouvaient cela aussi troublant qu'elle. La main que Jordan tenait si souvent était recroquevillée et dure, comme une serre de rapace. Le fauteuil avait été placé près de la fenêtre, de l'autre côté du lit, afin de ne pas gêner la perche de l'intraveineuse et les allées et venues du personnel médical. Le pire, c'était quand sa mère essayait de parler, car tout ce qui sortait alors de sa bouche était une parodie informe. Elle était incapable de prononcer une parole cohérente.

Toutefois, Jordan était prête à jurer que sa mère la reconnaissait. Quand Shelly ne dormait pas, elle gardait les yeux – seulement en partie ouverts – fixés sur Jordan, chaque fois que celle-ci était présente dans la pièce.

— Elle a meilleure mine, je trouve, insista Bonnie Feller, croisée dans le salon d'attente réservé aux familles.

C'était une femme ronde et séduisante, dont les cheveux noirs commençaient à se parer de fils d'argent. Elle était arrivée pour sa visite quotidienne, juste après que Jordan fut sortie de la chambre, pendant que sa mère faisait sa séance de kinésithérapie. Jordan avait du mal à imaginer en quoi cela pouvait consister.

— Vraiment ? demanda-t-elle, dubitative.

— Oui, oui, assura Bonnie. Au début, elle ne parvenait pas à rester allongée sur le dos, tu te souviens ? Elle était recroquevillée sur le côté, presque en...

Elle se tut brusquement. *En position fœtale.* C'était ce que Bonnie allait dire. Jordan acquiesça. C'était la vérité. Bonnie lui prit la main et changea rapidement de sujet.

— Gus était tellement content d'apprendre que tu étais de retour. Je suis certaine qu'il ne va pas tarder à t'appeler.

Hum. Bien sûr. Personnellement, Jordan aurait préféré avoir des nouvelles de l'inspecteur Shannon.

Bonnie et Shelly étaient amies depuis que la famille Hendrick avait emménagé à Storm Lake, quand Jordan était encore petite. Le fils de Bonnie, Gus, avait un an de plus que Jordan. Apparemment, les deux enfants étaient inséparables à la crèche, en maternelle et jusqu'au CP, année où Gus avait soudain pris conscience avec consternation que Jordan était une fille. Il avait été forcé d'assister à un dernier goûter d'anniversaire, mais il avait été tellement gêné d'être le seul garçon que sa mère n'avait plus insisté par la suite. Au collège et au lycée, ils étaient restés bons amis, sans jamais éprouver le moindre sentiment romantique l'un pour l'autre. À l'époque, selon Jordan, ils se considéraient presque mutuellement comme des frères et sœurs.

Après la terminale, Gus était parti étudier à l'université de l'Idaho, pendant les années où Jordan avait été mariée. Après un été chez ses parents, il avait ensuite intégré une école de vétérinaire dans l'État de Washington. Depuis, Jordan l'avait croisé une ou deux fois... ce dont elle se serait bien passée.

Sa mère, qui lui donnait des nouvelles régulières de tous ceux qu'elle avait connus, lui avait annoncé qu'il était revenu s'installer à Storm Lake et avait repris l'unique clinique vétérinaire de la ville. Cela avait suffi à décourager Jordan d'adopter un chat ou un chien. Gus avait beau la connaître depuis toujours, il faisait partie des nombreuses personnes qui l'avaient regardée avec méfiance, voire suspicion, après ce qui s'était passé cet été-là.

Fallait-il vraiment que tu tues ton mari ? Voilà ce qu'elle lisait dans ses yeux. Comment un type comme Gus avait-il pu penser une chose pareille ? Il la connaissait pourtant bien. Malheureusement, il avait aussi joué dans la même équipe de football américain que Steve Dunn, et ils avaient été camarades de classe et de beuveries. Gus avait eu beau être le premier de la classe, à l'époque, il préférait traîner avec les copains du foot. Jordan, en tant que petite amie de Steve, avait participé aux mêmes fêtes, où elle se contentait de rester en retrait, faisant durer sa première et unique bière aussi longtemps que possible. À l'époque, elle n'en revenait pas de la chance qu'elle croyait être la sienne, subjuguée par le charisme et l'aisance de Steve. Comment un type comme lui, star du lycée et de l'équipe de foot, beau comme un dieu par-dessus le marché, pouvait-il s'intéresser à une fille comme *elle* ?

Elle n'avait pas tardé à l'apprendre. Il avait repéré en elle une vulnérabilité dont elle-même ignorait l'existence. Le départ de son père, qui n'avait jamais pris la peine de s'intéresser à elle avant ou après, avait fait plus de dégâts qu'elle ne l'avait imaginé. Et Steve ? Il avait simplement compris qu'il pouvait la dominer et la terroriser, persuadé qu'elle se laisserait toujours faire. Il avait failli avoir raison.

Jordan était capable d'ignorer des gens comme Gus Feller. Sa propre mère l'avait toujours soutenue, lorsque Jordan le lui avait permis, et elle avait bien l'intention de tout faire pour l'aider à se remettre sur pied, à retrouver ses sécateurs pour tailler ses rosiers, à retourner déjeuner avec ses copines comme Bonnie et à flirter avec M. Enyart, le patron de la jardinerie. Le reste des habitants de Storm Lake pouvait bien aller rôtir en enfer, en ce qui la concernait.

L'infirmière passa la tête par la porte du salon, avec un grand sourire.

— Vous pouvez revenir dans la chambre !

Jordan se tourna vers l'amie de sa mère :

— Vas-y, proposa-t-elle, car une seule personne était autorisée à la fois. Je vais aller faire un tour dehors pour voir si le soleil brille toujours dans le ciel.

Bonnie se leva en riant, son sac à la main.

— Prends ton temps, ma chérie. Shelly ne voudrait pas que tu t'épuises comme ça.

— Merci, Bonnie.

Jordan la regarda s'éloigner, puis se vautra plus profondément sur le canapé. Certes, le soleil lui ferait du bien… mais une autre tasse de café serait encore meilleure.

Deux jours plus tard, plus exténuée que jamais, Jordan se gara dans l'allée, car le garage était occupé par la voiture de sa mère. Elle fit un détour par la boîte aux lettres et revint vers la porte d'entrée en parcourant les enveloppes. Pas grand-chose, ce jour-là, heureusement. Principalement des publicités et sans doute quelques cartes de bon rétablissement, envoyées par des gens dont Jordan reconnaissait le nom. Lorsqu'elle leva brièvement les yeux pour poser un pied sur la première marche du perron, quelque chose attira son regard. Il lui fallut quelques secondes pour comprendre de quoi il s'agissait : un ballon gonflé à l'hélium dansait dans la brise, accroché à la poignée de la porte.

Elle resta un instant interdite, remarquant vaguement, comme cela se produit parfois dans des moments semblables, que le ballon noir était décoré de têtes de mort et de pierres tombales. En revanche, les mots, griffonnés à la hâte au feutre rouge, lui glacèrent le sang. En grosses lettres : « Bienvenue à la maison ». Et en dessous, en plus petit : « Ta place est ici ».

Quelqu'un était-il en train de l'observer, afin de profiter de sa réaction ? Elle fit volte-face, mais n'aperçut personne. Cela ne signifiait rien. Si elle n'avait pas été aussi fatiguée, le message ne l'aurait sans doute pas atteinte avec une telle force. Douleur et rage se mêlaient en elle, mais ce fut bien vite la rage qui prit le dessus. Ah ! Ils voulaient voir comment elle réagissait ? Ils allaient être servis.

Elle franchit d'un bond les dernières marches et creva d'un coup sec le ballon avec les clés de voiture qu'elle tenait encore dans sa main. Elle aurait voulu s'acharner, mais le ballon se dégonfla rapidement en sifflant. Elle dut se contenter d'arracher la ficelle attachée à la poignée et d'emporter le tout dans la cuisine.

Là, d'humeur vengeresse, elle s'empara d'une paire de ciseaux et tailla le ballon en lanières, regrettant seulement de ne pas pouvoir les envoyer à celui qui avait pu avoir l'idée tordue de lui remémorer cet épisode monstrueux où elle avait dû choisir entre sa vie et celle de Steve. D'un geste rageur, elle jeta les lambeaux à la poubelle et les enfouit sous des pelures de pommes.

Quand elle s'assit enfin à la table de la cuisine, ses mains tremblaient et elle claquait des dents. Pourquoi ? se demanda-t-elle. S'agissait-il d'une menace ? Ou bien simplement d'une pique pour lui rappeler quelle horrible personne elle était ?

Ce ne fut qu'à cet instant qu'elle regretta de ne pas avoir pris en photo la porte d'entrée avec le ballon, avant de détruire celui-ci.

Tom faillit ne pas reconnaître la femme qui venait d'entrer dans la chambre au centre de rééducation fonctionnelle, où il avait été transféré pour dix jours, après son opération. Emilia Cortez semblait avoir perdu plus de poids qu'il était possible en si peu de temps, et son visage n'avait plus cette qualité radieuse qu'il lui connaissait autrefois. Max était fou amoureux de son épouse et avait été le plus heureux des hommes quand elle avait donné naissance à une magnifique petite fille, six mois plus tôt. Il n'aurait alors jamais imaginé être tué dans l'exercice de ses fonctions. Malgré toutes les péripéties évoquées dans les thrillers, les films d'action et les séries policières, les inspecteurs couraient beaucoup moins de risque que les simples agents de patrouille.

Emilia piétinait près du lit comme une vieille femme perdue.

— Oh Tom, chuchota-t-elle.

Voyant qu'elle échouait à lui sourire, malgré tous ses vaillants efforts, il comprit qu'il devait vraiment avoir une sale tête. Bon sang, voilà qu'il allait se mettre à pleurer.

— Emilia, je suis tellement désolé. J'aurais dû me douter qu'on courait droit au désastre. Max comptait sur moi.

Elle se percha sur le bord du lit, si menue que le matelas ne s'enfonça presque pas.

— Non, vous bossiez ensemble. Arrête de me mentir. Il n'en savait pas plus que toi.

C'était vrai, mais…

— Il a abattu ce monstre, tu sais.

En vérité, elle n'employa pas le terme de « monstre », mais un mot plein de colère en espagnol, dont Tom ignorait l'existence, jusqu'à ce qu'il commence à travailler avec Maximo Cortez. Il en avait profité pour élargir son vocabulaire. Toutefois, il ne s'attendait pas à entendre cette femme d'habitude douce et calme proférer de telles insanités.

— Au moins, il est mort.

— Oui...

Il lui prit la main.

— Max m'a sauvé la vie.

Une ou deux balles de plus, quelques minutes de trop pour rejoindre l'hôpital, et Tom n'aurait plus été de ce monde.

— J'aurais préféré que ce soit l'inverse, murmura-t-il, la gorge nouée par l'émotion et les yeux brûlants de larmes.

— Pas lui. Il aurait préféré que cela se passe comme ça. C'est ce que je suis venue te dire. Tu n'étais pas juste le collègue de Max. Tu étais son meilleur ami. S'il avait dû choisir...

Sa voix se brisa à son tour.

— Il aurait dû choisir de sauver sa peau, acheva Tom d'un ton dur. Il y a toi et Lidia dans la balance. Moi, je n'ai ni femme ni enfants. Je n'aurais pas manqué autant.

Elle le regarda longuement, la tête inclinée sur le côté, jusqu'à ce qu'il se sente un peu mal à l'aise.

— On vient de t'accorder une chance d'avoir tout ça. C'est ce que je suis venue te dire. Tu peux vivre sans remords, Tom.

Il avait du mal à respirer.

— Pour le moment, Lidia et moi allons vivre chez la *mama* de Max. Elle a besoin de nous et ce sera une bonne chose pour Lidia d'être avec son *abuela*.

— Oui, dit-il en lui serrant les doigts avec force. Si jamais tu as besoin de moi...

Elle déposa un léger baiser sur sa joue.

— Je sais que je pourrai toujours compter sur toi, Tom. Mais… j'ai une famille.

Lui, non. Un fait qu'il regrettait rarement. À part peut-être dans des instants pareils. Il avait des amis, évidemment, mais tous avaient leur vie et leur famille propre. Il ne se voyait pas vraiment débarquer chez l'un d'eux en disant : « Salut, est-ce que je peux m'installer pour quelques mois ? Je me ferai très discret. Juste le temps de pouvoir de nouveau marcher, tenir un revolver et peut-être appuyer sur la détente ? » Non.

Dix minutes à peine après le départ d'Emilia, on frappa doucement à la porte, puis il entendit une voix enthousiaste qu'il avait appris à redouter depuis son arrivée au centre : celle de son kiné. Il fit la grimace. Tom n'était pourtant pas du genre à se défiler. Il était prêt à affronter toutes les épreuves nécessaires pour aider son corps abîmé à retrouver des forces.

Jusqu'alors, il avait tenté d'éviter de regarder la vérité en face : recouvrer la condition physique nécessaire pour réintégrer un commissariat dans une grande agglomération était un objectif difficile, voire impossible à atteindre.

Ses supérieurs lui avaient déjà fait comprendre qu'il pouvait sans problème obtenir un poste à responsabilités dans l'administration, mais brasser de la paperasse ne l'intéressait guère. Peut-être devrait-il trouver un… job de transition ? Oui, c'était ça. Sans doute pas avant plusieurs mois, mais il était persuadé qu'il existait des petites villes disposées à le recruter pour son expérience, tout en sachant qu'il n'était pas en mesure de cavaler après un suspect pour le plaquer au sol dès le premier jour.

Et puis, qui sait ? Il serait peut-être amené à enquêter sur des vols dans une entreprise de location de matériel, des escroqueries à la petite semaine ou le braquage d'un bar. Cela n'aurait rien de très excitant non plus, mais ce serait toujours mieux que de classer des rapports et de répondre au téléphone. Lorsqu'il serait prêt, il ne doutait pas une seconde qu'il reprendrait du service dans la police de San Francisco.

Avec un grognement, il quitta laborieusement son lit pour s'installer dans le fauteuil roulant.

Il vaudrait mieux une petite ville dans un coin bien plat, pensa-t-il avec une grimace de douleur.

3

— Tu… as… renoncé…

Sa mère déglutit avec peine, afin de pouvoir maîtriser suffisamment sa langue pour articuler des paroles intelligibles.

— … à tellement… de choses.

Jordan, qui n'avait plus aucun problème pour la comprendre, sourit et la serra doucement dans ses bras.

— Ne dis pas n'importe quoi, maman. Je prends juste de longues vacances. Et puis, comme ça, je n'ai plus de loyer à payer. Mon boulot n'était pas particulièrement intéressant, tu sais. Je m'étais fait quelques amis, mais aucun avec qui je vais vraiment rester en contact. Toi, en revanche, tu m'as tellement manqué. C'était l'excuse que j'attendais pour revenir m'installer à Storm Lake. Cela dit, j'aurais préféré que tu trouves un prétexte un peu moins dramatique.

Elles étaient assises au soleil, à l'arrière de la maison d'enfance de Jordan. C'était une bâtisse blanche en bois, construite dans les années 1940 et ornée d'une magnifique terrasse couverte traditionnelle sur toute la façade avant. Depuis plusieurs semaines, Jordan avait entrepris d'entretenir le jardin, qui faisait la fierté de sa mère et avait déjà remporté plusieurs fois le concours local des jardins fleuris. Sa mère s'indignait de ne pas pouvoir contribuer, se contentant de la regarder faire et de lui donner de temps en temps des conseils sur la division des vivaces ou le dosage idéal d'engrais pour les plantes suspendues sur la terrasse. Pourtant, elle avait accompli des progrès énormes en quelques mois, au point que Jordan s'autorisait de nouveau à espérer que sa mère se remettrait bel et bien un jour de son AVC.

Shelly avait quitté le centre de rééducation pour retourner chez elle, mais des thérapeutes de toute sorte et diverses aides à domicile passaient encore chaque jour. Pour l'instant, Jordan n'envisageait pas de chercher du travail. Entre le ménage et le jardinage, plus les soirées et les nuits où c'était elle qui veillait sur sa mère, elle était déjà bien assez occupée comme ça. Lorsqu'elle affirmait qu'elle était heureuse d'être rentrée pour l'aider, elle se montrait absolument sincère.

Elle n'avait pas parlé à sa mère de l'agression dont Elliott avait été victime, ni des appels téléphoniques des deux inspecteurs de Walla Walla. À cet instant précis, son smartphone vibra et, lorsqu'elle vérifia rapidement l'écran, elle reconnut aussitôt le numéro.

— Il faut que je réponde. Ça ne te dérange pas si je déserte une minute ? demanda-t-elle.

— Mmmh...

Le regard de Shelly reflétait une question qu'elle ne pouvait exprimer autrement. À vrai dire, Jordan préférait qu'elle s'interroge sur un potentiel petit ami éconduit, plutôt que de lui avouer la vérité : elle ne parvenait pas à se débarrasser de deux inspecteurs, qui voulaient à tout prix voir en elle une suspecte plausible dans une tentative d'assassinat.

Elle entra dans la maison, prenant garde à ne pas claquer la porte-moustiquaire derrière elle. Une fois qu'elle fut hors de portée de voix, elle décrocha.

— Jordan Hendrick.

L'inspectrice Dutton se présenta, puis demanda aussitôt :

— Comment va votre maman ?

— De mieux en mieux, si on peut dire. Elle fait d'énormes progrès. Elle a encore besoin d'aide pour marcher et elle commence à peine à articuler des mots intelligibles, mais étant donné la gravité de son AVC, c'est un miracle qu'elle puisse s'asseoir dans le jardin. Nous étions en train de bavarder tranquillement.

— Je vous dérange, si je comprends bien, fit remarquer l'inspectrice, d'un ton un peu raide.

— Non, aucun problème. Elle peut profiter du soleil sans se sentir obligée de faire des efforts pour parler. J'ose à peine imaginer à quel point ça doit être frustrant pour elle.

Elle choisissait vraiment bien les personnes à qui elle se confiait… À sa grande surprise, Dutton répondit :

— Ma grand-mère a fait un AVC. Elle… elle ne s'en est jamais remise, mais je me souviens que je m'inquiétais sans cesse de savoir si son cerveau fonctionnait toujours aussi bien, alors qu'elle n'était plus capable de s'exprimer. Je me demandais : comment ça se passe, si ça vous gratte horriblement quelque part, ou si vous détestez la nourriture qu'on vous enfourne dans la bouche ? Pardon, je n'aurais pas dû dire tout ça.

— Non, ça va. Je me pose les mêmes questions. Mais ma mère commence à pouvoir verbaliser en partie ses pensées et ses besoins. Du coup, inutile de me préciser que le risque d'un second AVC est très élevé.

— J'ai connu des gens qui se rétablissaient totalement, assura l'inspectrice.

C'était un mensonge, mais Jordan apprécia l'effort.

— J'imagine que ce n'est pas pour ça que vous appelez…

— Pas tout à fait, mais… Nous ne sommes pas des êtres sans cœur, vous savez.

Jordan contempla sans les voir les rideaux du salon.

— Je sais. Sinon, j'hésiterais peut-être à décrocher.

— Avez-vous eu des nouvelles de M. Keefe ?

Jordan fit la moue.

— Non.

Le silence d'Elliott était éloquent. Si seulement il avait pu entendre ou voir quelque chose, au moment de son agression ! La police ne savait pas trop s'il n'avait véritablement aucune information ou bien s'il souffrait d'une sorte d'amnésie post-traumatique. Apparemment, tout ce dont il se souvenait, c'était d'être entré dans sa cuisine par la porte communiquant avec le garage, d'avoir déposé ses clés sur le comptoir, juste avant le coup de feu, suivi d'un coup brutal sur son crâne. Ensuite, il s'était réveillé à l'hôpital. S'il se souvenait de la cuisine, cela signifiait qu'il n'avait pas oublié le feu d'artifice du 4 Juillet. Ni Jordan.

— Vous êtes une suspecte peu probable, confia l'inspectrice. Nous ne nous serions même pas posé la question, sans votre… passé.

— Je comprends, répondit Jordan, sentant une amertume familière l'envahir. Cela me hantera pour le restant de mes jours. Ce n'est pas pour rien que j'ai quitté Storm Lake, vous savez. Je voyais bien que les gens s'interrogeaient, même des amis d'enfance. Si les gens d'ici apprenaient ce qui est arrivé à Elliott, leurs spéculations deviendraient des certitudes. Mon mari…

Oh bon sang, comme elle détestait employer ce terme ! Mais utiliser son prénom aurait été encore pire.

— … Il avait une personnalité plus forte que la mienne. C'était la star de l'équipe de football locale, la moitié des filles du lycée lui couraient après dans les couloirs et il était même capable de faire rire les profs pour se tirer d'affaire, quand il séchait les cours ou enfreignait le règlement.

Peu après son mariage, elle avait pris conscience que Steve avait deux facettes. Ou peut-être les choses avaient-elles changé quand il avait commencé à en vouloir à son premier patron, puis au deuxième, jusqu'à ce que ça devienne cyclique. Il pensait que c'était *lui* qui aurait dû être le chef, alors qu'elle le soupçonnait de ne pas en ficher une au travail, comme en classe autrefois. Elle n'avait jamais osé lui suggérer que ça pouvait être sa faute.

Il ne lui avait pas fallu beaucoup de temps pour comprendre à qui elle avait affaire. Au contraire, elle avait vu clair dans son jeu dès les premiers mois de leur mariage. Mais elle avait réussi à se convaincre que les choses changeraient, qu'elle devait lui faire confiance et rester à ses côtés pour le meilleur et pour le pire. Elle se doutait que cette existence ne ressemblait pas à celle que Steve estimait mériter. Même après les premières gifles, puis après la première explosion de violence qui avait failli lui coûter la vie, elle avait continué à se répéter qu'une famille était censée demeurer unie.

À présent, elle se demandait surtout si elle n'avait pas surtout redouté que tout le monde découvre à quel point elle s'était trompée sur lui. Elle avait frôlé la mort parce qu'elle était trop gênée pour mettre de côté sa fierté et dire : « Tu avais raison, maman. J'ai besoin d'aide. »

Juste après la cérémonie des diplômes, quand Jordan avait annoncé qu'elle avait l'intention d'épouser Steve Dunn au lieu de s'inscrire à l'université, sa mère avait été consternée. Par la suite, ayant découvert l'horrible erreur qu'elle avait commise, Jordan avait continué à faire comme si tout allait pour le mieux dans le meilleur des mondes. Puis, après le dénouement traumatique d'une vingtaine de mois de mariage, elle avait fini par comprendre qu'elle s'était fourrée dans cette situation pour tout un tas de raisons compliquées qui lui échappaient au départ. Ce qu'elle n'avait pas anticipé, en revanche, c'était à quel point toute cette dissimulation affecterait sa mère. Quand Shelly avait appris la vérité, elle s'en était voulu, persuadée d'avoir une grande part de responsabilité dans les erreurs de sa fille.

J'étais tellement jeune, pensa Jordan, avec tristesse.

— Il ne s'est rien passé de notable dans les semaines précédant l'agression de M. Keefe, reprit l'inspectrice.

Était-ce une question ?

— Ce n'est pas plutôt à lui qu'il faudrait le demander ?

— Il affirme que la seule nouveauté dans sa vie, c'est qu'il a commencé à sortir avec vous.

Merci, Elliott.

— Il avait entré quelques biens qui représentaient de gros contrats, pour lui, expliqua Jordan. Il était très enthousiaste, parce qu'il pensait faire une très bonne année, grâce à ça. Quelqu'un aurait pu être jaloux de son succès.

— Nous avons envisagé cette possibilité, répondit l'inspectrice d'une voix neutre. Mais nous n'avons trouvé… aucun jaloux.

Elle partageait des informations avec Jordan, ce qui était nouveau. Jordan ne pensait toujours pas que tout ce qui lui était arrivé pouvait avoir le moindre lien avec la tentative d'assassinat contre Elliot. Pourtant, après une seconde d'hésitation, elle dit :

— Il y a bien eu un ou deux trucs. Rien de sûr et… ça n'a aucun sens !

— Un ou deux trucs ?

— Je n'arrêtais pas d'avoir l'impression que quelqu'un m'observait. Vous voyez ? Une sorte de fourmillement sur la nuque, mais quand on se retourne, il n'y a personne. Et puis, quelques jours avant le 4 Juillet, je crois que quelqu'un est entré dans mon appartement.

— Vous aviez oublié de fermer à clé ou bien laissé une fenêtre ouverte ?

— Non. Du moins, je suis quasi certaine d'avoir utilisé ma clé quand je suis rentrée du travail. Mais je ne pourrais pas le jurer. Vous savez comment c'est, entre le sac à main, le sac de courses et tout le reste. Le détail qui m'a fait penser que quelqu'un était entré, c'est que mon grand couteau de cuisine traînait sur la table.

Ce souvenir la faisait encore frissonner.

— J'avais rangé ma cuisine, ce matin-là. Ça, j'en suis certaine. Et je n'avais pas vraiment cuisiné les jours précédents, si bien que je n'avais eu aucune raison d'utiliser ce couteau. Mais si j'avais appelé la police, l'agent envoyé se serait contenté de contempler le couteau d'un air dubitatif, avant de me demander : « Ce couteau vous appartient, madame ? » J'aurais dit que oui et il m'aurait demandé : « Vous ne pensez pas que vous avez pu le sortir du tiroir en cherchant autre chose et que vous l'avez laissé là ? » Est-ce que j'aurais pu répondre que j'en étais sûre à cent pour cent ? Non. Mais je rangeais les couteaux dans un de ces blocs de bois avec des fentes, dans un coin d'un grand tiroir, avec les torchons propres. Je n'aurais pas eu besoin d'en sortir un pour chercher autre chose !

Elle se tut. Inutile de préciser qu'elle s'était sentie menacée en trouvant ce couteau. Elle savait que ce n'était qu'une impression.

— C'est tout ? demanda l'inspectrice.

— On m'a bousculée très violemment, tandis que nous quittions le terrain de sport, après les feux d'artifice. J'ai cru entendre quelqu'un me chuchoter quelque chose à l'oreille, mais sans comprendre. Et puis… c'était bondé. Vous savez comment c'est, quand tout le monde veut sortir en même temps, même sans s'énerver.

Voilà. Elle en avait parlé. Elle aurait sans doute dû le faire plus tôt, mais ils auraient alors pensé que c'était son imagination débordante qui lui jouait des tours. Ou bien qu'elle essayait de détourner l'attention. *Quelqu'un l'a suivie. C'est cette personne qui a agressé Elliott.* Mais bien sûr.

— Bon, reprit l'inspectrice, avec un tact surprenant. On ne peut plus rien vérifier maintenant. Et j'ai du mal à croire que quelqu'un qui s'intéresse à vous s'attaque à un homme avec qui vous êtes sortie deux fois. Si vous avez un ex-mari possessif… ou un petit ami ?

— Mon ex-mari était possessif, mais il est mort, rappela Jordan avec calme. Et non, je n'ai fréquenté personne depuis, qui aurait pu avoir ce genre de comportement. Comme je vous l'ai dit, je ne sors pas beaucoup.

Il y avait eu d'autres détails, au fil des ans. Des cartes reçues par la poste à la date de leur mariage – et à celle du décès de Steve. Pire encore, quelques bouquets qui ressemblaient plus à des couronnes mortuaires. Des compositions coûteuses, qui ne collaient pas avec les amis de Steve. D'ailleurs, l'écriture sur les cartes n'était pas toujours la même. Le problème, c'était qu'elle aurait pu nommer sans hésiter plusieurs personnes qui l'avaient ouvertement accusée d'avoir assassiné Steve. Et puis, il y avait eu les regards méfiants ou gênés. Le frère et la mère de Steve la détestaient clairement. Peut-être même sa sœur, mais Jordan en était moins sûre. Steve avait beaucoup de copains, ceux qu'il avait continué à fréquenter le soir au pub après leur mariage, tandis qu'elle restait à la maison. Les expéditeurs de ces cartes trouvaient sans doute incroyablement malin de tourmenter ainsi Jordan, pour la punir de leur avoir enlevé un ami extraordinaire, un homme trop gentil et trop drôle pour être le mari violent qu'elle l'avait accusé d'être.

Jordan avait cessé de se triturer les méninges. Elle avait bien tenté de remonter jusqu'à l'acheteur des bouquets, en passant par les fleuristes, mais les commerçants mettaient un point d'honneur à respecter l'anonymat de leurs clients. Elle avait fini par renoncer.

À chaque fois, elle jetait les cartes et les fleurs, refusant d'admettre à quel point cela la blessait que tant d'habitants de Storm Lake préfèrent la haïr, plutôt que de faire confiance aux rapports de police. Steve était quelqu'un. Une célébrité locale. Elle, à cause de sa timidité et de ce sentiment d'illégitimité qui prenait racine dans le départ de son père, restait une entité insignifiante aux yeux de la plupart des gens. Elle le comprenait, d'ailleurs. Il lui avait fallu plusieurs années pour découvrir qui elle était vraiment.

L'inspectrice Dutton ne fit aucun commentaire sur le mariage précoce de Jordan, qui avait bien vite viré au fiasco. Elle en avait déjà assez vu dans son métier pour être capable de lire entre les lignes d'un procès-verbal de police. Malheureusement, son collègue et elle pouvaient s'être convaincus que, après avoir été battue par son mari, Jordan nourrissait une rage sourde envers les hommes et avait peut-être décidé d'éliminer ceux qui disaient ou faisaient quelque chose de travers.

Tout à fait mon genre, pensa-t-elle. *Un vrai ange de la mort.*

L'inspectrice ne chercha pas à prolonger davantage la conversation. Dès que Jordan fut retournée dans le jardin, elle l'oublia presque aussitôt : sa mère avait glissé et se tenait si penchée en avant dans son fauteuil qu'elle était sur le point de basculer sur les dalles de la terrasse.

Après l'avoir doucement réinstallée le plus droit possible, Jordan poussa un soupir et se jura de ne plus jamais quitter sa mère des yeux plus de quelques minutes. Sauf si celle-ci était dans son lit, entourée d'une muraille d'oreillers pour l'empêcher de tomber du matelas.

Cela lui apprendrait à se confier à une inspectrice soi-disant compatissante.

De façon prévisible, la convalescence de Shelly Hendrick connut une phase de creux. Jordan n'avait plus conscience de grand-chose, en dehors de ce qui se passait dans la maison de son enfance, du jardin, des séances de kiné et d'orthophoniste, et de la piscine municipale où sa mère suivait un cours d'aquagym thérapeutique. Sans oublier le supermarché et la pharmacie – Jordan était en bons termes avec les employées, et l'une d'elles, avec qui elle était au lycée, semblait même sincèrement contente de la revoir et désolée de l'état de santé de sa mère. Il y avait aussi plusieurs aides à domicile qui défilaient quotidiennement. Oh ! et puis les rendez-vous réguliers chez différents médecins.

L'hôpital de la ville servait de centre régional pour les différents spécialistes, ce qui était une chance pour Shelly. Un neurologue avait pris le relais après les urgences ; le généraliste de la famille était également tenu au courant de tout, ainsi que le cardiologue, une infirmière, le kiné, l'ergothérapeute, l'orthophoniste et l'assistante sociale de l'hôpital. On avait de plus indiqué à Jordan qu'il serait bon d'envisager des rendez-vous avec un psychologue, une fois que le langage serait suffisamment rétabli.

Jordan savait qu'elle avait de la chance d'avoir tous ces professionnels à disposition, mais elle ne pouvait s'empêcher d'être consternée chaque fois qu'une facture arrivait par la poste. Les analyses et examens, entre l'IRM et l'angiographie cérébrale, étaient hors de prix. Pour l'instant, la mutuelle de sa mère prenait en charge la majeure partie des frais, mais ce qui restait à payer risquait bien de venir à bout de ses économies.

Ce jour-là, sa mère passait une seconde échographie cardiaque, car les médecins n'avaient pas réussi à identifier de façon satisfaisante la source du ou des caillots qui avaient voyagé jusqu'à son cerveau et provoqué l'AVC. Assise dans la salle d'attente, Jordan s'occupait vaguement sur son téléphone quand elle entendit une voix l'appeler.

— Jordan Hendrick ?

Levant les yeux, elle reconnut un des urgentistes qui avait pris en charge Shelly et était venu par la suite s'enquérir de son état, lors de son séjour à l'hôpital. Jordan s'était même demandé s'il était habituel que les médecins du CHU fassent des visites de courtoisie. Elle ne put réprimer un sourire.

— Docteur Parnell. Ravie de vous revoir. Maman passe une nouvelle échographie cardiaque. Ce qui explique ma présence ici, à me tourner les pouces.

— Vous pouvez m'appeler Colin, dit-il aussitôt, en s'asseyant sur la chaise voisine. Je ne suis plus le médecin de votre mère.

Jordan resta un instant interdite. Était-ce une lueur d'intérêt qu'elle lisait dans ses yeux bruns ?

— D'accord… Vous passiez dans le service, j'imagine ?

Le rire qu'il laissa échapper permit à Jordan de se rendre compte que c'était un homme vraiment séduisant. Lors de leurs précédentes rencontres, elle n'avait pas vu au-delà de la blouse blanche et du stéthoscope. Pour elle, tous les médecins se ressemblaient, à ce stade.

— Non, j'ai appris par hasard que Shelly avait rendez-vous ici et je me suis dit que j'allais venir vous dire bonjour. Voir comment vous teniez le coup.

— Ce n'est pas moi qui souffre le plus, rappela Jordan. C'est ma mère. On n'arrête pas de lui dire qu'elle fait des progrès extraordinaires tous les jours, mais… C'est vrai. Mais c'est tellement long !

Il posa une main sur la sienne, sur l'accoudoir.

— Je sais. Mais ça fait à peine trois mois. Et elle est déjà rentrée chez elle. D'après ce que m'ont dit mes collègues, elle se rétablit beaucoup plus vite que ce qu'ils avaient anticipé. Elle est encore très jeune. C'est rare, un AVC aussi sérieux, à cet âge.

— Je sais. D'autant plus qu'elle n'avait aucun facteur de risque majeur.

Colin eut l'air surpris.

— Je crois qu'elle oublie sa légère hypertension et ce qui ressemble à une fibrillation auriculaire.

— Elle est persuadée que c'est à cause des litres de café qu'elle engloutit chaque jour.

— Ce n'est pas la première fois que j'entends un patient dire ça. Ni la dernière !

Il n'avait pas retiré sa main ; Jordan ne savait pas trop comment réagir.

— Je vous aurais bien proposé d'aller boire un café, mais j'imagine que vous n'avez pas trop le temps ? demanda-t-il soudain.

Était-ce un frisson d'anticipation que Jordan venait de ressentir ? Ou bien d'inquiétude ?

— Pas trop, en effet, bafouilla-t-elle. Ma mère va sortir d'ici peu.

— Vous auriez la possibilité de vous libérer un de ces jours pour un café ? Ou même pour un dîner ?

— Je... heu... Peut-être ?

Il rit.

— Quelle réponse ! On ne peut rêver mieux.

Elle ne put s'empêcher de rire, elle aussi.

— D'accord, reprit-elle, sur un coup de tête. On pourrait commencer par un café, comme ça, je n'aurais pas à laisser ma mère seule trop longtemps.

L'excuse parfaite.

— Demain ? proposa-t-il aussitôt, en consultant son agenda sur son téléphone. Disons... 15 heures ?

Elle sortit son téléphone à son tour.

— Ça me va. Le kiné sera là, puis une aide à domicile passe pour la douche.

— Parfait.

Il était particulièrement séduisant quand il souriait ainsi. Il lui serra doucement la main, avant de se lever.

— Vous voyez où se trouve le Clearwater ?

C'était un café assez chic, selon les standards de Storm Lake, situé non loin de l'hôpital. Le café y était bon et on y servait aussi à manger.

— Parfait. Merci pour l'invitation.

À cet instant, le nom du Dr Parnell fut appelé au haut-parleur. Avec une moue fataliste, ce dernier la salua et s'éloigna rapidement. Une fois qu'il eut disparu, Jordan se rendit compte que ce n'était finalement peut-être pas une bonne idée, étant donné ce qui lui était arrivé récemment. Elle se demanda si quelqu'un avait raconté à Colin qu'elle se trouvait au cœur d'une des tragédies les plus marquantes de l'histoire de Storm Lake, un drame que personne ne semblait avoir oublié ici.

Je vais annuler, pensa-t-elle.

Cela dit... ils n'avaient pas prévu de se retrouver en ville. Il y avait très peu de chances qu'ils croisent quelqu'un qui lui en veuille encore, pendant qu'elle sirotait un café en bavardant avec un des médecins de l'hôpital. Et puis quoi ? Elle aurait dû cesser d'espérer une vie semi-normale à cause de l'agression dont avait été victime Elliott Keefe ? Elle ne voyait pas comment cela pouvait avoir un lien avec elle.

Non, c'était ridicule. Elle était à Storm Lake depuis plusieurs mois, déjà. N'avait-elle pas le droit de prétendre au moins à un semblant de vie sociale ? Elle sentit un vague agacement monter en elle. Il n'y avait aucune raison pour qu'elle ne...

À cet instant, une infirmière franchit la double porte en poussant un fauteuil roulant sur lequel était assise sa mère.

— Et voilà ! annonça-t-elle. Elle est prête à rentrer. Le Dr Taylor vous appellera pour les résultats. Vous n'avez qu'à avancer votre voiture près de l'entrée. On vous retrouve devant.

— Entendu.

Jordan déposa un rapide baiser sur la joue de sa mère, puis se dirigea vers l'entrée principale pour regagner le parking.

4

C'était juste un dîner. Aucune raison de paniquer.

Assise, le dos raide, dans la voiture du Dr Colin Parnell, Jordan se répétait pourtant en boucle : « Je ne devrais pas. Je ne devrais pas. » Elle aurait aussi voulu supprimer le « docteur » de sa tête. Elle devait cesser de ne pas se sentir à la hauteur, comme une adolescente. Et si... Et si Colin ne la considérait pas comme son égale et ne pensait qu'à coucher avec elle ? Il allait être déçu. Si elle avait autrefois fait un choix particulièrement néfaste, elle avait aussi prouvé qu'elle avait la force de survivre.

— À quoi penses-tu ? demanda soudain Colin.

— Je... J'étais en train de me motiver, finit-elle par avouer. C'est la première fois que je laisse ma mère aussi longtemps, depuis l'AVC.

Excuse parfaite.

— Il y a quelqu'un avec elle, non ?

— Oui. Et elle va vraiment mieux. Elle n'arrête pas de répéter qu'elle n'a besoin de rien ni personne, mais même avec un déambulateur, elle marche avec tellement de peine que j'ai toujours peur qu'elle tombe.

Jordan soupira.

— Bon, assez parlé de ma mère, s'excusa-t-elle.

— Je suis d'accord, approuva-t-il en riant. Mais... si tu as besoin de vider ton sac, je suis aussi disponible.

— Non. Je suis prête à élargir mon horizon. Juste... pas trop, quand même.

Quelques minutes plus tard, ils entraient dans un petit restaurant italien, dans le local occupé par un pressing quand Jordan était enfant. L'odeur qui s'échappait des cuisines était divine et, en parcourant la salle du regard, elle fut soulagée de ne reconnaître personne. Elle se détendit un peu.

Une fois débarrassés de leurs manteaux, ils s'installèrent à une table un peu à l'écart. La lumière tamisée et l'énorme bougie posée sur la nappe accentuaient l'ambiance intimiste des lieux. Ils commandèrent, puis le serveur versa le vin rouge choisi par Colin. Ce dernier leva son verre :

— Santé ! En espérant apprendre à mieux te connaître.

Elle leva son verre à son tour, avec un sourire.

— Pareil.

Ils avaient déjà couvert les bases lorsqu'ils étaient allés prendre un café ensemble, la semaine précédente. Jordan savait que Colin avait grandi à Idaho Falls et qu'il avait toujours voulu revenir dans la région pour pratiquer la médecine. Ce qu'elle ignorait, en revanche, c'était si quelqu'un lui avait parlé du drame qui avait chamboulé sa vie et restait le plus gros scandale de la ville.

— Tu as l'intention de rester dans le coin, une fois que ta mère sera sur pied et capable de se débrouiller seule ? demanda-t-il, en trempant un morceau de pain dans un petit bol d'huile d'olive pimentée.

Jordan demeura songeuse un instant.

— Je n'ai pas vraiment réfléchi à l'avenir, pour l'instant. Je n'ai pas eu le temps. J'étais si occupée avec ma mère... Et puis, elle se remet tellement lentement. Il est évident que je ne vais pas repartir de sitôt. Pas dans un futur proche, en tout cas. Donc... Je ne sais pas.

Son front se fit soucieux. Étrangement, elle ne s'était pas encore posé ce genre de questions. Son retour à Storm Lake remuait beaucoup de choses, douloureuses pour la plupart, mais elle redécouvrait aussi à quel point elle adorait cet endroit. À commencer par les forêts et la montagne autour de ce lac magnifique. Elle se sentait vraiment chez elle.

— Certains des éléments que je n'aimais pas ici ont probablement changé, reprit-elle lentement. Mais pour l'instant, je ne me vois pas laisser ma mère toute seule. Ce ne serait pas réaliste...

Colin avait l'air du même avis. Elle lui demanda ensuite pourquoi il avait choisi la médecine d'urgence comme spécialité et eut le plaisir de découvrir qu'il avait beaucoup d'humour. Il évoqua notamment des exploits de jeunesse dans diverses activités douteuses et certains sports extrêmes – depuis la fois où il s'était laissé tomber depuis la fenêtre du premier étage sur le trampoline du jardin, jusqu'à ses expériences en saut à l'élastique.

Jordan riait encore quand la porte du restaurant s'ouvrit. Elle se figea. Gus Feller venait d'entrer, en compagnie d'une femme. Leurs regards se croisèrent – peut-être avait-il senti qu'on le dévisageait. Allait-il lui adresser la parole ? Il resterait sûrement civil et courtois, non ? Elle espérait ne pas se tromper sur son compte. Le couple se dirigeait vers sa table, quand Gus murmura soudain quelque chose à l'oreille de sa compagne et la guida en direction de Jordan. Il était devenu un bel homme, grand et mince. Elle reconnaissait cependant encore le garçon d'autrefois, car ils avaient fait toute leur scolarité ensemble.

— Gus, le salua-t-elle avec bonne humeur. Je suis contente de te voir. Ta mère m'a parlé de toi.

Colin se leva. Les deux hommes se serrèrent la main, puis Gus présenta son épouse, Autumn, qui affichait un sourire poli.

— Je t'ai déjà parlé de Jordan, rappela-t-il.

Bien décidée à poursuivre dans la légèreté, Jordan demanda :

— Est-ce que tu lui as raconté ce goûter d'anniversaire quand j'ai eu... quoi ? Six ? Sept ans ? Où tu es resté planté contre le mur à regarder tes pieds pendant deux heures ?

Le rire de Gus sembla sincère.

— Ouais. J'étais paralysé. Toutes ces *filles* !

Jordan sourit de plus belle.

— Pour ma défense, j'avais quand même apporté un cadeau..., précisa Gus.

— Sans doute choisi et emballé par ta mère.

— Et j'ai goûté au gâteau et mangé une glace.

— En ignorant tout le mode !

— Franchement..., soupira Gus, se tournant vers Colin pour chercher un peu de soutien. Comment réagiriez-vous si vous étiez le seul garçon invité à un anniversaire, face à une horde de filles en rose et qui gloussent sans cesse ?

— J'aurais trouvé un moyen de bricoler une échelle de corde pour me sauver par la fenêtre, assura Colin, sans un soupçon d'hésitation.

Jordan leva les yeux au ciel en riant.

— Ravi de faire votre connaissance, Colin, reprit enfin Gus.

Puis, il se tourna vers Jordan avec une gravité soudaine.

— Je n'ai pas toujours été à la hauteur de notre amitié, Jordan. Je... Je le regrette.

Sidérée, Jordan se contenta de hocher la tête. Gus et sa femme repartirent rapidement vers leur table. La lueur de surprise dans le regard de Colin n'échappa pas à Jordan, mais il ne posa pas de question.

Le reste du repas fut agréable. Jordan fut d'ailleurs étonnée de passer une si bonne soirée en compagnie du jeune médecin et ne se sentit même pas trop nerveuse quand il la raccompagna à sa porte. Le Dr Colin Parnell n'était pas du genre insistant, elle en était sûre. Au contraire, elle le soupçonnait d'être d'une grande patience, préférant user de son charmant sourire et de sa gentillesse naturelle pour parvenir à ses fins. Sur le perron, il se pencha pour l'embrasser avec beaucoup de douceur.

— J'ai comme l'impression que tu as été échaudée, autrefois, dit-il tranquillement. J'ai passé une bonne soirée.

— Moi aussi, répondit-elle avec honnêteté.

— À bientôt, ajouta-t-il en déposant un baiser sur son front.

Il regagna sa voiture. Elle lui fit un signe de la main avant de rentrer. Cette soirée la laissait avec trop de questions, mais cela devrait attendre. Elle devait d'abord libérer l'aide à domicile et vérifier que sa mère n'avait besoin de rien.

Jordan dormit comme elle n'avait pas dormi depuis longtemps. Sortir, rire, oublier pendant quelques heures la principale préoccupation de sa vie, cela valait tous les somnifères. Et visiblement, Shelly aussi avait passé une bonne nuit, car elle ne l'avait pas entendue. À moins que... Et si elle avait décidé de se lever pour se rendre toute seule aux toilettes ? Elle commençait vraiment à se rebeller contre la règle du « aucun déplacement non accompagné ». D'une certaine façon, c'était positif, mais...

Jordan bondit de son lit et fut déjà soulagée de ne pas trouver sa mère étendue dans le couloir ou dans la salle de bains. La porte de sa chambre était entrouverte et... elle était là, bien réveillée, s'apprêtant à actionner la clochette posée sur sa table de nuit. Jordan frappa doucement et entra.

— Bonjour, maman ! Tu as besoin d'aide ?

— Non.

Sa mère, toujours aussi têtue, se mit lentement assise. Elle gardait en permanence un petit air penché, car un des côtés de son corps restait affaibli. Puis, elle posa les pieds par terre et s'empara de son déambulateur, qui attendait près de son lit. Une fois debout, elle s'écria triomphalement :

— Ah ! Tu vois ? Je te l'avais bien dit.

— C'est vrai, dit Jordan en lui jetant sa robe de chambre sur les épaules.

Sa mère se dirigea tant bien que mal vers la salle de bains. Heureusement que la maison était de plain-pied ! Le grenier ne servait que d'espace de stockage. Sa mère n'aurait pas du tout été en mesure d'affronter des escaliers. Jordan gagna la cuisine, l'oreille aux aguets en cas de chute. La perte d'indépendance et de mobilité déclenchait souvent des épisodes de dépression chez les victimes d'AVC. Elle ne voulait pas y contribuer. Sa mère la rejoindrait quand elle serait prête.

Elles burent toutes les deux un café, puis Jordan découpa une banane en rondelles, pour compléter leur bol de céréales respectif. La main droite de sa mère était trop faible pour ce genre de geste, encore crispée comme une serre de rapace. Grâce à la kiné, cela s'améliorait, mais elle était loin d'être autonome. Cela aurait été plus facile pour elle d'être paralysée du côté gauche, au lieu du droit.

— Tu as p... passé une... bonne soirée ?

— Excellente. Tu te souviens du Dr Parnell ?

— Mmmh.

Sa mère avait encore du mal à articuler certains sons, mais Jordan comblait les blancs sans difficulté. Elle raconta le restaurant, ce qu'elle avait mangé – sa mère n'avait jamais déjeuné là avec ses amies – et évoqua la rencontre avec Gus Feller. Elles rirent toutes les deux au souvenir de ce fameux goûter d'anniversaire qui avait mis fin à leur amitié d'enfance. Jordan revoyait la poupée que Bonnie avait choisie pour elle et la couleur betterave du visage de Gus, quand elle avait ouvert le paquet.

Une heure plus tard, on sonna à la porte. C'était l'aide à domicile qui venait assister sa mère pour la toilette. Une coiffeuse devait également passer dans la journée et Shelly était tout excitée à cette idée. Jordan profita de cette présence pour se rendre dans le jardin et commencer à ratisser les feuilles mortes. Quand elle repassa dans la maison pour voir si tout allait bien, l'ergothérapeute était arrivé. Elle retourna ensuite couper les fleurs fanées et les tiges jaunies des parterres, puis pailla le pied de certaines plantes, en prévision des grands froids. En cette fin du mois d'octobre, l'Idaho hésitait entre les dernières chaleurs de l'été et les premiers froids piquants de l'hiver. La facture d'électricité allait bientôt grimper, pensa Jordan. Heureusement que celle de l'eau commençait à baisser, car elle n'avait plus besoin d'allumer l'arrosage goutte à goutte pour la quarantaine de rosiers. D'ailleurs, elle avait déjà soigneusement rangé les tuyaux dans le garage, afin qu'ils ne se craquellent pas pendant l'hiver.

Plus jeune, Jordan avait toujours considéré l'enthousiasme exubérant de sa mère pour le jardinage avec un mélange de moquerie et de résignation. Depuis son retour, c'était elle qui se chargeait du travail, afin que sa mère profite d'un jardin propre, fleuri et accueillant. De façon étrange, elle s'était prise au jeu.

Elles déjeunèrent d'un sandwich, d'une salade et de quelques chips – quelle imagination ! –, puis Jordan installa sa mère pour une sieste, parmi les oreillers qui l'empêchaient de glisser et tomber. Elle venait de retourner dans le salon quand la sonnette de l'entrée retentit. Qui cela pouvait-il bien être ? Jordan avait acheté un calendrier pour noter tous les rendez-vous de sa mère, chaque semaine. En avait-elle oublié un ?

Elle ne pensa même pas à vérifier par la fenêtre avant d'ouvrir. Un choc trop familier la cueillit, quand elle aperçut deux agents en uniforme sur le pas de la porte. Et bon sang, l'un d'eux n'était-il pas Cody Bussert, plus connu sous le surnom de Buzz au lycée ? Jordan ignorait qu'un des meilleurs amis de Steve était entré dans les forces de l'ordre. Elle serra la poignée avec appréhension.

— Oui ? Que puis-je faire pour vous ? Ma mère est...

Cody l'interrompit sans le moindre scrupule.

— C'est à vous que nous souhaitons parler, *mademoiselle* Hendrick.

Le second policier jeta à son collègue un regard surpris, teinté d'une pointe de reproche. Sans doute à cause du sarcasme dans la voix de Buzz. Jordan sentit monter en elle une colère qui lui permit de répondre avec calme :

— Et de quoi s'agit-il, je vous prie ?

— Je suis l'agent Wilson, annonça le second policier. Et voici...

— On se connaît, lança sèchement Buzz.

— Pourrions-nous entrer ?

Jordan jeta un œil par-dessus son épaule.

— Je préfère que nous discutions sur le perron. Ma mère a fait un AVC récemment et elle se repose.

— Vous m'en voyez navré, répondit l'agent Wilson. Ce doit être dur. Et pas de souci, nous pouvons nous asseoir ici.

Par chance, la température était encore supportable, sinon elle se serait sentie obligée de les inviter à l'intérieur. Buzz s'adossa à la rambarde en bois, pendant que son collègue se perchait sur le bord d'un fauteuil en rotin, comme s'ils préféraient se tenir prêts à... À quoi ? La plaquer au sol ? Sortir leur arme de service ? Le cœur battant, Jordan s'installa sur la balancelle.

— De quoi s'agit-il ? répéta-t-elle. Cela ne fait pas longtemps que je suis revenue ici et...

— Et un autre homme est déjà mort, annonça Buzz de but en blanc, avec une note vicieuse dans la voix.

— Quoi ? s'écria Jordan, sentant ses ongles mordre dans la paume de ses mains.

L'agent Wilson lança un nouveau regard de reproche à Bussert.

— Nous interrogeons les personnes qui connaissaient bien le Dr Colin Parnell.

Connaissaient. Au passé. C'était impossible.

— Vous voulez dire qu'il... Il lui est arrivé quelque chose ? bafouilla-t-elle, incapable d'envisager le pire.

— Il a été assassiné, malheureusement, madame Hendrick.

— Oh ! mon Dieu..., s'entendit-il gémir.

C'était impossible.

— Je crois que vous êtes allés dîner ensemble, hier soir ?

Jordan sentit la panique la saisir à la gorge. Elle ne devait pas les laisser voir autre chose que du chagrin. Pas maintenant. Pas avant qu'elle ait eu le temps de réfléchir à ce que tout cela signifiait.

— Oui. Nous... Nous sommes allés au restaurant. Il m'a raccompagnée ici après.

Pourquoi n'avait-elle pas refusé ? Pourquoi ? *Pourquoi ?*

— Vous souvenez-vous vers quelle heure ?

— Vers 20 h 30.

Elle sentait une pression sourde derrière son sternum.

— J'avais demandé à une des aides à domicile de rester avec ma mère et j'avais promis de ne pas rentrer tard.

— Donc, il y avait quelqu'un quand vous êtes arrivée.

— Oui. Elle... était dans le salon. Elle a vu Colin et lui a fait signe par la fenêtre. Il lui a souhaité bonne nuit aussi. Ils devaient se connaître par l'hôpital.

Un carnet à spirale s'était matérialisé entre les mains de l'inspecteur Wilson. *Petite ville, techniques à l'ancienne.*

— Son nom ? demanda-t-il.

— ... Heu... Patty Younger.

Les questions s'enchaînèrent. Comment avait-elle rencontré Colin ? À l'hôpital. Il y avait combien de temps ? Trois mois. Est-ce qu'ils sortaient ensemble depuis tout ce temps ? Non. Elle expliqua l'avoir revu à l'hôpital récemment, alors qu'elle attendait sa mère qui passait un examen médical. Il lui avait d'abord proposé d'aller boire un café, puis l'avait invitée à dîner. Oui, elle avait rencontré quelqu'un qu'elle connaissait au restaurant. Buzz reconnut évidemment le nom de Gus. Colin l'avait embrassé sur le pas de la porte. Oui, c'était la première fois. Non, en dehors de ces deux occasions, elle ne l'avait jamais croisé ailleurs qu'à l'hôpital. Elle n'avait pas la moindre idée de l'endroit où il habitait.

Les policiers ne fournirent aucune information à ce sujet, mais ce n'était pas très difficile de trouver l'adresse de quelqu'un sur Internet, de nos jours. Vers la fin, Jordan put enfin demander :

— Est-ce qu'il a été tué chez lui ?

Aussi horrible que cela puisse paraître, elle pria pour que sa mort ne ressemble en rien aux agressions contre Pete et Elliott. Parce que sinon... Il faudrait qu'elle en parle aux policiers, avant qu'ils le découvrent par eux-mêmes.

— Il a été attaqué à son domicile, répondit l'agent Wilson.

— Vous voulez dire que... quelqu'un l'attendait chez lui ?

— Visiblement, il a eu le temps de rentrer, de se servir un café et de s'installer devant son ordinateur, dans son bureau.

Son agresseur se trouvait-il déjà à l'intérieur ? Caché, afin de brouiller l'alibi de Jordan. Oui, cela collait. Elle se représentait la scène avec une clarté douloureuse. Avait-il été abattu d'abord ou bien avait-il reçu un coup sur la tête, par-derrière ? Étrangement, ce fut à cet instant que le chagrin frappa Jordan. Elle revit Colin, ses yeux doux, son beau visage, cette fossette sur sa joue droite quand il riait, ce qui arrivait souvent. Sa façon de raconter les histoires, une qualité qu'elle ne pouvait que qualifier de joie de vivre. Avait-il vraiment été tué à cause d'elle ? Comment pouvait-elle exister en sachant une chose pareille ?

— Le calibre de la balle qui a tué le Dr Parnell est le même que celle qui a tué ton mari, annonça Buzz, avec une lueur dans le regard qui en disait long. Qu'est devenue cette arme après sa mort ?

Malgré les larmes brûlantes qui coulaient sur ses joues, Jordan redressa la tête et s'efforça de parler d'une voix implacable :

— Je n'en ai pas la moindre idée, Buzz. Je ne voulais plus jamais voir cette chose. Mais tu devrais pouvoir la retrouver facilement, non ? En tant qu'officier de police, tu dois avoir accès aux rapports de l'enquête sur la mort de Steve. Personne, depuis les agents arrivés en premier sur les lieux jusqu'aux médecins légistes, n'a pensé qu'il puisse s'agir d'autre chose que de la légitime défense. Steve était violent d'une façon ou d'une autre depuis le début de notre mariage. Et oui, j'aurais dû le quitter avant que cela dégénère, mais les raisons pour lesquelles je ne l'ai pas fait ne te concernent pas. L'homme que tu connaissais n'était pas celui avec qui je devais vivre.

Le regard de Buzz ne s'adoucit pas. Jordan se tourna vers son collègue.

— Le Dr Parnell a-t-il été... frappé ?

L'expression de Wilson se fit plus attentive.

— Oui.

S'ils la mettaient en prison, qu'adviendrait-il de sa mère ? Mais elle devait leur dire. De toute façon, ils finiraient tôt ou tard par l'apprendre.

— Je vous ai dit que j'ignore où habite Colin.

Où habitait Colin.

— En dehors du jour où j'ai dû sauver ma peau, je n'ai jamais commis le moindre acte de violence dans ma vie. Mais…

Elle prit une profonde inspiration.

—… Mais je crois que ce meurtre pourrait être lié à moi.

5

L'interrogatoire qui suivit fut un cauchemar, au point que Jordan se rendit compte de la chance qu'elle avait eue avec les deux inspecteurs de Walla Walla. Eux, au moins, avaient fait preuve d'impartialité. Cela dit, lorsque le commissariat de Storm Lake contacterait Shannon et Dutton, ces derniers changeraient certainement d'avis sur Jordan.

À ce propos...

— Je ne devrais pas être entendue par un inspecteur de police ? demanda-t-elle.

Les deux hommes échangèrent un regard, et Wilson répondit :

— Dans un petit commissariat comme le nôtre, tout le monde participe aux enquêtes. Je... je devrais passer inspecteur très prochainement, donc je suis sûr que le chef va me laisser le dossier.

Ce n'était pas de lui qu'elle espérait être débarrassée. C'était de Buzz, qui ne prenait même pas la peine de dissimuler ce qu'il pensait d'elle. Elle saisit sa chance, après que ce dernier eut posé une question particulièrement grossière. Elle se leva et, ignorant totalement Buzz, s'adressa à Wilson :

— Comme vous pouvez le constater, votre collègue m'en veut parce qu'il était ami avec mon mari, quand ils étaient au lycée. Visiblement...

Cette fois, elle s'autorisa un regard glacial en direction du mufle.

— ... il pense toujours que Steve était une star du football, le roi de la fête et le héros du lycée, sans imaginer une seconde qu'il ait pu avoir une face plus sombre. Je refuse de discuter une seconde de plus avec l'agent Bussert.

— Parce que tu crois que tu as le choix ? cracha Buzz, d'une voix mauvaise.

Elle leva une main pour le faire taire et se tourna de nouveau vers Wilson. Ce dernier se mit debout à son tour.

— Je ne dirai pas un mot de plus tant que je n'aurai pas un avocat à mes côtés. Je ne suis pour rien dans ces crimes. Comme je vous l'ai expliqué, je pense que quelqu'un m'a surveillée de loin, pendant toutes ces années. Une sorte de harceleur qui me tient responsable de la mort de mon mari. Quelqu'un qui a beaucoup en commun avec l'agent Bussert, ajouta-t-elle avec un regard polaire en direction de l'intéressé.

Wilson fit la grimace.

— C'est marrant, tu n'as gardé aucune preuve de la présence de ce harceleur, ironisa Buzz.

— À présent, si vous voulez bien m'excuser...

— Attendez ! intervint Wilson. Vous deviez nous indiquer le nom des deux inspecteurs de Walla Walla, ainsi que leur numéro de téléphone. Je pourrais sans doute les retrouver, mais...

— Donnez-moi une minute.

Elle disparut dans la maison pour récupérer son smartphone, puis revint sur la terrasse. Wilson griffonna les informations sur son bloc-notes.

— Merci. Je vous recontacterai.

Au moins avait-il dit « je » et pas « nous ». Elle ne répondit pas, se contentant de les regarder retourner à leur voiture de patrouille et s'éloigner. Puis, elle adressa un petit signe à sa voisine qui était en train de balayer son allée – mais surtout de profiter du spectacle –, puis battit en retraite à l'intérieur.

Elle sentait les sanglots monter. Non. Elle risquait de réveiller sa mère. Elle se précipita vers l'arrière de la maison, une main plaquée contre sa bouche, et attendit d'avoir atteint le banc situé tout au bout du jardin, pour laisser libre cours à sa douleur.

— Ça ne me plaît pas beaucoup, avoua au téléphone le commissaire et shérif de Storm Lake, le nouveau chef de Tom. Mais... même si la saison touristique est terminée, on a besoin de vous. Cette affaire est vraiment des plus étranges.

Tom faisait ses derniers cartons pour libérer son duplex, qu'il avait décidé de louer pour l'année à venir. Pour soulager la douleur à sa hanche et sa cuisse, il tira un des tabourets de bar qu'il laissait à ses futurs locataires et s'assit.

— Racontez-moi tout, dit-il.

C'était le shérif Guthrie qui avait eu l'idée de recruter Tom à Storm Lake, une ville où ce dernier ne connaissait personne.

— Dans une municipalité de cette taille, on a rarement les moyens d'organiser des missions sous couverture. Mais une maison située presque juste en face de celle de la suspecte est en location. C'est pas mal, d'ailleurs. Vous allez vous y plaire.

Tom avait déjà effectué deux ou trois opérations de ce genre au cours de sa carrière et, à chaque fois, il avait trouvé cela atroce. Il avait un a priori négatif. Toutefois, c'était peut-être pour lui une solution, en attendant d'être en état de reprendre du service pour des missions plus physiques. Il invita donc le shérif à poursuivre.

Selon les faits présentés par Guthrie, une femme semblait laisser des cadavres derrière elle, partout où elle allait. Tous des hommes. Tom ne put empêcher une image étrange de se former dans sa tête, mais le chef ne plaisantait pas. Jordan Hendrick, vingt-huit ans, s'était mariée juste après le lycée. Le mari était probablement violent. Elle l'avait tué d'un coup de feu, pour sauver sa propre peau lors d'un affrontement. Par la suite, elle avait passé plusieurs semaines à l'hôpital, pour soigner les blessures infligées par le mari.

— À l'époque, j'ai cru à son histoire, précisa Guthrie.

La suspecte avait ensuite déménagé, d'abord à Great Falls, dans le Montana, puis à Walla Walla, une petite ville dans l'est de l'État de Washington. Elle avait disparu des radars pendant environ trois ans. Puis, un homme qu'elle commençait juste à fréquenter avait été tué, dans ce qui ressemblait à une tentative de cambriolage. Puis, plus rien de nouveau, jusqu'à cinq mois plus tôt, où elle avait rencontré quelqu'un. Après le second rendez-vous, l'heureux élu avait à son tour été agressé, manquant d'être assassiné à son propre domicile. Les enquêteurs chargés de l'affaire n'avaient aucun élément probant contre elle, mais cette affaire les embarrassait. Peu après, la mère de la suspecte avait fait un AVC et Jordan Hendrick était alors revenue en catastrophe à Storm Lake pour s'occuper d'elle. Les premiers mois, elle n'avait pas eu le loisir d'avoir la moindre vie sociale, selon le shérif, mais quelque temps plus tôt elle avait bu un café avec un urgentiste de l'hôpital. La semaine suivante, ils étaient sortis dîner ensemble en ville... et le médecin avait été agressé et tué à son domicile, un peu plus tard dans la soirée.

— On n'a aucun témoin, aucune trace qui mène à elle, mais je n'ai jamais trop aimé les coïncidences, soupira Guthrie. Le rapport balistique n'est pas encore arrivé, si bien qu'on ne sait pas si c'est la même arme que celle utilisée à Walla Walla. L'inspecteur à qui j'ai parlé m'a indiqué que les homicides du premier et du second homme avaient été commis avec des armes différentes.

Tom non plus n'était pas un grand fan de coïncidences. Toutefois, il était rare qu'une femme entre vingt et trente ans se lance dans le meurtre en série. Et, contrairement au schéma classique de la veuve noire, Jordan Hendrick n'avait apparemment rien eu à gagner dans ces meurtres. Elle prétendait aussi avoir l'impression d'être suivie depuis quelques années, sans pouvoir fournir la moindre preuve pour étayer ses propos. Visiblement, les messages étranges retrouvés dans sa boîte aux lettres ou sur le pas de sa porte au fil des ans ne l'avaient pas suffisamment inquiétée pour qu'elle prenne la peine d'avertir la police.

Tom et Guthrie évoquèrent ensuite la possibilité d'autres victimes qui n'aient pas été reliées à elle. Ces longues périodes sans aucun incident pouvaient très bien cacher des meurtres impunis.

— C'est en vous recrutant que j'ai eu l'idée de ne pas dévoiler votre véritable identité, précisa Guthrie. Vous seriez bien placé pour la surveiller. Je ne dis pas qu'il faudra pousser trop loin, mais avec un peu de chance, vous pourriez devenir ami avec elle. Je ne vois pas d'autre façon d'avancer sur cette enquête.

Le sous-entendu était clair : à trente-quatre ans, Tom était assez proche en âge de la suspecte pour intéresser celle-ci. Tom finit par accepter. La mission était tranquille, mais pouvait s'avérer intéressante. Quand il eut raccroché, il consulta le fichier des permis de conduire de l'État de Washington, puisque Jordan Hendrick ne semblait pas encore enregistrée en Idaho. La photo ne lui apprit pas grand-chose. Cheveux blonds – ou bien châtain clair ? Difficile à dire –, yeux noisette, un mètre soixante-cinq, cinquante-trois kilos. Mais le poids indiqué sur les permis de conduire était presque toujours aussi précis que les prédictions d'un horoscope. Séduisante, pensa-t-il. Cela dit, étant donné la qualité des clichés sur ce genre de document, il ne pouvait même pas en être certain.

Il sentait confusément que Guthrie attendait un peu plus qu'une simple amitié ou un lien de bon voisinage entre son nouvel inspecteur et cette veuve noire. La tactique la plus logique semblait effectivement de lui tendre un piège. Si Tom parvenait à gagner sa confiance et la convaincre de sortir avec lui une fois ou deux… il n'aurait plus qu'à se soucier de survivre à une relation avec Jordan Hendrick.

Jordan remarqua distraitement un camion de déménagement dans l'allée de la maison en face de la sienne, qui était vide et en vente depuis son arrivée. Elle vit des hommes décharger des cartons, mais aucune trace d'éventuels nouveaux propriétaires. Pas d'enfants en train de courir dans le jardin, pas de voiture.

Elle n'y aurait guère prêté plus d'attention si sa mère n'avait manifesté un vif intérêt ; Shelly semblait même mourir d'envie d'en savoir plus. Elle connaissait tout le monde dans la rue et, malgré la notoriété récente de Jordan, la plupart des voisins s'arrêtaient un instant quand Shelly prenait l'air sur le perron et passaient régulièrement déposer des petits plats mitonnés et des gâteaux. Mme Chung, une octogénaire minuscule, presque aussi passionnée de jardinage que sa mère, avait été la première à se rendre à l'hôpital.

Tous avaient fait preuve d'une neutralité scrupuleuse à l'égard de Jordan, qui leur en était reconnaissante. Malgré les rumeurs qui n'avaient pas manqué de circuler dès le lendemain du meurtre du Dr Parnell, tous avaient continué à rendre visite à sa mère. Ils souriaient à Jordan, commentaient la météo ou bien s'enquéraient à voix basse auprès d'elle de l'état de Shelly, avant d'aller bavarder un moment avec cette dernière. Toutefois, Jordan savait qu'ils savaient. La police enquêtait sur elle et personne ne pouvait l'ignorer.

Toute cette façade de normalité était presque insupportable.

Le commissariat de Storm Lake avait clairement stipulé qu'elle ne devait pas quitter la ville. Comme si elle allait se sauver... Elle ne pouvait laisser sa mère seule. Une fois de plus, sa vie venait de prendre un tournant dramatique. Si elle avait fini par digérer la mort de Steve, le sort de Pete Schroder, Elliott et Colin était si horrible que cela pesait sur sa conscience à chaque instant.

Dès qu'elle avait un moment de libre, elle se demandait qui pouvait chercher à la faire passer pour une meurtrière. Mais comment distinguer la haine du mépris ordinaire, dans les regards appuyés qu'on lui adressait ? Il y avait aussi ces expressions de méfiance, de rancœur et de... À chaque fois, elle en frissonnait d'effroi.

Jamais plus elle n'oserait envisager la moindre relation avec un homme, même une simple amitié. Tant que la police n'aurait pas identifié et arrêté l'assassin – ce qui n'était pas près d'arriver, tant que les policiers continueraient à s'intéresser principalement à elle –, l'avenir ne lui réservait rien de bon. Les rêves qu'elle avait pu nourrir d'avoir un jour un mari et des enfants semblaient s'être évaporés comme un mirage dans le désert.

Elle avait besoin de s'occuper. Si seulement il y avait encore eu des choses à faire dans le jardin ! Mais elle avait déjà repiqué les graminées et les vivaces. Dans les prochaines semaines du mois de novembre, il lui resterait à planter quelques bulbes, mais ce serait tout. Ensuite, il faudrait attendre mars pour tailler les rosiers, une grande première dans sa vie.

Si elle n'était pas en prison.

Elle s'était remise à courir, mais uniquement lorsqu'il y avait quelqu'un pour veiller sur sa mère. Ce jour-là, il faisait assez doux pour qu'elle s'installe sur la balancelle de la terrasse avec un livre, vêtue d'une simple veste polaire. Pas très concentrée, elle fut bien vite distraite quand un homme sortit de la maison d'en face, où elle avait récemment aperçu le camion de déménagement. Voilà qui était nouveau.

L'inconnu descendit son allée, regarda autour de lui d'un air indécis, puis se dirigea d'un pas tranquille vers la bâtisse à droite de la sienne. On lui ouvrit et, après un bref échange, il disparut à l'intérieur, suffisamment longtemps pour laisser penser qu'il avait été invité à boire un café. Lorsqu'il ressortit, il repassa devant chez lui pour frapper à la porte de ses voisins de gauche.

Jordan s'en voulait de faire sa curieuse. Mais ce n'était pas comme si elle était débordée... Et puis, lorsque sa mère se réveillerait de sa sieste, elle exigerait de connaître tous les détails que Jordan aurait pu glaner, à propos de ce mystérieux voisin.

Le quartier était principalement habité de retraités, qui occupaient leur maison depuis aussi longtemps que Shelly. Ce nouveau venu, étant donné son âge, constituait un événement en soi.

Jordan lui donnait environ trente-cinq ans. Très grand, avec des épaules carrées. Pas exactement beau, du moins d'après ce qu'elle avait pu constater de loin, mais il avait quelque chose... Quelque chose de très viril, décida-t-elle, consternée de ne pas avoir mieux à faire. Sportif, de toute évidence, malgré une certaine raideur dans sa démarche, ce qui ne l'empêchait toutefois pas d'avancer à grandes enjambées.

Après avoir bavardé avec Mme Chung sur le pas de la porte

pendant un moment, il se retourna et dut apercevoir Jordan, car il traversa la rue d'un pas décidé en direction de la maison.

Jordan ne bougea pas et attendit simplement qu'il arrive devant les marches. Des cheveux bruns, courts et visiblement indisciplinés, des yeux d'un bleu profond, tout cela ajoutait à son impression première que cet homme n'avait pas besoin de ressembler à un mannequin pour accrocher le regard.

Jordan, elle, était bien décidée à ne laisser aucun homme accrocher son regard.

— Bonjour, lança-t-il. Je viens d'emménager en face.

Cela dit, aucune raison d'être grossière.

— Tout le quartier ne parle que de ça, depuis le passage des déménageurs, répondit-elle. Les gens se demandaient si cette maison se vendrait un jour.

— Je ne l'ai pas achetée. Je crois que le propriétaire a fini par renoncer. Je suis en location, mais si mon nouveau travail me plaît et que j'aime bien le coin, je pourrais faire une offre. Je m'appelle Tom Moore, ajouta-t-il après un instant.

— Jordan Hendrick. Cette maison est celle de ma mère. Vous ne la croiserez sans doute pas souvent, parce qu'elle récupère d'un AVC et ne se déplace pas encore très bien. Je suis revenue pour prendre soin d'elle.

Avec un sourire, Tom Moore posa un pied sur la première marche et s'appuya contre la rambarde.

— C'est une chance que vous ayez pu tout lâcher comme ça pour venir l'aider.

Sa voix avait quelque chose de profond et grave que Jordan trouvait séduisant bien malgré elle.

— Ma mère a toujours été là pour moi, répondit-elle simplement.

Il hocha la tête, comme s'il comprenait. Il y eut un petit silence gêné. Visiblement, il n'était pas pressé de repartir. Et il ne semblait pas savoir qu'il discutait avec une voisine soupçonnée de meurtre. Il faudrait remercier Mme Chung et M. Griffin de ne pas avoir vendu la mèche.

— Vous venez d'être muté ? demanda-t-elle enfin, par politesse.

— Je travaille à la Protection des parcs nationaux. J'arrive de San Francisco. J'aimais beaucoup cette ville et il y a beaucoup de parcs autour, mais comme votre mère, je me remets d'une blessure. San Francisco, ce n'est pas l'idéal quand on traîne la patte, avec toutes ces collines et ces plages. J'ai pensé que c'était l'occasion de changer de décor et de rythme. Et j'ai hâte de faire des randonnées en montagne et un peu d'escalade, lorsque je serai rétabli. Peut-être même du ski de fond.

Jordan décida de ne pas l'interroger sur sa blessure. S'il avait envie d'en parler, il le ferait spontanément. Comme elle ne réagissait pas, il finit par retirer son pied de la première marche.

— Je vous laisse lire. Je voulais juste me présenter. Si jamais vous avez besoin d'un coup de main pour quelque chose, n'hésitez pas.

— Merci, mais il y a toute une ribambelle d'aides à domicile et de thérapeutes qui défile à la maison.

— Vous êtes fille unique ?

Elle pinça les lèvres, mais ne vit aucune raison de ne pas répondre.

— En effet.

Elle se montrait grossière en ne relançant pas davantage la conversation. Elle le savait. Mais elle ne cherchait pas à se faire de nouveaux amis. Surtout pas masculins. Comprenant enfin qu'il était temps pour lui de partir, il hocha la tête.

— Alors... à un de ces jours.

— C'est ça, répondit-elle, un peu guindée.

Il la regarda pendant quelques secondes, puis lui adressa un vague sourire et s'éloigna.

Bien. Message reçu cinq sur cinq.

Le moins qu'on puisse dire, c'était que sa première visite en tant que voisin était un échec sur toute la ligne. Jordan Hendrick se fichait royalement de faire connaissance. Tom aurait voulu croire qu'elle avait au moins été sensible à cette nouvelle présence masculine – lui-même n'était pas resté insensible en retour –, mais pour être totalement honnête, il n'en était même pas sûr. Leur brève conversation avait été empruntée et forcée.

Elle se demandait sans doute pourquoi un type de son âge cherchait à se montrer amical avec tous ses voisins. À vrai dire, c'était une bonne question. Il n'avait jamais fait ça quand il avait acheté son grand appartement à San Francisco, dans un ancien entrepôt de brique transformé en résidence. Les gens de leur génération faisaient des rencontres au travail, au bar ou à la salle de sport.

Partant du principe qu'elle l'observait encore, Tom se dirigea vers le voisin suivant, un vieil homme qui aurait bien eu besoin d'une prothèse auditive. Après avoir réussi à s'en dépêtrer en hurlant « Ravi d'avoir fait votre connaissance ! » à deux centimètres de son oreille, Tom retraversa la rue et rentra dans sa nouvelle maison.

Il avait apporté la plupart de ses meubles, mais cette familiarité ne rendait pas l'endroit plus accueillant. Rien n'était à sa place. Ni le mobilier, ni les interrupteurs, ni le lave-vaisselle, installé à une distance agaçante de l'évier de la cuisine.

Il appréciait toutefois la période de construction – les années 1940, à première vue, comme la plupart des résidences du quartier. Il y avait une solidité indéniable dans le bâti, mais la maison aurait eu besoin de quelques sérieux travaux, à commencer par la salle de bains. Il devait déjà envisager de régler les robinets, afin de pouvoir au moins prendre une douche digne de ce nom.

Avec un soupir, Tom s'avança dans le salon, assez loin de la fenêtre pour être dissimulé par les rideaux, mais assez près pour observer la maison de l'autre côté de la rue. Jordan Hendrick n'avait pas bougé.

Le front soucieux, il réfléchit à l'impression que lui avait faite cette femme qu'il était censé surveiller.

Accablée. Voilà le premier mot qui lui était venu à l'esprit. Quand il s'était approché, il avait senti qu'elle ne lisait pas vraiment. Elle avait l'air de quelqu'un de paralysé émotionnellement. C'était possible, qu'elle soit coupable ou non de ces crimes. Ce n'était jamais amusant d'avoir la police sur le dos. Lui-même jouait souvent de ça et mettait la pression sur des suspects en espérant les faire craquer.

Tom fit la grimace. N'était-ce pas d'ailleurs exactement la tactique que Max et lui avaient adoptée, lors de leur dernière enquête ? Jared Smith avait bel et bien craqué. Au point de sortir en tirant comme un forcené.

Tom avait aussi cru distinguer de la douleur dans les yeux de Jordan Hendrick, mais c'était peut-être un effet de la lumière. Ce n'était qu'une première impression.

Par chance – ou par malchance, il l'ignorait encore –, il savait à présent qu'elle n'était pas simplement jolie. La photo de son permis de conduire ne rendait pas du tout justice à la délicatesse de ses traits. Ses poignets et son cou fin annonçaient une stature gracile. Il avait vu juste en ce qui concernait sa chevelure, épaisse et lustrée, d'un châtain clair avec des mèches plus dorées, qu'elle remontait en un chignon lâche. Courbes indéterminées sous l'ample pull qu'elle portait. Ses yeux avaient plus la couleur du caramel chaud que du chocolat. Il était presque certain qu'elle ne portait pas de maquillage et, selon ses critères, elle n'en avait pas besoin.

Le fait que son propre corps réagisse alors qu'il repensait à elle était une complication des plus malvenues. D'un autre côté, il ne savait pas faire semblant et il ne pouvait espérer susciter son intérêt sans s'impliquer un peu.

Il l'observait toujours, cherchant à décider de la marche à suivre. L'inviter à boire un verre ? Mmmh... non. En tant que locataire, il était censé prendre soin des extérieurs, mais le jardin était assez minimaliste. Peu de chances de la croiser par hasard. Pas de parterres de fleurs, comme chez la plupart des voisins. En revanche, il allait devoir ratisser les feuilles qui jonchaient la pelouse sur le devant, ce qui le rendrait visible depuis la maison d'en face. Il décida de s'en charger le lendemain. Inutile d'abattre toutes ses cartes le même jour. À vrai dire, il y avait aussi quelques vieux fruitiers, à l'arrière, mais personne ne le verrait depuis la rue.

Il ne devait pas s'encroûter, se rappela-t-il. Il avait apporté ses poids et un tapis de course, et il envisageait d'acheter un rameur. Si Mme Hendrick avait été inscrite dans un club de gym, il aurait profité de l'occasion, mais le shérif Guthrie lui avait indiqué que non. Peut-être préférait-elle courir, auquel cas il pourrait facilement la croiser « par hasard ».

Son idée première était de rester vigilant, afin qu'elle ne se glisse pas hors de chez elle le soir, une fois sa mère endormie. Même si le risque était minime, étant donné la surveillance policière dont elle était l'objet – ce qui ne devait d'ailleurs pas beaucoup lui plaire.

La priorité de Tom était donc de ne pas éveiller les soupçons. Elle ne devait pas se rendre compte qu'on l'épiait depuis la maison d'en face. Il devait faire preuve de patience. Rien ne pressait vraiment… sauf si elle rencontrait un nouvel homme.

6

Évidemment, sa mère avait décidé qu'elle voulait absolument faire la connaissance de ce nouveau voisin.

— On doit lui souhaiter la bienvenue, déclara-t-elle, ou du moins, c'est ainsi que Jordan interpréta ses borborygmes. Avec des cookies, par exemple.

— Maman, je suis sûre que ce n'est pas nécessaire.

Sa mère lui signifia son désaccord avec véhémence. Apporter un gratin ou des biscuits à un nouvel arrivant faisait partie des traditions immuables du quartier. Pour être honnête, Jordan avait déjà aperçu d'autres voisins frapper à la porte de Tom Moore avec un plat à la main. Va pour des cookies. Elle se contenta donc de faire une grimace dans le dos de sa mère, puis sortit le livre de recettes aux pages écornées et familières. Des sablés à la cannelle, décida-t-elle, après avoir vérifié la liste des ingrédients.

L'atelier pâtisserie se révéla être amusant. Elle laissa sa mère se débrouiller le plus possible, bien que cela prenne beaucoup plus de temps. Et en multipliant les proportions par deux, elles pourraient profiter elles aussi de quelques douceurs pour le goûter. Même si elles n'étaient pas en manque, grâce aux talents culinaires des amies de Shelly. Une fois les sablés refroidis, Jordan grimpa sur un tabouret pour fouiller dans les placards, à la recherche d'une boîte en métal munie d'un couvercle. Puis, sa mère annonça qu'elle entendait se déplacer en personne pour porter ces « sablés de bienvenue » au nouveau voisin.

— Maman… C'est plus loin que ça en a l'air, tu sais.

Sa mère avait récupéré suffisamment le contrôle des muscles de son visage pour tenter de froncer un sourcil sévère. Il était vrai que les kinés l'encourageaient à marcher. Avec un soupir résigné, Jordan vérifia que le gros SUV noir de Tom Moore était bien stationné dans l'allée.

La journée étant fraîche, Jordan emmitoufla sa mère comme si c'était une enfant, puis enfila sa propre parka et elles se mirent en chemin. Le premier obstacle fut de franchir le seuil de la porte d'entrée avec le déambulateur. La rampe récemment construite se trouvant à l'arrière, il leur aurait fallu dix bonnes minutes pour faire le tour de la maison. Puis, elles descendirent l'allée et se retrouvèrent sur le trottoir. Là, leur progression ralentit encore. Sa mère avançait à tout petits pas et Jordan n'avait de cesse de regarder à droite et à gauche, craignant qu'un adolescent déboule en trottinette ou à vélo.

— Ça va, maman ?

— Évi… demment.

D'accord, d'accord. Le nouveau voisin avait dû les apercevoir depuis sa fenêtre, car il sortit sur son perron, s'empara d'un fauteuil à bascule et le porta dans l'allée. Il devait partager les inquiétudes de Jordan, car il dressa brusquement la tête quand un bruit de moteur se fit entendre pas très loin, mais aucun véhicule n'apparut.

— J'espère que c'est moi que vous venez voir, madame Hendrick ! lança-t-il en souriant. Et vous aussi, Jordan.

— Tout à fait. Maman, voici Tom Moore, le nouveau voisin dont je t'ai parlé. Mais il vaut mieux finir de traverser cette rue avant les présentations officielles, d'accord ?

Shelly poursuivait sa lente progression. Jordan remarqua comment, sans y paraître, Tom s'était rapproché, sans doute prêt à intervenir en cas de besoin. Elle trouva cela… attentionné. Bien malgré elle. Enfin, sa mère s'assit avec un soulagement visible dans le fauteuil avancé pour elle.

— Je peux aller chercher d'autres chaises, si vous..., commença Tom, mais Jordan fit signe que c'était inutile.

— Je serai très bien sur l'herbe, expliqua-t-elle en lui tendant la boîte en métal. Des sablés à la cannelle. J'espère que vous aimez ça.

Elle s'installa en tailleur sur la pelouse, qui était sèche.

— J'adore ça, répondit-il avec un sourire, en s'asseyant à son tour, ses longues jambes étirées devant lui. Le quartier est très sympa. Je vais devoir desserrer ma ceinture de quelques crans, si tout le monde continue à m'apporter à manger comme ça.

Puis, il demanda à Shelly depuis combien de temps elle vivait là et fit au moins semblant de comprendre l'explication. Jordan restait vigilante, prête à aider sa mère. Celle-ci peina à poser une question, à laquelle Tom Moore répondit que c'était la première fois qu'il venait dans l'Idaho. Il avait grandi en Californie – McKinleyville, dans le comté de Humboldt –, avant de partir faire ses études à San Francisco. C'était également là qu'il avait travaillé jusqu'à peu.

Il ouvrit la boîte de gâteaux et leur en offrit un, ce que sa mère accepta avec un plaisir apparent. Elle avait tendance à faire beaucoup de miettes en mangeant, mais Tom sembla ne pas s'en apercevoir. Par chance, Jordan avait un mouchoir dans sa poche. Au bout d'une dizaine de minutes, elle interrompit la conversation, afin que Shelly puisse être rentrée pour la venue de l'ergothérapeute.

— Je peux vous déposer en voiture, proposa Tom, tout à fait sérieusement. Ça ne me dérange pas du tout.

— Dois marcher, répondit sa mère, en s'épargnant la première syllabe.

Une fois encore, Tom Moore sembla la comprendre sans difficulté, car il enchaîna aussitôt :

— Dans ce cas, permettez-moi de vous raccompagner chez vous. C'est un sacré jardin que vous avez, madame Hendrick. J'ai hâte de voir tous ces rosiers en fleur.

Il continua à bavarder tranquillement avec elle, tandis qu'elle poursuivait sa progression d'escargot jusqu'à la maison. Ils se saluèrent avec une grande cordialité, mais Jordan se sentit néanmoins soulagée quand il s'éloigna de son pas confiant, bien qu'un peu raide. Se pouvait-il que ce type soit aussi sympa et gentil qu'il en avait l'air ? Déconcertée par sa propre méfiance, elle se rabroua. Évidemment, il existait des types bien, en ce bas monde. Cela ne signifiait pas pour autant qu'elle avait envie de se lier avec le premier qui sonnait à sa porte.

Il ne lui restait plus qu'à écouter sa mère s'extasier sur ce parfait gentleman, qu'il faudrait sans doute inviter à la maison prochainement, afin que Jordan et lui puissent faire plus ample connaissance. Aucune chance. Le simple fait qu'elle trouve Tom Moore séduisant – sans parler de sa gentillesse – signalait qu'elle devait garder ses distances. Ce ne serait d'ailleurs pas bien compliqué, étant donné que Tom Moore avait commencé son nouveau travail. Il ne tarderait donc pas à se faire des amis. Quant à Jordan, il lui suffisait de ne plus s'asseoir sur la terrasse à l'avant de la maison.

Au cours de la semaine, Tom aperçut à deux reprises Jordan qui sortait courir. La seconde fois, il eut le temps d'enfiler un survêtement et des chaussures de sport pour la suivre à bonne distance, attendant qu'elle fasse demi-tour pour rentrer chez elle. Il espérait ainsi la croiser non loin de leur rue. Cela ne le dérangeait pas de rester en retrait, car ça lui donnait l'occasion d'admirer sa silhouette moulée dans un legging. Il avait vu juste : elle était mince et athlétique, avec de longues jambes fines qui ne le laissaient pas indifférent. Il appréciait également la courbe de ses hanches, qui adoucissait son profil. Certes, ce n'était pas un avantage pour la course, mais cela convenait très bien à Tom.

Quand il finit par accélérer, elle jeta un coup d'œil par-dessus son épaule et manqua de trébucher. Le bruit de ses pas avait dû l'inquiéter. Elle sembla étonnée de le voir et pas vraiment ravie, mais elle ralentit et demanda poliment :

— Vous n'êtes pas censé avoir repris le travail ?

Son visage était luisant de transpiration, mais elle n'était pas essoufflée, ce qui indiquait qu'elle était en bonne forme.

— Je travaille en partie en distanciel, répondit-il, tout à fait soulagé de se mettre à marcher.

Il s'efforçait de surmonter la douleur et de pousser son corps un peu plus chaque jour, mais cela n'avait rien d'une partie de plaisir.

— Mon poste est surtout administratif, précisa-t-il avec un sourire. Cela signifie des montagnes de rapports et de mémos. Je suis en train de prendre connaissance du code local concernant la gestion des parcs, ainsi que d'un projet d'expansion. Je suis parfois appelé en cas de trouble à l'ordre public ou de crimes et délits commis sur ces zones, ajouta-t-il en la regardant discrètement du coin de l'œil. C'est pour ça que vous me verrez parfois avec une arme.

— Oh ! dit-elle simplement.

Venait-elle de le ranger dans le même tiroir que les policiers qui lui menaient la vie dure ? L'agent Wilson et Bowen, l'adjoint du shérif, s'étaient déjà présentés chez elle à deux reprises au cours de la semaine, afin de maintenir la pression – Tom les avait reconnus grâce au trombinoscope fourni par Guthrie. En revanche, ils n'avaient rien appris de neuf. Tom se demandait si Shelly Hendrick était au courant de ce qui se tramait. Il espérait que non.

— Si vous voyez mon SUV dans l'allée et que vous cherchez de la compagnie pour courir, passez-moi un coup de fil, proposa-t-il. D'ailleurs, je vais vous donner mon numéro, comme ça si vous avez besoin d'aide avec votre mère…

Elle lui lança un regard qui lui parut méfiant, mais sortit son téléphone et nota le numéro. Elle devait se douter que, si sa mère tombait en plein milieu de la nuit, il était le mieux placé pour intervenir rapidement.

Lorsqu'ils se séparèrent, Tom souriait. Jordan, elle, se contenta d'un bref hochement de tête. Tom pensait avoir ouvert la voie quelques jours plus tôt, quand les deux femmes étaient venues lui rendre visite, mais il comprenait à présent que la jeune femme cherchait surtout à faire plaisir à sa mère. Il était responsable de l'enquête, même si le commissariat prétendait ne pas avoir connaissance de son existence. Il travaillait bel et bien en distanciel, et lisait la moindre bribe d'information qu'il pouvait trouver sur Jordan Hendrick.

La veille, il avait passé la journée à se renseigner sur la criminalité dans la région de Great Falls, dans le Montana, pendant les deux années où Jordan avait vécu là-bas. Avec plus de soixante mille habitants, Great Falls subissait beaucoup plus l'impact du tourisme de masse qu'il ne l'aurait imaginé, étant donné la distance avec Yellowstone au sud et le parc du Glacier, au nord-ouest. La police et le bureau du shérif avaient largement de quoi s'occuper, mais aucun des meurtres et crimes violents commis n'éveilla son intérêt. Décidant d'y revenir par la suite, il avait préféré se pencher sur la jeunesse de Jordan à Storm Lake, puis à son déménagement, sa première année à Walla Walla, et enfin aux deux années de répit entre la mort des deux hommes, qui semblait pour l'instant liée à elle. Les enquêteurs de Walla Walla faisaient sans doute le même travail, mais il aimait mieux mener ses propres recherches. À ce propos, les compétences de ses collègues dans son nouveau commissariat de rattachement le mettaient vaguement mal à l'aise.

Quitte à passer pour un crédule, Tom avait du mal à imaginer Jordan comme une meurtrière. Tout ce qu'il voyait pour l'instant, c'était des preuves de patience et de tendresse envers sa mère. Le petit détail qui en disait plus long que tous les mots du monde. Et cela déclenchait dans sa poitrine une sorte de tiraillement qui ne lui était pas du tout familier. Il se demandait également comment il allait pouvoir gagner la confiance de Jordan. Il était évident qu'elle évitait de s'asseoir sur la terrasse à l'avant de la maison depuis leur première rencontre.

Le lendemain, il réussit à partir quelques minutes après elle, mais lorsqu'il la rattrapa, elle s'arrêta et annonça de but en blanc :

— Si ça ne vous dérange pas, je préfère courir seule.

Après une pause, elle reprit plus gentiment :

— C'est l'un des rares moments où je peux laisser mon esprit vagabonder librement.

— Je comprends.

C'était sans doute vrai, mais Tom eut la nette impression que ce n'était pas pour cela qu'elle l'avait envoyé sur les roses.

— À un de ces jours ! ajouta-t-il, avant de repartir, la laissant sur place.

Il contourna un petit parc municipal et aperçut Jordan qui poursuivait sa course. Sans doute se dirigeait-elle vers le lac ou peut-être même plus loin. Dès qu'elle fut hors de vue, il ralentit, puis s'arrêta, les mains sur les hanches. Il poussa un juron. Sa jambe le faisait de nouveau abominablement souffrir.

Marche un peu, pensa-t-il. Il choisit un chemin où il ne risquerait pas de la recroiser, puis au bout d'une dizaine de minutes il se remit à trottiner. Mouais. Il n'était effectivement pas prêt à poursuivre un suspect, à moins qu'il s'agisse d'un gamin de six ans qui venait de piquer un bonbon dans une épicerie.

La lenteur de sa convalescence était pénible, mais l'attitude de Jordan Hendrick, c'était la cerise sur le gâteau. Son ego lui interdisait de penser que la froideur de la jeune femme lui était spécifiquement destinée. C'était plutôt la situation difficile dans laquelle elle se trouvait. Mais comment en avoir le cœur net ?

Il eut le temps de rentrer chez lui et de prendre une douche avant de l'apercevoir passer dans la rue. Une minute plus tard, un homme souriant sortit, fit un petit salut de la main et regagna un véhicule garé dans l'allée. Son visage lui était vaguement familier, sans doute l'un des nombreux thérapeutes qui venaient dans la semaine.

Tom ruminait. Peut-être que cette tactique ne fonctionnait pas. Et force était de constater que la pression exercée par la police n'avait pas beaucoup d'effet non plus. Jordan était une femme solide. Si solide, d'ailleurs, qu'il se demandait ce qui avait bien pu se passer lors de son bref mariage.

Il avait lu les rapports des agents arrivés en premier sur les lieux, ainsi que l'interrogatoire de Jordan, et il avait vu les photos. Celle avec son visage sauvagement meurtri le rendait malade. Il se rappela qu'elle n'avait que dix-neuf ans à l'époque et que le mariage n'avait duré que dix-huit mois. Les adolescents n'étaient pas réputés pour leur bon sens. N'avait-elle pas envisagé de se confier à sa mère ? Il se voyait mal sonner à sa porte et demander : « Salut, ça vous dirait qu'on parle de votre mariage, cinq minutes ? Ça ne s'est pas trop bien fini, hein ? »

Pour clore cette semaine infructueuse, Tom sortit dans le jardin pour ratisser ce qu'il espérait être les dernières feuilles de l'énorme érable. Au bout de quelques dizaines de minutes, une voiture de police se gara dans l'allée devant chez les Hendrick. La porte d'entrée s'ouvrit et Jordan apparut sur la terrasse. Son regard se posa droit sur Tom et, pendant quelques longues secondes, elle le fixa. Malgré la distance, il crut la voir rougir. Enfin, elle se tourna vers l'agent Wilson qui s'approchait d'elle et n'accorda plus la moindre attention à son nouveau voisin.

Bon sang, maugréa Tom. À présent, elle savait qu'il savait. C'était sûr. À moins qu'il fasse mine de s'inquiéter et qu'il aille frapper à la porte plus tard pour lui demander si tout allait bien, en laissant entendre qu'il pouvait être une oreille attentive ? Cette vague idée ne tint pas plus de cinq secondes. Il voyait déjà Jordan redresser fièrement le menton et répliquer : « Merci, mais ce ne sont pas vos oignons. »

Il devait continuer à enquêter sans lui parler. Il s'était entretenu une première fois avec un des inspecteurs de Walla Walla. Depuis, il avait pensé à de nouvelles questions à poser. Ses collègues avaient certainement envisagé que, si Jordan était une meurtrière, il y avait peut-être d'autres victimes ?

Il n'avait pour l'instant pas osé questionner des habitants de la ville, de crainte que son nom revienne aux oreilles de Jordan. Il était cependant curieux de savoir pourquoi la jeune femme semblait n'avoir aucun ami qui soit content de son retour. Peut-être des signaux d'alerte quant à sa personnalité existaient-ils depuis toujours, mais que personne ne les avait pris en compte. Et la famille ou les amis du mari décédé ? Tom se doutait qu'ils pourraient lui en raconter de belles. La mère, la sœur et le frère habitaient dans le secteur. Mais il y avait peut-être des membres plus éloignés.

Pour l'instant, Tom devait maintenir sa couverture à Storm Lake. Jordan finirait par baisser sa garde. Et puis, si elle était innocente, elle devait avoir besoin de quelqu'un à qui se confier. Quelqu'un disposé à la croire. Et lui, il était tout à fait prêt à tenir ce rôle.

Tom Moore était au courant que la police s'intéressait à elle. La belle affaire. Quelle différence cela faisait-il ? Au moins, c'était réglé. Elle détestait cependant le sentiment d'humiliation qui l'avait envahie, lorsqu'elle l'avait vu observer la voiture de patrouille avec des yeux ronds. Après tout, il n'était qu'un nouveau voisin qui persistait à la solliciter pour des raisons qu'elle se refusait à analyser. S'il voulait en conclure qu'il fréquentait une des rares tueuses en série du pays, tant mieux pour lui ! Cela ne lui faisait ni chaud ni froid.

La police ne la lâchait pas, mais le shérif Guthrie n'avait toujours pas compris que la présence de son adjoint ne servirait qu'à la braquer davantage. Wilson, trop jeune, ne travaillait pas encore à Storm Lake, à l'époque. Bowen, en revanche... La simple idée qu'il ait pu la voir évanouie et couverte de sang et de bleus la faisait frémir. De plus, Steve l'appréciait vraiment, car Bowen l'avait pris sous son aile, après la mort de son père. Les deux hommes partaient souvent chasser ou pêcher ensemble, rapportant leurs trophées à la mère de Steve plutôt qu'à Jordan, qui n'aurait su quoi faire d'un cadavre de chevreuil ou d'un saumon entier. C'était le charme des petites villes rurales. Elle connaissait d'autres policiers, qui étaient au lycée avec elle ou parce qu'elle avait été à l'école avec leurs enfants.

La semaine suivante, elle s'efforça de ne pas trop remarquer quand Tom sortait courir ou lavait son gros SUV noir dans l'allée, alors que la voiture lui semblait déjà rutilante. Elle aurait sans doute dû en faire de même, mais elle préférait éviter de traîner près de la rue. N'importe qui aurait pu la voir ou venir lui parler. Mauvaise idée.

Depuis que Shelly gagnait en autonomie, elle demandait plus de vigilance, car sa détermination et son entêtement naturels reprenaient le dessus. Elle s'impatientait quand Jordan tournait autour d'elle. Cela suffisait bien avec les thérapeutes et les aides-soignantes, qui persistaient à croire qu'elle ne pouvait pas se doucher toute seule. Comme elle parvenait à présent à se débrouiller pour certaines choses, elle entendait bien qu'on lui fiche un peu la paix.

Finalement, c'était une chance que le mois de novembre soit particulièrement froid. En été, sa mère aurait insisté pour faire du jardinage et il aurait fallu se lever de bonne heure pour l'en dissuader ! Pour l'heure, elle se contentait donc de surveiller sa fille qui replantait des narcisses, lui tendant les bulbes un par un, car elle seule savait ce qui devait pousser à tel ou tel endroit. C'est son jardin, se rappelait Jordan. Pas le mien. Sa mère n'aimait pas non plus le rempart de coussins qui l'empêchait de tomber de son lit.

— J'ai l'impression d'être un bébé dans un berceau ! se plaignait-elle.

De plus en plus souvent, le matin, Jordan retrouvait un ou deux oreillers par terre, chassés du matelas d'un coup de pied rageur. Shelly reprenait des forces chaque jour et Jordan comprenait son agacement. Elle commençait aussi à exiger de voir les factures et n'appréciait pas quand Jordan esquivait. Elle risquait de faire une autre attaque, même si la mutuelle prenait étonnamment beaucoup de frais en charge.

Toutefois, Jordan commençait à envisager de chercher un emploi. Sa mère n'était pas près de retravailler et il fallait bien que l'une d'elles rapporte un salaire. Soudain, une pensée inquiétante lui traversa l'esprit : sa mère risquait-elle de perdre le bénéfice de sa mutuelle ? Par chance, la maison était payée et Shelly en était totalement propriétaire.

Un soir, Jordan venait à peine de s'endormir après ses ruminations habituelles, quand elle se réveilla en sursaut. Qu'est-ce que... ? Elle fronça les yeux dans l'obscurité. Sa mère avait-elle appelé ? Non. Elle avait entendu un bruit mat. Un coup contre le mur. Ou une chute.

Le cœur battant, Jordan bondit hors du lit, se prit les pieds dans le tapis et retrouva son équilibre avant d'atteindre la porte. Le couloir était plongé dans la pénombre. Jordan actionna l'interrupteur et aperçut aussitôt les jambes nues de sa mère qui dépassaient de l'entrée de la salle de bains.

— Maman ! Oh mon Dieu, qu'est-ce qui s'est passé ?

Elle se précipita vers sa mère, qui était couchée sur le côté, sur le carrelage, inanimée. Du sang coulait sur son visage et maculait ses cheveux. D'une main fébrile, elle chercha un pouls. L'espace d'une terrifiante minute, elle ne sentit rien. Puis enfin, un battement. Régulier, même si sa mère avait perdu connaissance. Avait-elle subi un nouvel AVC ? Ou bien surestimé sa force et fait une mauvaise chute ? Elle semblait s'être heurté la tête contre la cuvette des W-C en tombant.

Jordan se redressa et retourna en courant dans sa chambre pour récupérer son téléphone portable et appeler les secours. La femme qui lui répondit était d'un calme olympien.

— Si vous voulez bien rester en ligne...

— Non.

Tom. Il viendrait. Malgré la froideur qu'elle avait affichée, elle savait qu'il viendrait.

Il décrocha à la troisième sonnerie, la voix pâteuse.

— Ma mère est tombée. Enfin, je ne sais pas... Je ne suis pas sûre. C'est Jordan, pensa-t-elle soudain à rappeler. Votre voisine d'en face. Je... Je ne sais même pas pourquoi je vous appelle.

— Avez-vous appelé le 911 ?

Des bruits de vêtements qu'on enfile.

— Oui.

Jordan sentit des larmes lui brûler les yeux.

— Je suis désolée. Je n'aurais pas...

— J'arrive dans un instant, coupa-t-il, d'une voix parfaitement réveillée.

Il raccrocha. Jordan retourna aux côtés de sa mère, puis se rendit compte qu'elle allait devoir laisser entrer les urgentistes et se rua vers la porte pour tourner le verrou. À cet instant, la sonnette retentit, suivie de coups tambourinés contre le panneau de bois. Elle ouvrit et Tom se précipita à l'intérieur.

La seconde d'après, ses bras étaient autour d'elle et il la serra avec force contre lui, une étreinte infiniment et mystérieusement rassurante. Jordan ne parvenait pas à comprendre pourquoi. *Parce que quelqu'un d'autre est là*, décida-t-elle. *Je ne suis plus seule.*

— Dans le couloir ? demanda-t-il.

Comme elle hochait la tête, il s'avança sans un mot de plus. Jordan laissa la porte d'entrée grande ouverte, malgré le froid glacial, et le rejoignit. Il était accroupi à côté de sa mère, cherchant visiblement son pouls du bout des doigts. Il avait dû recevoir une formation de secouriste. Peut-être était-ce une obligation pour les employés des parcs nationaux.

— Il y a une sacrée bosse sur le côté du crâne, annonça-t-il, mais tant qu'elle n'aura pas repris connaissance, on ne pourra pas déterminer s'il s'agit d'une simple chute, d'un étourdissement passager ou...

— D'un autre AVC, acheva Jordan d'une voix sourde.

Un bruit de sirène. Quelques minutes plus tard, on frappa à la porte.

— Il y a quelqu'un ? appela une voix.

— Par ici ! répondit Tom.

Des pas dans le couloir. Jordan se recula pour libérer le passage. Lorsque les deux urgentistes, ou les ambulanciers ou peu importe qui ils étaient, approchèrent, ils portaient un sac avec leur équipement et une civière rigide.

— C'est ma mère. Elle se remet d'un AVC. Je ne sais pas ce qui s'est passé. Elle est censée agiter une clochette si elle a besoin de se lever en plein milieu de la nuit.

— D'accord.

Tom s'écarta et ils battirent en retraite dans une des chambres, pour leur laisser la place. Elle ne résista pas lorsqu'il passa de nouveau un bras protecteur autour d'elle ni quand il lui murmura, quelques minutes plus tard :

— On va les suivre en voiture jusqu'à l'hôpital. Vous devriez vous habiller.

Jordan baissa les yeux et se rendit compte qu'elle portait un vieux T-shirt de nuit et un pantalon de pyjama.

— Oui. Bien sûr. Merci.

Elle regagna sa chambre. Les urgentistes agirent avec une rapidité étonnante, car Jordan eut à peine le temps d'enfiler un jean et un pull qu'ils repartaient déjà avec sa mère sur la civière. Cette dernière semblait si pâle et si fragile que Jordan sentit ses craintes grandir.

Elle entendit Tom expliquer aux ambulanciers qu'ils allaient les suivre avec sa voiture. Elle enfila des chaussettes et glissa ses pieds dans une paire de bottines confortables, puis se dépêcha de gagner le salon.

La mélopée plaintive de la sirène s'éloignait quand elle sortit sur la terrasse, pour rejoindre Tom. Au loin, les gyrophares scintillèrent un moment, puis plus rien. Des voisins étaient apparus sur le pas de leur porte, mais elle ne se sentait pas le courage de les regarder.

— Il faut que je prenne le portefeuille de ma mère, pour avoir sa carte de mutuelle.

Et son propre sac et ses clés, aussi. Elle trouva rapidement ce qu'elle cherchait. Sur le perron, Tom n'affichait aucun signe d'impatience.

— Je vous emmène, proposa-t-il. Vous êtes secouée, ce n'est pas prudent.

Oh bon sang. On dirait l'inspecteur Shannon. Mais il avait raison, évidemment. À présent qu'elle y repensait, elle ne savait pas comment elle avait pu conduire pendant tant de kilomètres dans un tel état, avec seulement quelques nouvelles par téléphone pour s'assurer que sa mère était toujours en vie.

À présent… elle tenta de se calmer.

— Je vais pouvoir me débrouiller toute seule, annonça-t-elle. Ça… ça va aller. Mais je… Merci d'être venu. C'était très gentil de votre part.

Les yeux bleus ne la lâchaient pas.

— Je vous en prie. Mais je ne vais pas vous abandonner maintenant.

— On se connaît à peine, protesta-t-elle, en laissant la porte claquer derrière elle.

Sans un mot, il la prit doucement par le bras et la guida de l'autre côté de la rue. Là, il la fit simplement grimper à bord de son énorme SUV, sans même chercher à la convaincre. Le puissant moteur démarra dans un rugissement. Jordan se blottit dans le fauteuil, reconnaissante.

Tellement reconnaissante.

7

Au cours des terribles heures qui suivirent, Tom demeura presque en permanence à ses côtés. Sa présence paraissait… irréelle. Qui était-il ? Que faisait-il là ? Il ne pouvait quand même pas rester de son plein gré. Ou bien… ?

Jordan prit brusquement conscience qu'il était comme un roc solide, un ancrage qu'elle n'avait jamais eu auparavant. Pas une seule fois, elle ne vit l'ombre d'une sensation d'inconfort dans ses yeux. Et pour un inconnu, il avait un talent remarquable pour deviner avant elle ce dont elle avait besoin.

La plupart du temps, ils demeurèrent assis côte à côte sur les chaises de la salle d'attente. Lui gardait les pieds posés à plat au sol ; il ne s'agitait pas comme elle. Lorsqu'il se levait, c'était pour aller lui chercher une tasse de café ou un verre d'eau. S'il bougeait, c'était pour passer un bras solide autour de ses épaules, quand il sentait qu'elle était sur le point de s'effondrer. De temps en temps, un médecin ou une infirmière apparaissait, baissait son masque chirurgical et leur donnait des nouvelles.

— On ne pense pas qu'il s'agisse d'un autre AVC.

Telle fut la première annonce, et la plus encourageante. Puis :

— Notre inquiétude, c'est qu'elle se soit brisé le col du fémur.

Oh non. La perspective n'était pas rassurante. La convalescence après une telle fracture pouvait prendre des mois. Cela ne manquerait pas d'entraver la rééducation de sa mère, elle risquait même de régresser.

— Pas de fracture, corrigea ensuite un médecin. Mais elle n'a pas encore repris connaissance. On va faire une IRM dès que le personnel arrive.

L'hôpital n'était pas très grand. Il ne devait pas y avoir les techniciens nécessaires en plein milieu de la nuit. Jordan acquiesça en silence et sentit ses épaules s'affaisser. Cette fois, quand Tom la serra dans ses bras pour la rassurer, elle se laissa aller contre lui et versa quelques larmes.

Qu'aurait-elle fait sans lui ?

Sans doute aurait-elle appelé une des amies de sa mère. Bonnie, par exemple, serait venue sans hésiter, mais il aurait alors fallu parler et parler, encore et encore… et cela n'aurait pas été la même chose si elle l'avait prise dans ses bras pour la rassurer.

Peut-être Jordan s'était-elle coupée plus que nécessaire de ses anciens amis. Le problème, c'était que tous avaient suivi le cours de leur vie et qu'ils n'avaient plus grand-chose en commun. Elle l'avait senti, les rares fois où elle avait croisé une connaissance au supermarché ou au bureau de poste.

Parfois, elle avait eu envie de leur lancer : « Comment ? Tu n'as pas subi un interrogatoire policier ? Incroyable ! Tu devrais essayer, c'est une expérience qui change la vie ! » Quant aux quelques amies encore célibataires, elles pouvaient sans doute fréquenter tous les hommes qu'elles souhaitaient, sans craindre de les condamner à mort.

Jordan se demandait pourquoi Tom ne lui avait pas posé de questions à propos des policiers qu'il avait aperçus devant chez elle. À moins qu'il soit déjà au courant par des voisins ou des collègues de travail…

Vers le petit matin, des gens commencèrent à arriver. Jordan surveillait la double porte avec angoisse, appréhendant de rencontrer quelqu'un qu'elle connaissait. Et si la mère de Steve avait un problème de santé et que Kevin devait la conduire aux urgences ? Oh Seigneur… Elle avait eu la chance de ne pas les croiser jusqu'alors. Évidemment, c'était surtout parce qu'elle ne quittait jamais la maison, à part pour accomplir des tâches essentielles ou déposer sa mère à ses rendez-vous médicaux. Et pour courir.

L'une des premières choses qu'elle avait faites en revenant à Storm Lake, c'était de s'assurer que Kevin Dunn n'habitait pas dans le voisinage. Elle n'avait pas très envie de tomber sur lui par hasard en sortant de chez elle. À moins qu'il ait été averti de son retour et qu'il garde un œil sur elle. L'idée était glaçante. Sa mère et lui, ainsi que beaucoup d'amis de Steve, n'avaient jamais caché que, selon eux, Jordan avait assassiné son mari, lequel n'aurait jamais levé la main sur elle. Jamais. Pas le saint Steve Dunn.

Jordan soupira. Elle redressa les épaules et se remit à fixer la porte battante qui menait au service.

À la seconde où Jordan l'avait réveillé en pleine nuit, Tom avait oublié qu'il était policier. Et encore plus qu'il était l'inspecteur chargé d'enquêter sur elle. Ayant reçu une formation de secouriste, il maîtrisait les premiers gestes et avait donc bondi de son lit pour traverser la rue en courant. La peur qu'il avait lue dans les yeux noisette de Jordan ne pouvait être factice et il n'avait pas envisagé une seconde de la laisser affronter cette épreuve seule. Même s'ils étaient censés se connaître à peine, comme elle le croyait. Elle avait besoin de quelqu'un à ses côtés et cela ne gênait pas du tout Tom de jouer ce rôle.

En plus, elle sentait bon. Son shampoing, peut-être, mais il adorait cette douce fragrance. À plusieurs reprises, il avait dû se retenir d'enfouir son visage dans sa chevelure. Il aimait aussi sa carrure gracile, la générosité de sa poitrine, et la force qui émanait d'elle. Chaque fois qu'un membre du personnel médical s'approchait d'eux, elle se redressait, chassant ses propres angoisses pour affronter la suite. Il se demandait si elle regrettait de lui avoir fait ainsi confiance ou si sa présence lui paraissait bizarre.

Ils patientaient en silence depuis plusieurs heures, quand elle se tourna soudain vers lui, le regard embrumé d'inquiétude.

— Vos parents sont encore en vie ? s'enquit-elle.

Tom hésita suffisamment longtemps pour qu'elle ajoute en bafouillant :

— Pardon, ce ne sont pas mes oignons. Vous n'êtes pas obligé de...

— Je ne sais pas, l'interrompit-il.

— Comment ça, vous ne savez pas ?

— J'ai grandi dans un foyer. Je suis un enfant de l'assistance publique, comme on dit.

— Mais... Ne vous a-t-on pas au moins donné des informations sur votre mère ?

— Ce devait être une adolescente qui ne pouvait pas me garder. J'ai été abandonné devant une caserne de pompiers. Comme j'étais de toute évidence prématuré, j'ai dû rester à l'hôpital pendant quelques mois. Les médecins croyaient que je conserverais des séquelles, que j'aurais des problèmes de santé, si bien que ça a découragé d'éventuels parents d'adoption.

Elle en demeura bouche bée.

— Ça craint ! finit-elle par lâcher spontanément.

Elle ne pensait plus à sa mère. C'est peut-être pour cela que Tom se força à poursuivre, à parler d'un sujet qu'il préférait en temps normal garder pour lui.

— Oui, ça craint, comme vous le dites si bien, approuva-t-il avec un petit sourire en coin. Mais je peux le comprendre. Quand les gens donnent naissance à un enfant qui a des problèmes de santé, ils encaissent en général. Mais de là à en adopter un qui ne soit pas le vôtre... c'est différent.

Jordan eut une moue dubitative qui le fit rire.

— Ce n'était pas si horrible que ça, précisa-t-il. Après quelques placements courts, j'ai atterri dans une famille super, où je suis resté pendant plusieurs années. Jusqu'à ce que mon père adoptif meure d'un infarctus précoce. Du genre à tomber raide mort en plein milieu du terrain de basket, pendant qu'on faisait des paniers. Il avait une légère malformation cardiaque et ça a fini par le rattraper.

Elle ne le quittait pas des yeux.

— Quel âge aviez-vous ?

Avait-elle seulement cligné des paupières ?

— Douze ans.

— Oh.

Elle parvint enfin à détourner le regard. Le silence s'étira un long moment et Tom commençait à se demander si c'était à lui de relancer la conversation, quand elle dit :

— C'est l'âge que j'avais quand mes parents ont divorcé.

— C'est un âge difficile.

— Parce qu'il y a un bon âge pour perdre son père ? lâcha-t-elle soudain, avec quelque chose qui ressemblait à de la colère dans la voix.

Les informations générales qu'il avait reçues la concernant ne mentionnaient aucun père. À présent, il se demandait si ce vide n'était justement pas une clé pour comprendre sa psychologie.

Jordan s'ébroua.

— Je ne sais même pas pourquoi j'ai commencé à parler de ça ! s'écria-t-elle.

— On n'a pas beaucoup mieux à faire, non ? répondit-il avec un sourire las. C'est… normal de penser à ses parents, quand l'un d'eux est à l'hôpital.

Son père adoptif était mort si subitement qu'il n'avait pas eu le temps de lui faire ses adieux.

— Vous avez continué à aller chez votre père, après le divorce ?

— Non. Je ne l'ai plus jamais croisé et ce n'est pas comme s'il avait vraiment pris la peine de me dire au revoir.

Elle fixait de nouveau la porte du service, le regard vide.

— J'ai… j'ai été triste pendant des années. J'ai fait de lui un personnage qui n'existait pas. Il m'a fallu une éternité pour admettre qu'il n'avait pas été un parent aussi exceptionnel.

Elle haussa les épaules.

— Il était chauffeur de poids lourds. Il faisait de longs trajets, donc il n'était pas très souvent là. Mais ça n'aurait pas été aussi

grave s'il s'était montré plus... présent, quand il était à la maison. Mais il était porté sur la bouteille. Il regardait le sport en buvant des bières. C'était peut-être différent quand j'étais plus petite, mais... Je ne m'en souviens pas. Je suis presque certaine qu'il n'était pas un mari modèle, non plus. J'imagine qu'un jour, il a simplement annoncé qu'il pouvait trouver un meilleur port d'attache entre ses longues traversées, et il est parti.

Elle tourna la tête vers lui et la douleur qu'il lut dans son regard était flagrante.

— Ma mère n'a jamais vacillé et j'ai toujours su qu'elle tenait bon à cause de moi. J'ai eu de la chance. C'est parce qu'elle a tout fait pour moi que je suis si soucieuse d'elle. Vous... Vous comprenez ?

Tom resta silencieux – des platitudes seraient superflues –, mais il lui prit la main. Voilà au moins un début de réponse à une question qu'il se posait : Jordan avait peut-être ressenti le besoin de cacher ses problèmes conjugaux à sa mère, afin de préserver celle-ci.

— Je ne peux pas la perdre, ajouta-t-elle dans un souffle, les yeux soudain pleins de larmes pour la seconde fois de la soirée. Je ne peux pas. Il ne faut pas.

— Hé..., dit-il, en se penchant pour déposer un baiser sur le sommet de sa tête. Revoici le médecin.

— Oh bon sang..., bafouilla-t-elle en essuyant à la hâte les larmes sur ses joues. Docteur Pratt ?

Cette fois, la femme d'un certain âge avait retrouvé le sourire. Jordan se leva d'un bond, mais le médecin la fit se rasseoir et s'installa à côté d'eux.

— Je suis ravie de vous annoncer que votre mère a repris connaissance. En dehors du traumatisme crânien, un mal de tête épouvantable et quelques ecchymoses, elle va bien. On va la garder au moins vingt-quatre heures en observation, mais vous pouvez aller la voir.

— Oh oui, s'il vous plaît ! gémit Jordan, frémissante comme une biche, avant de se précipiter en direction de la porte du service.

Le médecin rit, puis lança :

— Seulement vous, hein ?

Tom acquiesça. Jordan fit volte-face.

— J'aurais dû y penser plus tôt, bafouilla-t-elle. Si vous voulez rentrer chez vous, je peux...

— Non, Jordan, dit-il en se levant pour lui prendre la main. Ça ne me dérange pas d'attendre. Prenez votre temps.

Les larmes qu'il vit scintiller dans ses yeux magnifiques lui causèrent un pincement au cœur. Bon sang, il devait faire attention. Si elle découvrait... Non, *quand* elle découvrirait la vérité, elle ne lui pardonnerait jamais. Même si ce qu'il avait fait ce soir-là n'avait rien à voir avec son travail.

Hum. Rien à voir avec l'enquête, vraiment ? N'avait-il pas dévoilé des informations sur son propre passé pour l'inciter à se confier ? En la regardant franchir la porte du service, il se sentit un peu écœuré.

Jordan accompagna sa mère quand celle-ci fut transférée à l'étage, dans une chambre individuelle. Elle s'était habituée aux dégâts engendrés par l'AVC, mais la conscience soudaine de la fragilité de sa mère l'ébranlait et elle s'efforçait de le cacher. Allongée sur le brancard, sa mère lui saisit la main – celle que Tom avait tenue pendant si longtemps – et marmonna d'une voix presque indistincte :

— Quelle andouille ! Je ne fais que te causer du souci. Je suis désolée.

— Tu n'as aucune raison d'être désolée, répondit Jordan, avec sévérité. Je ne veux plus t'entendre dire ça. Tu es une femme intelligente qui a pensé qu'elle était capable d'accomplir un geste aussi banal que d'aller aux toilettes toute seule. Tu ne t'es simplement pas encore rendu compte de la perte musculaire que tu as subie. Avec l'aide de ces fichus thérapeutes qui ne te lâchent pas d'une semelle, tu vas retrouver tes forces en un clin d'œil.

— C'est à cause de mes maudits chaussons. L'un d'eux s'est pris dans le...

Jordan se souvenait vaguement d'un chausson qui traînait dans le couloir. L'autre devait être resté dans la chambre.

— Et si on t'en achetait des nouveaux, qui ne soient pas aussi vieux et avachis ? proposa-t-elle.

Sa mère laissa échapper un son qui ressemblait étonnamment à un gloussement d'adolescente.

— C'est moi qui suis vieille et avachie !

Elles pouffèrent ensemble et continuèrent de rire jusqu'à la chambre. Elles avaient besoin de relâcher un peu la pression. Une fois installée, sa mère ne tarda pas à s'endormir. Jordan attendit encore une vingtaine de minutes, mais elle s'en voulait de retenir Tom. D'ailleurs, elle aussi était épuisée.

Elle se glissa hors de la pièce et informa une infirmière dans le couloir qu'elle rentrait chez elle pour se reposer quelques heures, mais qu'elle reviendrait dans l'après-midi.

Dans le hall, Tom n'avait pas bougé de sa chaise et semblait captivé par quelque chose qu'il était en train de lire sur son téléphone. Lorsqu'elle s'approcha, il leva les yeux.

— Tout va bien ?

— Oui ! s'écria-t-elle. En revanche, j'ai besoin d'une sieste.

— Je crois qu'on a tous les deux besoin d'une sieste.

Le commentaire ne se voulait sans doute pas sexy, mais Jordan ne put s'empêcher de remarquer la fossette qui se dessinait sur une de ses joues, quand il souriait, et la blancheur de ses dents. Adopté ou pas, il avait visiblement été bien suivi par son dentiste.

Ou alors, il était né avec de très bonnes dents.

Elle perdait la tête. Ce devait être la fatigue.

Lorsqu'ils sortirent de l'hôpital, la lumière du jour la fit cligner des yeux. Tom posa une main au creux de ses reins et la guida jusqu'au parking où il avait garé son SUV. Elle nota ce contact, mais cela lui parut naturel, après les douze heures qu'ils venaient de passer ensemble. Après tout, il lui avait presque tenu la main pendant tout ce temps.

Sa paume *faillit* effleurer ses fesses quand il l'aida à grimper sur le siège surélevé, avant de claquer la portière. Lorsqu'il s'installa à son tour, elle demanda :

— Pourquoi conduisez-vous un truc aussi énorme ?

Son sourire en coin était encore plus sexy.

— Parce que j'aime les grosses bagnoles ?

Elle lui tira la langue, ce qui le fit rire.

— Je l'ai achetée quand j'ai accepté le poste, reprit-il. Ça m'a paru une bonne idée, étant donné la rigueur des hivers ici. J'ai cru comprendre qu'il neigeait beaucoup.

Il avait raison. Elle devait d'ailleurs penser à changer ses pneus. La température avait à peine eu le temps de se réchauffer dans la voiture qu'ils se garaient déjà sur le trottoir devant chez Jordan. Tom coupa le moteur. Une main sur la portière, elle se tourna vers lui.

— Je ne sais pas comment vous remercier, Tom…

— Après cette folle nuit, je crois qu'on peut se tutoyer, non ? Je te raccompagne à la porte.

— Non, non, c'est…

Il sortit avant qu'elle ait le temps de terminer sa phrase et contourna le véhicule pour lui ouvrir.

— Ça va mieux ?

— Oui.

Elle sentait qu'elle ne tarderait pas à s'effondrer, mais pour l'instant elle débordait d'une énergie pétillante.

— J'ai même envie de danser !

Une chanson lui vint aux lèvres et elle se mit à fredonner un air tiré de ma *My Fair Lady*. Elle ne se souvenait plus des paroles, mais elle écarta les bras, comme avec un partenaire imaginaire, et commença à tourbillonner dans l'allée. À sa grande surprise, Tom s'inclina profondément devant elle et lui tendit la main.

— Mademoiselle ? Me ferez-vous l'honneur de cette danse ?

En riant, elle posa sa main dans la sienne et la valse reprit de plus belle. Cela ne dura que quelques dizaines de secondes, mais Jordan sentit son cœur se gonfler de joie.

— Monsieur, vous valsez divinement, fit-elle remarquer, quand ils ralentirent enfin.

— J'ai pris des cours quand j'étais à l'université. Pour impressionner une fille, évidemment, ajouta-t-il avec une moue effrontée. Je n'avais jamais ressayé depuis.

— La plupart des gens de notre génération ne savent pas valser.

Bigre. Elle avait la tête qui tournait. Le monde lui paraissait sens dessus dessous.

— Merci encore. Je crois qu'il faut que je m'allonge.

Il la raccompagna jusqu'à la porte, l'embrassa rapidement sur le front, puis la poussa sans brusquerie à l'intérieur de la maison. Jordan traversait la cuisine lorsqu'elle se rendit compte qu'elle n'avait pas utilisé sa clé pour entrer. Elle avait sans doute oublié de verrouiller en partant... dans la précipitation, rien d'étonnant. Elle retourna vérifier que tout était bien fermé, puis se dirigea vers sa chambre en bâillant. Sur le pas de la porte, elle se figea. Les couvertures avaient été rabattues, comme une invitation... et un couteau de cuisine était posé sur l'oreiller.

Elle fouilla la maison de fond en comble, pour être sûre d'être seule, puis elle s'effondra devant la cuvette des toilettes et laissa la nausée l'emporter.

Quand elle se sentit mieux, elle envisagea de prendre son lit en photo, mais à quoi bon ? Elle aurait tout aussi bien pu installer cette mise en scène elle-même. Qui la croirait ? Elle se contenta donc de ranger le couteau à sa place, puis elle changea les draps et cala une chaise contre la poignée de sa chambre. Enfin, elle se laissa tomber sur le lit. Elle réfléchirait à tout cela plus tard.

Et dire qu'elle avait dansé dans la rue avec son nouveau voisin, au vu et au su de tous. Comment avait-elle pu se montrer aussi imprudente ?

Tom parvint à dormir quelques heures, mais il était déjà réveillé quand, au milieu de l'après-midi, Jordan sortit en voiture, sans doute pour retourner à l'hôpital. Une partie de lui regrettait de ne pas l'accompagner, même si, évidemment, l'idée était ridicule. Hasardeuse, surtout. Depuis cet appel à l'aide en plein milieu de la nuit, il se sentait touché par la jeune femme. Beaucoup plus que de raison. Ce n'était pas son genre.

Veuve noire, tu te souviens ? Elle attire les hommes dans sa toile, puis elle les tue.

Il croyait de moins en moins à cette hypothèse. Cela dit, beaucoup de gens peu recommandables – et même des meurtriers – avaient des proches et des êtres qui leur étaient chers. De toute évidence, Jordan ne tenait pas du tout sa mère pour responsable de ce qui s'était passé avec son mari, si bien que sa loyauté envers elle demeurait intacte et solide.

La veille au soir, son instinct de policier lui avait fait se demander si Jordan avait pu se lasser de s'occuper d'elle. Mais aucun indice ne venait soutenir cette conjecture. La seule blessure de Shelly était un coup à la tête, causé par sa chute contre la cuvette des toilettes. Pas vraiment le moyen le plus sûr pour assommer quelqu'un. Et puis, il y avait le risque que sa mère se réveille en expliquant qu'elle avait été poussée. Jordan devait se douter que les soupçons se porteraient sur elle. De plus, elle l'avait appelé et il avait vu à quel point elle avait peur. Elle ne pouvait pas jouer la comédie aussi bien, si ?

Bon sang, Tom n'osait même pas imaginer la réaction de Jordan, si elle apprenait qu'il avait envisagé une chose pareille !

En ce qui concernait le bref mariage de Jordan, Tom aurait pu avoir des incertitudes quant aux mœurs violentes du mari, Steve Dunn… sauf que, six mois avant le drame, celui-ci l'avait conduite en urgence à l'hôpital. Pas celui de la ville. Non. Il avait parcouru une distance incroyable pour rejoindre un établissement dans un État voisin. Sans doute pour éviter de croiser un visage familier. Les blessures décrites dans le dossier de Jordan tenaient du cas d'école : fracture en spirale des deux os de l'avant-bras gauche – typiques d'un brutal mouvement de torsion –, ainsi qu'une clavicule brisée, de nombreuses ecchymoses et un tympan perforé. Il fallait un coup particulièrement violent, pour perforer un tympan.

Même si Jordan avait menti pour protéger son mari, comment était-il possible que personne n'ait posé de questions et signalé ce passage aux urgences ? Quand il était encore simple agent de patrouille, Tom avait été confronté à suffisamment de violences domestiques et conjugales pour reconnaître ce type de traumatismes.

Plus Tom réfléchissait à cette femme complexe et abîmée dont il était en train de faire connaissance, plus il se rendait compte que quiconque tenterait à présent de lever la main sur elle risquait de le regretter amèrement. Il commençait aussi à comprendre pourquoi Jordan était tombée si jeune dans ce genre de relation toxique.

Son père était parti alors qu'elle entrait dans l'adolescence, ce qui avait sans doute mis à mal sa confiance en elle. Un type mignon et populaire qui s'intéressait à elle ? Évidemment qu'elle avait été éblouie. Et puis, la lente spirale qui avait progressivement fait d'elle une femme battue. Une gifle, un coup, des excuses, des cadeaux, même. Et Jordan, encore toute jeune et assez subjuguée pour se demander si, finalement, tout ça n'était pas sa faute.

Les quelques confidences qu'elle lui avait faites pendant la nuit expliquaient en partie pourquoi elle n'avait pas quitté ce fumier plus tôt pour retourner chez sa mère. D'abord, par fierté. Qui était prêt à admettre, au bout de quelques mois à peine, que sa première grande décision en tant qu'adulte avait été une erreur monumentale ? Pire encore, dans le cas de Jordan : elle avait voulu protéger sa mère. Elle craignait sans doute que celle-ci se sente coupable, à cause de son propre échec conjugal et de l'impact que cela avait eu sur sa fille. Non, Jordan avait dû croire qu'elle pouvait se débrouiller seule. Peut-être même avait-elle cru ce cher vieux Steve, quand il s'excusait et répétait qu'ils étaient faits l'un pour l'autre, qu'il subissait beaucoup de pression au travail et que cela ne se reproduirait plus. Promis, juré.

Un cas d'école.

À moins que... , pensa Tom. *À moins que je sois complètement à côté de la plaque, parce que cette fille me plaît.*

Beaucoup trop, d'ailleurs.

Certes, le mariage de Jordan avait été un fiasco. Pourtant, elle semblait avoir tout fait pour le sauver et avait accordé toutes les chances possibles à l'homme qu'elle aimait au début. Cela laissait Tom perplexe, lui qui avait passé sa vie à se demander pourquoi sa mère biologique n'avait pas fait le moindre effort pour le garder.

En général, il savait se détacher des choses, maintenir une certaine distance. Une aptitude nécessaire pour un inspecteur de la brigade criminelle... et naturelle chez un enfant baladé de famille en famille. Il devait prendre du recul et réserver son jugement.

Enquêter, au lieu de se fier aux informations qu'on lui avait transmises. Essayer d'amener Jordan à lui faire confiance, bien sûr, mais seulement parce que c'était exactement pour cela qu'il avait été missionné. Quelle que soit l'issue de l'investigation, une relation – peu importe sa nature – ne pouvait pas bien se terminer, mais il ne devait pas s'en préoccuper. Non. Il devait pousser son avantage et profiter sans scrupule de l'occasion offerte par la chute de Shelly.

Il commencerait par un petit coup de fil le soir même. Un simple « Comment ça va ? ». Il ne pouvait pas se tromper. Il chassa le souvenir des quelques pas de danse esquissés et se mit à arpenter son salon. Au bout de quelques minutes, il décida qu'il avait besoin d'exercice physique pour contenir un peu son impatience. Un peu de musculation lui ferait le plus grand bien. Une dose d'effort et de douleur lui remettrait les idées en place, en plus de faire progresser sa rééducation.

8

Jordan ne s'était jamais liée d'amitié avec quelqu'un aussi vite. Elle refusait d'ailleurs d'envisager qu'il puisse être question d'autre chose que d'amitié. Tant que la police, à Storm Lake ou Walla Walla, n'aurait pas arrêté le tueur, elle ne pouvait rêver de plus. À vrai dire, elle n'était même pas certaine d'être capable de plus.

Pour l'instant, Tom était là et c'était tout ce qui comptait. Après que les médecins avaient décidé de garder Shelly en observation une seconde nuit, il avait insisté pour accompagner Jordan à l'hôpital, pour la sortie. Ils étaient partis dans sa voiture à elle.

Les quelques jours suivants, Jordan ne quitta pas beaucoup la maison. Toutefois, lorsque l'affreux hématome sur le visage de sa mère commença à virer au violet, puis au marron, et que celle-ci lui eut assuré qu'elle n'avait presque plus mal à la tête, Jordan se dit que courir un peu serait un bon moyen de prendre l'air et de se changer les idées. La première fois, elle hésita, mais se rappela qu'il aurait été grossier de ne pas proposer à Tom de se joindre à elle. Elle fut même étonnée de le trouver chez lui. Il semblait travailler depuis son domicile la plupart du temps, comme beaucoup de gens, à présent.

Elle s'était renseignée sur les parcs de la région et avait découvert qu'il en existait bien plus qu'elle ne le pensait, avec des sentiers de randonnée, des aires de pique-nique et des terrains de jeux ou d'aventure. Les rangers chargés de leur surveillance avaient visiblement le pouvoir d'établir des procès-verbaux et même de placer quelqu'un en garde à vue, en cas de délit ou de crime avéré. Qui l'aurait cru ? Elle n'aperçut pas le nom de Tom sur la liste des agents du secteur, mais le site n'avait sans doute pas encore été mis à jour.

L'air était vif, ce matin-là, quand ils se mirent en route tous les deux. De la buée sortait de leur bouche à chaque expiration. Tom semblait se déplacer avec moins de raideur, remarqua-t-elle, même si le retour fut plus difficile pour lui. Selon les médecins et les kinés, la course était un bon exercice, à condition de ne pas pousser jusqu'à la douleur.

— Oh ! j'ai fait plein de kiné, assura-t-il avec une grimace. Ta mère et moi avons plus en commun qu'elle le soupçonne.

Ils étaient arrivés entre leurs maisons respectives. Après tout ce qu'il avait fait pour elles, Jordan trouva normal de l'inviter à dîner. Quand elle lança l'invitation, il lui jeta un regard surpris.

— Tu es sûre ? Je ne veux pas que ça te fasse du travail en plus.

— C'est moi qui fais à manger tous les soirs. Je ne garantis pas de la fine gastronomie, cela dit.

— Je suis un garçon simple, répondit-il, avec son sourire ravageur qui faillit encore la déstabiliser.

— Mais qui sait valser...

Il s'éloigna en riant. Jamais Jordan ne lui avouerait qu'elle ferait plus d'efforts que d'habitude, ce soir-là. Sa mère avait un appétit d'oiseau, si bien que cuisiner pour elle était toujours un peu frustrant.

Ce soir-là, Jordan ne se sentait pas très à son aise, lorsqu'elle aperçut Tom traverser la rue à l'heure dite. Rien ne donnait pourtant à penser qu'il venait expressément pour elle. Ceux qui la surveillaient ne pouvaient pas la haïr au point de l'espionner en permanence. Et puis, des voisins passaient souvent rendre visite à sa mère, même avant l'AVC de sa mère. Alors, pourquoi pas Tom ?

Et si quelqu'un les avait vus courir ?

On ne sort pas ensemble, se rappela-t-elle avec fermeté, en ouvrant la porte avant que Tom ait le temps de sonner.

C'était comme le calme avant la tempête. Ou plutôt, elle avait l'impression d'être dans l'œil du cyclone, pour trouver une meilleure analogie. Chaque fois qu'elle ouvrait la boîte aux lettres, elle s'attendait à y découvrir un serpent lové dedans, prêt à frapper, mais rien ne se passait. Jusqu'au couteau sur l'oreiller, le seul élément qui avait suggéré que quelqu'un l'épiait était le ballon à l'hélium accroché à la poignée, incident survenu des mois plus tôt. Si elle n'avait pas commis l'étourderie de laisser sa porte non verrouillée, se répétait-elle, l'épisode du couteau ne se serait jamais produit. Son mystérieux ennemi se réjouissait-il de constater que la police, une fois encore, la soupçonnait de meurtre ? À vrai dire, l'enquête semblait au point mort, sans doute à cause de l'absence de preuve matérielle contre elle. Tout comme personne n'avait jamais rien trouvé à Walla Walla.

Et si cette enquête n'était jamais résolue ? Est-ce qu'un simple type croisé au supermarché risquait de finir abattu ? Ou bien... Oh non ! Ou bien le voisin sympathique qui vivait en face de chez elle ? Celui avec lequel elle avait déjà passé plus de temps qu'avec les hommes avec qui elle était sortie, avant que ces derniers soient assassinés ?

Non, non. Elle ne sortait pas avec Tom Moore et rien de tel ne se produirait. C'était tout ce qui comptait, tenta-t-elle de se convaincre. Quelle que soit leur relation, cela ne collait pas avec le schéma.

La semaine suivante, ils partirent de nouveau courir. Puis, un matin, Tom débarqua sans crier gare avec sa boîte à outils, pour réparer la rambarde de la terrasse, qui lui avait semblé branlante.

— Je sais que ta mère passe par-derrière, expliqua-t-il, mais cela ne va pas durer.

Lorsqu'il eut terminé, il rentra chez lui sans demander son reste. Il les incitait discrètement à s'appuyer un peu plus sur lui. Jordan lui était reconnaissante et décida de l'inviter de nouveau à dîner. À la façon dont il s'était jeté sur le premier repas qu'elle avait cuisiné, elle se demandait s'il ne se nourrissait pas uniquement de plats surgelés.

Ce soir-là, Jordan servit un curry végétarien que sa mère et elle adoraient, suivi d'une boule de glace à la vanille accompagnée de cookies aux raisins secs, confectionnés par Mme Welsh, une voisine du bout de la rue. Tout en mangeant, Tom posa des questions à Shelly sur ses séances de kiné : ce qu'elle aimait bien faire, les exercices qu'elle redoutait le plus.

— J'aime bien. Me rend plus forte, répondit sa mère au bout d'un moment.

Son élocution était bien plus distincte, mais la progression avait été si lente que Jordan fut surprise de constater à quel point elle se faisait comprendre facilement. Tom, en tout cas, ne semblait avoir aucun souci, car il approuva avec vigueur :

— C'est exactement ce que je me disais. Même si ça faisait un mal de chien.

— Qu'est... -il arrivé ? demanda sa mère.

Tom allait-il répondre ? Son hésitation était visible, mais il finit par dire :

— On m'a tiré dessus. Plusieurs fois.

En voyant leur expression de stupéfaction, il fit la grimace.

— Oui, cela arrive aussi aux rangers des parcs nationaux. Je me suis retrouvé face à un type qu'on surveillait depuis un moment. Il ne voulait pas parler. Il a préféré ouvrir le feu. Un de mes amis a été tué, ajouta-t-il d'une voix sourde.

Un collègue, sans doute.

Shelly tendit un bras tremblant avec une aisance qui surprit Jordan et, quand elle posa sa main sur celle de Tom, celui-ci baissa les yeux. Puis, il jeta un rapide regard à Jordan, laissant entrevoir à quel point il était touché par ce geste. Il posa son autre main sur celle de sa mère.

— Merci, murmura-t-il, de cette voix grave qui déclenchait des frissons chez Jordan.

Ils mangèrent en silence pendant quelques minutes, puis Tom s'adressa à Shelly en souriant :

— Revenons à nos moutons. Dites-moi quels exercices vous détestez le plus ?

La réponse de Shelly fut aussi véhémente qu'inintelligible pour Tom.

— L'ergothérapeute et l'orthophoniste ? s'étonna Jordan, s'efforçant de répéter les propos de sa mère de la façon la plus subtile possible. Je l'ignorais, maman.

L'agacement que ressentait Shelly quand elle ne parvenait pas à se faire comprendre faisait peine à voir, mais bientôt Tom et elle parvinrent à démêler ce qu'elle voulait expliquer : la plupart des thérapeutes partaient du principe qu'elle ne savait pas *comment* faire telle ou telle chose, alors que c'était faux. C'était juste qu'elle ne *pouvait* plus le faire, en raison de ses capacités physiques réduites.

— Je ne suis plus... une enfant, trancha-t-elle, d'un air buté.

Plus tard, lorsque Jordan raccompagna Tom à la porte, elle murmura :

— Je sais que je n'arrête pas, mais je voulais encore te remercier. Je n'avais jamais pensé à lui demander si elle trouvait les séances de kiné utiles. Je suis contente que tu aies réussi à la faire parler.

— Le médecin va sans doute insister pour qu'elle continue, l'avertit-il.

— Mais au moins, je pourrai en discuter avec les thérapeutes.

Elle leva la main, avant de se rendre compte avec consternation qu'elle était sur le point de la poser sur le torse de Tom. Elle retint son geste. Tom eut l'air un peu surpris et il y eut un moment de flottement, un de ceux pendant lesquels l'oxygène semble se raréfier et le temps cesser de s'écouler. Jordan dut lutter pour ne pas se blottir contre lui. Sans doute à cause de l'intensité de ses yeux bleus.

Non, non, non ! Elle ne pouvait se permettre ce genre de complication. Ils étaient en train de devenir amis. C'était tout. Le visage de Tom se referma soudain.

— Bonne nuit, dit-il de sa voix grave, avant de sortir.

Elle se précipita à la fenêtre pour le regarder traverser la rue et rentrer chez lui. Pour la seconde fois en l'espace de quelques minutes, elle semblait manquer d'air. Et si un intrus s'était glissé dans sa maison en son absence et l'attendait dans l'obscurité ? Son cœur se serra. Elle devait vraiment reprendre ses distances. Lui expliquer sans agressivité que sa mère et elle n'avaient pas besoin de lui.

Simplement… Au cours de la semaine qui venait de s'écouler, elle ne s'était plus sentie aussi seule que ces dernières années. Mais jamais elle ne lui avouerait une chose pareille. Tom ne tarderait pas à faire de nouvelles rencontres au travail ou même à se trouver une copine. Lorsque Shelly commencerait à aller mieux, il se contenterait de les saluer de loin, en sortant ou en rentrant chez lui, et ce serait très bien comme ça.

Mais était-ce donc si grave de profiter de la force qui émanait de lui et de la gentillesse qu'il témoignait à leur égard ?

Le shérif Guthrie était catégorique : le fait que Jordan n'ait pas signalé de nouvelles menaces était bien la preuve qu'elle avait tout inventé… ou que c'était elle qui les avait mises en scène. Sinon, pourquoi ne s'était-il rien passé depuis le ballon, qu'elle avait détruit et jeté, sans penser une seconde à le garder pour le montrer à la police ?

— Peut-être que la personne qui lui en veut se satisfait de voir que la police s'intéresse de près à elle depuis le meurtre du médecin, suggéra Tom, au cours de leur dernière entrevue.

Il aurait pour sa part préféré éviter d'être aperçu en compagnie du shérif, mais Guthrie aimait traiter directement avec ses agents. Tout en tirant son portefeuille de sa poche pour régler le déjeuner qu'ils venaient de partager dans un petit restaurant, le shérif poussa un grognement, visiblement mécontent du commentaire de Tom :

— Ne commencez pas à mollir, Moore. Elle est en train de vous avoir.

— Et vous, vous semblez avoir un avis déjà bien tranché sur elle, ce qui est tout aussi risqué, fit remarquer Tom, avec une moue perplexe.

En sortant, Guthrie salua distraitement une connaissance.

— J'ai comme l'impression que vous n'avancez pas beaucoup, poursuivit Guthrie, quand ils se retrouvèrent sur le parking.

— Être sous couverture a des avantages, mais aussi beaucoup d'inconvénients. Je ne peux enquêter sur des gens que Jordan Hendrick a fréquentés autrefois et qui pourraient avoir des raisons de s'en prendre à elle. J'ai établi une liste à partir des réseaux sociaux et j'ai commencé des recherches générales, mais je ne peux pas faire mieux. Même si Jordan Hendrick est la veuve noire que vous voulez voir en elle, les meurtres ont eu lieu à plusieurs années d'intervalle. Non, le dernier a eu lieu… quoi ? Six mois après celui de Walla Walla ? Ça reste long. Qu'est-ce qui vous fait croire qu'elle va changer de mode opératoire ? Ce ne serait pas malin de sa part, d'autant plus qu'elle sait que vous la soupçonnez.

Il réfléchit une seconde.

— Ce pourrait être une bonne tactique, d'ailleurs. Vos inspecteurs pourraient faire semblant de laisser tomber. Si on suit d'autres pistes, alors le coupable pourrait s'agacer de voir que Jordan ne reçoit pas le châtiment mérité.

Guthrie fronça les sourcils.

— Ça ne va pas plaire à mes hommes, marmonna-t-il. Tout le monde ici a une opinion bien arrêtée sur elle. Mais… d'accord. Pourquoi pas ? De toute façon, ils n'avancent pas d'un pouce.

Peut-être simplement parce qu'il n'y avait rien à découvrir concernant Jordan Hendrick ? pensa Tom, qui se garda bien de partager cette opinion. Il demanda si quelqu'un avait fait les vérifications de routine sur le médecin, comme le stipulait la procédure. Son assassinat n'avait peut-être rien à voir avec l'agression d'Elliott Keefe.

— Évidemment ! répliqua Guthrie, avec humeur. Concentrez-vous sur Hendrick. Mettez-lui un peu la pression. Le déclic, c'est quand elle sort avec un type. C'est ça, le déclencheur. Pour elle ou pour je ne sais qui. Vous êtes dans une position idéale, comme nous l'avions envisagé.

— Elle se méfie.

— Alors, tentez-la ! lança Guthrie en s'éloignant.

Irrité, Tom le regarda regagner son véhicule, avant de l'imiter. *La tenter*. Bon sang, c'était plutôt lui qui était tenté par elle ! Toutefois, la perspective d'être de nouveau pris pour cible lui faisait l'effet d'une douche froide. Même si cela pouvait permettre d'identifier le tueur. De plus, c'était une ligne rouge déontologique qu'il répugnait à franchir.

En ruminant, il se dirigea vers les services de la Protection des parcs, où un bureau lui avait été attribué, pour maintenir les apparences. Là-bas, tout le monde savait qu'il fallait prendre les messages destinés au ranger en chef Moore. Pour l'instant, il n'en avait reçu aucun. Même la presse locale ne semblait pas au courant du recrutement de ce nouveau responsable, qui ne faisait en réalité pas grand-chose, à part surfer sur Internet dans son bureau flambant neuf et terriblement vide.

Tom réfléchit aux paroles de Guthrie. « Tout le monde ici a une opinion bien arrêtée sur elle. » Qu'est-ce que cela signifiait ? Était-ce aussi le cas pour Guthrie ? Les informations que Tom avait reçues en amont de cette enquête étaient loin d'être satisfaisantes. Ou plutôt, c'était justement tout ce qui n'avait pas été fait ou les éléments qui avaient été exclus des rapports qui le turlupinaient. Quoi qu'en pense Guthrie, personne au commissariat de Storm Lake n'avait sérieusement envisagé la possibilité que Jordan soit une victime collatérale. Parce que cela aurait alors impliqué que le tueur était quelqu'un du coin ? Par exemple, une de ces personnes qui avaient « une opinion bien arrêtée » sur Jordan ?

Ce soir-là, Tom n'aperçut ni Jordan ni sa mère, même s'il garda un œil sur les lumières allumées dans leur maison. Lorsqu'il avait emménagé, il avait d'abord pensé que Shelly Hendrick n'avait aucune chance de se rétablir totalement, après un AVC aussi grave. À présent, il devait bien admettre qu'elle l'impressionnait. Il connaissait les efforts qu'elle fournissait, l'obstacle insurmontable du découragement, cette muraille qu'elle devait affronter, mètre par mètre. Cette femme avait un sacré cran. Tout comme sa fille.

Tom avait toujours été un lève-tôt. Il commençait ses journées par une tasse de café – et ces derniers temps, par un coup d'œil à la fenêtre en direction du domicile des Hendrick. À chaque fois, il ne savait pas à quoi s'attendre. Un camion de déménageur garé dans l'allée ? Une ambulance ? La maison en proie aux flammes ?

Cette enquête le mettait de plus en plus mal à l'aise. Préférait-il considérer Jordan comme une victime plutôt que comme une tueuse ? Max l'avait toujours accusé d'être trop tolérant envers les femmes. Était-ce la vérité ? Tom aurait donné beaucoup pour pouvoir échanger des idées avec son ancien collègue et ami. Avec un soupir, il emporta sa première tasse de café dans le salon, d'où il avait la meilleure vue sur la maison en face.

La cuisine des Hendrick se trouvait sur l'arrière, si bien qu'il lui était impossible de savoir si quelqu'un était déjà levé. Jordan dormait en général plus tard que lui. En dehors de ça…

Dès qu'il fut devant la fenêtre, il se figea. Il y avait… quelque chose sur la baie vitrée du salon. Et sur la porte du garage. Il posa sa tasse sur un guéridon et sortit, se dirigeant au petit trot vers la maison de Jordan. Il sentait de vagues picotements sur sa nuque. Dommage qu'il ne puisse être armé, mais sa couverture ne tiendrait pas longtemps s'il se promenait en permanence avec un revolver dans un baudrier. Il était arrivé au milieu de la rue quand il distingua enfin ce qui clochait. Sur la porte du garage, peint à la bombe en lettres capitales rouge sang, un mot s'étalait : COUPABLE.

Tom poussa un juron et se tourna vers la fenêtre. Le même mot était inscrit là, en plus petit. Puis, il vit le même encore sur la vitre côté conducteur de la voiture de Jordan.

COUPABLE.

Il grimpa les marches du perron quatre à quatre, s'arrêtant une seconde pour effleurer la peinture du bout des doigts. Cela ne partirait pas facilement. Il frappa doucement à la porte. Pourvu que Shelly dorme toujours. Des pas légers approchèrent, puis il y eut un silence. Jordan vérifiait sans doute par le judas qui venait chez elle aussi tôt. Enfin, elle ouvrit.

— Tom ?

Il ignora l'émotion momentanée qui s'emparait souvent de lui quand il la retrouvait. Il aimait particulièrement la croiser le matin. Elle paraissait alors plus accessible, plus douce, comme si elle n'avait pas encore revêtu son armure.

— Tu ferais mieux de venir voir, annonça-t-il simplement.

Il lut la surprise et l'incompréhension dans ses yeux caramel.

— Qu'est-ce que... ?

Sans finir sa question, elle sortit sur la terrasse. Suivant du regard la direction indiquée par Tom, elle aperçut enfin les lettres sur la fenêtre.

— Oh non. Mon Dieu, non ! s'écria-t-elle, paniquée. Il faut que je nettoie ça ! Si les gens le voient...

Elle semblait véritablement horrifiée. À contrecœur, Tom ajouta :

— Il y a la même chose sur la porte du garage. Et sur ta voiture.

Elle le bouscula presque pour descendre les marches, manquant de rater la dernière. Elle était encore pieds nus, mais s'avança dans l'allée pour contempler en même temps le garage et sa voiture.

— Oh mon Dieu ! répéta-t-elle. Tout le monde va le voir. Cela ne finira donc jamais ?

— Tu dois appeler la police. Je ne sais pas ce qui se passe...

Il le savait parfaitement.

— ... Mais ça ressemble à une menace.

Il vit ses épaules s'affaisser, tandis qu'elle considérait les grandes lettres avec une sidération qu'il croyait sincère.

— Tu as raison, soupira-t-elle, avant d'ajouter avec un rire sans joie : pour ce que ça m'avancera, en même temps !

— Tu devrais aussi mettre des chaussures. Il fait froid, ce matin.

Jordan contempla ses pieds, comme si elle ne comprenait pas de quoi il parlait, puis hocha la tête.

— Vu le délai de réaction de la police, j'ai tout mon temps..., marmonna-t-elle.

Il aurait pu obtenir une réponse plus rapide, mais il ne devait pas s'en mêler. Il la raccompagna sur la terrasse.

— Je vais faire le tour de la maison, pour être sûr qu'il n'y a rien d'autre ailleurs, proposa-t-il.

Une main sur la poignée, Jordan laissa échapper un gémissement douloureux, puis elle chuchota :

— Merci.

— Jordan ? appela-t-il, après un temps de silence.

Elle se figea, le dos tourné.

— Tu voudras bien m'expliquer ?

De longues secondes s'écoulèrent, puis elle redressa les épaules et murmura :

— Oui, mais... plus tard.

— D'accord, répondit-il, en s'assurant de parler d'une voix douce.

Lorsqu'il rentra chez lui, elle se tenait sur la terrasse, son téléphone à la main.

C'était la peinture sur la voiture qui l'inquiétait le plus. Les autres lettres étaient maladroites, mais là... il y avait quelque chose de plus délibéré. Elle était certaine d'avoir fermé le véhicule à clé, pourtant, lorsqu'elle actionna la poignée, la portière s'ouvrit. Il vaudrait sans doute mieux qu'elle ne touche à rien, mais...

Était-ce son permis de conduire qui traînait par terre, près de la pédale du frein ? Comment était-ce possible ? Elle se pencha pour le récupérer, puis étouffa un cri et le relâcha aussitôt. Ce n'était pas son permis de conduire. C'était celui de Colin Parnell. Elle se rendit compte qu'elle claquait des dents. Quelqu'un cherchait à l'impliquer davantage dans le meurtre de Colin. Et maintenant, il y avait ses empreintes sur ce fichu document...

Tom allait revenir d'une minute à l'autre. Ranger le permis dans sa poche ? Non. Le glisser sous le siège, hors de vue. Refermer la portière. Verrouiller la voiture.

Elle venait à peine de terminer quand un premier véhicule de patrouille arriva au bout de la rue. Au moins le conducteur n'avait-il pas actionné la sirène. C'était déjà ça. Elle avait spécifiquement demandé un peu de discrétion, mais certains policiers adoraient attirer l'attention.

Après avoir vérifié qu'il n'y avait pas un fond de pot de peinture dans le garage, Tom proposa d'aller en acheter, afin de couvrir les lettres sur la porte. Il chercherait aussi des produits pour nettoyer les vitres.

Après son départ, ce fut comme si tout le commissariat de Storm Lake avait décidé de répondre à l'appel – depuis la toute dernière recrue, à peine sortie de l'école de police, jusqu'au shérif Allen Guthrie. Debout sur le perron, terrifiée et raide comme un piquet, Jordan les observait.

L'inspecteur Wilson – il avait effectivement été promu – et l'adjoint du shérif Ronald Bowen terminèrent d'examiner – ou bien d'admirer ? – les lettres peintes à la bombe, avant de l'interroger. Comme les fois précédentes, Wilson se montra poli, mais avec un soupçon de « à moi, on ne la fait pas, cocotte » dans la voix. L'adjoint, lui, affichait un mépris à peine masqué par un vernis de politesse. Les autres ne remarquaient peut-être rien, mais son attitude ne valait pas mieux que celle de Buzz. Jordan n'osait pas imaginer les réactions, si elle exigeait de ne plus avoir affaire à Bowen non plus.

Elle répondit à toutes les questions. Non, ni sa mère ni elle n'avaient entendu quoi que ce soit au cours de la nuit. Non, elles ne possédaient pas de bombes de peinture, ni même des pots. Si la police retrouvait les bombes de peinture rouge, il n'y aurait pas ses empreintes dessus, parce qu'elles ne lui appartenaient pas. L'inspecteur Wilson lui demanda ensuite si elle avait la moindre idée de ce qui avait pu motiver un tel acte de vandalisme. À ses côtés, Bowen haussa les sourcils, comme s'il la mettait au défi de répondre.

— Qui que ce soit, il doit être agacé, soupira-t-elle avec lassitude. Vous ne m'avez pas arrêtée. C'est une vilaine accusation contre moi, mais elle vous est également destinée. Celui qui a fait ça semble penser que son piège était parfait, mais que vous êtes des incompétents.

Sa réponse ne leur plut guère. Heureusement qu'elle avait caché le permis de conduire et verrouillé sa voiture. Sinon, ils auraient eu une bonne raison de la place en garde à vue.

Tom revint alors que l'interrogatoire prenait fin.

— Ma mère est dans la cuisine, l'informa-t-elle. Le kiné va rester jusqu'à ce que... tout ça soit fini.

Il acquiesça, salua rapidement les deux policiers, puis prit la direction de la cuisine. Shelly était tellement secouée qu'elle ne parvenait plus à articuler la moindre parole, ce qui la rendait totalement furieuse.

— Je ne peux rien vous dire de plus, messieurs, reprit Jordan, en s'adressant de nouveau aux policiers. Maintenant, si vous voulez bien me laisser. J'ai du ménage et de la peinture à faire.

Les deux hommes se regardèrent, puis Bowen poussa un grognement.

— Je crois qu'on a toutes les photos qu'il faut. Malheureusement, comme votre allée est dallée et qu'il a fait sec ces derniers jours, il n'y a aucune empreinte visible. Nous n'avons pas non plus découvert de bombe de peinture, ce qui n'a rien de surprenant.

Elle lut dans son regard ce que l'adjoint pensait vraiment : sans mandat de perquisition, ils ne pouvaient pas fouiller la maison de fond en comble. Les cachettes ne manquaient pas pour un objet aussi petit qu'un aérosol, en attendant de trouver un moyen de s'en débarrasser définitivement.

Lorsque Jordan se leva pour les raccompagner à la porte, elle eut l'impression qu'un sac de briques lui tombait sur les épaules. Elle vacilla légèrement. Combien de temps supporterait-elle ces soupçons permanents ? Cela ne s'arrêterait donc jamais ? La personne derrière tout cela lui en voulait vraiment beaucoup et n'en avait de toute évidence pas fini avec elle.

Elle resta sur le perron un moment, jusqu'à ce que les derniers véhicules de patrouille se soient éloignés. Quand elle aurait réussi à apaiser un peu sa mère, elle ferait de son mieux pour effacer les lettres rouges. Trop tard, sans doute. Tout le voisinage – sans parler des curieux, attirés par la présence de la police – avait eu le temps de lire les accusations qui la visaient. COUPABLE.

Une main se posa sur son épaule. Elle n'avait pas entendu Tom approcher, mais elle sentit la chaleur de son corps dans son dos. Il lui apportait un tel soutien. Pour l'instant.

— Je vais m'occuper du garage, si tu veux nettoyer les vitres, proposa-t-il.

Elle se retourna et, malgré les questions qu'elle lisait dans ses yeux, elle murmura :

— Merci d'être resté.

Il hocha la tête et s'éloigna vers son SUV, qu'il avait garé derrière sa voiture. Une boule dans la gorge, Jordan se demanda combien de temps il resterait encore à ses côtés, une fois qu'il aurait entendu son histoire. Il ne manquerait pas de se demander ce qui était vrai et ce qui était faux.

9

Ce dut être une des plus longues matinées de la vie de Jordan. Après celle de l'hôpital, peut-être. Lorsque l'heure du déjeuner arriva, elle trouva une nouvelle raison de remercier Tom. Au lieu de faire livrer quelque chose – il avait dû se douter que sa mère aurait du mal à manger de la pizza –, il se donna la peine de faire des sandwichs avec du pain de mie et coupa des tranches de cheese-cake aux myrtilles de Mme Chung, venue prendre des nouvelles. Shelly s'était un peu calmée, mais à table elle s'emporta de nouveau :

— Je ne comprends rien. Qui pourrait croire... ?

Jordan lui tapota la main.

— La police va résoudre ce mystère, maman. C'était sans doute... une sale blague, voilà tout.

Elle se rendit soudain compte qu'elle avait traité sa mère comme une enfant. Peut-être même agissait-elle de la sorte depuis son arrivée. Mais pour l'instant elle n'avait pas l'énergie de se comporter autrement. Elle parvint à convaincre sa mère de s'allonger un peu après le déjeuner. Quand elle retourna dans la cuisine, après l'avoir aidée à s'installer, Tom avait déjà tout rangé et nettoyé et était en train de mettre le cheese-cake dans le réfrigérateur. Il leva les yeux à son approche.

— Tu aurais besoin d'une sieste, toi aussi, fit-il remarquer.

Jordan tenta de sourire, mais le résultat fut peu convaincant.

— Je n'arriverais pas à dormir.

Elle se demandait si elle serait de nouveau capable un jour de fermer les yeux sans ressentir une pointe d'appréhension. Qui sait ce qui pouvait survenir pendant son sommeil ?

— Et si on prenait le café dans le salon ? proposa Tom.

Jordan n'avait qu'une envie : sortir de chez elle, armée d'un aspirateur et de chiffons, pour nettoyer l'intérieur de sa voiture comme une hystérique. Mais non, non. La police était repartie, visiblement satisfaite des informations récoltées. Récupérer le permis de conduire pour le cacher ailleurs pouvait attendre... Si seulement elle parvenait à oublier pendant quelques secondes qu'il se trouvait là-bas, sous le siège, tel un piège à loups grand ouvert. Et puis, Tom se poserait sans doute mille questions si elle le renvoyait chez lui sans explications.

Elle prit quelques profondes inspirations, se préparant à l'inévitable conversation qu'elle devait avoir avec Tom. Elle aurait préféré discuter dehors, mais on risquait de les voir et il faisait vraiment trop froid. Elle hocha la tête, l'air résolu. Tom s'installa à un bout du canapé et, après une seconde d'hésitation, elle choisit l'autre extrémité. Elle retira ses chaussures et remonta une jambe sous elle. Tom se décala un peu pour lui faire face.

— Ce ne sont pas mes oignons, alors si tu..., commença-t-il, sentant sans doute son malaise.

— Il vaut mieux que tu saches. De toute façon, tu as déjà dû en entendre parler.

— Pas assez pour me faire une véritable idée, répondit-il sans la quitter des yeux.

— Moi-même, je n'y comprends rien. C'est... Je crois que quelqu'un s'est mis dans l'idée de me gâcher la vie. Et c'est devenu une sorte d'obsession.

Incapable de soutenir le regard bleu de Tom, elle se perdit dans la contemplation de ses mains.

— Tout cela remonte à mon mariage. Je me suis mariée juste après le lycée, même si ma mère a essayé de me convaincre d'attendre.

Elle eut un petit rire défait.

— Après tout, cela semblait une si bonne idée, à l'époque !

Elle passa rapidement sur les premières violences, car elle ne voulait pas que Tom la considère comme quelqu'un qui supporterait encore ce genre d'abus. Elle évoqua en peu de mots le point d'orgue désastreux, au cours duquel elle avait réellement cru que Steve allait la tuer. De l'instant où elle avait appuyé sur la détente.

— Je suis restée dans le coma pendant vingt-quatre heures et plusieurs jours à l'hôpital, après ça. J'ai fini par apprendre qu'il s'était fait virer, ce jour-là. Il avait... souvent des problèmes au travail. Il n'aimait pas qu'on lui donne des ordres et il s'emportait très vite.

Elle rit de nouveau, mais sa seconde tentative ne fut pas plus réussie que la première.

— Comment est-ce que j'ai pu mettre autant de temps à comprendre ? Je ne sais pas. Le truc, c'est qu'au lycée, il se fichait pas mal de ses résultats et, quand il avait une mauvaise note, il se contentait de hausser les épaules. Les coachs de base-ball et de football étaient à ses pieds. C'était vraiment un athlète de talent, mais il n'a été repéré par aucune grande université. Je me demande si les recruteurs se rendaient compte que ses bulletins scolaires trahissaient un manque de discipline. Je ne sais pas... Et lui, évidemment, il refusait de rejoindre une structure moins cotée qui aurait bien voulu de lui. Alors, après le lycée, il s'est fait embaucher dans le bâtiment. Je crois qu'il ne s'attendait pas à tomber de son piédestal. Il avait toujours été le type que tout le monde admirait, à qui les filles faisaient les yeux doux et avec qui les gars voulaient devenir copains. La chute a été rude.

Encore un petit rire.

— Storm Lake est une bourgade. Tout le monde assistait aux matchs. Je me souviens avoir croisé le maire et la plupart des policiers du commissariat dans les gradins, ou bien en train de féliciter Steve à grand renfort de tapes dans le dos, après une victoire. Le fait que tout le monde a préféré m'accuser de ce qui est arrivé n'a rien de surprenant. Aujourd'hui encore.

Tom ne faisait aucun commentaire, se contentant d'écouter.

— Notre mariage avait super bien commencé. C'est ce que je

croyais, en tout cas. Ensuite... ça a été la dégringolade. Il y a eu un gros accrochage et j'étais prête à le quitter, mais il a pleuré et m'a suppliée de rester. J'ignorais complètement comment ça se passait avec des hommes tels que lui. J'ai pensé qu'il était capable de changer si je lui pardonnais et demeurais à ses côtés.

— En as-tu parlé à ta mère ?

Jordan cligna des yeux pour chasser les larmes.

— Pas comme j'aurais dû le faire. En vérité... je ne lui ai presque rien dit. Bref, peu de gens m'ont crue, quand j'ai raconté que j'avais été obligée de tirer et de tuer Steve. Même si les policiers qui m'ont trouvée n'ont eu aucun doute. J'étais blessée... gravement blessée. Mais plus tard, j'ai commencé à remarquer les regards. Quelques personnes m'abordaient directement pour me balancer des propos horribles. J'essayais d'éviter la famille de Steve, ses meilleurs copains ou ses camarades de classe. Mais même avec mes amis à moi, je lisais le doute dans leurs yeux. C'est pour ça que j'ai fini par déménager.

Elle lui raconta les quelques années dans le Montana, où elle avait commencé des études et presque validé son diplôme. Mais elle avait du mal à joindre les deux bouts, si bien qu'elle avait résolu de tenter sa chance ailleurs et déménagé dans l'État de Washington.

— J'ai terminé ma licence, puis décidé de pousser une année supplémentaire. J'ai pu dénicher un petit boulot à la poste. La paie me permettait de louer un appartement correct et de pouvoir affirmer à ma mère que je n'avais pas besoin qu'elle me soutienne financièrement.

Tom hocha la tête. Elle s'attendait à ce qu'il l'interroge sur le cursus qu'elle avait suivi, puis qu'il lui raconte son propre parcours – il devait avoir fait de longues études pour occuper un tel poste, non ? –, mais il resta silencieux.

L'espace d'un instant, Jordan se demanda pourquoi elle s'ouvrait ainsi à lui. Il y avait de fortes chances qu'il fasse semblant de la croire et de prendre son parti, avant de s'éloigner. Pourquoi pas ? C'était ainsi que tout le monde agissait, après tout. Que pouvait-elle faire ? Lui dire : « Tu vois, les trois types avec qui je suis sortie depuis Steve ont été agressés, deux sont morts et la police pense que c'est moi qui ai fait le coup. »

— Je n'ai plus eu de petit copain pendant des années...

— Tu ne faisais plus confiance aux hommes ?

— Ni à moi-même. Surtout à moi-même, peut-être. Comment aurais-je pu ? J'avais épousé quelqu'un qui, quand il était de mauvaise humeur, me prenait pour son punching-ball.

La bouche de Tom dessinait un pli sévère.

— Ensuite, j'ai déménagé à Walla Walla... C'était la première fois que je me posais vraiment quelque part, que je restais plus d'un an dans le même logement. Mais c'est aussi là que j'ai commencé à remarquer des trucs étranges. Des bouquets de fleurs m'étaient livrés le jour anniversaire de la mort de Steve. Des cartes postales glaçantes. J'ai pensé que le frère de Steve ou un de ses proches, peut-être même sa mère, s'accrochaient encore à leur colère et cherchaient à se venger. Ce n'était pas comme si j'avais besoin qu'on me rappelle quoi que ce soit. Comment pourrais-je jamais oublier cette journée ?

Vaguement anxieuse, elle attendit un hochement de tête de sa part qui la soulagea plus que de raison, puis elle poursuivit :

— Il y a un peu plus de trois ans, un type gentil m'a invitée au restaurant. Il ne me plaisait pas tant que ça, mais ça me rassurait. On est sortis deux fois ensemble, sans qu'il ne se passe rien. Je crois que ça en serait resté là, de toute façon. Ni lui ni moi n'avions vraiment envie de pousser les choses plus loin. Sauf que trois ou quatre jours après le dernier dîner, il est rentré chez lui un soir, alors que des cambrioleurs étaient à l'œuvre. Il a été frappé, puis abattu. Un inspecteur de police est venu me voir quelques jours plus tard, mais c'est tout. L'affaire semblait assez évidente, même s'ils n'ont jamais arrêté personne.

— L'agression n'a donc pas été associée à toi.

— Aucune raison de le faire. J'ai cru comprendre qu'il y avait eu d'autres cambriolages similaires dans le secteur. La seule différence, c'est que les propriétaires n'avaient pas surpris les voleurs sur le fait. La police m'a interrogée parce que je figurais sur la liste des connaissances de Pete.

Elle soupira.

— Un an plus tard environ, les tentatives d'intimidation ont repris de plus belle. De temps en temps, j'avais cette impression d'être surveillée. J'entendais des coups frappés à ma fenêtre. Quelqu'un a rayé ma voiture. Et toujours les cartes et les bouquets, bien sûr. Juste de quoi me mettre un peu à cran. Je n'ai plus essayé de sortir avec qui que ce soit pendant trois ans, après ça. Elliot était agent immobilier dans une agence située sur ma tournée de distribution. Il a commencé à flirter avec moi et quand il m'a proposé un rendez-vous, je me suis dit : « Pourquoi pas ? »

Elle croisa le regard de Tom, sans chercher à cacher son désespoir.

— Je dois avouer que c'était plus pour avoir l'impression d'être normale. Elliott ne me plaisait pas tant que ça, mais à vingt-huit ans, je n'avais quasiment aucune vie sociale.

Lorsque Tom lui prit la main, ce contact lui donna de la force. Comment avait-il pu passer aussi vite de simple voisin à ami et confident ?

— Nous avons dîné une fois ensemble. Puis il y a eu un pique-nique pour les feux d'artifice du 4 Juillet. J'étais venue avec ma propre voiture, si bien que nous nous sommes séparés sur le parking. Le lendemain, deux inspecteurs sonnaient à ma porte. Elliott s'était fait attaquer en rentrant chez lui. Peut-être un coup sur la tête, d'abord, puis on l'avait battu. Selon la police, ses agresseurs l'avaient laissé pour mort. Il est resté dans le coma pendant plusieurs jours, mais il a survécu, et maintenant, il va bien. Malheureusement, il ne se souvient de rien. Évidemment, mon nom a fait surface, en lien avec la victime d'une agression similaire.

— Sauf qu'il n'y avait pas eu de cambriolage, intervint Tom, l'air perplexe.

— C'est ça.

Finissons-en, se dit-elle.

— Les inspecteurs de Walla Walla m'ont interrogée en long, en large et en travers, mais aucune preuve matérielle ne permettait de me lier à la scène de crime, parce que je ne savais même pas où vivait Elliott et que ça ne faisait pas longtemps qu'on se fréquentait. Toutefois, ils ne m'ont pas lâchée. C'était surtout parce qu'ils n'avaient aucune piste. C'est à cette période que ma mère a fait son AVC et que je suis revenue ici. Les deux inspecteurs m'ont rappelée une ou deux fois, mais… ça allait. Ils étaient corrects.

Tom se contenta d'acquiescer.

— Et puis, il y a peu, un médecin urgentiste de l'hôpital, qui avait pris en charge ma mère au moment de son AVC m'a proposé d'aller boire un café. Je savais que je devais refuser. Je le savais. Mais je continuais à me voiler la face. Je me répétais que l'agression dont avait été victime Elliott ne pouvait pas être en lien avec moi. C'était impossible.

Des émotions, ou peut-être des questions, passaient fugacement dans le regard de Tom.

— Tu avais remarqué d'autres détails bizarres, à l'époque où Elliott a été agressé ?

— Oui, mais j'étais aussi en plein déni. C'était une de ces semaines où j'avais en permanence une drôle d'impression. Comme si une araignée me grimpait dans le dos. Je n'arrêtais pas de me retourner, persuadée que quelqu'un m'observait. Mais évidemment, il n'y avait jamais personne.

Puis, elle lui raconta les autres détails perturbants.

— Inutile de préciser que ça n'intéressait pas beaucoup les inspecteurs, ajouta-t-elle.

— Et ici, à Storm Lake ? As-tu remarqué quelque chose ?

— J'ai encore cette drôle d'impression, parfois, mais il y a tellement de gens qui me regardent de travers. La mort de Steve a été la plus grande tragédie de l'histoire de Storm Lake. Ça a vraiment été un scandale. Il avait beaucoup d'amis. Des fans, presque. Tout le monde pensait le connaître. Champion de football, lanceur star de l'équipe de base-ball. La vedette du lycée, le gars le plus populaire de sa génération qui violentait une femme. Steve Dunn, quoi. Tout le monde était persuadé que j'avais menti. C'est pour ça que, depuis mon retour, j'évite ceux que je fréquentais au lycée ou pendant mon mariage.

Elle s'efforçait aussi de ne pas croiser trop de regards.

— D'ailleurs, les deux premiers mois ici, je vivais pratiquement à l'hôpital et prenais la majorité de mes repas à la cafétéria. Je n'ai été exposée aux autres qu'à partir du moment où ma mère a pu rentrer chez elle. Là, j'ai commencé à sortir plus régulièrement, pour aller au supermarché, à la pharmacie, la jardinerie, et à travailler dehors, dans le jardin.

— J'imagine que ça nous amène au meurtre du Dr Colin Parnell ?

— Oui... On a pris un café ensemble et, une semaine plus tard, il m'a invitée au restaurant. Il a été tué ce soir-là, après être rentré chez lui.

Tom la regarda avec une intensité qui la mit mal à l'aise.

— Quelqu'un l'attendait chez lui ? demanda-t-il.

— Ils ne savent rien. À part que la personne a réussi à s'introduire dans la maison. Quand Colin est arrivé chez lui... Ils ignorent aussi s'il s'est rendu directement à son domicile ou non... Il a apparemment eu le temps de se faire une tasse de café et de s'installer devant son ordinateur, à son bureau. Donc, au bout de trente minutes ou de deux heures.

Elle fronça les sourcils.

— Peut-être que le légiste a réussi à déterminer l'heure de la mort avec plus de précision, mais ce n'est certainement pas à moi qu'on va transmettre ce genre d'information. Tout ce que je sais, c'est que, bing, je suis la suspecte numéro un. L'un des deux policiers qui est venu ici la première fois était un ancien coéquipier de Steve. Il a très clairement fait comprendre ce qu'il pensait de moi.

— J'espère que tu l'as signalé.

— Oui, répondit-elle avec une grimace. Mais l'adjoint au shérif Bowen ne vaut pas mieux. Non, je suis injuste. Lui au moins reste poli. Je voulais prendre un avocat, mais je n'ai pas été au bout de la démarche. À quoi bon ? Je n'avais pas la moindre idée de l'adresse de Colin. Je ne le connaissais pas plus que ça. Je savais juste qu'il était drôle et gentil. Il ne méritait pas ça. Personne ne mérite ça. Je ne peux plus continuer à me voiler la face. Je dois accepter qu'il soit mort à cause de moi. Pete, je ne sais pas. Et Elliott a survécu, Dieu merci. Mais Colin, de toutes les victimes... c'était un médecin dévoué qui suivait le dossier de ma mère, alors qu'elle n'était même plus sa patiente. Pourquoi lui ?

Elle soupira.

— Il faut bien me résoudre à reconnaître que c'est parce que je suis sortie avec lui. Tout ce qu'il a fait, c'est de m'embrasser rapidement pour me souhaiter bonne nuit, après m'avoir raccompagnée à ma porte. Un simple baiser. Pas une grosse scène romantique passionnée. Pas de quoi rendre quelqu'un dingue. Ça n'a vraiment aucun sens !

Non, vraiment aucun sens. En constatant la fragilité émotionnelle de Jordan, Tom avait envie d'envoyer promener le coussin qui les séparait pour la prendre dans ses bras. Impossible. Au contraire, il devait garder ses distances. Elle s'attendait certainement à ce qu'il émette quelques réserves sur l'histoire qu'il venait d'entendre. Elle se méfierait même peut-être s'il annonçait qu'il était totalement dans son camp et prêt à affronter le monde entier pour elle. Il devait se contenir pour se préserver, lui aussi. Parce qu'il avait une mission à accomplir.

Il devait *prouver* que cette femme n'était pas coupable. La tâche ne serait pas aisée, principalement parce qu'aucune preuve matérielle n'avait été trouvée, qui permettrait de l'innocenter ou de désigner d'autres suspects possibles. En soi, c'était tout à fait inhabituel.

Ces agressions devaient avoir été méticuleusement organisées, dès que Jordan avait manifesté un peu d'intérêt envers ces hommes. C'était aussi des actes commis de sang-froid, très proprement. Le tueur savait comment éviter de laisser la moindre trace derrière lui. Certes, grâce à la pléthore de films et de séries policières, le grand public avait une vague notion de ce qu'il fallait faire ou ne pas faire. Toutefois, l'idée qu'un des meilleurs amis de Steve était à présent policier ne plaisait pas du tout à Tom. Un policier qui aurait très bien pu savoir exactement comment commettre le crime parfait.

— Revenons à Elliott… ?

— Keefe.

— Se souvient-il quand son agresseur lui a sauté dessus ? Dès qu'il a franchi la porte ou bien un peu plus tard ?

Il devait prendre garde à ne pas se montrer trop technique, afin de ne pas mettre la puce à l'oreille de Jordan.

— Non. Il a rentré sa voiture dans le garage, puis est passé dans la cuisine par la porte qui communique. Après ça, plus rien. Le coup qu'il a reçu sur la tête a été assez brutal pour effacer plusieurs heures de sa mémoire. De plus, il n'a été découvert assommé que le lendemain matin, parce qu'il avait raté des rendez-vous. Pourquoi poses-tu la question ? s'enquit-elle soudain, l'air soucieux.

— Il aurait fallu que tu conduises comme une dingue pour arriver avant lui et l'attendre à l'intérieur.

— Si seulement un voisin avait pu voir quelque chose… Peut-être que Colin aurait survécu, lui aussi, si quelqu'un l'avait trouvé tout de suite.

Étant donné ce qu'il avait lu dans le rapport d'autopsie, Tom en doutait sérieusement. Toutefois, il ne dit rien, se contentant d'un grognement de sympathie. Il posa encore quelques questions sur cette impression qu'elle avait d'être surveillée.

— À vrai dire, répondit Jordan avec une moue, plus le temps passe et plus je me dis que j'aurais vraiment dû faire un signalement à la police à chaque fois. Mais… tu imagines le genre de réactions que ça m'aurait valu ? Une carte d'anniversaire subtilement menaçante à cause de la date à laquelle elle est arrivée ? Ne pourriez-vous pas avoir un admirateur secret qui vous envoie des fleurs, madame ? Ou bien quelqu'un qui veut vous exprimer sa sympathie et son soutien ? Un de vos couteaux retrouvé sur le plan de travail de la cuisine ? Comment pouvez-vous être certaine de ne pas l'avoir sorti vous-même pour une raison ou une autre, avant d'être distraite par quelque chose et de l'oublier là ?

Elle poussa un gémissement de lassitude.

— Même si j'avais gardé les cartes et les lettres, est-ce que tu crois qu'on aurait trouvé des empreintes digitales dessus ? Franchement ? À part celles du facteur et les miennes. À la façon dont réagissent les policiers, ils doivent penser que je me les suis envoyées à moi-même pour m'innocenter.

Elle libéra sa main pour se redresser.

— La police veut me mettre ces crimes sur le dos. Les inspecteurs pourraient tout aussi bien porter des œillères. En gros, je ne crois pas qu'ils mènent une véritable enquête, impartiale et objective. Je dirais même que je n'ai plus aucune confiance en les forces de l'ordre. Et ce n'est pas près de changer.

Ce fut comme un coup de poing dans le ventre, que Tom dut encaisser sans broncher. Jordan ne se doutait pas qu'elle venait de le viser, mais elle avait atteint sa cible en plein cœur. Tom ne pouvait même pas lui en vouloir. D'après ses échanges avec les inspecteurs de Walla Walla, il avait l'impression que ces derniers effectuaient un travail consciencieux et professionnel, et envisageaient d'autres pistes. Guthrie, en revanche... Il avait recruté Tom pour cette mission secrète, justement parce qu'il était déjà persuadé que Jordan était une tueuse. Si seulement Tom s'était rendu compte plus tôt que son supérieur n'était pas objectif, il aurait peut-être refusé le boulot. Ou au moins, refusé de travailler sous couverture.

À présent... il ne changerait rien. Jordan avait besoin de quelqu'un à ses côtés. Quelqu'un d'impartial. Il se concentra de nouveau sur les événements les plus récents. Celui qui avait peint ce mot à la bombe sur la maison et la voiture la veille commençait à perdre patience. Était-ce par conviction de la culpabilité de Jordan ? Ou bien pour essayer d'influencer le commissariat, outré que Jordan ait échappé autrefois au châtiment qui aurait dû être le sien ? Selon cet individu, elle méritait d'être punie.

L'élément le plus évident était la mort du mari. Mais, même parmi les membres de la famille, il était difficile d'imaginer que quelqu'un puisse être rongé par le chagrin, au point d'assassiner plusieurs personnes, dans l'espoir d'envoyer Jordan en prison. Cela faisait presque neuf ans que Steve Dunn était mort.

Tom restait pourtant persuadé que c'était exactement ce qui se tramait, mais il devait revenir à la réalité brute : prouver l'innocence de Jordan ne serait pas chose facile. C'était le casse-tête habituel : démontrer la culpabilité de quelqu'un était une broutille, prouver l'innocence, en revanche... Si Tom y parvenait, il deviendrait un héros aux yeux de Jordan. Jusqu'à ce qu'il lui avoue qu'il lui mentait depuis le début. Elle se leva soudain et bafouilla :

— Tu as déjà assez perdu ton temps avec nous. Je t'en suis très reconnaissante, mais je ne vais pas te retenir plus longtemps.

Tom sentit son estomac se nouer.

— Perdu mon temps ?

— Merci d'être encore venu nous aider aujourd'hui, mais je crois que tu devrais rentrer chez toi. Tu as ta propre vie.

Pas vraiment, pour être honnête, pensa-t-il. Il avait même l'impression que Jordan était devenue le seul élément positif de son existence. Toutefois, il se voyait mal lui annoncer une chose pareille.

— Appelle-moi si tu as besoin, se contenta-t-il de murmurer.

Puis, il rentra chez lui, puisque c'était ce qu'elle désirait.

À cet instant, Jordan haïssait cette ville plus que tout au monde. Si sa mère n'y avait pas vécu plus de trente ans, elle aurait sans hésiter déménagé avec elle. Vendre la maison et poser ses valises ailleurs, où personne ne les connaissait.

En jetant un coup d'œil à travers les persiennes, elle aperçut une voiture qui ralentissait devant chez elles, avant d'accélérer dans un crissement de pneus. Jordan soupira. Cela lui avait beaucoup réussi de repartir de zéro ailleurs, jusqu'ici. Si quelqu'un lui en voulait suffisamment pour s'en prendre à des inconnus, alors cette personne était capable de la retrouver, où qu'elle aille.

D'ailleurs, tout n'était pas aussi noir, dans ce tableau. Pour commencer, il y avait les nombreux amis de sa mère, qui continuaient à soutenir celle-ci, en dépit de tout ce qu'ils pouvaient bien entendre à propos de Jordan. Et puis, les soins que sa mère recevait ici étaient excellents.

Tom Moore figurait également sur la liste des avantages. Bien mieux placé, sans doute, qu'il aurait dû l'être, étant donné qu'elle ne le connaissait que depuis quelques semaines... et qu'il y avait encore tant de choses qu'elle ignorait de lui. Mais depuis la nuit où sa mère avait fait une chute il l'avait soutenue sans faillir. Comment cela pouvait-il ne pas l'inquiéter ?

Le lendemain matin, elle vit Tom sortir de son allée à bord de son gros SUV et s'éloigner. Jordan soupira. Enfin. Elle ne savait pas si elle aurait pu attendre plus longtemps.

Elle donna quelques vagues explications à sa mère – sans préciser sa motivation réelle –, puis rassembla quelques affaires pour aller inspecter l'intérieur de sa vieille voiture. Faisant mine de se préparer à un grand nettoyage, elle ouvrit toutes les portières, et se mit au travail. Elle fouilla d'abord le coffre, craignant une autre petite surprise, puis aspira méticuleusement le tapis.

Selon un schéma classique d'évitement, elle poursuivit par la banquette arrière, découvrant avec gêne tout le bazar qu'elle y avait laissé. Elle sortit les tapis un par un, les battit, puis les aspira avec soin. Ensuite, le siège avant, côté passager. Même traitement. Un coup d'aspirateur et un coup de chiffon humide sur l'intérieur de la portière et le tableau de bord. Lorsqu'elle essuya la boîte à gants, elle fut soudain saisie d'une crainte et ouvrit le compartiment d'une main tremblante. Par chance, il n'y avait dedans que des papiers, le manuel de la voiture, une lampe torche et quelques vieux tickets de caisse.

Son cœur battait fort quand elle passa au siège côté conducteur. Et si le permis de conduire avait disparu ? Non, cela n'aurait aucun sens. Ce n'était pas l'effet recherché.

Elle sortit le tapis de sol, le secoua et l'aspira, puis commença à fouiller sous le fauteuil. Sa main rencontra aussitôt le permis de conduire de Colin Parnell. Elle s'autorisa un rapide coup d'œil à sa photo d'identité. Colin faisait partie des rares personnes à ne pas avoir l'air sinistre sur ce genre de cliché. En plus de son sourire chaleureux, il y avait une étincelle mutine dans son regard. Avec un frisson, Jordan fit disparaître le permis dans la poche arrière de son jean.

Par précaution, elle continua sa fouille. Il y avait moins de bazar de ce côté-là. Sans doute avait-elle pris l'habitude de jeter tickets, serviettes en papier et gobelets sur le siège passager ou la banquette. Puis, ses doigts rencontrèrent quelque chose de rigide, qui semblait empêcher le fauteuil de reculer sur son rail.

Elle comprit avant même de voir ce que c'était. Un autre permis de conduire. Émis cette fois dans l'État de Washington. Sur la photo, Elliott la regardait droit dans les yeux.

10

Était-il possible que quelqu'un ait placé le permis de conduire dans sa voiture juste après l'agression d'Elliott, mais que Jordan ait été si pressée de rejoindre sa mère qu'elle ne s'en était pas rendu compte ? Peut-être même l'avait-elle poussé sous le siège, en chargeant son véhicule en urgence. Heureusement qu'il n'y avait eu aucune preuve suffisante pour que les inspecteurs de Walla Walla demandent un mandat de perquisition. Pourquoi la disparition du permis n'avait-elle jamais été signalée ? Peut-être Elliott s'en était-il aperçu plus tard et n'avait-il pas fait le lien avec les violences qu'il avait subies. En ce qui concernait Colin, en revanche, quelqu'un avait bien dû noter l'absence du document dans son portefeuille.

Jordan glissa le second permis dans son autre poche et se dépêcha de terminer son ménage. Qui la croirait, si elle signalait les avoir trouvés tous les deux par hasard ? Personne. Le plus urgent était donc de chercher la meilleure cachette possible. Elle envisagea brièvement d'aller trouver Tom, car il était peut-être la personne idéale à qui se confier.

Non, surtout pas.

Les jours suivants, elle fit donc son possible pour l'éviter. Elle attendit que son gros SUV ne soit plus garé dans l'allée pour sortir courir et, à une occasion, elle fit même mine de ne pas entendre la sonnette de la porte, car elle savait que c'était lui. Ce n'était pas correct de continuer à dépendre de lui, alors que tout allait de travers dans sa vie. Mieux valait se rendre à l'évidence : elle portait la poisse. La malchance la suivait partout. Une malchance mortelle.

Quelques jours après l'acte de vandalisme à la peinture, une photo du garage de Shelly fut publiée dans la presse locale. Par chance, c'est Jordan qui alla chercher le courrier, ce jour-là. En noir et blanc, l'effet n'était pas aussi frappant, mais elle accusa quand même le coup en découvrant la une de l'hebdomadaire de Storm Lake. Le titre s'étalait en gros : *Un justicier dans notre ville ?* Au moins avaient-ils évité : « Un assassin dans notre ville ? » Le rédacteur en chef n'avait pas osé, le risque de procès était trop grand.

L'article était bref, chaque mot, pesé avec soin. L'auteur rappelait à qui l'aurait oublié que Jordan Hendrick, qui avait fait sa scolarité à Storm Lake, avait tué son mari en situation de légitime défense, huit ans et demi plus tôt. La légitime défense n'était pas ouvertement remise en cause, mais le ton du journaliste laissait clairement entendre que le domicile vandalisé était habité par une femme ayant déjà ôté la vie d'un homme.

Jordan s'effondra sur une chaise du salon, perdue dans le tourbillon de ses propres pensées. Dans la cuisine, elle percevait vaguement des murmures de conversation, car sa mère était avec l'orthophoniste. Aucune chance de cacher ce journal. Sa mère avait pour habitude de l'éplucher de bout en bout, y compris les petites annonces. C'était son rituel. Si Jordan prétendait que l'exemplaire de la semaine n'avait pas été distribué, Shelly lui demanderait d'aller en acheter un autre. Jordan soupira. D'une façon ou d'une autre, elle finirait par l'apprendre. Et puis, ce n'était pas comme si elle n'avait pas déjà constaté de ses propres yeux les dégâts sur sa maison.

Écœurée, Jordan appuya le front contre la table. Est-ce que cela s'arrêterait donc un jour ? À cet instant, la sonnette de la porte d'entrée la fit sursauter violemment. Avec un peu de chance, ce serait un voisin. Pas des policiers venus l'interroger pour la septième ou huitième fois. Elle avait perdu le compte. Quand elle ouvrit, elle vit Tom. Il avait l'air furieux.

— Tu as lu le journal ? s'exclama-t-il.

— Comment aurais-je pu rater ça ? répondit-elle avec un sourire douloureux.

— Je trouve ça lamentable.

À la grande surprise de Jordan, il la prit dans ses bras pour la réconforter. Pendant une seconde, elle resta plantée là, raide et crispée... puis elle s'effondra contre lui. Pas pour pleurer. Juste parce qu'elle avait besoin de s'imprégner de la force qui émanait de son corps solide. Elle passa les mains autour de sa taille et s'agrippa à lui comme à une bouée de sauvetage. Ce devait être sa joue qu'elle sentait contre le sommet de son crâne et elle entendait sa voix grave ronronner dans sa poitrine, sans même chercher à comprendre ce qu'il disait. Ce simple son suffisait à la rassurer.

Petit à petit, elle prit conscience de Tom en tant qu'homme, pas juste en tant qu'ami. Ses cuisses puissantes collées aux siennes et son torse musclé contre ses seins. Il ne devait surtout pas se rendre compte de ce qu'elle ressentait. Elle n'osait même pas reconnaître le trouble qui naissait en elle. Lorsqu'elle parvint enfin à trouver la volonté de s'écarter de lui, elle leva timidement les yeux. Le regard de Tom s'égara fugacement vers sa bouche et elle sut qu'il voulait l'embrasser.

Et à cet instant, rien ne faisait plus envie à Jordan.

Tom pencha doucement la tête, comme il avait envie de le faire depuis la première fois qu'il avait vu Jordan. Ou presque. Il redoutait plus ou moins qu'elle s'écarte brusquement de lui ou fasse au moins semblant de ne pas comprendre ce qui se passait. Mais non. Elle entrouvrit les lèvres et... bon sang, était-elle en train de se hisser sur la pointe des pieds ? Oui !

Ses lèvres étaient d'une infinie douceur et le petit gémissement qui s'échappa de sa gorge le rendit fou. Il s'enhardit et commença à goûter sa bouche, attendant qu'elle l'imite. Puis il se lança et glissa sa langue entre ses lèvres, à la rencontre de la sienne. Il ne perçut aucune résistance dans ce contact sensuel, mais elle accueillit le baiser avec maladresse, comme si elle ne savait plus trop comment s'y prendre. Cela faisait-il si longtemps que… ?

Elle devait sentir à quel point il était excité. Ses mains s'étaient déplacées sans qu'il s'en rende compte. L'une s'était posée sur les fesses, et l'autre, sur la nuque de Jordan, pour l'attirer contre lui. Il plongea les doigts dans sa chevelure, aussi soyeuse qu'il l'avait imaginée, et lui inclina doucement la tête en arrière. Leurs baisers acquirent bientôt une certaine urgence. Jordan gémit de nouveau et Tom crut lui aussi laisser échapper un grognement, incapable du moindre raisonnement constructif. Quand il pressa les hanches contre les siennes tout en lui mordillant les lèvres, elle tenta de grimper sur lui. Si ce n'était que ça… Il était tout à fait disposé à l'aider.

Soudain, des voix retentirent au bout du couloir.

— Vous faites de véritables progrès, madame Hendrick ! Je pense que vous n'allez plus avoir besoin de moi très longtemps.

Tom s'efforça d'analyser l'information, mais rien ne faisait vraiment sens dans sa tête. Et puis, brusquement, il comprit. Bon sang, ils n'étaient pas seuls ! Il s'écarta un peu et se força à reposer Jordan.

— Jordan, chuchota-t-il. Ta mère…

Elle battit des cils.

— Quoi ?

Une expression horrifiée se dessina soudain sur son visage et elle recula brutalement, se heurtant contre le chambranle de la porte.

— Oh non ! Mais qu'est-ce qu'on est en train de faire ?

Sidéré, Tom balbutia :

— Un simple baiser. C'est tout.

— Personne ne doit nous voir ! s'écria-t-elle.

Le cerveau de Tom se remit en action. Elle avait raison. Non seulement l'orthophoniste n'allait pas tarder à sortir de la cuisine, mais Shelly aussi, car il entendait le cliquetis de sa canne sur le carrelage. Pire encore : la porte d'entrée était grande ouverte, et Jordan et lui se tenaient sur le paillasson. N'importe qui aurait pu les voir.

— Non, non !

Jordan recula encore, l'air effaré, les joues rouges. Dans son regard dansaient les vestiges de leur baiser. Il n'avait donc pas été seul dans cet orage de désir.

— Jordan ? appela sa mère depuis la cuisine. On a de la visite ?

— Juste moi, madame Hendrick ! répondit Tom. Je passais prendre des nouvelles.

Se souvenant soudain de la raison de sa venue, il baissa les yeux et se rendit compte qu'il avait lâché ce maudit journal et même marché dessus.

— Tu as vu une voiture ? chuchota Jordan avec anxiété. Ou bien quelqu'un à pied ?

Comment savoir ? Il n'avait pas prêté la moindre attention à ce qui se passait autour de lui. Cela ne lui était pas arrivé depuis des années. Son métier impliquait une sorte d'hypervigilance, car les policiers ne pouvaient se permettre d'être inattentifs.

— Je l'ignore, répondit-il, la gorge nouée. Mais je suis plus grand que toi. Plus large, aussi. Je pense que personne n'a rien vu.

— Il n'était pas difficile de deviner ce que tu faisais. En tout cas, tu n'étais certainement pas en train de...

D'embrasser Shelly ? Non. En effet, il n'aurait pas été compliqué de déduire qui était sa partenaire dans cette étreinte volcanique.

— Je ne suis pas aussi vulnérable que les hommes qui ont été agressés, chuchota-t-il. Tu sais que je suis armé.

Cela aurait-il changé quelque chose s'il s'était présenté comme un policier depuis le début ? Évidemment : elle ne lui aurait même pas adressé la parole.

Jordan lui jeta un regard désespéré, puis fit un pas de côté pour laisser passer sa mère, qui les avait rejoints. Elle lui adressa un sourire crispé.

— Nora, merci d'être venue, lança Shelly à l'orthophoniste.

Cette dernière salua sa patiente, puis descendit les marches du perron pour regagner sa voiture. Elle semblait n'avoir rien remarqué, mais… pourquoi avait-elle eu ce petit sourire en coin, en passant devant eux ? Shelly n'avait sans doute rien vu et paraissait plus inquiète de constater que Tom piétinait le journal.

— C'est le mien, madame Hendrick, assura Tom. J'ai dû le faire tomber.

Jordan prit son courage à deux mains et déclara :

— Maman ? Il y a une photo de la maison sur la première page. Tu sais, avec la peinture dessus ? C'est pour ça que Tom est venu. Il se demandait si j'étais au courant.

Mme Hendrick les regarda tous les deux, l'air effaré.

— Qui peut avoir envie de lire une chose pareille dans le journal ?

Comme Jordan ne répondait rien, Tom suggéra doucement :

— Ce doit être un scoop, pour eux. Ça a été un véritable cirque, ici, vous savez. Je n'avais jamais vu autant de voitures de police réunies.

En vérité, il avait l'habitude de ce genre de rassemblement, mais c'était en général lié à une fusillade, avec des victimes. Il osait à peine imaginer la scène quand Max et lui s'étaient fait tirer dessus. Bizarrement, il n'avait jamais pensé à demander qui avait donné l'alerte. Peu importait, à vrai dire… sauf que quelques minutes de plus auraient pu lui être fatales.

— Et si tu t'asseyais, maman ? Notre exemplaire du journal est sur la table du salon.

Tom remarqua que Jordan refusait de croiser son regard. Timidité ? Ou… autre chose ?

— Tom, ajouta-t-elle. Merci de nous avoir averties. Il est trop tard de toute façon. Tout le monde en ville en parle déjà.

Elle semblait résignée. Elle était prisonnière de cette situation, mais la supportait quand même. La seule issue aurait été d'abandonner sa mère et il savait que jamais elle ne ferait une chose pareille. La loyauté absolue dont elle faisait preuve touchait une corde sensible au plus profond de lui. Il avait eu des amis, mais jamais quelqu'un dont il avait la certitude qu'il ne l'abandonnerait jamais.

Il s'éclaircit la gorge.

— Appelle-moi si tu veux aller courir demain matin, dit-il, avant de ressortir sur le perron.

Il rassembla les pages froissées de son journal et partit. Tandis qu'il traversait, il observa la rue. Personne. Mais un voisin ou un passant avait pu être témoin du « spectacle », avant de rentrer pour prévenir son entourage.

Ce n'était pas un quartier très fréquenté, surtout à cette heure. À vrai dire, ce n'étaient pas les badauds qui l'inquiétaient. Jordan était-elle surveillée en permanence ? Mais alors, où se cachait cette mystérieuse personne ? À cet instant, seul et totalement exposé en plein milieu de la rue, Tom comprit exactement ce que Jordan voulait dire, quand elle parlait d'avoir « une araignée en train de lui grimper dans le dos ».

Plus troublant encore : il se rendit compte qu'il n'aurait pas pu faire mieux, s'il avait cherché à mettre en scène ce baiser. Guthrie allait être content de lui.

À cause de la mort de Colin, Jordan allait certainement refuser de s'afficher en public avec quelqu'un. Même si elle ressentait quelque chose de fort. À vrai dire, plus un homme lui plairait, moins elle risquait d'accepter une relation ou même un simple rendez-vous. Sauf si, évidemment, elle était bel et bien une tueuse. Tom avait peut-être du mal à y croire, mais son métier exigeait qu'il envisage cette possibilité.

D'une façon ou d'une autre, Tom venait d'obtenir le même résultat que s'il avait invité Jordan à dîner en ville. À condition que leur baiser ait été vu par la bonne – ou la mauvaise – personne. Ou que la rumeur circule jusqu'aux oreilles de cette personne.

Il fut soulagé de rentrer chez lui et de fermer la porte à clé, même si quelqu'un l'attendait peut-être à l'intérieur, prêt à bondir. C'était hautement improbable, mais il tira néanmoins son arme et prêta l'oreille, avant de passer chaque pièce en revue. Il avait bien conscience d'être un peu paranoïaque. Il dormait déjà avec son revolver sur la table de chevet, mais il était peut-être temps de prendre des précautions supplémentaires.

Même s'il n'avait pas prévu ou planifié ce baiser, il aurait été stupide de ne pas profiter de l'occasion pour tendre un piège. Au tueur ou à Jordan.

Le lendemain, Tom était sur le point de partir travailler quelques heures à son faux bureau, avant de passer faire des courses, quand son téléphone sonna. C'était Jordan.

— Salut, dit-il, d'un ton volontairement détendu. Tu veux aller courir ?

Il ne l'avait pas vue sortir, ce matin-là. En revanche, il l'avait vue rentrer, remontant la rue à toute allure en tenue de sport, comme si elle avait une meute de loups à ses trousses.

Il y eut un bref silence, puis :

— J'en reviens. C'était bizarre. J'ai cru que... Peu importe.

Elle poussa un soupir.

— Je vois des ombres partout.

— Pourquoi ne m'as-tu pas demandé de t'accompagner ? s'enquit-il d'une voix douce.

— Tu sais pourquoi. Je ne peux pas être vue avec toi.

Tom sentit un pincement quelque part au niveau de son cœur. Cela ne le dérangeait pas qu'on ait besoin de lui. Il était prêt à la protéger par tous les moyens. Il aurait voulu croire qu'elle lui faisait confiance... même si elle n'aurait pas dû.

— J'aurais préféré que tu me le demandes, assura-t-il, lui-même étonné par son calme.

Bon sang, il avait la tête qui tournait, comme s'il sortait d'un de ces manèges qu'il adorait quand il était gamin. En haut, en bas, dans tous les sens. Il tenait plus à Jordan qu'il était prêt à l'admettre. Surtout à lui-même. Il était à deux doigts de tomber amoureux. Mais comme toujours, son cynisme – qualité vitale pour les enfants non désirés et les policiers – reprit le dessus : *Elle n'a aucun moyen de prouver qu'elle était suivie. A-t-elle juste dit ça comme ça ?* se demanda-t-il.

— Tu avais l'impression d'avoir une araignée qui te grimpe dans le dos, c'est ça ?

— Quelque chose comme ça.

Elle eut un petit rire, mais Tom ne fut pas convaincu.

— On pourrait courir mercredi, proposa-t-elle. Je dois te laisser. Maman m'appelle.

Tom raccrocha et ferma les yeux. Il n'aurait jamais dû accepter cette mission. À l'origine, cela lui avait paru assez simple : surveiller la femme qui habitait dans la maison d'en face. Se lier d'amitié avec elle, si possible. Empêcher qu'elle se fasse agresser, si elle était victime. Tout en essayant de la pousser à attaquer, si c'était une tueuse.

Ne te prends pas trop la tête.

Par chance, ses projets pour la journée consistaient à passer quelques heures dans son faux bureau, puis de déjeuner avec Guthrie, qui avait une fois encore insisté pour le rencontrer en personne. Heureusement que Jordan ne quittait quasiment jamais la maison ; peu de chances qu'elle le voie traîner avec le chef de la police locale.

Jordan aurait préféré ne pas avoir à ressortir ce jour-là, mais sa mère s'inquiétait d'une de ses ordonnances médicales qui avait besoin d'être renouvelée.

— J'ai oublié de te le demander hier. Je suis désolée.

— Ce n'est pas grave. Tu n'en as plus du tout ?

— C'est bon jusqu'à demain, mais…

Sa mère ne serait rassurée que lorsqu'elle aurait un flacon neuf et plein, bien rangé dans son armoire à pharmacie.

— Je vais les appeler pour qu'ils préparent tout et je passerai le récupérer, dit Jordan avec un sourire. Ce n'est vraiment pas un problème.

Elle pourrait sortir pendant que l'aide à domicile viendrait pour assister sa mère pendant sa douche. Une heure plus tard, elle quitta la maison et monta dans sa voiture. La rue était totalement vide. Le SUV de Tom n'était pas stationné dans l'allée. Elle devait cesser de vérifier sans cesse s'il était chez lui ou non, mais... elle ne pouvait s'empêcher de se sentir plus rassurée quand il était là, prêt à bondir si elle appelait.

La pharmacie se trouvait au centre-ville et elle dut se garer dans une rue adjacente. Une fois à l'intérieur, elle fit la queue, observant avec une certaine impatience les employés qui semblaient fonctionner au ralenti. Elle était en permanence pressée et sur le qui-vive, guettant le moindre mouvement brusque et surveillant ses arrières. Dans un tel état, les minutes paraissaient souvent des heures interminables.

Lorsque ce fut son tour et qu'elle eut payé, elle se rendit compte que tout cela lui avait pris moins de temps que prévu. Peut-être avait-elle le temps de s'offrir un café ? Le Betty's ne servait que du café noir, à l'époque où Jordan vivait encore à Storm Lake, mais l'endroit était apparemment devenu un bar à expresso florissant, avec une carte alléchante. Elle pouvait bien se faire plaisir avec un latte, même si la caféine n'était sans doute pas indiquée, étant donné son degré de nervosité. Oh et puis zut !

En entrant, elle nota que les tables étaient presque toutes occupées, ce qui n'avait rien d'étonnant, car il était près de 13 heures. Elle se dirigea rapidement vers le comptoir, prenant bien soin de ne regarder personne. Elle avait passé sa commande à emporter et attendait qu'on la serve, quand le ronronnement d'une voix grave et familière lui parvint depuis un des box situés le long du mur. Était-ce Tom ? Pourquoi pas ? Il avait bien dû commencer à se faire de nouveaux amis.

Incapable de résister, elle se pencha pour glisser un œil dans le box. Oui, c'était bien Tom qui lui tournait le dos. En face de lui était assis... le chef de la police de Storm Lake, Allen Guthrie. En uniforme, avec son badge. Des assiettes vides étaient posées devant eux sur la table et les deux hommes semblaient en pleine conversation.

Jordan sentit son cœur se mettre à battre étrangement fort. Peut-être se connaissaient-ils parce que Tom faisait aussi partie des forces de l'ordre. Peut-être s'agissait-il d'un simple déjeuner professionnel. Peut-être...

— Je crois que j'avance bien.

La voix de Tom se détacha dans le vacarme ambiant.

— Elle ne voudra jamais sortir avec moi... elle a même peur de courir avec moi, parce qu'elle ne veut pas qu'on nous voie ensemble trop souvent. Mais nous avons eu... un moment, sur le pas de sa porte. Si quelqu'un nous a aperçus...

— Un moment ? demanda le shérif, intéressé.

Figée, Jordan attendit. Tom n'allait pas répondre. Il n'allait pas...

— Un baiser.

Elle ne chercha pas à analyser le ton de sa voix. Peu importait.

— C'est notre chance, reprit-il.

Derrière elle, la serveuse appela distinctement :

— La commande de Jordan !

Comme si le monde entier autour d'elle fonctionnait au ralenti, Jordan vit Guthrie lever les yeux vers elle. Tom se tourna pour regarder par-dessus son épaule et l'aperçut à son tour. Il avait l'air catastrophé.

Jordan recula. Un pas, un autre. Elle se heurta contre la table, puis fit volte-face et se sauva en courant.

11

— Dommage…, soupira Guthrie, visiblement contrarié. Un bon plan qui tombe à l'eau.

Tom le regarda sans un mot. Chacun de ses muscles semblait être passé en mode combat. Jamais dans sa vie, il n'avait autant eu l'envie de dire « Je vous avais prévenu ». Se glissant hors du box, il annonça :

— Je vais tenter de rattraper le coup.

Il récupéra le gobelet au nom de Jordan des mains de la serveuse et sortit. À vrai dire, qu'espérait-il ? Il savait à quel point il était difficile de réparer une confiance trahie. Il n'existait pas de colle suffisamment forte pour ça. Le ventre noué, il regrettait presque d'avoir mangé ce hamburger et ces frites grasses.

Il rentra chez lui en autopilote. Il devait parler à Jordan, mais ensuite ? Commencer à porter son badge et son arme en public, peut-être ? Se présenter au commissariat pour que tout le monde fasse la connaissance du nouveau lieutenant inspecteur ? Ou bien Jordan lui permettrait-elle de garder son identité secrète encore quelque temps ?

D'abord, lui parler.

Quand il arriva dans leur rue, sa voiture était devant la maison. Il se gara à son tour et resta un long moment assis au volant, immobile. Enfin, il récupéra le café et descendit. Elle devait se douter qu'il allait toquer à sa porte. En revanche, il fut presque surpris qu'elle lui ouvre, une expression froide sur le visage. Elle sortit sur la terrasse et referma derrière elle.

— Shelly se repose ? demanda-t-il.

Sans prendre la peine de répondre, elle le débarrassa du gobelet, qu'elle posa sur la rambarde. Puis, elle croisa les bras sur sa poitrine.

— C'est la dernière fois que je t'ouvre ou que je t'adresse la parole, annonça-t-elle. Je vais te demander de ne plus mettre les pieds chez nous et de ne plus chercher à entrer en contact avec ma mère ou moi, pour quelque raison que ce soit.

Glaciale.

— Jordan, tu veux bien m'écouter ? Me donner une chance de m'expliquer ?

— Expliquer que tu as été recruté pour te frayer un chemin dans ma vie et trouver des preuves que je suis bien la tueuse que la police veut à tout prix voir en moi ?

Elle laissa échapper un grognement impatient.

— Étant donné leurs œillères, j'aurais dû m'en douter. Tu es détective privé ou bien policier ?

— Policier, répondit-il d'une voix rauque. Inspecteur.

— Évidemment. Eh bien, tu pourras dire à Guthrie que je refuse dorénavant de parler avec toi ou n'importe lequel de ses hommes, sans la présence de mon avocat. J'ai été stupide.

La douleur qu'il vit briller dans son regard lui fit faire un pas en avant.

— Acceptes-tu de m'écouter un instant ?

Elle recula avec une moue de mépris.

— Tu me mens depuis le début. Pourquoi croirais-je un mot de ce que tu as à me dire maintenant ? Tu es peut-être encore en train de me mentir à cet instant même. D'inventer un nouveau bobard bien pratique pour m'amadouer.

Elle baissa la tête et chuchota :

— S'il te plaît, va-t'en. Et ne remets plus jamais les pieds ici. Tu m'entends ?

— Je peux t'aider. Te protéger.

Bon sang, était-il en train de supplier ?

— Je ne crois pas que tu aies jamais fait de mal à quelqu'un, insista-t-il.

— Ah bon ? En es-tu vraiment persuadé ? Tu dis ça pour me faire plaisir...

Son ironie mordante le transperça comme une aiguille brûlante.

— Je suis sincère, ajouta-t-il.

Mais elle lui avait déjà tourné le dos. Elle récupéra sa tasse de café et rentra. Avant qu'elle puisse lui claquer la porte au nez une bonne fois pour toutes, il murmura :

— Ne dis à personne que je suis flic.

Jordan se figea.

— Aide-moi à protéger ma couverture, afin que je puisse arrêter le fumier qui a assassiné le médecin.

Elle hésita, puis hocha brièvement la tête, avant de disparaître à l'intérieur. Tom écouta la clé tourner dans la serrure, comme une condamnation irrévocable.

Par chance, Shelly n'avait pas entendu qu'on avait frappé à la porte. Elle ressortit de sa chambre après sa sieste, s'appuyant sur une canne, plutôt que sur son déambulateur, preuve qu'elle était de plus en plus stable sur ses pieds. Elle s'était visiblement coiffée en se levant.

Jordan s'émerveillait chaque jour de ses progrès. Sa mère revenait de loin. Si elle ne refaisait pas d'AVC, elle n'aurait plus besoin de Jordan très longtemps.

Tout en rangeant le reste de salade de pommes de terre du déjeuner, Jordan se demanda s'il était trop tard pour s'inscrire à l'université de l'Idaho ou à une autre pour le semestre d'automne, afin de poursuivre son cursus. Si elle demeurait dans l'Idaho, elle pourrait bénéficier de frais de scolarité réduits, en tant que résidente, et elle serait plus proche de sa mère.

Sauf que... Il ne servait à rien de faire des plans sur la comète, tant que le tueur qui tentait de la faire accuser n'était pas appréhendé, jugé et condamné.

« Je peux t'aider. Aide-moi à protéger ma couverture, afin que je puisse arrêter le fumier qui a assassiné le médecin. »

Tom était-il sincère ?

La colère s'empara d'elle. *Mais oui, bien sûr. Monsieur Parfait. Inspecteur Parfait !* L'homme qui l'avait embrassée avec une apparente spontanéité, avant de s'en vanter devant son chef, parce que, vraiment, il avait réussi une mise en scène idéale. Il avait sans doute trouvé que les choses traînaient un peu en longueur et avait commencé à s'impatienter. Pas pour elle, non. Mais parce qu'il avait hâte de résoudre cette enquête avec brio.

Et dire qu'elle avait failli lui parler des permis de conduire !

Jordan avait les yeux qui brûlaient, mais pas à cause des larmes qu'elle refusait de verser. Elle rejoignit sa mère à table pour boire un café. Pour la seconde fois de sa vie, elle s'était laissé berner par un homme. Décidément, elle faisait preuve d'un bon sens à toute épreuve ! *Chat échaudé...*, pensa-t-elle. Visiblement, elle n'avait pas retenu la leçon et s'était laissé embobiner de façon spectaculaire une seconde fois.

Plus jamais, se jura-t-elle.

Pendant l'après-midi et la soirée, elle fit comme si de rien n'était. Elle passa l'aspirateur, nettoya la salle de bains, élabora un dîner qu'elle mangea du bout des lèvres, puis s'assit devant une émission dont elle n'écouta pas un mot. Ensuite, elle aida sa mère à se préparer pour la nuit. C'était pour ça qu'elle était revenue. Pour l'instant, quelqu'un avait besoin d'elle. Quelqu'un qui l'aimerait jusqu'à sa mort, sans condition. Toutefois, elle avait beau se répéter ces paroles pour se rassurer et faire comme si tout allait bien, ses pensées tourbillonnaient.

Comment Tom pouvait-il se regarder en face ? Était-ce seulement son vrai nom ? Il avait fait semblant de ne rien savoir d'elle, avait écouté son histoire avec compassion et fait des remarques pertinentes. Si la compassion avait été factice, la pertinence était sans doute bien réelle. A posteriori – trop tard –, elle se représentait Tom en train de mesurer ses moindres propos, de rassembler les pièces du puzzle et de repérer les failles dans le tableau. Sa sollicitude le soir où sa mère était tombée. Était-elle sincère ou bien avait-il agi par devoir, ravi de cette occasion d'établir un lien avec elle ?

Faisait-il vraiment du sport ? Avait-il réellement l'habitude de courir ? Tout ce qu'il lui avait raconté sur les parcs nationaux avait-il été glané sur le site Internet de Storm Lake ou du comté, ainsi que dans quelques articles sur le métier de ranger ? San Francisco ? Si ça se trouvait, il n'avait fait que visiter la ville une fois ou deux.

La seule chose que Jordan était disposée à croire, c'était qu'on lui avait bel et bien tiré dessus. La raideur dans sa jambe et les grimaces de douleur lui avaient paru sincères. D'ailleurs, les policiers étaient sans doute pris pour cible bien plus souvent que les rangers.

Sa force quand il l'avait tenue dans ses bras, son tact et sa gentillesse avec Shelly étaient autant de souvenirs douloureux. Ce qu'elle ne lui pardonnerait jamais, c'était la chaleur dans ses yeux quand il la regardait. Soit il faisait semblant – ce dont elle doutait, car elle avait senti son désir flagrant, lorsqu'ils étaient collés l'un à l'autre pour s'embrasser. Soit l'idée de coucher avec elle le réjouissait simplement, parce qu'après tout... Hé ! C'était une femme, il s'ennuyait. Pourquoi pas, après tout ? De toute façon, elle serait furieuse en découvrant la vérité, alors un peu plus, un peu moins...

Jordan rabattit sa couette et s'assit sur le bord du matelas, épuisée, mais sachant déjà qu'elle ne fermerait pas l'œil de la nuit. Elle revoyait sans cesse l'expression de Tom, cette étincelle joyeuse dans son regard, la fossette qui se creusait sur sa joue gauche quand il riait ou affichait ce sourire mutin et, ô combien sexy. Son impatience avec la masse désordonnée de ses cheveux, ses histoires drôles, le contact chaud de sa main.

Lui. Tout entier. Tout simplement.

Deux soirs plus tard, la situation était toujours la même. Le sommeil la fuyait ou bien elle faisait des rêves troublants. Jordan était sur le point de se mettre au lit, quand elle entendit sa mère appeler :

— Jordan ?

Quand elle arriva dans la chambre, elle trouva Shelly en train de vider le contenu du tiroir de sa table de chevet sur son lit.

— Maman ? Qu'est-ce que tu fais ?

— Mon inhalateur pour l'asthme. Je ne sais plus où...

Oh bon sang... Avait-elle du mal à respirer ? Elle semblait bien un peu essoufflée.

— Est-ce que ce n'est pas à cause des allergies ou quand tu attrapes un rhume, d'habitude ?

— Oui, mais... je sens que ça monte. Je le sais et je ne trouve pas mon inhalateur.

Sa mère n'avait pas fait de crise depuis que Jordan était revenue. Sans doute avait-elle simplement pensé à la maladie, avant de se demander où était son inhalateur, ce qui l'avait fait paniquer.

Sans doute. Mais... si elle faisait vraiment une crise ?

Jordan se mit à chercher aussi. Elle vida le sac à main de sa mère, retourna les coussins du canapé, fouilla la salle de bains, le tiroir fourre-tout de la cuisine et sous les lits. Elle explora toutes les poches de tous les manteaux, celles du peignoir, et vérifia même un vieux cabas oublié dans la penderie. Lorsqu'elle revint bredouille dans la chambre, Shelly avait la respiration sifflante.

— J'appelle ton médecin.

— En pleine nuit ?

— Le cabinet, en tout cas. Il y aura forcément quelqu'un. Et sinon, on ira aux urgences.

Il y avait bel et bien un médecin de garde, qui accepta d'envoyer une ordonnance par fax à la pharmacie de l'hôpital. Jordan n'aurait qu'à récupérer le médicament.

Shelly s'était un peu calmée, ce qui acheva de convaincre Jordan que tout cela n'était pas vraiment nécessaire. Sa mère avait perdu le contrôle sur tant d'aspects de sa vie qu'elle était devenue obsédée par ses traitements, comme si ces derniers constituaient un rempart contre un éventuel désastre. C'était bien compréhensible.

— Je vais appeler Jennifer Pierce, décida Jordan.

Les Pierce habitaient trois maisons plus loin. Jennifer n'était pas aussi proche de sa mère que d'autres voisines, mais elle était beaucoup plus jeune que la plupart. Cela serait moins compliqué pour elle de se lever en pleine nuit pour tenir compagnie à Shelly. Moins que pour Mme Chung, par exemple.

— Je n'en ai pas pour longtemps.

Ce fut le mari de Jennifer qui décrocha et annonça aussitôt qu'ils arrivaient tous les deux. Jordan ne put s'empêcher de se demander s'il accompagnait sa femme parce que c'était la maison d'une personne accusée de meurtre. Cependant, elle se contenta de les remercier chaleureusement. Jordan eut juste le temps de se rhabiller, car, dix minutes plus tard, les Pierce étaient là.

— Je pense que ça se calme, leur expliqua Jordan. Mais si jamais maman a de nouveau du mal à respirer, appelez les secours.

Quand elle sortit sur le perron, une ombre bougea entre la maison et le garage. Elle se précipita dans sa voiture et verrouilla les portières. Tout en scrutant l'obscurité, pour tenter de voir s'il s'agissait d'une personne, d'un chien ou d'un chat, elle démarra et mit le chauffage en route. Son imagination devait lui jouer des tours. Cela lui arrivait souvent, ces derniers temps, pensa-t-elle, frigorifiée. Elle savait pourtant qu'il était impossible que quelqu'un la surveille en permanence.

Agacée par son propre comportement, elle prit le chemin de l'hôpital, qu'elle connaissait par cœur. Dans quinze minutes, elle serait de retour. Sa mère pourrait respirer quelques bouffées de son inhalateur et tout le monde retournerait se coucher.

Tom ne tenait pas en place et s'efforçait de s'occuper pour éviter de ruminer. Assis à la table de sa cuisine, il travaillait sur son ordinateur portable. Peut-être ferait-il mieux de dévoiler sa véritable identité, finalement. Cela lui permettrait d'enquêter sérieusement sur toutes les personnes assez proches de l'ex-mari de Jordan pour avoir des raisons d'en vouloir à celle-ci. Il n'avait pu interroger personne jusqu'alors et le peu d'informations qu'il avait pu trouver dans les bases de données de la police était loin d'être satisfaisant.

Ce soir-là, il n'avait rien de mieux à faire que de parcourir les archives en ligne du lycée de Storm Lake. Il avait déjà trouvé des photos de Steve Dunn dans les journaux, mais il voulait en savoir plus sur ce jeune homme qui, selon Jordan, était une véritable star aux yeux de ses camarades. Dans les annales de son année de terminale, Steve apparaissait au moins sur une dizaine de clichés, en plus de la photo de classe. Celles des équipes de football américain et de base-ball, quelques instantanés pris dans le feu de l'action lors de matchs, le portrait officiel de l'élève le plus populaire de l'année et celui du représentant des délégués. Jordan ne figurait jamais à ses côtés, avait noté Tom.

Visiblement, Steve était destiné à un grand avenir.

Vraiment ?

Le jeune homme affichait une sorte de beauté mal dégrossie. Il était fort et bien bâti, mais sans doute pas assez pour des universités en quête de nouveaux athlètes. Son sourire avait certes quelque chose de ravageur... mais Tom savait à présent trop bien ce qui se cachait derrière pour se laisser impressionner.

Évidemment, Tom avait cherché Jordan dans les archives. Elle était déjà aussi jolie, malgré une timidité presque palpable. À moins que ce soit une forme de réserve. Elle ne se maquillait presque pas et ne possédait pas ce vernis superficiel qu'exhibaient ses camarades plus confiantes.

Tom se renseigna ensuite sur le frère et la sœur de Steve. Carolyn avait un an de plus et semblait afficher la même réserve que Jordan – ou peut-être une sorte de vigilance. Tom ne put s'empêcher de se demander à quoi ressemblait la vie quotidienne chez les Dunn.

Kevin avait deux ans de moins que son frère et, s'il possédait une certaine aura, cela n'atteignait pas le niveau de son aîné. Lui aussi jouait au football, mais en halfback, car il n'avait pas la carrure de Steve. On ne trouvait pas non plus autant de photos de lui dans les archives. La question était de savoir si Kevin était jaloux de son frère ou bien si, au contraire, il l'idolâtrait ? Un peu des deux, peut-être ? Bon sang, comme il aurait voulu pouvoir discuter avec lui ! Qui pourrait bien l'aider à répondre à ses questions ?

Il nota le nom des coéquipiers de Steve, soulignant ceux qui paraissaient vraiment copains avec lui, d'après les photos. Bussert – « Buzz », selon la légende – entrait dans cette catégorie. La liste des filles qui posaient avec Steve ou semblaient graviter autour de lui était beaucoup plus restreinte. Et toujours aucune trace de celle qui deviendrait sa femme, quelques mois plus tard.

Il chercha ensuite ce qu'étaient devenus ces gens. Quelques-uns avaient un casier judiciaire, notamment Kevin Dunn : conduite en état d'ivresse et altercations dans des bars. Il n'avait cependant jamais fait de prison. Donc... un sale caractère, comme son frère. Il était couvreur et avait travaillé pour quatre entreprises différentes depuis la fin du lycée. Peut-être parce qu'il espérait un meilleur salaire, peut-être parce qu'il avait été viré. Il s'était marié quelques années après le lycée ; son épouse semblait avoir été assez active sur Facebook autrefois, mais n'avait rien posté depuis huit mois.

La sœur Carolyn était mariée, elle aussi. Elle était serveuse dans un restaurant que Tom ne connaissait pas encore. Elle avait deux enfants, d'après sa page Facebook, mise à jour sporadiquement.

Buzz avait visiblement eu affaire avec les autorités lorsqu'il était mineur, mais comme le stipulait la loi, son casier était impossible à consulter. Tom trouva cette information très intéressante. Il ne manquerait pas d'en discuter avec Guthrie.

Au bout de quelques heures, il commençait à avoir mal à la tête et les lignes se brouillaient devant ses yeux. Il savait qu'un antalgique classique n'y changerait rien, mais n'avait pas envie de prendre un des cachets qui lui restaient de l'hôpital – une molécule beaucoup plus puissante –, car il voulait garder l'esprit clair. Il devait se montrer particulièrement vigilant. Surtout si ce baiser avait bien fonctionné comme appât...

Il s'ébroua, un peu honteux. D'accord, d'accord. Tout à fait par hasard, ce baiser était une chance pour son enquête. Mais, en temps normal, un homme ne se vantait pas de ce genre de choses et Jordan avait toutes les raisons d'être furieuse contre lui.

Bon sang, il *savait* que ça tournerait mal, mais il n'avait pas prévu que ce soit aussi douloureux. Comment avait-il pu se laisser avoir de façon aussi spectaculaire et oublier que rien entre eux n'était réel ? C'était d'autant plus éprouvant qu'il avait lui-même été sidéré par la passion et la perfection de leur baiser. L'espace d'un court instant, il avait cru toucher du doigt – ou du bout des lèvres, plutôt – tout ce dont il avait toujours rêvé.

« On vient de t'accorder une chance de connaître tout ça. » Les paroles d'Emilia, l'épouse de Max, ne l'avaient pas quitté et il savait exactement ce que cela représentait : une femme, des enfants, le bonheur. Avait-il voulu voir en Jordan quelque chose qui n'existait pas ? Le virage brutal que sa vie avait pris était-il responsable de ce vide qu'il sentait en lui ? Un vide qu'il s'efforçait de combler par tous les moyens. Ou bien venait-il vraiment de laisser passer la chance de sa vie ?

Avec un grognement, il rangea son ordinateur dans sa pochette, puis le cacha dans un placard de la cuisine, au milieu des casseroles. Il éteignit la lumière au-dessus de la gazinière, puis le plafonnier. En rentrant chez lui, il avait fait le tour de la maison, par sécurité, mais le système de fermeture des fenêtres était inadéquat et la serrure de la porte donnant sur le jardin était loin d'être assez solide à son goût. Il devait s'occuper rapidement d'ajouter au moins un verrou.

Le front soucieux, il s'engagea à tâtons dans le petit couloir qui menait aux chambres et à la salle de bains, se demandant s'il serait capable de dormir. Oserait-il seulement fermer l'œil ?

Derrière lui, il sentit soudain un déplacement d'air. S'il n'avait pas déjà été sur le qui-vive, ses réflexes n'auraient peut-être pas été assez bons. Par chance, il fit un saut de côté au moment où une matraque – non, une barre de métal – s'abattait sur son épaule, manquant de peu sa tête. Il tenta de se retourner et heurta la porte ouverte de la chambre d'amis.

Pop.

Un coup de feu !

Tom se jeta à terre et tira son revolver d'appoint, roulant sur le dos pour avoir l'encadrement de la porte et le couloir dans sa ligne de mire. Il devait faire face à son agresseur, même dans l'obscurité.

— Lâchez votre arme !

L'ombre ne répondit pas.

Pop, pop. Silencieux.

Il appuya sur la gâchette. Une fois, deux fois. Des bruits de pas précipités lui indiquèrent qu'il avait attendu trop longtemps. Tom se mit à genoux rapidement, prêt à se lancer à la poursuite de l'intrus, quand il entendit claquer la porte donnant sur le jardin. Son bras gauche pendait inutilement contre son flanc. Lorsqu'il parvint à se redresser, il vacilla et heurta la cloison.

Impossible de déterminer si c'était la barre de métal ou la balle qui avait fait le plus de dégâts. Ou bien était-ce deux balles ? Il ne savait plus... Il se laissa glisser à terre, prenant appui contre le mur avec son épaule indemne pour amortir sa chute, et sortit son téléphone portable.

12

Jordan aperçut la lueur des gyrophares dès qu'elle tourna au coin de la rue. Oh non. Sa mère avait-elle fait une grave crise d'asthme en son absence, contrairement à ce qu'elle avait anticipé ? Pourtant, elle avait rappelé les Pierce juste avant de repartir de la pharmacie de l'hôpital.

Ou alors… quelque chose de pire était-il arrivé ?

Terrifiée, elle se pencha par la fenêtre pour mieux voir. Il y avait une voiture de police devant chez elles, mais l'ambulance se trouvait dans l'allée de Tom. Un second véhicule de patrouille était garé sur le trottoir. L'espace d'une seconde, Jordan n'y comprit rien, puis une sueur froide lui glaça le dos.

Tom avait été agressé. Comme les autres hommes avec qui elle était sortie. Était-il mort ?

Étant donné la façon dont il l'avait trahie, elle ne s'attendait pas à ressentir une telle angoisse pour lui. Elle venait de bondir hors de la voiture, quand un agent surgit devant elle, l'arme au poing, en hurlant :

— Ne bougez plus ! Mains en l'air ! Lâchez ce que vous avez à la main !

Tétanisée, elle laissa tomber le sac en papier contenant l'inhalateur de sa mère.

— J'habite ici, balbutia-t-elle d'une voix tremblante. C'est… c'est ma maison.

— Tournez-vous ! aboya le policier.

Tandis qu'elle obtempérait, Jordan entrevit les urgentistes transporter une forme inanimée sur une civière, en direction de l'ambulance. Elle sentit la panique la gagner.

— Je ne comprends pas...

Elle comprenait très bien, au contraire. La police locale avait tranché sur son cas depuis longtemps. Elle repensa à cette ombre aperçue au moment de partir chercher le médicament. Elle ne s'était pas trompée. *Quelqu'un* l'avait vue quitter la maison. À point nommé.

Elle fut ramenée à la réalité quand le policier l'attrapa brutalement et tira son bras gauche en arrière. Un anneau de métal froid se referma sur son poignet. Instinctivement, elle se rebella, mais l'homme força l'autre main dans les menottes. Puis, il la saisit par le col et la poussa en avant. Elle trébucha contre le bord du trottoir et tomba de tout son long. Elle tenta bien de rouler sur son épaule pour amortir sa chute, mais se râpa quand même le nez contre le goudron. Elle resta étourdie un instant.

— Que se passe-t-il ? appela une autre voix, qu'elle reconnut.

C'était l'adjoint Bowen. Consciemment ou non, il avait une démarche de cow-boy, comme pour impressionner son public par son autorité, alors qu'il n'était pas en uniforme. Il était sans doute sur le point de se coucher quand l'alerte avait été donnée. Ou peut-être même déjà au lit.

— Mme Hendrick vient de rentrer. Le timing est vraiment parfait.

Bowen se pencha au-dessus d'elle et la regarda avec son mépris habituel.

— Qu'est-ce qu'elle fiche le nez par terre ?

— Elle est tombée après que je lui ai mis les menottes.

— D'accord. Relève-la. On l'embarque.

— Pourquoi ? s'écria Jordan. Que s'est-il passé ?

Encore sonnée, elle avait du mal à distinguer clairement les deux hommes près d'elle.

— Oh ! je crois que vous savez très bien ce qui s'est passé. Dès que tu l'auras embarquée, fouille sa voiture, ordonna Bowen.

Malgré la peur, Jordan sentit la colère fuser en elle.

— Vous n'avez pas de mandat !

— J'ai une cause probable, rétorqua-t-il, non sans une certaine suffisance.

— Je peux prouver où j'étais. Mais je ne dirai pas un mot de plus tant que vous ne m'aurez pas donné la possibilité d'appeler un avocat. Si vous avez le malheur de fouiller ma voiture sans mandat de perquisition, vous pouvez vous attendre à un procès !

Ses propos furent accueillis par un silence. Difficile de savoir si elle avait réussi à les intimider un peu ou s'ils contemplaient simplement l'ambulance qui reculait dans l'allée. Malgré elle, elle repensa au visage souriant de Tom et ne put retenir une prière : *Pourvu qu'il ne soit pas trop gravement blessé.*

Un troisième SUV de la police de Storm Lake se gara le long du trottoir. Lorsque Jordan tourna la tête pour appuyer son autre joue contre l'asphalte, elle sentit le goût salé du sang dans sa bouche. Une portière claqua. C'était Guthrie.

— Vous avez interpellé Mme Hendrick ? demanda le shérif.

— Ah... Pas officiellement. On s'est juste assurés qu'elle ne sorte pas une arme.

— Et donc ? Est-ce qu'elle est armée ?

— On ne dirait pas, répondit le premier policier, visiblement mal à l'aise. Je... je ne l'ai pas fouillée.

— Qu'est-ce que vous attendez, alors ? s'emporta Guthrie. Aidez-la à se relever. Et puis fouillez-la !

Deux paires de bras la soulevèrent pour la remettre sur ses pieds. Jordan ferma les yeux et se tint raide, tandis que des mains inconnues la palpaient.

— Rien, chef.

— J'allais vérifier sa voiture, reprit le premier agent, mais elle a dit qu'elle nous collerait un procès.

Guthrie laissa échapper un rire, puis répondit :

— On va commencer par discuter avec elle. Qu'est-ce que je vois là, sur le trottoir ?

— Je ne sais pas, chef. Je lui ai demandé de lâcher ce qu'elle avait dans les mains.

L'un des policiers s'approcha pour ramasser le petit sac en papier.

— Heu... Je crois que c'est un inhalateur pour l'asthme, dit-il.

— Quoi ?

Jordan refusait de les regarder, mais entendant que le sac en papier passait de mains en mains elle finit par dire :

— Est-ce que l'un de vous voudrait bien apporter cela dans la maison ? Ma mère avait du mal à respirer. C'est pour elle. Elle est asthmatique.

Sa requête provoqua une petite discussion, mais au bout d'une minute elle perçut des pas qui s'éloignaient.

— Bien, on va emmener Mme Hendrick au commissariat...

— Non, coupa Jordan.

— Je ne crois pas que vous ayez votre mot à dire, fit remarquer le shérif.

— J'ai demandé à une voisine de rester avec ma mère. Son mari et elle pourront vous dire à quelle heure j'ai quitté la maison. Le ticket de caisse dans le sac vous indiquera quand j'ai payé pour l'inhalateur à la pharmacie de l'hôpital. Ensuite, je suis rentrée directement. En voiture. Je n'ai pas eu le temps de commettre ce dont vous m'accusez.

— On verra ça plus tard, décréta Bowen. Vous pourrez téléphoner au commissariat.

Bowen et l'autre agent la firent monter de force à l'arrière d'un des véhicules. Le shérif semblait s'être éloigné, peut-être pour parler à un de ses hommes près de la maison de Tom. Jordan avait toujours les bras attachés derrière le dos et la douleur de cette position était plus vive dans son épaule droite, qui avait amorti sa chute. Elle avait aussi mal à la tête. Sans doute s'était-elle cogné le crâne en tombant. Pas étonnant qu'elle soit sonnée.

Pendant le trajet qui la menait au commissariat du centre-ville, le policier qui conduisait ne prononça pas un mot. À leur arrivée, il ne fut pas plus doux pour l'aider à sortir. En pénétrant dans le bâtiment, Jordan eut conscience que quelques personnes l'observaient, puis elle fut poussée dans une pièce aveugle, où on la força à s'asseoir sans ménagement sur une chaise. Elle resta ainsi pendant une quinzaine de minutes, qui lui parurent durer une heure. Enfin, le shérif Guthrie et son adjoint Bowen entrèrent. Elle leur jeta un regard qu'elle espérait brûlant de mépris et de colère.

— Je ne sais pas ce qui s'est passé ce soir, mais vous n'avez *aucune* preuve contre moi. Après la façon dont j'ai été traitée, je vous jure que ça va être un plaisir de ruiner cette ville. Maintenant, enlevez-moi ces menottes et apportez-moi un téléphone.

Loin de paraître impressionnés, les deux hommes ne bronchèrent pas. Elle vit la mâchoire de Guthrie se crisper une fois ou deux, puis il passa derrière elle. Une seconde plus tard, Jordan avait les mains libres. Elle étouffa un gémissement de soulagement. Un téléphone et le mince annuaire du comté se matérialisèrent sur la table devant elle.

— Sortez.

Ils pourraient écouter sa conversation depuis l'extérieur de la pièce, elle en était certaine, mais pour l'instant elle voulait au moins avoir l'illusion d'être seule.

Il n'y avait pas beaucoup d'avocats exerçant en ville, mais un nom lui sauta aux yeux. Susan Throndsen. C'était une vieille amie de sa mère, elle aussi passionnée d'horticulture. Si Jordan se souvenait bien, elle était spécialiste en droit pénal et avait emménagé à Storm Lake après la mort de son mari. Avant ça, elle avait pratiqué pendant plus de dix ans à Portland, dans l'Oregon. Étant donné l'heure tardive, Jordan fut surprise d'entendre une femme décrocher au bout de trois sonneries. Elle commença à bafouiller une explication, mais son interlocutrice l'interrompit :

— Je suis Susan Throndsen. Je vois très bien qui vous êtes, Jordan. Où vous trouvez-vous en ce moment ?

— Au commissariat.

— Je m'habille et j'arrive d'ici une vingtaine de minutes. Ne leur dites rien jusqu'à ce que je sois là. Plus un mot. Compris ?

— Merci, répondit Jordan, la gorge nouée.

Contrairement à la fois précédente, Tom resta conscient pendant tout le manège des urgences. Par la suite, il fut brièvement anesthésié, le temps que le chirurgien opère, mais il reprit ses esprits étonnamment vite. Déjà, un médecin se tenait au-dessus de lui, le masque baissé, révélant le visage d'un homme d'une quarantaine d'années.

— Monsieur Moore, nous avons retiré la balle de votre épaule. La plaie a été nettoyée et bandée sur votre cuisse, là où un autre projectile a dû vous effleurer. Vous avez également reçu un coup à la tête, mais le traumatisme ne paraît pas très grave. On va vous garder en observation cette nuit, par précaution.

Le chirurgien hésita, puis poursuivit :

— Vous devez vivre dangereusement, car il me semble que ce n'est pas la première fois qu'on vous tire dessus.

Tom avait la bouche sèche. Son identité était-elle encore secrète ? Visiblement, personne n'avait informé le médecin qu'il était policier.

— Vous allez devoir faire de la rééducation, reprit simplement le médecin, après l'avoir regardé une seconde. J'imagine que vous connaissez la routine.

— En effet.

— Vous avez eu de la chance, ajouta l'homme, en lui tapotant son épaule indemne, avant de s'éloigner.

Une minute plus tard, une infirmière arriva et proposa à Tom des paillettes de glace pour soulager sa soif. Puis, il fut transféré dans un box fermé par des rideaux, en soins intensifs. Il était impatient de parler à Guthrie, afin de savoir ce qui s'était passé après sa chute, mais le chef ne semblait pas se décider à venir. Tom avait hâte de pouvoir lui affirmer qu'il ne s'agissait pas de Jordan. D'après le peu qu'il avait vu de son agresseur, c'était quelqu'un de plus petit que lui et il pouvait s'agir aussi bien d'un homme que d'une femme.

Un homme, se corrigea-t-il, en repensant à sa carrure. Mais tout était arrivé si vite. Bon sang, il espérait que la police ne s'était pas précipitée pour accuser Jordan, en profitant au passage pour la traiter sans ménagement. En tous les cas, elle n'avait pas accouru pour prendre de ses nouvelles.

À vrai dire... pourquoi l'aurait-elle fait ?

Il ferma les yeux en soupirant, surpris de constater à quel point il aurait aimé qu'elle soit à ses côtés, à cet instant. Son parfum si particulier aurait suffi à le réconforter. Lors de sa dernière hospitalisation, la première personne qu'il avait aperçue en reprenant connaissance, c'était son supérieur, et Yates était reparti rapidement, estimant sans doute que Tom n'avait besoin de personne. Pourquoi Tom éprouvait-il soudain ce besoin d'avoir quelqu'un à ses côtés ? Non. Pas quelqu'un : Jordan.

Par malheur, il devait se contenter de revoir son expression lorsqu'elle avait compris qu'il l'avait trahie.

Jordan et Sue restèrent ensemble dans la pièce minuscule, tandis qu'un policier retournait à la maison de sa mère pour récupérer le ticket de caisse de la pharmacie de l'hôpital. Assis en face d'elles, Guthrie les regardait avec froideur.

— Mme Pierce, votre voisine, a confirmé l'heure exacte de votre premier appel et a estimé le temps qu'il leur a fallu, à elle et son mari, pour s'habiller et se rendre chez vous. Une dizaine de minutes. Selon elle, vous avez discuté pendant quelques minutes de la marche à suivre, si jamais l'état de votre mère s'aggravait. Puis, vous êtes partie en voiture.

Jordan resta silencieuse. Tout ce qu'elle voulait, c'était rentrer chez elle, prendre une douche chaude et se rouler en boule dans son lit. Après avoir rassuré sa mère. Le seul point positif, à cet instant, c'était que le shérif avait annoncé que Tom serait vite remis sur pied, bien qu'il se soit fait tirer dessus.

— Mme Pierce a également signalé que vous aviez rappelé plus tard pour prendre des nouvelles et que vous aviez dit vous trouver sur le parking de l'hôpital.

Il la regarda avec méfiance.

— Vous auriez tout aussi bien pu téléphoner en conduisant. Cela vous aurait permis de gagner quelques minutes. Mais j'admets que la marge n'est pas énorme.

— Elle était ridiculement étroite et vous le savez parfaitement ! rétorqua l'avocate. Avez-vous interrogé l'inspecteur Moore ?

Visiblement, Guthrie n'était pas content que Jordan ait divulgué l'identité réelle du blessé, mais il n'avait aucun droit de lui en faire le reproche.

— L'adjoint Bowen s'est brièvement entretenu avec lui. Il n'a pas bien vu son assaillant et ne peut donc pas le décrire avec précision.

— Comment était-il vêtu ? demanda sèchement Sue. Cela ressemblait-il à ce que porte ma cliente ? Ou bien est-elle censée s'être changée à la vitesse de l'éclair, pendant cette « marge » infinitésimale ?

Guthrie jeta un rapide coup d'œil à Jordan, qui portait un sweat gris clair à capuche et un legging. Sa parka bleu vif avait été déchirée en plusieurs endroits quand elle avait glissé sur le trottoir.

— Hum… Il faisait sombre.

Susan le fusilla du regard.

— Je vous avertis que je vais réclamer des dommages et intérêts pour la façon dont Mme Hendrick a été traitée par vos agents lors de son arrestation. Rien ne peut justifier un tel comportement. Ma cliente aurait répondu à vos questions de son plein gré et n'a pas cherché à résister. Ça n'a pas empêché qu'elle soit menacée d'une arme à feu, menottée, malmenée et blessée. Tout ça pour qu'aucune mise en examen officielle ne soit prononcée. Dès que nous partirons d'ici, je vais la conduire à l'hôpital, afin qu'une radio de son épaule soit effectuée, ainsi que pour faire nettoyer les plaies sur son visage et ses mains.

Elle se leva. C'était une femme d'une cinquantaine d'années, grande et sportive. Ses cheveux grisonnants étaient un peu en désordre. Sans doute n'avait-elle pas pris le temps de se coiffer. Elle aida Jordan à se mettre debout et ajouta, avec un regard sévère à l'adresse de Guthrie :

— J'avais une meilleure opinion de vous, Allen.

Jordan sortit la première, regrettant de ne pas avoir pensé à enfiler des chaussettes avant de partir. Cela dit, le froid était le cadet de ses soucis, après la soirée qu'elle venait de passer.

— J'ai menacé de leur intenter un procès, expliqua-t-elle à son avocate, sur le chemin de l'hôpital.

Ce maudit chauffage allait-il enfin se mettre en route ?

— La façon dont vous avez été traitée est abominable, s'indigna de nouveau Susan Throndsen. Je crois qu'il faut donner suite à cette menace, par principe.

Jordan se surprit soudain à redouter son passage aux urgences. Les collègues du Dr Colin Parnell se souvenaient-ils de son nom ? Savaient-ils qu'on la soupçonnait de l'avoir tué ?

Sue resta avec elle et insista même pour qu'on lui fasse une radio, alors que le médecin estimait que cela n'était pas nécessaire. Une infirmière vint ensuite nettoyer son visage, ses mains et sa cheville, retirer des morceaux de gravier et de terre de ses plaies, avant de faire des pansements.

Jordan faillit demander des nouvelles de Tom, qui avait dû aussi passer par les urgences avant elle, mais elle se retint. Il ne *méritait* pas qu'elle se soucie de lui et de ses blessures. D'ailleurs, il n'avait sans doute pas très envie qu'elle lui rende visite, persuadé que c'était elle qui lui avait tiré dessus.

Pourquoi la police ne s'interrogeait-elle pas sur l'arme qu'elle avait pu utiliser et ce qu'elle en avait fait ensuite ? N'aurait-on pas pu effectuer un de ces tests, comme dans les romans policiers, pour déterminer la présence de résidus de poudre ? Trop tard, à présent, pensa-t-elle en contemplant ses mains enveloppées dans une quantité de gaze qui lui paraissait excessive.

Lorsqu'elles furent de nouveau dans la voiture et que Sue eut démarré, elle murmura :

— Je crois que personne au commissariat de Storm Lake ne sait comment enquêter sur un meurtre. Ou une tentative de meurtre. Quant à l'inspecteur Moore, qui semblait être le seul à avoir les compétences nécessaires, ils ont été assez stupides pour le placer dans une position où il ne pouvait pas faire grand-chose, à part essayer de faire copain-copain avec moi.

— Vous voulez bien m'en dire plus long à ce sujet ? s'enquit l'avocate.

Jordan hésita, puis commença à raconter un résumé des faits. Guthrie n'avait pas évoqué le baiser passionné devant Sue et elle préférait garder ce détail pour elle. L'humiliation qu'on lui avait fait subir ce soir-là suffisait bien. Elle n'était pas prête à admettre qu'elle était tombée dans le piège du bel inspecteur.

Sue la reconduisit jusqu'à la maison. Jordan remercia longuement les Pierce, qui étaient restés avec Shelly malgré ce qu'ils devaient penser de Jordan, puis elle les raccompagna à la porte. Quand l'avocate prit à son tour congé, Jordan referma avec soulagement. Elle vérifia toutes les fenêtres et les portes, et jeta un coup d'œil dans la chambre de sa mère, qui dormait profondément.

Selon Jennifer Pierce, Shelly n'avait en fin de compte pas eu besoin de son inhalateur. Dès qu'elle avait su que Jordan était partie en chercher un, elle s'était calmée.

Tout ce qui s'était passé ce soir-là aurait pu être évité.

Lorsque Tom put enfin sortir, il dut supporter d'être conduit en fauteuil roulant jusqu'à la porte de l'hôpital, puis il monta tant bien que mal à bord d'un taxi qui l'attendait. Ce matin-là, quand Guthrie l'avait appelé, il avait suggéré que Tom se débrouille pour rentrer chez lui, afin de ne pas compromettre sa fausse identité.

— En espérant que votre histoire tienne bon, avait-il ajouté, un peu mal à l'aise. On vous remboursera le prix du taxi, si personne ne peut venir vous chercher.

Quelle générosité ! n'avait pu s'empêcher de penser Tom.

— Je ne veux plus être sous couverture, avait-il rétorqué. Il est temps d'enquêter pour de bon, comme j'aurais dû le faire depuis le début.

Il avait raccroché avant que Guthrie puisse protester. À ses yeux, ce petit subterfuge avait assez duré et n'était plus d'aucune utilité.

Le chauffeur de taxi lui proposa de l'accompagner jusqu'à l'intérieur, mais Tom refusa et remonta l'allée en boitillant. Guthrie avait pensé à prendre son portefeuille et ses clés, la veille, si bien qu'il put entrer chez lui. Son arme secondaire avait été placée sous scellé, dans l'espoir qu'il ait réussi à blesser son agresseur et que la balle refasse surface quelque part dans un hôpital. Difficile d'imaginer que quelqu'un puisse l'attendre tapi dans un coin, après le cirque de la nuit précédente, mais Tom passa néanmoins de pièce en pièce avec précaution, regardant derrière chaque porte, pour vérifier qu'il était seul. Puis, il sortit son Sig Sauer 9 mm de son coffre et se sentit plus rassuré.

De retour dans le salon, il entrouvrit les rideaux et jeta un coup d'œil dehors : la façade de la maison des Hendrick était muette. Il sentit une boule d'inquiétude se loger dans son ventre. Guthrie avait avoué, au cours de leur conversation téléphonique, que Jordan avait été conduite au commissariat la veille, afin d'y être interrogée, mais qu'elle avait fini par être libérée, par manque de preuves. Il avait refusé d'en dire plus.

Quelque chose dans la voix de Guthrie avait intrigué Tom. Jordan avait-elle ouvert la porte en pyjama, les cheveux en bataille, peut-être même la marque du drap sur la joue ? Dans ce cas, qu'est-ce qui avait pu justifier son arrestation ? Avaient-ils fouillé la maison, à la recherche d'une arme qu'ils n'avaient pas trouvée ? Jusqu'où étaient-ils allés, dans leur détermination à la désigner comme coupable ?

Jordan avait-elle fini par appeler un avocat ?

Il l'espérait. Elle avait eu la naïveté de croire qu'elle pouvait répondre aux questions, afin que la police l'écarte de la liste des suspects et s'intéresse à d'autres pistes. Une fois de plus, Tom s'en voulut de ne pas s'être mieux renseigné, avant d'accepter ce poste. Oui, les meurtres avaient de toute évidence un lien avec Jordan, mais Guthrie s'était jetée sur elle pour en faire la seule coupable possible. Tom aurait dû s'en rendre compte et faire part de ses réticences. Mais la mission était arrivée à point nommé pour lui et il n'avait pas cherché plus loin.

Il n'avait pas compris ce qu'il risquait d'infliger à une femme qui était peut-être bien innocente... et certainement terrifiée.

Ni qu'il aurait donné cher pour que Jordan traverse la rue à cet instant pour frapper à sa porte et dire : « Je t'en veux toujours, mais j'espère que ça va. » Pour qu'elle le laisse entrevoir qu'elle éprouvait pour lui une once de ce que lui éprouvait pour elle.

Les rideaux de la maison d'en face restaient parfaitement immobiles. Il avait besoin de se reposer. En espérant qu'il ne rêverait pas des séances de kinésithérapie qui l'attendaient.

13

Le grincement d'une roue de chariot de courses derrière elle suffit à inquiéter Jordan, qui sentit ses muscles se crisper douloureusement. C'était ridicule. Elle était pourtant habituée à croiser par hasard des gens qu'elle espérait ne plus jamais voir de sa vie. C'était le prix à payer quand on revenait dans la ville où on avait grandi. Agacée par sa propre lâcheté, elle jeta un regard par-dessus son épaule, certaine de découvrir un parfait inconnu en train de choisir un paquet de macaronis sur un rayonnage.

Pas de chance. La mère de Steve la contemplait, les yeux pleins d'une haine que le temps n'avait pas apaisée. Elle avait pris un sacré coup de vieux.

— Toi ! cracha-t-elle, le visage empourpré d'émotion.

Jordan redressa les épaules.

— Bonjour, Nancy, répondit-elle à la femme qui avait autrefois été sa belle-mère.

— Comment oses-tu revenir dans cette ville et te pavaner comme si tu étais chez toi ? J'étais contente… contente ! … de découvrir cette photo dans le journal et de savoir que quelqu'un avait eu le courage de rappeler au monde que tu es une meurtrière. Ta place est en prison. C'est à cause de toi que Steve est mort !

Percevant du mouvement derrière elle, Jordan eut la désagréable impression qu'elles avaient à présent du public. À vrai dire, quelle différence ?

— Je me doute que vous aimiez votre fils, reprit-elle, avec autant de douceur que possible. Moi aussi. J'ai essayé...

La dernière fois qu'elles s'étaient croisées, la mère de Steve avait affirmé que c'était la faute de Jordan si Steve n'avait pas eu l'opportunité de jouer pour une université et d'être ainsi repéré pour la NFL. Selon elle, c'était Jordan qui avait demandé à son fils de l'épouser et de renoncer à tout cela. Impossible de savoir comment elle avait réussi à se convaincre d'une chose pareille.

— Tu lui as tiré dessus ! s'écria Nancy, qui se retenait visiblement de hurler.

Jordan poursuivit comme si elle n'avait pas entendu.

— J'ai essayé de continuer à l'aimer, même lorsqu'il me faisait du mal. Vous deviez savoir que Steve n'avait pas un caractère facile. Je me suis toujours demandé s'il tenait ça de son père. Et si vous aussi, vous aviez peur, quand votre mari était encore vivant. Si vous deviez dissimuler les bleus, faire comme si tout allait bien, tout en le regardant élever ses fils pour qu'ils deviennent comme lui.

Nancy pâlit affreusement. Jordan s'en voulut. D'après certains éléments évoqués par Steve, autrefois, Nancy avait sans doute enduré le même cauchemar. Malgré tout, son amour pour son enfant restait indéfectible. Comment aurait-elle pu envisager qu'il finirait comme son père ? Ou pire ? Steve était son fils adoré, l'enfant prodige, et le demeurerait pour toujours dans sa mémoire.

Est-ce que tu croyais briser ses illusions ? se demanda Jordan. Blanche comme un linge, les lèvres pincées, Nancy semblait avoir vieilli de dix ans. Elle jeta un rapide coup d'œil par-dessus l'épaule de Jordan, en direction des personnes qui assistaient à la scène.

— C'est toi, le monstre, chuchota-t-elle d'une voix tremblante. Tu as bien trompé ton monde. Aujourd'hui encore, alors que tu as tué un autre homme. Un homme bon et respectable. Je ne sais pas comment tu fais pour t'en tirer à chaque fois, mais tôt ou tard, quelqu'un verra clair dans ton jeu et tu finiras derrière des barreaux. Et pour Steve, j'ai hâte que ce jour arrive.

Elle fit volte-face et quitta précipitamment l'allée. Jordan serra les dents et se tourna pour voir qui avait profité du spectacle. Trois clients esquivèrent son regard et s'emparèrent du premier article qui leur tombait sous la main. Il y avait une femme qui lui parut vaguement familière, sans doute une ancienne camarade de lycée. Les autres, Jordan ne les reconnut pas, mais il était évident qu'eux savaient qui elle était.

Les joues soudain brûlantes, elle voulut abandonner son chariot à moitié plein et s'enfuir, mais sa fierté et son esprit pratique l'en empêchèrent. Le réfrigérateur était presque vide et elle n'avait pas envie de tout recommencer le lendemain. La semaine suivante, peut-être irait-elle faire les courses dans la ville voisine, qui possédait un supermarché plus grand.

Gênée de s'être ainsi donnée en spectacle, elle termina ses emplettes à toute allure. Elle ne croisa personne d'autre de sa connaissance, à part l'une des employées de caisses. Elle choisit une file différente, paya ses achats et quitta le magasin. Elle parcourut le parking du regard avant d'oser s'aventurer jusqu'à sa voiture. Quelle vie.

— Je connais Bussert depuis qu'il est tout gamin, protesta Guthrie, l'air méfiant, peut-être même un peu vexé. Qu'est-ce que vous sous-entendez ?

Le téléphone collé à l'oreille, Tom s'allongea sur le banc de musculation qu'il venait d'installer.

— Il était sans doute un des meilleurs amis de Steve Dunn, quand ils étaient au lycée. Lorsque Wilson et lui ont frappé à la porte de Mme Hendrick, après le meurtre du médecin, Bussert n'a pas tenté de cacher son hostilité envers elle. J'ai creusé un peu dans le passé des proches de Dunn. Évidemment, le fait qu'un de vos agents ait eu un casier quand il était mineur m'a sauté aux yeux. Vous deviez vous y attendre.

Le silence de Guthrie fut difficile à interpréter. Le chef cherchait-il un moyen d'esquiver la question ? Pourtant, au lieu de se contenter d'une réponse laconique, Guthrie commença d'une voix peinée :

— Pour vous dire la vérité, j'avais oublié que Cody Bussert et Steve Dunn étaient amis. Ils ont fait les quatre cents coups ensemble. Rien de méchant. Des blagues de lycéens, quoi.

D'accord...

— Le gamin avait un sale caractère. Ce qui n'était pas surprenant, étant donné sa famille. Il y a eu une dizaine de signalements pour tapage nocturne et violences domestiques à leur adresse, mais la mère de Cody n'a jamais porté plainte contre son mari. Pauvre femme. Un jour, Cody s'est interposé pour la défendre. C'était sans doute justifié, mais il a passé quelques mois en détention juvénile, puis dans un foyer. Il a fini par obtenir son diplôme à l'université et s'est repris en main. En tout cas, il ne s'est plus jamais rien produit depuis.

— Il est pourtant évident qu'il en veut toujours à Jordan Hendrick.

— C'est ce qu'elle prétend.

— Vous avez tout de même fait en sorte qu'il ne retourne pas la questionner, répliqua Tom, un peu agacé.

— Pas faux. C'est Wilson qui a suggéré de le tenir à l'écart, sur cette enquête.

— Normalement, il faudrait interroger Bussert, reprit Tom. Mais étant donné la situation, je vous laisse vous en charger.

— Vous envisagez sérieusement que ce puisse être lui ? demanda Guthrie, incrédule.

— Vous vous doutez bien qu'il fait partie des suspects potentiels. Je dois aussi savoir qui d'autre au commissariat était proche de la famille Dunn.

— Bon sang, Tom...

Tom entendit qu'il avait un double appel et reconnut le numéro qui s'affichait sur son écran.

— J'ai un autre appel, annonça-t-il, avant de raccrocher sans attendre. Allô ?

— Lieutenant Moore ? dit une voix de femme. Ici l'inspectrice

Dutton de Walla Walla. Je voulais vous tenir au courant de notre progression et savoir si vous aviez du nouveau de votre côté.

L'inspectrice et son collègue savaient que Tom enquêtait sous couverture, dans l'espoir d'attirer l'attention du coupable. Tom lui parla de l'agression dont il avait été victime et de son regret de ne pas avoir pu mieux voir le malfaiteur ou de le maîtriser.

— Vous soupçonnez toujours Mme Hendrick ? s'enquit Dutton.

— Non, mais mon chef, oui. Entre nous, je pense qu'il refuse d'envisager qu'un des habitants de sa ville, qu'il connaît peut-être depuis des années, puisse se montrer à ce point obsessionnel.

— Mme Hendrick est de Storm Lake, elle aussi, fit remarquer Dutton.

— Mais elle n'y vivait plus depuis des années. Et autrefois, elle était du genre discret.

C'était presque une spécialité.

— Je me demande même si Guthrie l'avait déjà croisée avant, ajouta-t-il.

— Ah.

— Vous disiez avoir du nouveau ?

Toute information serait la bienvenue. Dans certains cas, le plus infime détail permettait de remonter jusqu'au coupable.

— Vous savez que Mme Hendrick a attiré notre attention parce qu'un homme avec qui elle était brièvement sortie avait été assassiné, quelques jours à peine après leur dernier rendez-vous.

— Peter Shroder.

Celui qui avait surpris les cambrioleurs chez lui.

— C'est ça. Il y a quelques jours, une empreinte digitale récupérée sur les lieux à l'époque a fini par donner quelque chose. Il s'agit d'un certain Bill Bannan.

Elle épela le nom de famille, avant de reprendre :

— Son comparse et lui ont été arrêtés en train de sortir un énorme écran de télévision HD d'une maison près de Eugene, dans l'Oregon. Une belle baraque, apparemment. Ils avaient presque tout vidé. Lorsque la police du coin s'est rendue à leur domicile pour perquisitionner, les garages étaient pleins d'objets volés. Quand on a pris leurs empreintes, la base de données a aussitôt signalé le lien avec Shroder. On espère vaguement retrouver un bien appartenant à ce dernier, même si après toutes ces années ce serait un coup de bol incroyable. Néanmoins, je pense qu'on peut partir du principe que ce sont eux qui sont responsables de la mort de Pete Shroder. Ou du moins, Bannan.

— Donc, seule l'agression contre Elliott Keefe aurait quelque chose à voir avec Jordan… Mme Hendrick, se corrigea-t-il.

— C'est exact. Sans le meurtre non élucidé de Pete Shroder, nous n'aurions sans doute effectué qu'un interrogatoire de routine, après la mort de Keefe.

— Le nom de Mme Hendrick a-t-il été évoqué publiquement, en lien avec cette affaire ? demanda Tom.

— Oui. Un reporter du *Walla Walla Bulletin* a réussi à obtenir son identité. Je ne sais pas trop comment.

Dutton proposa ensuite de lui envoyer l'article de journal en question par courriel et Tom lui promit de la tenir au courant, si l'enquête à Storm Lake avançait de façon significative.

Quinze minutes après qu'il eut raccroché, Tom recevait l'article sur son ordinateur portable. L'inspectrice Dutton ne perdait pas de temps. Il lut avec attention le récit du meurtre mystérieux dans la ville étudiante. Effectivement, le nom de Jordan Hendrick était cité. Tom contempla son écran, l'air songeur. Les spéculations pouvaient se révéler dangereuses dans une enquête, mais cette fois il avait l'impression de tenir quelque chose.

Et si le vrai tueur avait parcouru cet article ? Peut-être parce qu'il détestait Jordan depuis toujours et qu'il faisait régulièrement des recherches sur Internet sur elle. Et si cet homicide lui avait donné une idée ? La police avait interrogé Jordan parce qu'elle avait fréquenté un individu qui venait d'être assassiné. Et si un tel schéma se reproduisait ? Plusieurs fois ? Et s'il était possible de convaincre la police d'arrêter Jordan ? Celle-ci n'avait pas été tenue responsable de la mort de Steve Dunn, mais ce serait presque aussi bien de l'envoyer croupir en prison pendant de longues années pour le meurtre d'un autre homme.

Évidemment, une telle idée aurait mis du temps à prendre forme. Cela n'avait peut-être été au départ qu'un simple rêve de vengeance. Et puis, la colère grandissant, le rêve était petit à petit devenu envisageable.

Un plan diabolique, certes, mais très incertain et difficile à réaliser. Pourtant, Jordan avait bien failli être arrêtée pour l'assassinat du Dr Parnell. Si Tom aussi avait été tué… Jordan n'était jamais entrée à son domicile. Impossible de trouver ses empreintes chez lui. Tôt ou tard, cependant, le coupable réussirait bien à faire en sorte que ses empreintes digitales ou quelque chose lui appartenant se retrouvent sur une scène de crime. Ou alors l'inverse : imaginons que des policiers découvrent chez Jordan un objet ayant un lien avec une des victimes. Comme un trophée qu'elle aurait conservé. Il n'était pas difficile de fabriquer de telles fausses preuves, pensa Tom, en se rappelant avec inquiétude que la voiture de Jordan restait garée dans l'allée, sans surveillance réelle.

Soucieux, il se demanda si Jordan avait manipulé quoi que ce soit qu'il ait pu ramener chez lui ensuite. Le journal local tombé par terre ? Non, il était certain qu'elle n'y avait pas touché. Toutefois… n'importe qui pouvait fouiller dans une poubelle. Tom aurait pu passer sa maison au peigne fin pour vérifier, mais c'était sans doute vain. Si la police avait trouvé quoi que ce soit à son domicile lui permettant de compromettre Jordan, il aurait déjà été mis au courant.

Il poussa un soupir de soulagement. Il était temps d'avoir une petite discussion avec le shérif Guthrie. Finalement, il pouvait se révéler encore utile pour Tom de rester discret quant à la véritable raison de sa présence à Storm Lake.

Il avait besoin de la coopération de Guthrie pour vérifier le planning du commissariat et les dates de vacances de tous les employés ayant un lien avec Dunn. Tout en suivant cette voie, et en espérant que Guthrie ne fasse pas preuve de mauvaise volonté, ils pourraient provoquer l'assassin avec un article de journal évoquant l'homicide du médecin et la tentative de meurtre contre un ranger des parcs nationaux, Tom Moore, sans jamais mentionner le nom de Jordan. Le porte-parole du commissariat – peut-être même Guthrie en personne – pourrait suggérer que les premières hypothèses n'avaient rien donné et que la police se trouvait dans une impasse, mais restait persuadée de pouvoir résoudre ce mystère tôt ou tard. Ils pourraient laisser entendre qu'une autre piste était envisagée.

Est-ce que cela suffirait à agacer quelqu'un qui tentait de faire accuser Jordan ? Le danger était que cette tactique pourrait bien pousser ce fou à renoncer à la prison pour Jordan et à étudier une solution beaucoup plus radicale : la tombe.

Par sécurité, Jordan empruntait un itinéraire différent chaque fois qu'elle partait courir. De plus, le froid mordant et les rues couvertes de neige ou de verglas l'obligeaient à abréger ses séances. En milieu de matinée, elle savait qu'elle ne croiserait presque personne. Toutefois, elle restait particulièrement vigilante quand elle retournait dans son quartier.

Ce jour-là, la chaussée était pleine de neige fondue, malgré le passage de la déneigeuse. En approchant de la maison, elle reconnut Tom qui marchait dans sa direction. Il ne courait pas, car c'était encore trop tôt pour ça. Sa démarche avait retrouvé une certaine raideur, comme lors de son arrivée. Devait-elle bifurquer dans la première rue et rentrer chez elle par l'autre côté ? Non, décida-t-elle. Elle se contenterait de l'ignorer. Évidemment, son indifférence le blesserait profondément, pensa-t-elle avec une grimace.

Soudain, elle oublia Tom, car elle entendit avec inquiétude un véhicule approcher derrière elle. Un coup d'œil par-dessus son épaule lui indiqua qu'elle ne reconnaissait pas le pick-up. Tom se trouvait encore à une centaine de mètres quand la voiture arriva à sa hauteur et braqua brutalement pour lui barrer la route. Elle fit quelques pas en arrière. La vitre du conducteur s'abaissa et elle identifia le frère de Steve. C'était la première fois qu'elle recroisait Kevin depuis sa sortie de l'hôpital, des années plus tôt. Comme elle aurait pu s'y attendre, il arborait une expression mauvaise.

— Je vois que maman avait raison. Te revoilà donc...

Il était accompagné par un ami – Ryan Carpenter, un ancien coéquipier et camarade de beuverie, que Steve retrouvait au pub plusieurs soirs par semaine. Au départ, Jordan s'était sentie blessée d'être ainsi délaissée. Par la suite, elle avait appris à profiter de ces quelques heures de tranquillité.

Ryan la contemplait avec mépris, mais elle s'offrit le luxe de lui renvoyer un regard noir. Puis, ne voulant pas lui donner la satisfaction d'une quelconque autre réaction, elle entreprit de contourner le véhicule par l'arrière. Kevin enclencha la marche arrière et recula brutalement. Jordan dut esquiver et manqua de tomber à la renverse.

— J'appelle la police, annonça-t-elle en sortant son téléphone de sa poche.

— C'est ça, appelle tes petits copains, se moqua Ryan. Qu'est-ce que tu as bien pu leur faire quand ils t'ont arrêtée ? Il doit bien y avoir une explication, pour qu'ils ne voient pas ce qui se trouve juste sous leur nez.

Elle refusait de discuter avec lui. Elle se détourna à nouveau, cette fois en direction du trottoir. Le pick-up fit une embardée, pour lui barrer la route une seconde fois.

— Que se passe-t-il ici ? appela soudain une voix masculine.

Jordan sentit le soulagement l'envahir. Tom. Elle avait complètement oublié qu'il était tout proche et venait dans sa direction. Il descendit sur la chaussée et lui jeta un rapide coup d'œil.

— La police a été alertée ? demanda-t-il.

— Oui, mentit-elle.

— On discute, c'est tout, lança Kevin, contrarié. C'est ma belle-sœur. Occupez-vous de vos oignons.

— Je crois que ce sont un peu mes oignons, rétorqua Tom, avec assurance. Ce que je vois ressemble à du harcèlement, à la limite de l'agression. Si cette dame était tombée lorsque vous avez reculé...

— Il vous en a fallu du temps, pour venir jusqu'ici, hein ? se moqua Kevin, en l'observant des pieds à la tête. Qu'est-ce qui ne va pas ? Quelqu'un vous a fait mal ?

Tom le regarda avec le plus grand calme.

— Intéressant de voir que vous savez exactement ce qui m'est arrivé. Vous n'y seriez pas pour quelque chose, par hasard ?

— On devrait se barrer, marmonna Ryan.

— Ce type a besoin qu'on lui rabaisse un peu son caquet, rétorqua Kevin, une main sur la poignée.

Tom fit un pas en avant et referma la portière d'un coup sec, puis se pencha par la fenêtre pour attraper Kevin par le col de son manteau.

— Je suis plus rapide et plus malin que toi, dit-il d'une voix toujours étonnamment calme. Ne l'oublie pas. Si tu veux mon avis, ton copain a plus de jugeote que toi.

L'expression de haine pure sur le visage de Kevin était si flagrante que Jordan recula d'un pas. Même Nancy Dunn ne l'avait jamais regardée de la sorte. L'instant d'après, Kevin enclenchait la marche avant et appuyait sur l'accélérateur. Le pick-up bondit, esquiva de justesse une voiture garée le long du trottoir et s'éloigna, éclaboussant Tom et Jordan d'une boue noire et glacée.

Tom se tourna vers elle, inquiet.

— Je n'entends pas de sirènes.

— Je n'ai pas eu le temps d'appeler, avoua-t-elle. Et après ton arrivée, je me suis dit que tu avais les choses en main. Tu es flic, après tout.

Tom crispa les mâchoires.

— Tu ne devrais pas t'en plaindre.

— Vraiment ?

Elle tourna les talons, mais il la rattrapa par le bras.

— Attends ! Il faut que je te parle.

— J'ai parlé avec presque tout le monde au commissariat, répondit-elle, au bord des larmes. C'est fini.

— J'essaie de te protéger.

Il aurait tout aussi bien pu appuyer sur le détonateur d'une bombe.

14

— Me protéger ?

Jordan fit volte-face, rouge de colère.

— En me laissant être menottée, plaquée au sol et jetée dans une voiture de police ? Effectivement ! Je n'ai jamais été aussi bien protégée de ma vie !

— Quoi ?

Tom sembla alors remarquer l'hématome sur sa joue et les éraflures presque cicatrisées. Son visage s'assombrit.

— Comment est-ce arrivé ? s'écria-t-il. Que s'est-il passé ?

Jordan aurait voulu rester furieuse, mais il était visiblement scandalisé.

— Est-ce que je t'ai dit qu'on m'avait poussée pour que je tombe ?

— Qui a fait ça ?

— Un policier qui n'a pas eu la politesse de me laisser sa carte de visite. Et moi, j'étais trop occupée à surveiller le canon de son arme de service pointée sur moi pour lire le nom sur son badge.

Tom grommela une obscénité et glissa nerveusement la main dans les cheveux.

— Mais qu'est-ce qui a bien pu leur passer par la tête ?

— La même chose que toi.

Le coup était bas, reconnut Jordan. Mais efficace. Toutefois... Tom venait de l'extraire d'une situation très délicate.

— Merci de... d'être intervenu, reprit-elle. Pour Kevin. Mais je dois rentrer.

— Je t'accompagne.

— Si tu veux.

Malgré la douleur évidente, Tom allongea le pas pour rester à sa hauteur.

— On m'a dit qu'on t'avait tiré dessus, dit-elle après un moment.

— Oui. À l'épaule.

Il effleura des doigts l'endroit de la blessure, sous sa parka.

— Moins grave que la cuisse, précisa-t-il.

— Je suis désolée pour toi.

Son regard troublé croisa le sien.

— Ce n'est pas ta faute.

— Bien sûr que si ! s'écria-t-elle. D'une façon ou d'une autre, je dois bien être responsable.

— Il faut que tu saches que tu n'es plus considérée comme suspecte dans l'affaire du meurtre de Peter Shroder.

Elle se figea.

— J'ai discuté avec les inspecteurs de Walla Walla.

Il lui parla de l'empreinte digitale, détail infime qui avait permis d'identifier l'un des cambrioleurs. Jordan se remit à marcher, sans trop savoir quoi faire de cette nouvelle. S'il n'y avait pas eu les deux autres agressions, l'information aurait pourtant changé sa vie.

— Qui était le second type dans le pick-up ? demanda Tom.

— Un copain de Steve. Ryan Carpenter.

— Hum. Un peu plus réfléchi que Kevin, on dirait.

Jordan regarda la maison, à quelques de dizaines de mètres d'eux.

— Kevin a dit que sa mère venait de l'avertir de mon retour. Je l'ai croisée au supermarché il y a peu. Mais il a forcément eu vent de l'acte de vandalisme avec la peinture.

— Pas nécessairement.

Tom avait l'air soucieux.

— De quoi voulais-tu me parler ? demanda-t-elle.

— J'ai eu une idée. J'en ai discuté avec Guthrie. Mais il y a de gros inconvénients.

Jordan s'arrêta de nouveau. À cet endroit, le trottoir était dégagé, car certains voisins sortaient armés de leur pelle dès qu'il tombait le moindre flocon.

— Quel genre d'inconvénients ? s'enquit-elle, pleine d'appréhension.

Sa vie pouvait-elle devenir encore plus compliquée ? Lorsqu'il lui expliqua, elle comprit aussitôt. L'idée était simple, mais bel et bien risquée : il fallait faire d'elle une cible directe, en faisant croire au meurtrier que la police refusait toujours de la considérer comme coupable, malgré l'agression de trois hommes. Quand Tom eut terminé, elle s'efforça de respirer calmement, un peu étourdie.

— Ma mère. Elle est si vulnérable.

— Jordan, reprit Tom avec douceur. Je suis sérieux quand je dis que ta sécurité et celle de Shelly sont ma priorité.

Pourquoi l'écoutait-elle ? se demanda-t-elle. Elle redressa les épaules.

— Je t'ai dit que je ne croirais plus une parole venant de toi, non ? Je vais acheter une arme. Je me protégerai seule et je veillerai aussi sur ma mère.

Elle tourna les talons et s'éloigna d'un pas décidé. Quelques secondes plus tard, une idée lui traversa l'esprit. Un armurier accepterait-il de lui vendre un revolver alors qu'elle avait tué son mari ? Même si la police avait constaté qu'elle avait agi en état de légitime défense ?

En vérité, elle ne voulait plus jamais, *jamais*, toucher une arme de sa vie. Heureusement qu'elle tournait le dos à Tom. Il ne pouvait ainsi lire sur son visage qu'elle lui avait menti, ni voir ses mains qui tremblaient.

Tom contacta Guthrie par téléphone pour lui faire part de sa théorie – plus question de continuer à s'exposer avec lui en ville. De façon un peu prévisible, le shérif ne fut pas très convaincu. Il reconnut néanmoins que, puisque Jordan n'était plus suspectée d'avoir tué Pete Shroder, cela introduisait une notion de doute en ce qui concernait les autres affaires. Tom resta silencieux, laissant à Guthrie le temps de réfléchir.

— D'accord, finit par soupirer le shérif. Ça vaut le coup d'essayer. Pour une fois, c'est nous qui allons nous servir des journalistes, et pas le contraire. Ça nous changera.

— Vous vous en occupez ? demanda Tom.

— Ils ont l'habitude de voir ma bobine lors des conférences de presse, donc oui.

Tom avait visionné certaines de ces apparitions publiques sur Internet, avant d'accepter son poste. C'était des événements assez fréquents dans ce genre de petites villes ou dans les comtés ruraux : le shérif debout devant un pupitre avec un micro, une poignée d'officiers en uniforme derrière lui, pour souligner son autorité. Les deux hommes discutèrent encore pendant quelques minutes pour régler des détails et déterminer exactement ce qu'ils entendaient diffuser dans les médias.

— On va faire en sorte que la télé se déplace aussi, en plus de la presse locale, suggéra Guthrie. Ça arrive que des États voisins s'intéressent à ce qui se passe par ici. Parfois même, des petites chaînes nationales. Le meurtre d'un médecin urgentiste respecté qui travaillait dans un hôpital régional, cela pourrait fonctionner.

— Je veux consulter les emplois du temps de tout le commissariat l'été dernier, poursuivit Tom. Vérifier les dates de congés et les jours de repos. Les absences inexpliquées.

Guthrie avait esquivé sa requête, la fois précédente.

— Pourquoi vous intéressez-vous de si près à mes hommes ? demanda le chef, sincèrement perplexe.

À moins qu'il soit très bon acteur.

— Certains des suspects les plus évidents ne possèdent de toute évidence pas la patience et la rigueur nécessaires pour planifier de tels crimes, précisa Tom. Attendre le moment idéal, laisser des scènes de crime aussi propres, etc.

Ce n'était pas la première fois qu'il évoquait la question avec Guthrie, mais celui-ci avait jusque-là refusé de l'envisager.

— Des amis de Steve ou de la famille Dunn ont également pu être recrutés dans d'autres commissariats. Il faudra suivre cette piste. Mais commençons par Storm Lake. Même si c'est une petite ville, vous pourriez ne pas être au courant d'un lien entre certains de vos agents et la famille Dunn. Je veux m'assurer que Bussert n'a pas quitté le comté la semaine précédant le 4 juillet, par exemple.

Le silence de son interlocuteur fut éloquent.

— Il était en vacances, finit par répondre Guthrie. Ainsi que deux ou trois autres policiers. Pour ceux qui ont une famille, c'est normal de poser des congés à cette période.

Deux ou trois autres policiers.

— Qui d'autre ? demanda Tom.

Guthrie cita le nom de deux jeunes recrues, que Tom n'avait encore jamais croisées.

— Bowen, également, ajouta Guthrie, presque à contrecœur.

— Il a une femme et des enfants ?

— Ah non. Il a perdu son épouse il y a un peu moins d'un an. Très dur. Ils n'ont jamais eu d'enfants. Ça a été très difficile pour lui pendant un moment. Je crois qu'il avait besoin de temps.

Ronald Bowen avait toujours mis Tom mal à l'aise, sans que celui-ci sache trop pourquoi. Peut-être à cause de l'attitude de l'adjoint envers Jordan. C'était peut-être son style habituel – intimider tous ceux qu'il interrogeait –, mais il pouvait exister une dimension plus personnelle. Le comportement de Bussert, en revanche, était clairement lié à des motifs d'ordre privé.

Ce soir-là, Tom commença à douter de son propre plan. Faisait-il de Jordan une cible facile ? Oui, mais… N'était-ce pas justement le but ? Sa sécurité restait la priorité, mais il se demandait comment il allait accomplir cet exploit. Devait-il patrouiller autour de la maison des Hendrick pendant la nuit ? C'était envisageable, sauf en cas de neige, car ses empreintes de pas seraient alors trop visibles. De plus, il devait bien admettre que ses blessures récentes ne lui faciliteraient pas la tâche. Guthrie accepterait-il d'envoyer un de ses hommes ? Et Tom pourrait-il faire confiance à ce collègue inconnu ?

Le plus simple aurait été de s'installer chez les Hendrick. Peut-être Jordan donnerait-elle son accord, lorsqu'elle verrait les journaux ou la conférence de presse à la télévision. Tom fit la grimace. La fierté était un moteur puissant. Il l'avait trompée et elle ne lui pardonnerait pas de sitôt.

Après avoir vérifié toutes les portes et fenêtres de son domicile, et posé son arme sur la table de chevet, Tom s'allongea sur son lit. Une douleur résiduelle persistait sur chacune de ses plaies. Toutefois, la peur d'échouer était plus lancinante encore. Il aurait dû mettre en place une surveillance rapprochée pour Jordan. En faire une condition sine qua non de son plan. Mais il avait péché par orgueil, persuadé qu'il serait capable de la protéger tout seul.

Mais... s'il se trompait ?

Après une nuit agitée, Tom appela Jordan. Plusieurs fois. Sans réponse. Il s'entretint une fois encore avec Guthrie. Visiblement, il n'était plus dans les petits papiers du shérif et sa bonne volonté initiale semblait s'être envolée.

— Je vais voir ce que je peux faire, finit par grommeler celui-ci. Vous savez que le commissariat n'est pas grand. Votre recrutement pèse déjà sur mon budget, alors que vous ne participez pas aux tâches de routine.

Tom pouvait presque l'entendre grincer des dents. Néanmoins, Guthrie se plia au subterfuge de la conférence de presse, à laquelle n'assistèrent pas autant de journalistes qu'espéré. Tom s'en fichait bien. Selon lui, le tueur n'habitait pas dans un autre État, ni même dans un autre comté. Il vivait tout près, à Storm Lake. Tom en aurait mis sa main à couper.

Il suivit la conférence de presse en ligne. Le shérif semblait sincèrement inquiet. Lorsqu'un journaliste d'un quotidien local posa une question sur le suspect qui avait été interrogé au commissariat, Guthrie répondit avec professionnalisme, prenant bien soin de ne jamais prononcer le nom de Jordan ni de préciser s'il s'agissait d'un homme ou d'une femme.

— C'était une piste que nous devions explorer, mais la personne concernée dispose d'un alibi solide. Je ne peux pas vous en dire plus.

Quelques autres questions fusèrent, principalement sur la suite de l'enquête. Le shérif allait-il requérir l'aide de la police d'État ?

— Nous n'en sommes pas encore là, esquiva Guthrie.

Tom essayait d'imaginer les suspects potentiels – des hommes, surtout – en train de regarder les informations du soir. Il se demanda aussi si le shérif s'était confié à son adjoint, en ce qui concernait leur plan.

En fin d'après-midi, Tom fit une sieste, puis passa la nuit assis près de la fenêtre du salon, sur le qui-vive. Son instinct lui disait qu'il était trop tôt pour que le tueur tente quelque chose, mais il ne pouvait courir le risque de manquer un intrus qui se glisserait par l'arrière de la maison, à son insu.

L'article parut le lendemain à la une du journal local. Avec un gros titre : « Toujours aucun suspect dans le meurtre du médecin ». Tom fit la grimace, mais poursuivit sa lecture. Le texte reprenait son scénario dans les grandes lignes. Il fut à la fois satisfait et mal à l'aise. Le sous-entendu était clair : la police ne soupçonnait plus Jordan Hendrick... même si ce n'était pas la stricte vérité.

Aux yeux de Tom, deux options s'offraient au tueur. Option numéro un : faire une nouvelle victime liée à Jordan, en s'assurant cette fois de laisser des preuves plaçant cette dernière sur le lieu du crime. Le problème était que, depuis la mort du médecin, Jordan était sur ses gardes et ne voyait presque plus personne. À part Tom. Sachant que ce dernier était armé, le tueur risquerait-il de s'en prendre de nouveau à lui ? Surtout s'il avait découvert qu'il appartenait à la police ? Guthrie avait juré de rester discret, mais comment être sûr ?

Option numéro deux : s'en prendre directement à Jordan.

C'était la solution qui plaisait le moins à Tom, alors qu'il faisait tout pour la provoquer.

Jordan s'entêterait-elle à affronter ce risque seule ? Quitte à mettre sa mère en danger ? Il espérait que non. Devait-il envisager de camper sur leur terrasse pendant la nuit ? Cela ne changerait pas grand-chose si quelqu'un tentait d'entrer dans la maison par l'arrière… mais au moins il serait déjà sur place et pourrait guetter des bruits de verre brisé.

— Jordan ? C'est toi ?

Raté. Jordan s'était pourtant efforcée d'être discrète. La veille, sa mère avait lu l'article dans le *Storm Lake Tribune*, soulagée de constater que « ces policiers avaient enfin retrouvé leur bon sens ». Comment avaient-ils pu croire une seconde que sa fille aurait été capable d'actes aussi affreux ? Avec un sourire forcé, Jordan lui avait tapoté la main en disant : « J'espère surtout qu'ils vont bientôt découvrir qui a tué le Dr Parnell. C'était un homme charmant et un médecin dévoué à ses patients. »

Sa mère avait approuvé, puis avait chassé ces événements désagréables de son esprit pour se plonger dans des catalogues et magazines de jardinage qu'elle recevait par la poste. Elle voulait un nouveau rosier et la jardinerie locale la décevait beaucoup, car on n'y trouvait que les variétés habituelles. Son optimisme à penser au printemps redonnait de l'énergie à Jordan, qui s'émerveillait chaque jour de ses progrès.

Comme elle s'inquiétait des effets du stress sur sa mère, elle veillait à ne pas laisser paraître ses propres angoisses. Hors de question d'expliquer à Shelly qu'elle se levait plusieurs fois chaque nuit pour surveiller le jardin, guettant le moindre bruit suspect. Or ce soir-là le plancher avait craqué un peu trop fort.

— C'est moi, maman, répondit-elle. Désolée de t'avoir réveillée.

— Mais qu'est-ce que tu trafiques ? s'enquit sa mère, depuis sa chambre.

— Oh ! je...

Une excuse. Vite.

— Je devais mettre mon portable à charger dans la cuisine.

— Ça fait une bonne demi-heure que tu tournicotes dans la maison, fit remarquer sa mère, visiblement pas convaincue.

Les rares fois où Jordan avait tenté de sortir en douce le soir, quand elle était adolescente, sa mère l'avait prise sur le fait. Elle aurait dû se douter que l'AVC n'allait pas diminuer son excellente audition. Elle soupira.

— Je n'arrivais pas à dormir et j'ai commencé à penser à des trucs, c'est tout, expliqua-t-elle.

C'était étrange de discuter dans le noir.

— Tu crains que quelqu'un essaie de s'en prendre encore à nous, c'est ça ? Comme pour le vandalisme ?

— Je crois que ça me fait un peu peur, avoua-t-elle.

Elle était terrifiée, en vérité. Et ce n'étaient pas quelques jets de peinture innocents qui l'inquiétaient.

— J'aimerais tant que tu en parles à Tom. Il s'est montré si gentil et nous a tellement aidées. Je ne comprends pas pourquoi tu as cessé de le voir comme ça.

Jordan cherchait une excuse plausible quand elle se rendit soudain compte à quel point elle avait sous-estimé la perspicacité de sa mère. De toute évidence, Shelly avait une vision bien plus précise de la situation que ce que Jordan avait cru. Un AVC pouvait provoquer des séquelles d'ordre cognitif, mais ce n'était visiblement pas le cas de sa mère. En dépit de ses problèmes d'élocution, elle avait toute sa tête.

— J'allume dans le couloir, annonça-t-elle.

Elle rejoignit sa mère dans sa chambre et s'assit sur le bord du lit. Shelly lui prit la main et la serra avec une force étonnante.

— Je... je croyais qu'il était en train de devenir un ami, murmura Jordan. Peut-être...

— Peut-être plus ?

— Oui. Et puis, je l'ai surpris en train de discuter avec le shérif et j'ai appris qu'il faisait semblant depuis le début. Tout ça pour se rapprocher de moi. Ils pensaient que c'était peut-être bien moi qui avais commis ce meurtre.

Elle soupira.

— Tom est de la police, maman. Il est inspecteur. Il a été recruté ici pour devenir ami avec moi et me prendre sur le fait.

Jordan frissonna.

— Tu es sûre ? chuchota sa mère, en serrant davantage ses doigts.

— Il me l'a avoué lui-même.

Sa mère resta silencieuse quelques secondes, puis :

— Est-ce qu'il pense toujours que tu aurais pu tuer quelqu'un ?

— Il prétend que non, mais comment le croire ? Il ment depuis le début.

— J'ai vu la façon dont il te regardait. Serait-ce possible qu'il ait commencé par obéir aux ordres, mais qu'il en soit venu à t'apprécier sincèrement ?

— Comment veux-tu que je le sache ?

— Peut-être... peut-être que tu dois suivre ton instinct.

Comme toi avec papa ? voulut demander Jordan, mais cela aurait été cruel. Elles ne discutaient jamais de son père.

— Je m'inquiète toujours, reprit doucement sa mère, d'une voix étonnamment claire. Après le départ de ton père, tu as changé. Je crois que tu n'as plus jamais été capable de faire confiance à quelqu'un depuis.

— J'ai fait confiance à Steve.

— Vraiment ? Ou bien essayais-tu de refonder une famille à tout prix ?

Stupéfaite, Jordan regarda sa mère.

— Je... Tu savais ?

— Bien sûr, ma chérie. Mais tu étais tellement décidée à l'épouser. Rien n'aurait pu te faire changer d'avis. J'ai simplement prié pour qu'il se révèle un homme meilleur que ce que je craignais.

— Mais tu avais raison sur lui.

— J'aurais préféré me tromper.

Étaient-ce des larmes qui brillaient sur les joues de sa mère ? Jordan posa la tête sur son épaule, acceptant le réconfort et le soutien qu'elle rejetait depuis si longtemps.

— Je ne voulais pas l'admettre, chuchota-t-elle. J'ai toujours refusé de voir qui il était vraiment. Je me disais que si je continuais à faire comme si...

— Ce n'est pas comme ça que ça marche, répondit sa mère d'une voix triste. Je... Moi aussi, j'ai essayé. Mais j'ai fini par comprendre que, malgré tout le chagrin éprouvé après le départ de ton père, il m'a quand même apporté un grand bonheur. Et ce bonheur, c'est toi.

Jordan leva le visage vers sa mère, qui lui sourit. Elle laissa jaillir ses larmes et se blottit contre elle. Elles restèrent ainsi longtemps à pleurer ensemble, puis sa mère s'endormit. Jordan se releva doucement, éteignit la lumière dans le couloir, attendit quelques secondes que ses yeux s'habituent à l'obscurité et se dirigea vers le salon pour regarder dans la rue.

Tout était calme. Aucune lumière dans la maison de Tom. Était-il réveillé, lui aussi ? En train de monter la garde ? Avait-il peur pour elle ?

Et que lui disait son instinct, à propos de lui ?

15

Deux jours après la conférence de presse, Tom estima qu'il en avait assez et qu'il était temps de tomber le masque. Une fois cette décision prise, sa première action fut de traverser la rue pour aller sonner chez Jordan. Il reconnut une voiture garée le long du trottoir, qui appartenait à un des kinésithérapeutes de Shelly. Il était possible que Jordan se soit glissée hors de la maison par l'arrière pour partir courir seule, mais...

Jordan ouvrit la porte. Elle portait un jean slim délavé, un sweat informe qui lui arrivait à mi-cuisses et une paire de chaussons. Avec ses cheveux attachés à la va-vite en queue-de-cheval, elle ne lui avait jamais paru aussi belle. Toutefois, son expression indiquait clairement qu'elle n'était pas ravie de le voir.

— Sérieux ? soupira-t-elle. Tu n'as pas compris le message la première fois ? Ni la dixième ?

— S'il te plaît, répondit-il en glissant un pied dans l'ouverture de la porte avant qu'elle puisse la lui claquer au nez. Il faut que je te parle.

Elle sembla perplexe. Il ne parvenait toujours pas à deviner ce qu'elle pensait, mais l'ombre d'une émotion était passée dans son regard. Une seconde plus tard, elle recula d'un pas pour le laisser entrer, mais lâcha avec une ironie mordante :

— Contrarié parce que ton petit plan n'a pas fonctionné ?

Son plan. Provoquer un assassin afin qu'il s'en prenne à elle.

— Oui et non. Je surveille. Mais je m'impatiente, alors que je ne m'attendais pas à une réaction immédiate.

— Pourquoi ?

Elle lui indiqua vaguement la direction du canapé et s'installa dans le fauteuil en face.

— Parce qu'il suit ses propres règles. Tu dois sortir avec un homme… deux fois normalement… avant qu'il agisse.

Elle posa sur lui un regard dénué d'expression.

— Sauf pour toi.

— Il a peut-être compris… et je dis « il » pour simplifier les choses… que tu ne te risquerais plus à sortir avec quelqu'un avant longtemps. Surtout pas à Storm Lake.

— Je te rappelle qu'on n'est même pas sortis ensemble.

— On a passé pas mal de temps ensemble. La course, l'hôpital… et ce baiser.

— Une seule fois, insista-t-elle, glaciale.

— C'est vrai. Au vu et au su de tous.

— Comme tu l'espérais.

— Non, je…

— Donc, ce type était prêt à bondir, reprit-elle, coupant court à ses protestations. Mais comme ça n'a pas marché avec toi, il a décidé d'être… patient ?

Devant sa moue dubitative, Tom serra les mâchoires.

— Je me suis dit qu'il était temps que j'enquête, au lieu de rester assis chez moi à attendre une nouvelle attaque contre moi ou toi.

Jordan demeura silencieuse. Il sortit son téléphone de sa poche, chercha un instant une liste de suspects qu'il avait établie, puis demanda :

— Je voudrais que tu me parles de ces gens. Tout ce qui te vient à l'esprit.

Elle ferma les yeux un moment, puis soupira.

— D'accord…

Il commença par les femmes : la mère et la sœur de Steve Dunn, une ancienne petite amie évincée par Jordan au lycée.

— Kendra Gruener ? J'ai du mal à y croire. Steve et elle sont sortis ensemble quelques mois à peine quand ils étaient en première. Elle devrait plutôt être soulagée de ne pas être restée avec lui.

— Certes, mais ce n'est pas forcément son avis.

Jordan réfléchit un instant.

— Non, je ne pense pas que ce puisse être Kendra. Elle était timide. J'ai entendu dire que son père était alcoolique et que c'était compliqué, chez elle.

— Ce qui la rendait vulnérable, rappela lentement Tom.

— En effet...

Elle s'apprêtait à ajouter quelque chose, mais se ravisa. Était-elle sur le point d'admettre que le monstre qu'elle avait épousé l'avait choisie exactement pour cette raison ? Même de façon inconsciente ? Dommage que Steve Dunn ne soit plus de ce monde pour constater quel genre de battante Jordan était devenue. Une femme qui n'avait aucun souci à tenir tête au policier qui lui avait menti.

— Des soupçons concernant une liaison ?

Jordan fit signe que non.

— Je ne pourrais pas jurer que lors des soirées qu'il passait au pub, il ne s'est pas éclipsé avec une fille dans la réserve, mais je ne crois pas.

Elle se pencha de nouveau sur la liste.

— La mère de Steve... Elle me déteste. Elle... pense que c'est ma faute si Steve n'est pas allé à l'université pour poursuivre sa glorieuse carrière sportive. Parce qu'évidemment, ça ne peut pas être sa faute à lui. Je l'ai croisée au supermarché, il y a quelques jours. Je t'en ai parlé, non ? Je lui ai fait remarquer qu'elle devait bien connaître le caractère de Steve, que j'étais même prête à parier qu'il prenait modèle sur son père et qu'elle savait pertinemment comment fonctionnait un mari violent. Vu la tête qu'elle a tirée, je crois que j'ai visé juste. Je m'en suis tellement voulu de lui rappeler des souvenirs pareils.

À présent qu'elle y repensait, la sœur de Steve lui ressemblait un peu aussi.

— Carolyn semblait presque... craintive, en présence de Steve. Comme si elle faisait tout pour ne pas l'énerver, tu comprends ?

— Et Kevin ?

Jordan réfléchit.

— Ce n'était pas le genre de famille à se retrouver pour déjeuner le dimanche midi. Et comme Kevin était le plus jeune... je ne les ai pas vus ensemble très souvent.

Jordan lui confia ensuite ses impressions sur quelques amis de Steve Dunn. La plupart, selon elle, traînaient avec lui en espérant récupérer des miettes de sa gloire. Puis, Tom lui lut le reste de la liste, dans l'espoir de faire resurgir des souvenirs. Elle raya quelques noms. Un type avait obtenu une bourse à l'université pour faire du base-ball, un autre avait déménagé et était décédé quelques années plus tard dans un accident de moto. Un troisième vivait en ville, était employé dans le garage de son père, tout en effectuant quelques travaux de carrosserie en plus, marié, avec au moins un enfant.

Elle arriva au nom de Cody Bussert. Celui-là, elle ne le portait pas dans son cœur.

— Après la mort de Colin... du Dr Parnell, Cody est venu ici. On voyait bien qu'il avait envie de m'accuser.

— Ou de s'assurer que quelqu'un t'accuse ?

Jordan se mordit la lèvre.

— Peut-être. Après toutes ces années, c'est étonnant qu'il soit encore aussi en colère. Je sais que Steve et lui étaient amis, mais...

— À moins que Steve ait accompli quelque chose d'extraordinaire pour lui. J'ai cru comprendre que la famille de Cody n'était pas très stable non plus.

— Oui, je me souviens vaguement que Cody a vécu un temps dans un foyer pour jeunes délinquants. Mais qu'est-ce que Steve aurait bien pu faire pour mériter une telle loyauté ? Au point que Cody soit prêt à tuer des innocents pour se venger de moi ?

C'était bien là le nœud du problème. Le mobile était si complexe que Tom avait du mal à envisager un coupable crédible. Même le frère, qui était pourtant remonté en haut de sa liste après l'incident du SUV et son comportement vis-à-vis de Jordan.

— Kevin, reprit cette dernière, revenant au frère. Il voulait à tout prix ressembler à Steve. Je me suis parfois demandé si Steve ne le protégeait pas de leur père. Peut-être avait-il encaissé quelques raclées à sa place.

Elle leva brusquement les yeux vers Tom.

— Je dis ça comme ça, hein ? Je ne suis sûre de rien. Je ne suis même pas certaine que leur père ait été violent. Ce sont juste... des hypothèses, c'est tout.

— Qu'est-il arrivé au père ?

— Il est mort dans un accident de voiture. Il était ivre. Il a tué la femme qui conduisait le véhicule en face. Je l'avais déjà aperçu lors de matchs, mais il est décédé quand Steve et moi sommes rentrés en terminale, si bien que je ne l'ai jamais rencontré.

Elle croisa nerveusement les bras. Comme pour se réconforter ? se demanda Tom.

— Steve a pété un câble parce que son père a été désigné comme responsable de l'accident. Il répétait à qui voulait l'entendre que l'autre conductrice devait avoir ses feux de route allumés ou quelque chose comme ça. Que son père avait été aveuglé. Ce ne pouvait certainement pas être l'alcool. C'était un excellent conducteur, même quand il avait trop bu. Tu vois le genre de refrain.

— Pas mal de déni, dans cette famille..., fit remarquer Tom.

Jordan eut un sourire d'une telle tristesse que Tom se sentit troublé.

— À croire que c'était contagieux.

Son père l'avait abîmée presque autant que son fumier de mari. Ils évoquèrent encore quelques noms, pour lesquels Jordan fut moins catégorique. Mentalement, Tom commença à établir une seconde liste, plus restreinte. Puis, s'efforçant de parler d'une voix anodine, il l'interrogea sur l'adjoint Bowen.

— Si j'ai bien compris, il n'a pas été tendre avec toi.

— Il n'aurait pas dû être autorisé à participer à l'enquête, répondit-elle, soudain en colère. Mais j'imagine que le commissariat est trop petit pour tenir à l'écart deux policiers.

Tom se raidit.

— Pourquoi dis-tu ça ?

— Il était déjà là, à l'époque. Steve l'appelait « oncle Ronnie ». Je ne sais pas trop s'ils sont vraiment de la même famille ou si Bowen et le père de Steve étaient amis. Steve et lui discutaient souvent, ils partaient chasser et camper ensemble, quand nous étions mariés. Je le voyais lorsqu'il venait chercher Steve avec son pick-up, mais il ne rentrait jamais dans la maison et je n'ai jamais eu une conversation digne de ce nom avec lui.

Tom ne put s'empêcher de tiquer. Guthrie connaissait les relations étroites entre Steve et Bowen, mais cela ne l'avait pas empêché de laisser ce dernier participer à l'enquête sur Jordan. Cela dit, Bowen était policier depuis longtemps. Sa promotion au poste d'adjoint suggérait qu'il n'était pas du genre impulsif ou colérique. Se pouvait-il qu'il ait basculé sur le tard ? Peu probable.

Néanmoins, Tom avait du mal à croire que le shérif ait ainsi protégé un de ses hommes – peut-être un vieil ami. Se pouvait-il que Guthrie ait orienté l'enquête vers Jordan, afin de s'assurer que personne ne s'intéresse de trop près à son bras droit ?

Si Guthrie avait agi sciemment, alors il méritait d'être limogé. En même temps que Bussert et Bowen. De telles hypothèses risquaient de ne pas rendre Tom très populaire au commissariat. Pour l'instant, une seule raison le motivait pour rester à Storm Lake, une fois que cette affaire serait résolue : Jordan.

Sans rien dire, il fit remonter Bowen en tête de sa liste mentale. Aux côtés de Kevin Dunn, même si leur rencontre récente avait semé le doute dans son esprit. Kevin était-il capable d'assez de sang-froid pour imaginer et organiser ces meurtres ? Pour Bussert, il restait partagé. Mais Bowen avait l'expérience et l'ego nécessaires. Cela ne signifiait pas pour autant que c'était lui. Son affection pour ce neveu, véritable ou d'adoption, ne suffisait pas à expliquer une haine aussi tenace.

Un scénario commençait cependant à se dessiner dans l'esprit de Tom. Et si Nancy Dunn avait demandé à Bowen de « faire quelque chose » ? N'était-ce pas ce qu'elle avait sous-entendu ? Carolyn, la sœur, s'était mariée et avait fondé sa propre famille. Kevin était peut-être trop colérique et impulsif pour faire appel à son oncle. Mais il y avait Steve, le fils chéri que Bowen n'avait jamais eu.

Et si Ronnie se sentait coupable de ne pas être intervenu assez tôt pour empêcher Steve de reproduire le comportement brutal de son père ? Difficile de reconnaître ses échecs personnels, pensa Tom. Et puis Jordan avait tué Steve. Il était plus facile de lui faire porter le chapeau que d'assumer sa propre responsabilité.

Cette théorie tenait debout. Toutefois, Tom ne disposait d'aucune preuve pour l'étayer.

— Je vais vérifier tout le monde, annonça-t-il enfin. Pour savoir ce qu'ils sont devenus, ce qu'ils faisaient quand le médecin a été assassiné et aussi, le 4 juillet dernier. Par exemple, je veux vérifier si l'un d'eux a pu partir quelques jours pour Walla Walla, sans que personne ne remarque rien.

Il ne précisa pas qu'il savait déjà que deux des individus sur la liste étaient en vacances ce week-end-là, et que personne ne pouvait témoigner de ce qu'ils avaient fait.

— Kevin est marié.

— Apparemment, sa femme l'a quitté. J'ignore quand exactement, mais c'était dans le courant de l'été dernier. Il a perdu son boulot à peu près à cette période. Problème de comportement. Cela aurait pu lui donner envie de te rendre responsable de tous ses malheurs.

Il aurait également eu le temps de faire un petit tour du côté de Walla Walla. Pendant un moment, Jordan et lui se regardèrent sans rien dire.

— Merci, finit-il par lâcher. D'avoir accepté de me parler.

— J'aurais dû le faire plus tôt.

Il rangea son téléphone et se leva. Il était sur le point de sortir du salon, quand il se retourna et demanda :

— Tu sais à quel point je déteste quand la nuit tombe ? Savoir que, le temps que j'entende ou que je voie quelque chose, j'arriverais sans doute trop tard ?

Jordan eut l'air effaré, puis baissa la tête, abattue. Il contempla la ligne gracieuse de sa nuque.

— Je... je n'ai pas essayé d'acheter une arme.

Tom ne sut pas trop s'il devait s'en réjouir ou s'en inquiéter. L'imaginer en train de tirer, même pour se défendre, et de tuer quelqu'un, avec tous les souvenirs pénibles que cela ferait remonter, cela le troublait presque autant que de la savoir sans protection chaque soir, avec sa mère.

— Tu es en colère contre moi, dit-il d'une voix rauque. Je comprends. Mais je donnerais cher pour pouvoir passer les nuits ici. Je pourrais dormir sur le canapé. Vous vous rendriez à peine compte de ma présence.

— Je ne sais même plus depuis quand j'ai fait une nuit complète, chuchota-t-elle en se tordant nerveusement les doigts. Je n'arrête pas de penser à cette phrase : « L'orgueil précède la chute. »

Elle se tut un instant, puis reprit d'une voix tremblante :

— Je ne veux pas tomber. Surtout si...

Tom avait cessé de respirer. Jordan avait peur pour sa mère. Il sentit aussi une joie intense l'envahir. Jordan ne lui avait pas pardonné... mais elle avait fait le premier pas dans cette direction.

Il suggéra alors que Shelly quitte la maison pendant quelque temps. Jordan accepta aussitôt. Tom avait envisagé cette solution les jours précédents. Sa mère devait feindre une nouvelle crise, puis être transportée à l'hôpital. Après quoi, elle serait transférée dans le centre de réadaptation fonctionnelle où elle avait déjà été accueillie, où elle pourrait poursuivre sa rééducation. La veille, il avait contacté quelques personnes pour vérifier si un tel plan était réalisable. La condition première restait toutefois que Jordan et sa mère acceptent de jouer le jeu. Tom se garda bien de révéler les efforts que cela lui demandait. Fallait-il qu'il éprouve une réelle affection pour Shelly Hendrick et sa fille.

— Je vais convaincre maman, assura-t-elle, avant d'ajouter en croisant enfin son regard : Merci.

Son soulagement était tel que Tom dut se retenir de ne pas faire un pas vers elle.

Vers la fin de l'après-midi, Jordan reçut un appel de Tom. Elle décrocha, le salua, puis il y eut un long silence.

— Tu as répondu, finit-il par dire.

— Je t'ai laissé entrer chez nous, rappela-t-elle.

— Ce n'est pas pareil. Bon... Préparez-vous pour l'arrivée de l'ambulance. D'ici une heure ou deux. Je ferai en sorte de ne pas être là. Il vaut mieux que tu aies l'air inquiète et seule.

Jordan acquiesça.

Toute l'opération se déroula de façon incroyablement fluide. Sa mère aida gentiment les deux ambulanciers à l'installer sur le brancard, puis Jordan les accompagna jusqu'à l'ambulance garée dehors. Un des infirmiers lui adressa un clin d'œil avant de refermer la portière, puis elle s'écria d'une voix catastrophée :

— Je vous retrouve à l'hôpital !

Shelly fit une brève halte aux urgences, où un médecin complice l'admit aussitôt dans le service. Comment Tom avait-il pu obtenir un tel degré de coopération de la part du personnel soignant ? La mort de Colin Parnell pesait-elle encore sur ses collègues ? L'administration était-elle au courant de ce qui se tramait ?

Après être restée un moment auprès de sa mère, Jordan rentra chez elle pour dîner, et reçut au moins une dizaine d'appels d'amis et de voisins, qui avaient eu vent de la nouvelle. Elle leur assura que Shelly allait bien, qu'elles avaient juste eu une frayeur, mais que le médecin préférait l'envoyer quelques jours en centre de convalescence, afin de pouvoir surveiller son état. Personne ne posa la moindre question sur les symptômes précis qui les avaient poussées à contacter les secours.

Tom devait attendre la nuit pour se glisser par les jardins et rejoindre leur maison, sans avoir à traverser ouvertement la rue. Jordan patienta donc dans la cuisine. Elle ne parvenait pas à se concentrer assez pour lire les informations en ligne, encore moins un livre. Pour la première fois, elle prenait conscience que toute cette mascarade avait pour unique but de faire croire qu'elle se trouvait seule.

Et c'était le cas : à cet instant, elle était véritablement seule chez elle, à guetter le moindre bruit suspect.

Elle envisagea un moment de sortir un oreiller et une couette sur le canapé du salon, afin d'indiquer clairement à Tom où il dormirait. Mais il préférerait peut-être la chambre de sa mère, pour qu'un éventuel intrus ne découvre pas sa présence tout de suite. Elle se rassit donc à la table de la cuisine.

Il était déjà presque 21 heures lorsque Tom frappa doucement à la porte. Quand elle ouvrit, la première chose qu'il voulut savoir, c'était comment s'était déroulé le passage aux urgences.

— Comme sur des roulettes, répondit-elle. J'ignore comment tu as réussi à embarquer autant de personnes. Ma mère occupe tout de même un lit d'hôpital, alors que quelqu'un d'autre pourrait en avoir besoin !

Tom sourit.

— Non, ils m'ont assuré qu'ils avaient de la place ce soir. Tout le monde connaît Shelly. Personne n'a hésité à lui venir en aide.

Jordan sentit des larmes lui piquer les yeux. Malgré tout, elle hésitait encore à croire que Tom avait véritablement foi en son innocence, qu'il était bel et bien à ses côtés.

— Merci beaucoup. Je pense que tu as compris maintenant que mon talon d'Achille, c'est ma mère. S'il lui arrivait quelque chose…

— Hé… Ça va aller. Allons dans le salon, d'accord ?

Elle acquiesça. Tom s'assura que tous les stores étaient tirés avant de s'asseoir avec un soupir. Il étendit ses jambes devant lui et tapota le coussin à côté de lui.

Trop proche. Jordan préféra s'installer dans le fauteuil. Il la regarda d'un air pensif. Non, pas exactement pensif, car elle le vit serrer les poings. À vrai dire, elle ne s'était jamais sentie scrutée avec autant d'attention. Qu'est-ce qui pouvait bien se tramer dans sa tête ? Mal à l'aise, elle chercha un sujet de conversation.

— Tu as appris quelque chose de nouveau, aujourd'hui ?

— J'ai parlé à l'ex-femme de Kevin. Elle l'a quitté quelques semaines avant la fête nationale. Selon elle, il a été viré de son dernier job juste avant. Elle en avait assez. Elle confirme qu'il te déteste bel et bien, mais il n'est pas très à l'aise avec les ordinateurs. Elle le voit mal te suivre à la trace en ligne, sur le long terme.

Jordan cligna des yeux.

— C'est ce qui a dû se passer, n'est-ce pas ?

— Étant donné que tu as habité dans un autre État, personne n'a pu tomber par hasard sur un article qui parlait du meurtre de Shroder et de ton lien avec lui.

— Ce n'était pas...

— Cela a suffi à te valoir une visite d'un inspecteur de police, reprit-il avec sérieux. Et potentiellement à servir de modèle pour les meurtres suivants.

Jordan se sentit se recroqueviller intérieurement.

— Trois ans plus tard ?

Il se pencha vers elle. Son attitude n'avait plus rien de détendu.

— Voici ma théorie : le tueur te suivait bel et bien à la trace, en ligne. Peut-être de façon sporadique. Juste dans l'espoir d'apprendre que tu étais morte dans un accident de voiture, par exemple, ou que tu avais assassiné un second mari et que tu étais en prison. Rien ne le poussait vraiment à agir, jusqu'à ce qu'il ait des ennuis personnels à la fin du printemps ou au début de l'été. Quels qu'aient été ces événements, ça a été le déclic. Il ne pouvait pas sauver son mariage, ressusciter sa femme ou remonter dans le temps pour ne pas se faire virer. Mais c'est sur toi que toute sa rage, sa frustration et son chagrin se sont concentrés.

Il lui avait déjà expliqué tout cela, sans évoquer cette notion de déclic. Elle frissonna. Elle se serait bien passée des détails.

— Des ennuis personnels, murmura-t-elle.

— J'ai des doutes concernant Kevin, même si son profil correspond par bien des façons. Il perd son boulot, sa femme le quitte, il se sent humilié, impuissant, et son grand frère n'est plus là pour lui remonter le moral et booster son ego.

— À condition que Steve ait tenu ce rôle, marmonna Jordan. Il pouvait être très cinglant avec sa mère, mais avec Kevin... peut-être était-ce différent. Ils étaient proches.

— Est-ce que Kevin partait chasser avec l'oncle Ronnie, lui aussi ?

— Aucune idée.

Tom resta silencieux un instant, puis reprit :

— Carolyn dit que Bowen était bel et bien l'oncle de Steve. Le frère de Nancy. Elle se souvient qu'il était gentil avec eux quand ils étaient petits, mais que leur père et lui se disputaient souvent. Il y avait beaucoup de rivalité entre eux. Elle pense qu'il n'était peut-être pas le bienvenu chez eux.

— De la rivalité ?

Tom sourit.

— Ronnie n'avait pas de famille à lui. Peut-être se montrait-il un peu trop possessif avec celle d'un autre.

— Mais qu'est-ce que tout ça a à voir avec moi ?

Elle connaissait la réponse. Elle avait tué Steve. Le garçon chéri.

— Bowen a encaissé un sacré coup lui aussi, peu de temps avant le 4 Juillet. Sa femme est morte. Guthrie a parlé d'un accident bizarre. Elle est tombée dans l'escalier qui mène au sous-sol de leur maison. Et si elle avait été poussée ?

— Tu penses que lui aussi était violent ?

Jordan sentit son ventre se nouer. Si elle avait eu vent de tous ces détails sur la famille de Steve, aurait-elle quand même accepté de l'épouser ? Elle était alors subjuguée par le simple fait qu'il s'intéresse à elle.

— Aucun signalement pour violence conjugale, donc je n'en sais rien. Quoi qu'il en soit, après la mort de Steve, puis celle de sa femme, il s'est brutalement retrouvé tout seul.

— Bowen est au courant que tu es de la police ?

— Si ce n'est pas déjà le cas, il ne tardera pas à l'apprendre. Tout le monde va le savoir. Après… j'ignore si Guthrie lui en a parlé plus tôt.

Il poussa un soupir, comme pour indiquer qu'il avait terminé, puis s'étira. Une petite grimace de douleur se dessina sur son visage.

— Je vais te chercher un oreiller et une couette, proposa Jordan. À moins que tu préfères la chambre de ma mère ?

— Non, le canapé, c'est très bien.

Une minute plus tard, elle revenait avec tout le nécessaire. Elle s'attarda un instant, puis marmonna :

— Je vais me coucher. Tu as l'intention de repartir tôt demain matin ?

— Oui.

— D'accord.

Elle le regarda longuement, puis ajouta d'une voix tremblante :

— Je suis contente que tu sois là. Merci.

Elle s'apprêtait à s'enfuir quand Tom se leva et déclara soudain :

— Tu n'es pas obligée de me croire, mais… je ne faisais pas semblant, quand je t'ai embrassée.

16

Tom se tut brusquement. Ces paroles lui avaient échappé. Ce n'était pas du tout ce qu'il avait prévu de dire. À vrai dire, Jordan avait l'air aussi sidérée que lui.

— Tu t'es vanté devant lui, rappela-t-elle d'un ton de reproche douloureux. Je t'ai entendu.

— Je sais. Je ne sais pas pourquoi. J'ai eu honte de moi à l'instant même où j'ai dit ça. Notre premier baiser... cela aurait dû rester entre nous. C'est quelque chose d'intime. Je dois t'avouer que tu me plais depuis notre première rencontre. Ce n'est qu'après coup que je me suis rendu compte que c'était la mise en scène parfaite, si la bonne personne nous avait aperçus.

— J'aimerais pouvoir te croire, chuchota-t-elle.

— Tu peux, répondit-il d'une voix rauque. Sur ce point. Je te le jure.

Il mourait d'envie de s'approcher, mais n'osa pas. Jordan pinça les lèvres, hésitante. Il avait l'impression d'être au lycée, quand il pensait que la vie pouvait s'arrêter, si elle répondait : « Va te faire voir. »

Seulement... elle ne disait rien. Elle fit même un pas minuscule dans sa direction et prononça son nom d'une voix très douce.

— C'est pareil pour moi. Je ne pouvais me permettre de m'intéresser à un homme de cette façon, mais... tu étais là.

— Est-ce que je pourrais t'embrasser de nouveau ? Personne ne peut nous voir. Si tu veux bien.

Avait-il déjà supplié une femme dans sa vie ? Non, c'était la première fois. Ce qu'il lui demandait véritablement, c'était de lui faire un tout petit peu confiance. Ils le comprenaient tous les deux.

Jordan eut un imperceptible hochement de tête et s'approcha encore. Avec un soupir rauque, il la prit dans ses bras et l'embrassa avec voracité, sans presque aucune tendresse. Jordan laissa échapper un gémissement, passa ses bras autour de son cou et lui rendit son baiser, comme si elle attendait ce moment avec autant d'impatience que lui. Comme si elle avait enduré de douloureuses nuits sans sommeil, incapable de penser à autre chose qu'à lui.

Il interrompit leur étreinte, juste le temps de reprendre son souffle, et murmura tout contre son oreille :

— Bon sang, Jordan. J'ai eu tellement peur...

Leur baiser se fit plus précis, plus passionné. Sans qu'il sache comment, ils se retrouvèrent sur le canapé, Jordan à califourchon sur lui. Il glissa les mains sous son T-shirt, sous son soutien-gorge et ne put retenir un cri étouffé en effleurant la chair ferme de ses seins au bout érigé.

— Je veux te voir, articula-t-il avec peine.

Il était sur le point de lui retirer son T-shirt d'un geste quand il la sentit se raidir.

— Attends !

Attendre ? Il n'en pouvait déjà plus !

— Tout ça va... beaucoup trop vite.

Elle semblait aussi haletante que lui, mais elle poursuivit :

— Ce que tu as dit au shérif... ça m'a blessée.

Parce qu'elle était en train de tomber amoureuse de lui. Comme lui était en train de succomber pour elle. Mais elle avait raison. Ce n'était pas une bonne idée. Troublé, il repensa à leur premier baiser, celui où il avait totalement – fatalement, presque – oublié ce qui se passait autour d'eux.

Il retira ses mains de sous son T-shirt, effleurant au passage son ventre plat et ferme, puis il l'attira contre lui pour appuyer son front contre le sien.

— Dès que je te touche, je néglige tout le reste. Alors que je suis censé être aux aguets.

Tom comprenait qu'il ne pouvait pas faire l'amour avec cette femme. Pas comme il l'entendait, en tout cas. Ils avaient tendu leur piège, et ils devaient demeurer vigilants.

— Bon sang, je n'ai pas du tout envie d'arrêter ! s'écria-t-il.

— Je sais.

Elle l'embrassa dans le cou, puis descendit du canapé, s'arrachant presque des mains de Tom. Elle avait les lèvres gonflées de désir et une de ses joues était un peu rouge, à cause de sa barbe naissante. Toutefois, une lueur d'inquiétude s'était rallumée dans son regard.

Elle avait eu raison de ralentir. S'ils faisaient l'amour, Tom ne supporterait plus de voir cet éclair de méfiance dans ses yeux.

— Je n'ai jamais rien ressenti de tel avant, balbutia-t-il.

Vas-y, mon gars, c'est le moment de mettre ton âme à nu, pensa-t-il. L'expression de Jordan se radoucit, mais elle dit :

— Je... moi non plus. Mais... Je me suis juré de ne plus jamais me rendre vulnérable de la sorte devant un homme. Et tu as renforcé ce serment quand tu m'as menti.

— Tu veux dire que tu ne pourras pas dépasser ça ?

— Non, précisa-t-elle en tentant de sourire. Je te demande simplement... d'être patient.

Tom inspira profondément plusieurs fois. Il n'y avait qu'une seule réponse possible.

— Je peux faire ça. Tout ce que tu voudras. Et le temps que tu voudras.

Les yeux brillants, les lèvres tremblantes, Jordan murmura :

— Merci.

Quand elle recula vers la porte, Tom fit l'effort de ne pas la retenir. La nuit allait être longue sur ce canapé, sachant qu'elle dormait à quelques mètres de lui à peine.

Pour être un bon inspecteur de police, il fallait savoir conserver son calme et une neutralité apparente. Tom ne se souvenait pas avoir autant lutté pour y parvenir, tandis qu'il écoutait cet abruti de Kevin Dunn expliquer pourquoi il détestait tant Jordan Hendrick.

— Est-ce qu'il n'est pas question d'obéissance, dans les vœux du mariage ? Steve n'a pas réagi, quand elle a refusé de prendre son nom, mais franchement, c'était assez révélateur. Ça en dit long sur un mariage, quand la femme défie son mari avant même d'avoir la bague au doigt, non ?

— Votre femme a repris son nom de jeune fille, fit remarquer Tom d'une voix calme.

Kevin eut un rire mesquin.

— Celle-là, elle sait qu'elle n'aura pas droit à une seconde chance !

Tous deux se tenaient sur le perron de la bicoque que louait Kevin. Les mains dans les poches, ils laissaient échapper des volutes de buée blanche dans l'air froid, comme s'ils étaient en train de fumer des cigarettes. Kevin ne l'avait pas invité à entrer, au grand soulagement de Tom.

Il rappela alors que tous les policiers et urgentistes qui étaient intervenus après que Jordan eut tiré sur Steve avaient corroboré la version de la légitime défense. C'était une question de vie ou de mort. Lui ou elle. Pour toute réponse, Kevin cracha par terre, manquant de peu le pied de Tom.

— Ce n'est pas l'avis de *tous* les flics. Ni de tous les urgentistes, d'ailleurs. Sinon, les gens n'auraient pas continué à en parler comme ça après.

— Vous connaissez des policiers qui n'étaient pas de cet avis ? s'étonna Tom.

— Bien sûr ! Mon oncle Ronnie, par exemple. Il était un des premiers sur les lieux.

En vérité, Bowen n'était pas du tout un des premiers. Intéressant que l'adjoint ait laissé Kevin penser le contraire.

— Pour lui, ça ressemblait à une bagarre, affirma Kevin. Comme s'ils s'étaient battus, jusqu'à ce que la bonne femme s'empare du revolver de Steve.

Personne dans les rapports de police n'avait jamais envisagé une telle version. Kevin avait certainement entendu ce qu'il voulait dans le récit de Bowen. Il continua à déverser son vitriol avec insistance.

— Un type a bien le droit de savoir ce que fait sa femme, non ? C'est quand même pas le bout du monde.

Tom commençait à avoir mal à la mâchoire, à force de serrer les dents pour ne pas répondre. Il devait alimenter la conversation, ne pas afficher son désaccord avec ce... fumier moyenâgeux, et l'inciter à poursuivre.

— J'ai cru comprendre que Steve avait perdu son travail, ce jour-là. Il était rentré chez lui très en colère.

Le rictus de mépris était de plus en plus prononcé sur le visage de Kevin, y traçant des rides profondes. Un jour, songea Tom, il ne serait plus en mesure d'effacer ces lignes.

— Qui vous dit que ce n'est pas elle qui a pété un plomb en apprenant qu'ils allaient devoir se serrer la ceinture ? De toute façon, ce boulot ne lui plaisait pas. Il aurait pu trouver mieux, mais elle ne l'en croyait pas capable.

Pendant une dizaine de minutes encore, Tom continua à interroger Kevin. Il tenta notamment de découvrir si ce dernier s'était jamais demandé ce qu'était devenue Jordan, après sa sortie d'hôpital.

— Cela n'a pas été nécessaire.

— Parce que ?

Pour la première fois, Tom se montra prudent.

— Je connais des gens qui n'ont que ça à faire, de traîner sur les réseaux sociaux.

— Quelqu'un en particulier vous a tenu informé ?

— Non, personne en particulier. Et cette discussion est terminée. C'est oncle Ronnie qui a arrêté cette folle. Il pourrait vous en raconter de belles.

Tom ne prit pas la peine de préciser que « Ronnie » n'avait pas du tout arrêté Jordan, puisqu'il n'y avait eu aucune raison légale de le faire. Il était même peu probable que Bowen ait affirmé une chose pareille devant Kevin. Tom se contenta donc d'acquiescer poliment, puis il partit, certain que Kevin allait le suivre des yeux jusqu'à son véhicule, puis jusqu'au bout de la rue.

Sa véritable identité était officiellement démasquée. Il conduisait toujours son propre SUV, mais il avait présenté son insigne à Kevin, qui n'avait pu dissimuler sa surprise. Il s'était sans doute jeté sur son téléphone pour contacter l'oncle Ronnie, juste après son départ.

Que penserait Bowen de ce subterfuge ? S'il n'était pas au courant depuis le début… Bon sang. Tom n'avait encore jamais échangé une parole avec lui. Il décida de l'interroger tout de suite et prit donc la direction du commissariat. Par chance, il aperçut l'adjoint qui traversait le parking, au moment où il arrivait. La ressemblance avec Steve n'était pas frappante du tout. Bowen était plus petit, mais sa carrure suggérait au moins des heures sur un banc de musculation. En voyant Tom approcher, il ralentit, les poings sur les hanches.

— Ah ! Voici la surprise du chef ! Il paraît que Guthrie vous laissait tenir les rênes.

Tom lui tendit la main.

— Il m'a recruté pour m'occuper de cette enquête en particulier.

Ils se serrèrent la main. Bowen n'avait pas l'air ravi, mais pas particulièrement hostile non plus.

— Steve Dunn était mon neveu. Pour moi, ça a toujours été un bon gamin. Je le considérais un peu comme mon fils.

— Et Kevin ?

— J'ai tenté de lui consacrer du temps, mais ma patience a des limites. J'ai cru pouvoir convaincre ma sœur de quitter son p… fumier de mari, mais elle refusait de briser la famille. Ça aurait pourtant mieux valu pour tout le monde.

Tom était tout à fait d'accord, mais ne réagit pas. Les deux hommes bavardèrent quelques minutes. Rien dans les réponses de Bowen ne paraissait douteux. Si Tom avait été d'une nature plus confiante, il aurait rayé l'adjoint de sa liste. Mais il nota également combien ce que Bowen racontait correspondait à la perfection avec le scénario qu'il avait envisagé.

Il se rendit ensuite chez Nancy Dunn, la mère de Steve. Celle-ci était cuisinière et serveuse dans un restaurant routier, aux abords de la ville. Tom n'avait pas vérifié ses horaires de travail, mais il la trouva à son domicile. Elle lui proposa d'entrer et lui offrit une tasse de café, que Tom refusa poliment.

De façon surprenante, Nancy Dunn ne semblait rien savoir de lui, une fois qu'il se fut présenté. Et certainement pas qu'il était en ville déjà depuis plusieurs mois, à jouer un personnage. Elle se montra en revanche bien plus prudente que son fils dans ses réponses, ce qui ne l'empêcha pas d'exprimer un indéniable degré de rancœur et de colère envers Jordan. Mais au fur et à mesure de la conversation cette colère se mua en une tristesse déchirante.

— Steve était un bon garçon.

Son regard se perdit en direction du manteau de la cheminée, où trônaient des photos de Steve : bébé barbouillé de chocolat, bambin souriant ou fier lycéen le jour de la remise des diplômes.

— Il était aimé de tous.

— Je crois comprendre que c'était un sacré athlète, glissa Tom, pour l'inciter à parler.

En parcourant du regard l'alignement de portraits, il avait constaté, non sans une pointe d'agacement, que le fils aîné Dunn était un jeune homme sculptural. Pas étonnant que Jordan ait été conquise. Le père, remarqua-t-il aussi, était un grand gaillard, sans doute très séduisant dans sa jeunesse.

Sans surprise, Mme Dunn était une femme d'âge mûr, magnifique et très soignée. Tom se demanda un instant pourquoi elle ne s'était pas remariée, puis il se souvint d'une remarque de Jordan. Si le mari avait été aussi violent que le fils, cette femme devait, au moins inconsciemment, se réjouir de ne plus vivre dans la terreur et de ne plus avoir à se soucier de satisfaire qui que ce soit.

Tom décida d'aborder de front la question du dossier médical de Jordan, à l'époque de son mariage. Il commença par évoquer le passage aux urgences dans un hôpital de l'État voisin.

— Visiblement, Steve a reconnu que Jordan avait besoin d'un médecin, tout en refusant qu'elle se fasse soigner ici, par crainte que quelqu'un les reconnaisse. Habituellement, c'est considéré comme un signal d'alarme flagrant.

Nancy le regarda, les yeux écarquillés, puis balbutia :

— Je... Je l'ignorais.

Vérité ou mensonge ? Il exposa ce qu'il savait des blessures de Jordan, reçues lors du drame fatal, avant de préciser :

— Je comprends que vous chérissiez votre fils, madame Dunn, mais vous deviez bien connaître le tempérament qui était le sien.

Les joues de Nancy Dunn prirent une teinte cramoisie, assez disgracieuse sous le blush. Néanmoins Tom remarqua surtout le chagrin qui était le sien.

— Je... Je savais qu'il pouvait se mettre dans des colères noires, bafouilla-t-elle, avant d'ajouter, plus doucement : Son père était pareil. J'espérais... comment dire... j'espérais qu'il ne frapperait jamais une femme. Surtout une femme qu'il aimait.

Elle se perdit dans la contemplation de ses mains, posées sur ses cuisses.

— Je crois que je ne voulais pas savoir, admit-elle enfin. Une ou deux fois, la façon dont il s'adressait à Jordan m'a fait tiquer, mais... son père aussi pouvait se montrer dur. Envers moi ou les enfants.

— Vous ne disiez rien ?

La lueur de honte qu'il vit dans ses yeux quand elle croisa son regard lui serra le cœur.

— J'ai été élevée pour penser que c'était comme ça. Je n'aurais jamais pu faire ce qu'elle a fait.

Elle se tordit les mains.

— Je n'aurais pas dû me comporter comme je l'ai fait, l'autre fois.

Tom feignit l'ignorance.

— Quand ça ?

— Oh ! à plusieurs occasions, en vérité. Juste après le drame, et puis quand nous nous sommes croisées, il y a quelques jours. C'est bien qu'elle soit rentrée pour aider sa mère. J'ai été franchement odieuse avec elle.

— Je crois qu'elle comprend, assura Tom, doucement.

— Si... si vous la voyez, voudriez-vous bien lui dire que je suis désolée ?

Pourquoi ne pas le faire vous-même ? pensa-t-il, mais il se contenta d'acquiescer.

— Bien sûr.

Après lui avoir laissé quelques instants pour reprendre contenance, il poursuivit :

— J'ai l'impression que Kevin et votre frère sont toujours bien décidés à accuser Jordan.

— Steve était... spécial, vous comprenez ? Le plus beau et le plus talentueux athlète que le lycée ait jamais connu. Kevin voulait ressembler à son grand frère. Ronnie et moi, nous n'avons jamais eu ce genre de complicité, mais je dois reconnaître que mon frère a toujours été très disponible pour les garçons. Surtout pour Steve. Quand Steve n'a pas obtenu la bourse qu'il voulait pour faire du football à l'université, j'espérais que Ron le convaincrait d'entrer dans la police. Cela aurait été une bonne carrière pour lui.

Tom se retint de faire la grimace. Il avait du mal à imaginer Steve dans les forces de l'ordre. Il aurait sans doute été recalé aux tests psychologiques. Quand il interrogea Nancy Dunn sur les amis de son fils, celle-ci répondit :

— Oh ! certains d'entre eux seraient capables de s'en prendre verbalement à Jordan, mais c'est tout. Ça n'irait pas plus loin.

— On envisage que plusieurs hommes aient été assassinés pour faire accuser Jordan. Vous étiez au courant ?

— J'ai entendu dire ça, mais qui imaginerait une chose pareille ? s'écria-t-elle. Personne de mon entourage, en tout cas.

Oh ! je suis certain que vous connaissez justement quelqu'un capable de faire ça, au contraire, pensa Tom.

Il remercia Mme Dunn et rentra chez lui pour déjeuner. Il venait à peine de mettre une poêle à chauffer pour se cuisiner des œufs brouillés accompagnés d'une salade, quand il entendit une grosse voiture remonter la rue dans un rugissement de moteur et déraper sur la chaussée verglacée devant la maison. Quelques secondes plus tard, une série de coups de sonnette impatients retentit.

Visiblement, Kevin Dunn n'était pas le seul à être un peu soupe au lait, dans cette ville. L'agent Cody « Buzz » Bussert était de toute évidence affligé du même défaut.

Lorsque Tom frappa à la porte de la cuisine, ce soir-là, Jordan sursauta et laissa échapper un petit cri. La nuit était déjà tombée, mais il arrivait beaucoup plus tôt que d'habitude. À peine entré, il referma avec soin derrière lui et la serra dans ses bras.

— Ça me rend dingue de surveiller ta maison depuis mon salon, alors qu'il pourrait y avoir des intrus chez toi sans que je n'en sache rien.

Il déposa un baiser sur son front, avant de la relâcher.

— J'ai acheté des minuteurs pour la lumière, au cas où quelqu'un m'observe. Mais ça m'étonnerait. Toute la ville doit être au courant que je suis flic, maintenant.

En effet, pensa Jordan. C'était bien elle qui servait d'appât, se rappela-t-elle en frissonnant malgré elle.

— As-tu dîné ?

— Oui.

Ils gagnèrent le salon, où Tom s'assit sagement sur le canapé. Après une seconde d'indécision, Jordan s'installa à l'autre bout, mais posa un coussin entre eux.

— Tu veux bien me parler de ta journée ? demanda-t-elle.

— Normalement, je ne devrais pas, répondit-il avec franchise. En tant que policier, il y a certains détails que je ne peux pas divulguer. Et honnêtement, avec tout ce qu'on encaisse, on n'a parfois pas très envie d'en discuter. Cela peut... générer des tensions dans une relation.

Jordan acquiesça. Le mutisme d'un conjoint pouvait se révéler tout aussi frustrant, surtout si ce dernier se montrait plus ouvert avec ses collègues qu'avec vous.

— Cela dit, poursuivit Tom, tout ce que je fais en ce moment, toutes les personnes avec qui je parle ont quelque chose à voir avec toi. J'estime que tu as le droit d'être tenue au courant.

Je sais que je n'ai aucune chance de regagner ta confiance si je ne suis pas totalement honnête. Il ne prononça pas ces paroles, mais s'il avait été sincère la veille, c'était certainement ce qu'il pensait.

Il se cala sur le canapé avec une vague grimace de douleur. Avait-il encore mal ? Des séances de rééducation étaient-elles prévues, à la suite de cette nouvelle blessure ? S'il ne trouvait pas le temps, ce serait probablement à cause d'elle, songea Jordan.

— Tu as vu Buzz débouler chez moi en voiture ? demanda-t-il.

— Non. Je devais être avec ma mère. Il a vraiment fait ça ?

— Ah oui. Il était furieux de la conversation qu'il venait d'avoir avec le shérif Guthrie – sur mes recommandations. Ça n'avait rien de paternel. Selon lui, ça ressemblait à un véritable interrogatoire. Évidemment, tout était ta faute. Il était très vexé et déçu d'avoir été écarté de l'enquête. Maintenant, il sait que c'est ma faute, pas la tienne. Il était abasourdi qu'on puisse le croire capable d'assassiner de parfaits inconnus pour se venger. C'est un bon flic et personne ne dirait le contraire. Surtout pas toi. Enfin... Tu vois le genre.

Jordan leva les yeux au ciel.

— Encore une fois, c'est moi la coupable.

— Certes, mais il m'en veut à moi aussi, précisa Tom, avec un large sourire. Apparemment, Guthrie a laissé entendre que j'étais presque invalide, à la suite de l'agression. Ça me convient, surtout s'il a l'intention de revenir chez moi en douce, un de ces soirs.

— Il faut croire qu'il ne t'a pas vu courir.

— Ou alors, si, justement, dit-il, avec un petit sourire en coin.

— Tu commençais à te remettre quand on t'a de nouveau tiré dessus, rappela Jordan.

— Bussert trouvait hallucinant qu'on puisse l'imaginer

derrière tout ça. Oui, Steve et lui étaient copains, mais j'ai bien remarqué qu'il n'était plus aussi sûr de lui, quand je lui ai présenté les éléments factuels. J'ai l'impression que personne ne l'a jamais encouragé à consulter tes dossiers médicaux ou les photographies de la scène du drame.

Le ton prosaïque de Tom fit frémir Jordan, mais elle refusa de céder au malaise qui la gagnait. Elle en avait assez d'avoir honte de son bref mariage ou de la façon dont il s'était terminé. Toutefois, l'idée que Tom réveille ce genre de vieux souvenirs à Storm Lake la mettait mal à l'aise. Elle imaginait déjà les rumeurs en ville. *Tu sais pendant combien de temps elle est restée sans connaissance ? J'ai entendu dire qu'elle avait subi des fractures en spirale. Oh et elle a eu la clavicule brisée, aussi...* Pire encore : la perspective que des policiers comme Cody Busserts aient accès à des photos d'elle avec le visage tuméfié.

— Est-ce que le contenu de mon dossier médical a permis de faire changer d'avis quelqu'un ? demanda-t-elle.

— Oui.

Il se tut un instant, puis reprit d'une voix grave :

— La mère de Steve. Elle... elle m'a chargée de te transmettre qu'elle était désolée de tout ce qu'elle a pu te dire.

Jordan se figea.

— Tu es sérieux ?

— Oui. Je crois qu'elle était sincère.

Apprendre que « Buzz » la tenait toujours responsable de tout ne la surprenait pas. En revanche, savoir que son ex-belle-mère avait effectué un virage à cent quatre-vingts degrés la concernant... Bigre. Jordan ne savait pas quoi en penser.

— Jordan ? appela Tom, avec une note suave dans la voix.

Presque avec tendresse.

— Je crois que je m'en veux encore plus pour ce que je lui ai dit, confia-t-elle.

Il lui tendit la main.

— Est-ce que j'ai une chance de te convaincre de te rapprocher de moi ?

Comment résister ? Elle avait envie de se blottir contre lui, même si le reste la terrifiait encore. Dès qu'il la prit dans ses bras, elle se retrouva enveloppée d'une sensation qu'elle avait presque oubliée : la plénitude.

Son bonheur s'amplifia pendant que Tom évoquait les détails de son enquête. Les inspecteurs Dutton et Shannon l'avaient aidé à quadriller les hôtels, les chambres d'hôtes et les locations saisonnières, pour vérifier si certains des noms figurant sur sa liste apparaissaient sur les registres. Pour l'instant, cela n'avait rien donné.

— On n'a pas pensé aux campings, grommela-t-il. Ces gars-là ont l'habitude de camper.

Il évoqua même sa déception et sa colère contre le shérif Guthrie et son adjoint Bowen.

— Est-ce que tu es autorisé à me parler de tout ça ? demanda-t-elle.

Il pencha la tête vers elle en souriant, une étincelle dans le bleu vif de ses yeux.

— Comme j'ai dit : tu as le droit de savoir. Et puis...

— Tu crois devoir regagner ma confiance.

— C'est vrai, non ? Mais ce n'est pas à ça que je pensais. Moi, j'ai confiance en toi. Je suis sûr que, quoi qu'il arrive, tu ne vas pas bavarder à tort et à travers.

Jordan sentit sa gorge se nouer. Avait-elle bel et bien peur qu'il la trahisse de nouveau ? Ou bien redoutait-elle simplement de prendre un risque ?

Il ne la connaissait pas, quand il avait accepté la mission. Il avait d'abord dû la considérer comme une suspecte, ce qu'elle comprenait tout à fait. Mais Jordan percevait – à moins que son instinct soit totalement déboussolé – qu'il avait évolué, mû par un profond besoin de la protéger et de découvrir la vérité. Comme il le lui avait promis. Ne pouvait-elle lui pardonner ses mensonges initiaux et cette erreur de jugement ?

Si ce que Tom sous-entendait était vrai – qu'il était peut-être bien en train de tomber amoureux –, comment pouvait-elle refuser de courir ce risque ?

Jordan avait suffisamment souffert et perdu confiance en elle-même pour ne pas comprendre que Tom lui ressemblait beaucoup. Il avait évoqué son enfance et, plus récemment, la perte de son ami. Ils partageaient tant de choses… à condition qu'elle parvienne à faire taire ses derniers doutes. À moins qu'il s'agisse de craintes ?

— À quoi penses-tu ? demanda-t-il d'une voix voilée.

Elle ne sut quoi répondre. Pas encore. Elle ouvrit la bouche, se ravisa, puis finit par dire :

— Je menais une sorte de débat intérieur.

L'expression de satisfaction sur le visage de Tom lui sembla vaguement sexuelle. Elle ne put s'empêcher de penser que c'était sans doute à ça qu'il ressemblait après…

— Bon, d'accord, reprit-elle. J'espérais que tu m'embrasses de nouveau.

De nouveau, ce sourire effronté.

— Aucun souci.

17

Jordan ne se savait pas aussi impatiente.

Ce qui était surprenant, étant donné que depuis son retour en catastrophe à Storm Lake sa vie consistait principalement à attendre. Attendre que sa mère se réveille. Attendre qu'elle sorte de l'hôpital. Attendre qu'elle se remette à marcher, à parler.

Mais là… au bout de trois jours, elle avait envie de hurler. Comme un élastique tendu à l'extrême, prêt à craquer d'une seconde à l'autre. Comme si la crainte de savoir que quelqu'un cherchait à la tuer ne suffisait pas. Heureusement que Tom était là.

Elle se rendait quotidiennement au centre de rééducation pour tenir compagnie à sa mère. Là, en théorie, elle pouvait se détendre un peu. En revanche, Tom lui avait déconseillé toute autre activité, en particulier la course à pied.

— Avec toi, je serais en sécurité, non ? avait-elle demandé, presque supplié.

Une lueur étrange était apparue dans le regard de Tom.

— Si le tueur estime que les agressions qu'il a commises jusqu'ici sont trop risquées, il pourrait envisager une solution différente.

Jordan avait aussitôt compris. La plupart des hommes du coin pratiquaient la chasse et étaient capables de viser avec une précision raisonnable à une centaine de mètres de distance. Pas étonnant que Jordan se sente mal à l'aise, chaque fois qu'elle sortait de chez elle ! Selon Tom, elle était en sécurité la journée – trop de témoins potentiels –, mais pourquoi prendre des risques inutiles ?

Malgré le soleil qui brillait dehors, Jordan restait donc cloîtrée chez elle. Et elle détestait ça. Elle ne vivait que pour ces trois petits coups frappés à la porte donnant sur le jardin, signalant l'arrivée de Tom le soir.

En fonction de l'horaire, ils laissaient une lumière allumée quelque temps, puis ils éteignaient tout et demeuraient assis dans le noir pendant plusieurs heures. Il fallait faire croire que Jordan passait la soirée seule et allait se coucher à une heure plausible. Elle avait du mal à dormir. Quand elle finissait par s'allonger, c'était plus souvent par terre, dans son dressing, où elle avait installé une sorte de nid de couvertures et d'oreillers. Elle avait fouillé dans ses vieilles affaires au grenier, pour retrouver sa crosse de hockey, qui ne la quittait plus la nuit.

La plupart du temps, pendant les heures que Jordan et Tom passaient ensemble, ils discutaient à voix basse. Groupes de musique préférés, films favoris, sports de prédilection. Puis, petit à petit, les sujets étaient devenus plus personnels. Tom semblait avoir du mal à évoquer son passé, mais pas par mauvaise volonté. C'était un peu comme s'il était rouillé, à force d'avoir refoulé ses souvenirs pendant des années. Son enfance avait été bien plus difficile que celle de Jordan, mais lorsqu'elle lui en fit la remarque, il se contenta d'enfouir son visage dans son cou en murmurant :

— Différente, c'est tout. Quand j'étais gamin, je me disais que c'était normal. Ça a été dur, quand mon père d'accueil est mort, mais...

— Il est mort. Il ne t'a pas sciemment abandonné.

— Voilà, acquiesça-t-il de sa voix rocailleuse.

Jordan ne s'était jamais ouverte à qui que ce soit avec une telle franchise. Était-ce la même chose pour Tom ? Elle l'ignorait. Parfois, il lui prenait la main, parfois, ils se blottissaient dans les bras l'un de l'autre. Jamais elle n'avait connu sensation aussi agréable que le contact de son corps solide et fort contre le sien.

Il lui parlait de la difficulté de travailler à la brigade criminelle dans une grande ville, car il était souvent délicat de distinguer les gentils des méchants.

— Te protéger me paraît d'une évidence limpide, en comparaison, confia-t-il un soir.

Il évoqua son collègue décédé, son amitié qui lui manquait tant, la femme et la petite fille que ce dernier avait laissées.

— Selon Emily, ajouta-t-il d'une voix brisée, si Max avait eu son mot à dire, il aurait choisi de me sauver et de mourir à ma place. Pour ma part, j'aurais préféré l'inverse. Il avait plus à perdre que moi.

Jordan comprenait, mais alors... elle n'aurait jamais rencontré Tom. Après cet aveu, elle le serra contre elle pendant plusieurs minutes, même si elle savait qu'il ne pleurait pas.

Ils riaient aussi beaucoup ensemble, le plus discrètement possible. Ils s'interrogeaient sur leurs goûts en matière de gastronomie ou sur les dix choses qu'ils voudraient faire avant de mourir. Parfois, Jordan parvenait presque à se convaincre qu'ils étaient simplement deux êtres en train de se découvrir. Sauf qu'ils échangeaient dans le noir et qu'elle distinguait à peine son visage.

Et puis... elle avait envie de faire l'amour avec lui. Chaque soir, quand elle finissait par se lever en murmurant « bonne nuit », Tom l'embrassait. Ces baisers devenaient chaque fois un peu plus sérieux, profonds, voraces, jusqu'à ce que la séparation soit presque douloureuse. Elle ne savait pas s'il se détachait parce qu'il avait promis d'être patient ou parce qu'il craignait vraiment de ne pas entendre les bruits suspects dans la maison.

Le quatrième jour, lorsque la sonnette retentit vers 13 heures, peu après que Jordan fut revenue du centre de rééducation, elle sursauta. Qui cela pouvait-il bien être ? Elle écarta subrepticement les rideaux pour jeter un œil dehors.

C'était Tom, un carton de pizza à la main.

Elle ouvrit la porte en grand.

— Mais... qu'est-ce que tu fiches ici ?

Il entra avec un grand sourire.

— Une petite visite. Je t'apporte le déjeuner.

Son sourire disparut.

— Non. J'ai promis de ne plus jamais te mentir. La vérité, c'est que j'ai envie de te voir la journée, quand on est moins sur nos gardes. Mais j'espère aussi que ça va rendre dingue notre mystérieux agresseur. On se voyait avant, sans se cacher. Ça pourrait paraître un peu bizarre que je ne passe plus du tout chez toi en journée.

Jordan ne sut trop si elle devait rire ou pleurer. Quelques minutes plus tôt, elle se sentait malheureuse, elle s'ennuyait comme un rat mort et elle avait peur... et Tom arrivait. Avec de la pizza, en plus !

— Maintenant qu'il sait que je suis policier, il doit se demander ce que je fabrique de mes soirées, expliqua Tom, en glissant la pizza au four pour la réchauffer. À mon avis, il pense que je reste chez moi à l'attendre.

— Ce qui doit achever de le convaincre que je suis toute seule chez moi.

Tom n'avait jamais cherché à minimiser le fait que Jordan devait servir d'appât. Il avait tendu un piège dans le but de persuader ce monstre que Jordan était chez elle, isolée et sans défense. Voyant de nouveau la crainte dans son regard, Tom la serra avec force contre lui et murmura :

— Je suis désolé.

— On n'a pas vraiment le choix, répondit-elle, avec un pauvre sourire.

Tom avait passé la matinée en prospections qui lui avaient semblé interminables. Ses efforts pour découvrir où le tueur avait pu loger, pendant la semaine où il aurait suivi Jordan à Walla Walla, étaient restés vains. Il avait cherché d'éventuelles contraventions, des deux côtés de la frontière de l'État. Il avait fouillé les bases de renseignements jusqu'à en avoir mal aux yeux, après s'être demandé si le meurtrier n'aurait pas pu commettre d'autres crimes, à d'autres périodes et dans d'autres lieux, sans lien avec Jordan. Cela n'avait rien donné non plus.

— C'est parce que vous refusez de voir ce qui vous crève les yeux, avait osé lui faire remarquer Guthrie, avec un rire forcé. Cette femme vous aveugle.

Visiblement, l'expression de Tom avait dû être éloquente, car le shérif n'avait plus pipé mot jusqu'à ce que Tom quitte son bureau. Ce dernier avait été encore plus agacé de croiser Bowen dans le couloir, sans doute en train d'écouter aux portes. Le fumier avait même eu l'audace de lui adresser un large sourire.

En regagnant son véhicule, Tom avait décidé que plus rien ne s'opposait à ce qu'il dévoile au grand jour sa relation avec Jordan. Tant que personne n'avait de raison de penser qu'il passait la nuit chez elle. Il pourrait en outre se révéler utile de provoquer davantage le criminel, en affichant une certaine proximité avec la femme qu'il détestait tant.

Selon Tom, l'agression ne tarderait plus. Ce n'était qu'une question de temps. Il s'imaginait le tueur comme un individu incapable de résister, peu importe le risque. Mû par une sourde et profonde colère. Qui se pensait plus malin que tout le monde. Après tout, il avait bien réussi à s'en tirer indemne, jusque-là.

Tom avait réfléchi longuement au problème. Jordan avait connu l'enfer parce que la police avait cherché la solution de facilité. Lui envisageait de plus en plus que le meurtrier ne soit pas du genre à se confier à une oreille attentive. L'homme devait être sous pression. Toute cette colère contenue, cette rage qui le rongeait, sans jamais s'échapper. Comme avec la vapeur, le risque d'explosion augmentait avec le temps.

Ce jour-là, tandis qu'il déjeunait en face de Jordan, Tom décida de ne plus penser à rien d'autre qu'à la beauté de son visage. Il adorait regarder les émotions défiler dans son regard, la forme de sa bouche, la façon dont sa chevelure épaisse soulignait la délicatesse de son cou. Il aimait aussi ses sourires, tour à tour mutins, mélancoliques ou radieux. Il lui plaisait de croire qu'il était responsable de ces derniers.

Jordan parla de Shelly, qui était pressée de rentrer chez elle et répétait que ces fichus kinésithérapeutes lui en faisaient voir de toutes les couleurs.

— Elle ne se plaint pas, note bien. Elle est sans doute aussi nerveuse que nous.

Sa mère ne pouvait ressentir la même tension que Tom, où se mêlaient frustration sexuelle et inquiétude pour Jordan. Après avoir rangé le reste de la pizza dans le réfrigérateur, Tom s'appuya contre le plan travail en soupirant. Il ne devait pas tarder à repartir, avant de commettre l'irréparable. Soudain, Jordan demanda :

— Tu crois vraiment qu'on ne risque rien, là ? Qu'il ne tentera rien contre moi pendant la journée ?

— J'en suis convaincu.

Bon sang. Son langage corporel était-il si évident que ça, au point de trahir ses pensées ?

— Je..., reprit Jordan. J'imagine que tu dois repartir ?

— Je n'ai jamais envie de repartir, articula-t-il d'une voix rauque.

Elle entrouvrit les lèvres.

— Alors... Tu voudrais bien m'embrasser ?

Chaque fois qu'elle lui posait cette question, cela manquait de l'achever.

— C'est tout ce que tu veux ? se força-t-il à demander, sachant qu'il était à deux doigts de perdre le contrôle de lui-même.

Ce fut comme un petit miracle quand elle fit non de la tête.

— C'est toi que je veux, dit-elle doucement.

Il fut près d'elle si vite qu'elle laissa échapper un cri de surprise, tout en l'accueillant à bras ouverts. En quelques secondes à peine, leur baiser atteignit une urgence volcanique. Jordan tenta de grimper sur lui et il l'aida volontiers, tout en goûtant sa bouche, glissant sa langue contre la sienne, saisissant ses fesses à pleines mains.

Redressant soudain la tête pour reprendre son souffle, il entreprit de lui retirer son sweat, tout en jetant un rapide regard autour d'eux. Malgré les portes verrouillées et les stores tirés, la cuisine lui paraissait bien trop exposée. Et puis, il devait retrouver un peu le contrôle de lui-même. Jordan avait besoin de temps et de tendresse. Depuis le début, Tom, se demandait avec angoisse à quoi avait pu ressembler sa vie sexuelle avec Steve Dunn. Les maris violents faisaient rarement des amants patients et doux.

Toutefois, Jordan ne semblait pas avoir été dégoûtée par son ex. Tandis que Tom la guidait dans le couloir, en direction de sa chambre, elle glissa ses mains fines sous sa chemise pour palper son torse et son ventre.

Arrivé au bord du lit, il entreprit de la déshabiller à la hâte, mais comme elle luttait de son côté avec ses vêtements à lui l'opération prenait beaucoup trop de temps. Tom avait souvent été d'avis qu'on était toujours bien trop vêtu en hiver, pour ce genre de situation. Particulièrement, il détestait devoir s'asseoir pour enlever ses bottes.

Quand il releva la tête, Jordan venait de retirer son jean et se tenait en culotte devant lui. Il en resta bouche bée.

— Tu es belle, dit-il simplement d'une voix rauque. Parfaite.

— Pas comparée à toi.

Les joues roses, elle l'inspectait des pieds à la tête en se mordillant la lèvre inférieure, une moue qu'il trouva terriblement sexy.

Il plongea, la faisant tomber, riante, à la renverse sur le lit et aspira tendrement sa lèvre dans sa bouche. Ils s'embrassèrent encore, jusqu'à ce qu'il ne puisse plus attendre, puis il descendit plus bas pour embrasser ses seins, plus délicieux qu'il ne les avait imaginés. Enfin, il glissa ses doigts entre ses cuisses et la découvrit prête et électrisée. Les choses s'emballèrent un peu quand elle le saisit entre ses mains pour le caresser, au point qu'il dut s'éloigner pour que tout ne s'arrête pas de façon brutale et prématurée.

Les mains tremblantes, il lutta un instant avec le préservatif, un inconvénient qu'il n'avait jamais rencontré auparavant. Il avait l'intention de ralentir la cadence, mais lorsqu'il se pencha sur elle, elle écarta doucement les cuisses et l'attira contre elle. La tentation était trop grande. Toutes ses inquiétudes s'évanouirent quand elle chuchota :

— Viens. Maintenant.

Quand il pénétra en elle, elle se cambra avec un gémissement. Elle était étroite et accueillante, comme il l'avait rêvé. Elle tendit les hanches à sa rencontre, planta ses ongles dans son dos et jouit avec une rapidité qui lui aurait paru choquante, si lui-même n'était pas déjà au bord du gouffre. Il plongea à sa suite et son plaisir sembla se prolonger de façon interminable.

Un peu sonné, il luttait pour faire revenir l'air dans ses poumons. Une seule pensée parvint à prendre forme dans son esprit : oui, avec Jordan il pouvait envisager une vie heureuse.

— J'ai sous-estimé ce fumier, grommela Tom, deux jours plus tard.

— C'est toi-même qui as dit qu'il n'était pas impulsif et plutôt du genre patient.

— Oui, mais...

Il poussa un grognement las et l'attira contre lui pour un rapide baiser.

— Les dernières neiges ont fondu dans la rue, aujourd'hui.

— J'ai remarqué.

Tom hocha la tête. Il serait bientôt presque impossible de repérer d'éventuelles traces de pas autour de la maison. Une raison de plus pour le meurtrier d'attendre.

— J'ai peut-être mal interprété ses intentions, ajouta-t-il. Il pourrait très bien être encore fixé sur moi. S'il a réussi à mettre la main sur quelque chose t'appartenant, il pourrait très bien tenter de le déposer dans ma maison...

— Tu veux qu'on s'installe chez toi ?

— Non, soupira Tom. Parce qu'alors il y aurait tes empreintes digitales partout.

— Tu as l'air fatigué, fit-elle remarquer d'une voix hésitante. Je peux monter la garde un moment, pour que tu dormes un peu.

Bon sang, il devait vraiment avoir une mine de déterré.

— Tu ne dors pas beaucoup plus que moi, dit-il, en observant ses traits tirés.

— Non. Pas vraiment.

Tom secoua la tête.

— S'il débarquait avec une arme, tu n'aurais pas le temps de me réveiller. Ça ira, ne t'inquiète pas.

Combien de nuits encore pourrait-il tenir à ce rythme ? Si ce cauchemar se prolongeait…

Arrête de penser à demain, s'admonesta-t-il. Il devait rester vigilant cette nuit. Ensuite, on verrait bien.

Lorsque Jordan lui souhaita bonne nuit, il sentit qu'elle n'allait pas se reposer beaucoup plus que lui. Il l'embrassa avec douceur, en prenant son temps, dans l'espoir de la rassurer et l'apaiser un peu.

Une fois seul dans le noir, ses paupières semblèrent soudain peser des tonnes et il dut se lever régulièrement pour marcher dans la maison, afin de ne pas s'endormir. Ce soir-là, la douleur de ses blessures lui paraissait plus mordante et difficile à ignorer. Décidément, il n'était pas pressé de se faire tirer dessus de nouveau. Il avait déjà l'impression d'être un morceau d'emmental plein de trous.

Il se rassit sur le canapé et écouta le silence. Jordan dormait dans le dressing. Pas dans le lit, au cas où quelqu'un ferait feu par la fenêtre.

Toujours ce silence.

Si un tueur cherchait à entrer par effraction dans la maison, se demanda-t-il pour la centième fois, comment s'y prendrait-il ?

Jordan fut brusquement tirée d'un sommeil léger et rempli de cauchemars. Un bruit de verre brisé. Probablement la porte donnant sur l'arrière de la maison. Le temps qu'elle reprenne ses esprits, un claquement distinctif retentit : le verrou de la porte venait d'être tiré. L'intrus était entré dans la cuisine. Un cri de terreur lui échappa avant qu'elle puisse l'étouffer. Elle se recroquevilla dans le placard. Tom !

Pop, pop.

Des coups de feu, mais... différents. Un silencieux ? Ses pensées défilaient à toute allure. Elle avait vu l'arme de service de Tom et il ne possédait pas ce genre d'équipement.

Le parquet du couloir grinça. Il était déjà juste devant la porte de sa chambre. Les coups de feu suivants atteignirent son lit, qui recula dans un soubresaut. Oh Seigneur. Elle aurait voulu se fondre dans le mur du dressing. Devenir invisible.

Sauf que...

Pop, pop, pop. Les claquements s'étaient éloignés. L'intrus tirait à présent dans le salon. Ou dans la chambre de sa mère. Comment savoir ? Pourvu que Tom ne se soit pas précipité. Soudain, elle entendit sa voix :

— Lâchez cette arme ! Vous ne vous en sortirez pas comme ça, cette fois !

Un grondement sourd s'éleva en guise de réponse :

— Tu es un homme mort.

Encore des coups de feu, certains plus forts, qui devaient être la riposte de Tom. Jordan était terrifiée. Il n'y avait aucune cachette dans le salon. Et si Tom se faisait abattre ? Elle ne le supporterait pas. Elle se força à ramper hors du dressing, sa crosse de hockey à la main, et se dirigea en tremblant vers la porte ouverte de sa chambre.

Le couloir ressemblait à un champ de bataille. Des coups de feu claquaient, le plâtre des murs volait. Oserait-elle s'y aventurer ? Le tueur n'avait plus beaucoup de temps devant lui, songea Jordan, dans un coin reculé de son esprit. Des voisins avaient dû entendre les détonations et alerté la police. Elle-même n'y avait pas pensé.

Bang, bang, bang. Pop, pop, pop. Comment pouvaient-ils encore avoir des munitions ? Tom aurait-il seulement le temps de recharger ?

Soudain, il y eut un grand fracas, suivi de cris rauques et bestiaux. Sur la pointe des pieds, Jordan s'avança dans le couloir. On y voyait à peine, mais elle put distinguer deux formes en train de se battre sur le sol du salon, l'une plaquant l'autre contre le mur. Un corps s'écroula.

Et si elle allumait dans le couloir ? Seulement… elle risquait d'aveugler Tom autant que son agresseur. Elle se rapprocha encore. Tom était à terre. L'homme qui le maintenait au sol, un genou contre son ventre, portait une cagoule noire. Tom agrippait son poignet, s'efforçant de tenir à distance un revolver.

Une autre arme traînait sur le parquet. Elle aurait pu s'en emparer, mais… Elle s'était juré de ne plus jamais en toucher une. Et puis, comment savoir si celle-ci était bien chargée ? Et si… ?

Assez ! Jordan sentit monter en elle une rage sombre. Elle en avait assez qu'on se serve d'un drame personnel pour abîmer davantage sa vie. Elle avança encore de quelques pas. L'homme cagoulé tourna la tête dans sa direction. Ses yeux n'étaient que deux trous noirs. Il tenta de pointer son revolver vers elle, mais Tom lui tordit le bras pour le forcer à le ramener vers lui. Le tueur poussa un cri de douleur ou de fureur, et le coup partit. Avec un calme étrange malgré l'adrénaline, Jordan raffermit sa prise sur sa crosse de hockey et se prépara à frapper, comme au lycée quand il fallait sauver le match à dix secondes de la fin.

L'impact fut d'une violence inouïe. Comme si elle faisait exploser une énorme citrouille. Elle lâcha sa crosse, alluma la lumière et tomba à genoux auprès de Tom… et de l'homme qui gisait à présent immobile, à moitié effondré sur lui.

Jurant avec véhémence, Tom repoussa son assaillant, roula sur le côté et tenta de se mettre assis.

— Jordan…

— Je l'ai tué ? balbutia-t-elle.

Elle paraissait… Il avait du mal à dire.

— Je ne sais pas.

Une douleur atroce lui brûlait l'épaule. Évidemment, il s'était encore fait tirer dessus. Aurait-il remporté la lutte pour le revolver que tenait son agresseur, si Jordan n'était pas intervenue ? Il l'ignorait. En revanche, il ne regrettait pas d'avoir pris une balle destinée à Jordan.

— Ma douce, parvint-il à articuler. Viens ici.

Au loin, il entendit le hurlement de sirènes.

— Il faut que je leur ouvre la porte, dit précipitamment Jordan, d'une voix un peu trop aiguë.

Elle semblait pourtant tenir le choc.

— Oui. Vas-y.

Sans surprise, Tom avait reconnu la voix de son agresseur. Ronnie Bowen. Il vérifia rapidement le pouls du corps inanimé, allongé près de lui. Il n'était pas mort. Cela valait mieux pour Jordan. Et ce fumier allait devoir affronter son procès. Sans doute serait-il condamné à perpétuité. Tom l'espérait, en tout cas. Ainsi, Bowen aurait tout le loisir de penser à Jordan pendant le restant de ses jours.

Quelques secondes plus tard, la maison grouillait de policiers et de personnel médical. Tom n'essaya même pas de se mettre debout.

— Prenez des photos avant de déplacer qui que ce soit ! aboya-t-il.

Bon sang, était-ce Bussert qui venait d'arriver ? Le jeune homme semblait sous le choc.

La suite des événements défila devant ses yeux comme une série de tableaux. Alors qu'on l'installait sur un brancard, il entendit Jordan demander si Bowen était mort.

— Je l'ai frappé, bafouilla-t-elle. Il nous aurait tués tous les deux.

Puis, elle aperçut Tom qui partait en direction de l'ambulance et se précipita pour le rejoindre. Il tenta de lui saisir la main, mais en vain. Il n'avait plus de forces.

— Tout va bien, murmura-t-il. Ils vont devoir prendre ta déposition. Mais tout va bien.

— Je suis désolée. Tellement désolée !

Des larmes coulaient sur ses joues, sans qu'elle semble s'en rendre compte. Ce fut l'image qu'il emporta dans l'ambulance. Une urgentiste approcha un masque de son visage pour l'endormir et soulager la douleur. Sa dernière pensée avant de perdre connaissance fut réconfortante : à son réveil, Jordan serait cette fois à ses côtés.

Épilogue

Lorsque Tom reprit connaissance, Jordan dut lutter pour qu'il ne persiste pas à s'accuser de tout. Il ne dormait pas quand Bowen était entré dans la maison, mais il avait mis une seconde de trop à réagir. Il aurait dû se rétablir plus vite de sa première blessure. Tous les hommes fonctionnaient-ils ainsi ? se demanda Jordan, qui n'aurait jamais imaginé devoir gérer de telles conséquences.

En général, elle le faisait taire en lui rappelant qu'il était son héros, ce qui déclenchait toujours un concert de protestations de sa part. Non, c'était *elle* qui l'avait sauvé, insistait-il.

— Si seulement tu avais pu te voir, lui répétait-il. Une vraie guerrière. J'espère que je n'aurai jamais le malheur de provoquer ta fureur.

Tom s'efforçait aussi de faire comme s'il n'avait pas mal, mais Jordan n'était pas dupe et lui rappelait qu'il n'était pas obligé de cacher sa douleur. Comme la chirurgienne l'avait encouragé à se déplacer, ils faisaient de courtes promenades dans les couloirs de l'hôpital. Tom avait le bras en écharpe, car la balle avait touché la même épaule que la fois précédente. La médecin ne s'était pas étendue sur le sujet, mais Jordan se doutait que cette zone devait être en piteux état.

Un jour, alors qu'ils s'étaient arrêtés près d'une des rares fenêtres du couloir, Tom lui expliqua que les rapports balistiques avaient déjà permis d'établir que Ronald Bowen s'était servi de la même arme pour tirer sur Elliott et tuer Colin Parnell. Ainsi que pour blesser Tom à deux reprises. Bowen était fichu… à condition qu'il vive, car il n'avait toujours pas repris connaissance. Curieusement, cette perspective ne mettait plus Jordan aussi mal à l'aise.

Tom lui raconta également que le maire était passé lui rendre visite, ce matin-là, pendant que Jordan discutait avec un artisan qui devait venir effacer les traces de fusillade dans la maison de sa mère. Elle préférait que celle-ci ne voie pas les trous dans les murs, les vitres brisées et les taches de sang par terre, à son retour.

— Guthrie a démissionné. Je ne sais pas s'il l'a fait de son propre chef, mais… dans le cas contraire, j'aurais insisté, pour qu'il soit renvoyé, ajouta-t-il d'une voix dure.

— Pourquoi ?

— Il était au courant de la relation entre Bowen et Steve. C'était déjà assez grave qu'il laisse l'oncle de Steve enquêter sur toi, étant donné sa partialité, mais il aurait dû comprendre que Bowen était un suspect potentiel dans ces meurtres. Soit il ne l'a pas vu, ce qui est inexcusable. Soit il savait et cela fait de lui un complice dans deux homicides et plusieurs tentatives d'homicide. D'une façon ou d'une autre, il devait sauter.

— Et donc ? Quel rapport avec toi ? s'enquit-elle, bien qu'elle eût une vague idée de la réponse.

— Il m'a proposé de reprendre la tête du commissariat. Personne d'autre n'a les compétences ou les qualifications nécessaires. De loin.

Ils avaient rejoint la chambre de Tom. Jordan attendit qu'il se remette tant bien que mal au lit, avec force gémissements, avant de demander :

— Et… tu lui as répondu quoi ?

— J'ai accepté d'assurer l'intérim, annonça-t-il en l'observant avec cette intensité familière.

Elle se perdit un instant dans le bleu profond de ses yeux. Il lui prit doucement la main pour l'inviter à s'asseoir à son tour.

— Est-ce que le poste t'intéresse ?

— Pour le moment, oui. Le commissariat a besoin d'un gros

nettoyage de printemps. Des agents mal formés, entravés dans leur progression, des irrégularités dans les promotions...

Il fit la grimace.

— Après ça... je ne sais pas. Pour être un peu réaliste, je crois que j'ai reçu trop de balles ces derniers temps pour espérer retourner sur le terrain comme autrefois.

Jordan ne savait pas trop ce que cette perspective éveillait chez lui. Il devait regretter de ne pas pouvoir rentrer à San Francisco et retrouver son ancien boulot, non ? Essayait-il lui aussi de deviner ce qu'elle pensait de tout ça ? Elle aurait voulu avoir sa confiance en l'avenir. Il devait bien y avoir un peu d'espoir pour elle, non ? Après la façon dont il l'avait touchée, tenue contre lui, après l'urgence de leurs étreintes, elle avait tellement envie de croire qu'il puisse tomber amoureux.

Voyant qu'elle demeurait silencieuse, Tom reprit d'une voix hésitante :

— C'est un peu tôt pour parler de ça, mais en ce qui me concerne, tu n'es pas étrangère à ce choix professionnel.

Jordan sentit son cœur battre plus vite.

— Tant que tu devras rester dans le coin pour t'occuper de ta mère et tant que tu voudras de moi, je serai là. En revanche, dès que Shelly n'aura plus autant besoin de toi au quotidien... Si tu décides de retourner à la fac pour terminer tes études, je pourrai trouver du boulot partout où nous irons.

Nous. Il n'aurait pas pu employer un mot plus puissant. Certes, il ne lui avait pas dit « Je t'aime ». N'importe qui aurait compris que c'était trop tôt. Sauf que... pour Jordan, ce n'était pas du tout trop tôt.

Elle se rendit compte que Tom se tenait presque immobile. Il ne savait pas ce qu'elle pensait. Il attendait une réponse, une réaction. Elle déglutit.

— Je... Ça me plairait beaucoup.

Il laissa échapper un soupir.

— Tu te souviens de ce que m'a dit la femme de Max ?

Jordan fit signe que oui. Elle ressentait un élan de compassion nouvelle pour cette femme qui avait perdu l'homme qu'elle aimait, tout comme elle avait failli perdre Tom.

— Elle me connaît bien. Elle sait d'où je viens, ce que j'ai traversé et que j'ai pris l'habitude de vivre seul. C'est tout juste si elle ne m'a pas collé une petite tape derrière la tête en me rappelant que, grâce à Max, j'ai la possibilité de tout avoir. Une femme, des enfants, le bonheur. Ses paroles m'étaient un peu sorties de l'esprit, jusqu'à ce que je te rencontre. C'était comme si une porte s'ouvrait en moi. Sauf qu'avec tous mes mensonges j'ai cru que tu allais la refermer et donner un tour de clé. Je ne voyais pas comment tu pourrais me pardonner un jour.

Cet aveu brut et sans fard émut Jordan aux larmes. Dans un sanglot, elle se pencha vers lui pour appuyer sa joue contre la sienne. Elle n'osait pas l'enlacer, de crainte de lui faire mal.

— Tu te trompais, chuchota-t-elle. Bien sûr que je t'ai pardonné. Et... Moi aussi, je veux des enfants, le bonheur et tout ça. Avec toi.

Tom passa son bras valide autour de ses épaules et la serra avec force, comme s'il devait ne plus jamais la lâcher. Jordan pleurait et riait en même temps. Comment des événements aussi terribles pouvaient-ils conduire à tant de félicité ?